中国文学与文化研究丛书

浙江省哲学社科规划项目"南宋儒释交融与诗学嬗变研究"
（项目编号：21NDQN284YB）

中国文学与文化研究丛书

南宋诗学话语的脉络与理路

吕继北 著

四川大学出版社

图书在版编目（CIP）数据

南宋诗学话语的脉络与理路 / 吕继北著. -- 成都：四川大学出版社，2024.7. --（中国文学与文化研究丛书）. -- ISBN 978-7-5690-6971-6

Ⅰ. I207.2

中国国家版本馆 CIP 数据核字第 2024X8F579 号

书　　名：	南宋诗学话语的脉络与理路
	Nansong Shixue Huayu de Mailuo yu Lilu
著　　者：	吕继北
丛 书 名：	中国文学与文化研究丛书

丛书策划：张宏辉　欧风偃
选题策划：陈　蓉
责任编辑：陈　蓉
责任校对：毛张琳
装帧设计：李　野
责任印制：王　炜

出版发行：四川大学出版社有限责任公司
　　地　址：成都市一环路南一段 24 号（610065）
　　电　话：（028）85408311（发行部）、85400276（总编室）
　　电子邮箱：scupress@vip.163.com
　　网　址：https://press.scu.edu.cn
印前制作：四川胜翔数码印务设计有限公司
印刷装订：成都市新都华兴印务有限公司

成品尺寸：148 mm×210 mm
印　　张：10.875
字　　数：263 千字
版　　次：2024 年 7 月 第 1 版
印　　次：2024 年 7 月 第 1 次印刷
定　　价：56.00 元

本社图书如有印装质量问题，请联系发行部调换

版权所有 ◆ 侵权必究

扫码获取数字资源

四川大学出版社
微信公众号

目 录

绪　论 …………………………………………………… 001

诗论篇：诗学话语的文献类型及时代特征

第一章　类型总览：诗学话语分布广泛，来源文献类型多样
……………………………………………………… 019
一、诗话：数量和体量的暴发 ……………………… 020
二、诗论：序跋与论诗诗为主 ……………………… 029
三、经论：《诗》学与诗学混融 …………………… 042
四、其他：笔记与灯录需关注 ……………………… 045

第二章　特性解析：发展脉络多线并行，哲思理路混融精深
……………………………………………………… 050
一、诗话的多元化发展 ……………………………… 051
二、诗论的社会化传播 ……………………………… 076

三、经学的基础性影响…………………………………… 084
四、思想的多因素混融…………………………………… 118

作者篇　南宋作者的身份特征与诗论创作

第一章　儒家学派：异中有同，理心并重…………… 133
一、南宋初期的儒家学者………………………………… 139
二、闽学派——以朱熹为中心…………………………… 147
三、心学派——以陆九渊、杨简为中心………………… 165
四、南宋其他儒家学者…………………………………… 180

第二章　诗派文人：诗脉流传，承转相续…………… 190
一、江西余绪……………………………………………… 191
二、中兴诗人……………………………………………… 204
三、江湖诗派……………………………………………… 214

第三章　其他作者：思想驳杂，融会创造…………… 225
一、诗话作者……………………………………………… 225
二、禅宗僧人……………………………………………… 237

创作篇　诗歌创作对诗学思潮的反映与影响

第一章　文人诗歌：时代之镜，工夫之名…………… 259
一、追求理感向注重兴象缓慢嬗递……………………… 261
二、自我审视与内向观照不断深入……………………… 279

三、创作雅趣与文字游戏化作日常 …………………… 290
四、平淡审美与追求自然内涵迭代 …………………… 299

第二章　禅宗诗偈：示月之指，自在方便 …………………… 307
一、禅僧诗歌创作的基本情况 ………………………… 308
二、禅偈语言艺术的诗学反思 ………………………… 314

结　语 ………………………………………………………… 332

参考文献 ……………………………………………………… 335

绪　论

一、研究对象与概念界定

宋代是诗学著述数量急遽增长、理论水平大幅提升的重要时期。南北宋在历史上有 1127 年靖康之变这个明显的分界，但在文化层面上的转变是相对滞后的。就诗学发展而言，南宋前期的诗学话语仍笼罩在江西诗派余风之下，而伴随着哲学领域不断的发展变化和诗坛创作的多样尝试，南宋诗学话语在中后期发生转向。这既包含对唐宋诗歌创作艺术与成就的分析总结，也对后世诗歌审美典范的分立与融通产生了持续深广的影响。

本书的研究对象是南宋诗学话语的脉络与理路。首先，本书所用"诗学话语"的概念包含的范围较传统的"诗话"更大，可以作为南宋时期关涉诗学所有著述的统称。本书首章对"诗学话语"的内容做了一定的分类整理。总而言之，南宋"诗学话语"的体量呈现暴发之势，不仅诗学、诗话著作数量提升，还有散见于文集、诗歌乃至灯录中的大量关于诗学的讨论。这些内容体量巨大，但相当分散，以往的研究对部分作家和他们专论诗学的著述都有相当深入的研究成果，对南宋"诗学话语"的整体性梳理却付诸阙如。

其次，关于诗学话语的"脉络"与"理路"，本书更多旨在梳理南宋诗学话语从微观到宏观的发展轨迹，以及其与南宋哲学发展之间的互动关系。宋代诗学的发展演变情况与理学的产生和发展存在深刻的联系，而这一点随着南宋理学的精细化、体系化程度不断加深呈现出更为复杂的面貌。一方面，在儒学内部，建立在理、心两种本体论基础上的不同思想体系正式形成并呈现分庭抗礼之势，不同学派的并存使儒学思想呈现多元发展的态势，这些极有影响力的学者对文学的态度在很大程度上左右了南宋诗学思想的发展走向，也让此时的理学家诗论不再固守单一的"重道轻文"路径，而是在理论基础和创作实践上都展现出更为丰富的内涵。另一方面，南宋时期三教融合程度逐渐加深。佛教思想的发展在理论层面上虽然陷入一定程度的停滞状态，但其与儒学思想的融合却不断深化，不仅佛学思维深植于理学体系的建构当中，僧人广泛参与文化生产活动对主流诗坛产生的影响也实不容小觑。故本书对南宋诗学话语内在理路的梳理包括对成熟的理学体系建构及广泛发生的儒释交融两个方面的整体性观照。

另外，关于本书对南宋诗学话语在时间上的界定，虽然北宋和南宋存在一个明晰的界线，但就思想文化的层面而言，人物、观念、流派横跨两个时代的情况比比皆是。南宋末年情况类似，大量遗民群体的作品难以有清晰的代际划分。故出于对具有连续性的思想观念的整体性观照，和整理及量化研究的便利性两方面考虑，本书将存在时间与南宋时期有交集的作者和作品，都列入讨论范围，其具体反映的时代潮流当做具体分析。采取这样的权宜之计，也是为了更好地展现南北宋之际到南宋时期、宋末元初诗学思想的过渡情况和持续性影响。

二、研究现状的梳理总结

目前学界对南宋理学、心学、文学及诗学等方面都已有相当丰富的研究成果，尤其对一些重要诗人和作品的专题研究已经相当深入。由于本书旨在通过对个案的剖析与串联，对南宋诗学发展演变情况及其内在的哲学根基进行整体性的梳理和观照，故本书对研究现状的总结也更为关注南宋诗学话语文献整理以及关涉南宋诗学与哲学思想互动关系的通论性或专题性研究。

（一）南宋诗学话语文献整理

首先，前人在对南宋诗学话语的搜集整理方面已做出了巨量的工作。郭绍虞《宋诗话辑佚》（中华书局，1980年）上卷补辑不全的诗话传本（9种），一方面辑出一些散佚之著（24种），附辑《艺苑雌黄》（严有翼）、《童蒙诗训》（吕本中）、《诗学规范》（张镃）3种，此书对宋代一些阙文散佚的诗话做了考辨、整理和校订，不仅具有很高的文献学价值，也是宋代诗学研究不可或缺的文献资料。郭绍虞的《宋诗话考》（复旦大学出版社，2015年）著录了140种宋代诗话，并对其存世情况、版本流传和内容得失进行考论，不仅对一些伪托、讹误处做了勘正，在提挈要旨、品评得失方面尤为精到，本书对南宋诗话的部分梳理也建立在此书所提供的基本框架之上。吴文治主编《宋诗话全编》（凤凰出版社，1998年）《凡例》中表示此书收录了原已单独成书的诗话，并广泛搜集散见于诗文集、随笔、史书和类书等诸多作品中的论诗之语（包括论诗诗、诗歌评点等），其中从作品中辑录的诗话以诗歌理论、诗歌创作述评、诗歌方法研讨等为主，而有关诗人的逸事和思想研讨、重要诗篇的考辨、重要字义的疏证等，也酌予收录。[①] 收录作者 562 家，散见诗学相关论述 400 余万字，对了解宋代诗话全貌有重要意义。卞东波《宋代诗话与诗学文献研究》（中华书局，2013 年）对一些宋代诗话及诗学文献如李淑《诗苑类格》、《冷斋夜话》日本刊本、宗晓编《四明尊者教行录》等文献进行了考论，是全面掌握宋代诗学文献原貌的重要补充研究。程毅中主编《宋人诗话外编》（中华书局，2017 年）从宋人的笔记中将论诗条目辑录出来，论诗及事和论诗及辞的内容都被纳入其中，全书 120 余万字，工作量十分庞大，对全面了解宋人笔记中散见的论诗话语有非常重要的参考价值。蔡镇楚等著《中国诗话总目要解》（天津教育出版社，2021 年）兼具了书目提要与研究概述，以时为序，以随笔为体，对把握中国诗话史的基本脉络、发展轨迹和学术文化价值都具有重要意义。

另外，一些历代诗话选本中也多涉及宋代诗话的部分内容。清人何文焕辑《历代诗话》（中华书局，1981 年）中收录诗话 27 种，虽然何文焕在辑录时做出过选择和考校，但在底本选择、版本考证和文字校订上仍有颇多疏漏。中华书局出版时对原本做了点校和正讹，其中南宋诗话作品 9 种分别为《竹坡诗话》（周紫芝）、《紫薇诗话》（吕本中）、《彦周诗话》（许顗）、《石林诗话》（叶少蕴）、《珊瑚钩诗话》（张表臣）、《韵语阳秋》（葛立方）、《二老堂诗话》（周必大）、《白石诗说》（姜夔）、《沧浪诗话》（严

[①] 吴文治主编：《宋诗话全编》，南京：江苏古籍出版社，1998 年，第 1 页。

◎ 绪 论

羽），总体而言此书仍是诗话研究所应用的重要文献资料之一。近代丁福保辑《历代诗话续编》（中华书局，1983年）是继《历代诗话》而编成的一部诗话丛书，收录诗话29种，其在底本选择或参校时采用了一些稀见本诗话，具有一定的文献学价值，此书同样有中华书局的点校版，其中南宋诗话收录12种，分别为《观林诗话》（吴聿）、《诚斋诗话》（杨万里）、《庚溪诗话》（陈岩肖）、《杜工部草堂诗话》（蔡梦弼）、《优古堂诗话》（吴开）、《艇斋诗话》（曾季狸）、《藏海诗话》（吴可）、《巩溪诗话》（黄彻）、《对床夜语》（范晞文）、《岁寒堂诗话》（张戒）、《江西诗派小序》（刘克庄）、《娱书堂诗话》（赵与虤）。王大鹏等编《中国历代诗话选》（岳麓书社，1983年、1985年）选取了诗话、笔记，包括一些其他论诗文字，故其第三卷收录南宋诗话作品116种，辑录了大量散见于宋人笔记、其他著述的论诗文字，对了解南宋诗学思潮的全貌具有重要意义。张葆全、周满江所撰《历代诗话选注》（陕西人民出版社，1984年）选取了历代诗话也包括南宋诗话中的一些较为重要的条目，经过筛选和阐发后进行注释，对深入理解诗话中的一些经典命题有开创之功。同样采取编选条目并注释形式的还有张福勋著《宋代诗话选读》（内蒙古人民出版社，1988年）、毕桂发等编《精选历代诗话评释》（中州古籍出版社，1988年）。同时还有一类诗话整理研究，是对古代诗话中的一些重要论述以主题或内容分类的形式加以呈现，如武汉大学中文系中国古代文学理论研究室编《历代诗话词话选》（武汉大学出版社，1984年）、赵永纪编《古代诗话精要》（天津古籍出版社，1989年）、门立功编《历代诗话撷英》（中州古籍出版社，1992年）、周满江和张葆全主编《宋代诗话选释》（广西师范大学出版

005

社，2007年）等。南宋一些具有较高学术价值与文学价值的诗话也有部分单行本问世，此处不赘。

除此之外，还有一些诗话选编本（包含南宋时期）成果，本书按照时间顺序列出，如台静农编《百种诗话类编》（台湾艺文印书馆，1974年）等。诗话研究工具书类有张葆全编《中国古代诗话词话辞典》（广西师范大学出版社，1992年）、蒋祖怡和陈志椿等编《中国诗话辞典》（北京出版社，1996年），除此之外，诗话整理工作中还有一部分是对某一专题的整体观照，如常振国、降云编《历代诗话论作家》（湖南人民出版社，1984年）等。基于这类文献产生了一些对诗话的统观研究，其中也涉及对南宋诗学史的梳理和剖析，如蔡镇楚《中国诗话史（修订本）》（湖南文艺出版社，2001年），将南宋诗话研究的重心聚焦在"中兴四大诗人"、"江湖派"和《沧浪诗话》上，这部分内容在这些研究著作中往往占比较小，本书就不专做讨论了。

（二）关涉南宋诗学与哲学思想互动关系的通论性研究

学界现已产出大量关于宋代诗学或哲学的通论性研究著作。本综述着重关注的是在内容上既包含对南宋诗学思想的整体梳理与分析，也涉及此时期诗学发展与哲学演进之间联系紧密、表现复杂的互动关系的著述。同时，全面把握宋代哲学思想的发展和演进，对讨论诗学与哲学互动关系的话题也十分必要，一些讨论宋代哲学思潮的研究著作也会涉及少量关于哲学思想发展如何影响诗学的话题。

首先，涉及南宋诗学与哲学思想互动关系的诗学通论性研

◎ 绪　论

究，往往以宋代诗学的历时性发展或经典范畴作为主要研究脉络。如周裕锴《宋代诗学通论》（巴蜀书社，1997年）对宋代诗学的理论范畴和审美特征做了细致的梳理，以论为纲，以史为纬，对宋代诗学的本体论、功能论、修养论、风格论、鉴赏论与技巧论等方面都进行了精要的论述，是全面把握宋代诗学文化内涵和时代精神的重要参考。张思齐《宋代诗学》（湖南人民出版社，2000年）对宋代诗学中的主要概念和范畴如诗意、诗情、诗味等进行了专题论述，并以此串联成对宋代诗学发展情况的整体性观照，其中特别提到了诗禅关系和以理论诗。张毅《宋代文学思想史》（中华书局，2016年）对宋代文学思想的演进过程和突出特点进行论述，指出南宋中兴时期文艺思想的重要特征即"格物游艺"，后期文艺思想的发展则趋向多元，而这些突出特征的形成与哲学思潮的发展息息相关。张健《知识与抒情：宋代诗学研究》（北京大学出版社，2015年）以中国古代诗歌史的两大主流传统——知识与抒情为中心，论述了宋代诗学的历史进程及理论系统，结构基本遵循北宋及至南宋历时性的发展脉络，并对南宋诗学回归唐诗抒情传统的理学、诗学背景做了详细的分析，更为可贵的是作者对朱弁、张戒、程洵、吴渊等一般批评史著作较少着墨的人物给予了一定程度的关注，有助于读者进一步观察南宋诗学发展的具体表现。叶文举《南宋理学与文学：以理学派别为考察中心》（齐鲁书社，2015年）对南宋主流理学派如湖湘学派、心学派、永康学派、永嘉学派等代表人物的文学理论思想进行了梳理和总结，对全面了解南宋时期的理学家文论大有裨益。胡健次、邱美琼《宋代诗学的多维观照》（商务印书馆，2017年）对宋代诗学范畴与命题、诗人批评接受、唐诗学和江

007

西籍诗论家进行了专题研究,其中也广泛涉及哲学对诗论的影响,但散见于对具体问题的讨论中,并未作集中论述。日本学者内山精也著,朱刚、张淘等译《庙堂与江湖:宋代诗学的空间》(复旦大学出版社,2017年)关注到宋代诗人的身份处境对诗学思想的整体性影响,尤其指出了南宋诗人自编诗集现象与诗学思想的流变之间的关系,在论述的视角和深度上都可圈可点。以论文形式作此宏观的通论性研究难度较大,其中较有代表性的有许总《论宋代的理学、禅学与诗学》(《山西大学师范学院学报》1999年第4期,第35—40页)等。

其次,南宋理学与诗学的互动关系也是此前学者较为关注的领域。韩经太的《理学文化与文学思潮》(中华书局,1997年)总结了宋代理学的兴起与发展对文学思潮的影响,其对南宋诗学与哲学关系的考察以朱、陆的理学家诗论和兼具多重身份的杨万里为重点研究对象。该书对理学文化对文学思潮的影响进行了较为清晰的梳理,但对南宋时期着墨不多。许总《宋明理学与中国文学》(百花洲文艺出版社,1999年)对理学与宋、明、清三代的文学创作和思想进行了整体把握,并涉及理学中统合儒、道、释的文化观念,这对全面观照宋代哲学思想的复杂性十分有帮助。李春青《宋学与宋代文学观念》(北京师范大学出版社,2001年)以总分结合的方式对宋学与宋代文学观念发展之间的关系进行探讨,他关注到南宋道学与诗学在意义结构上的复杂关系,并提出从杨万里到严羽的诗学演进路线是对宋学精神的背离,其观点很具启发性。石明庆《理学文化与南宋诗学》(中国社会科学出版社,2006年)上编以点带面地论述了南宋主流理学派别代表人物如朱熹、吕祖谦、陆九渊、真德秀等人的理学诗

◎绪 论

论，下编梳理了理学对南宋诗学的影响，主要着重于中兴诗人和江湖诗派、江西诗派等。马积高《宋明理学与文学》（湖南师范大学出版社，1989年）从思想史的角度就宋、元、明三代理学发展对文学的影响进行了总结，但同样对南宋时期着墨不多，重点多放在明代。关注本论题的代表性论文有丁放、孟二冬《试论宋代理学家的诗学理论》[《安徽大学学报（哲学社会科学版）》1992年第1期，第69—76页]，许总《论理学文化观念与宋代诗学》（《学术月刊》2000年第6期，第8—14页）、《论理学与宋代诗学中的情理关系》（《社会科学研究》2000年第1期，第132—137页）、《论南宋理学分化与"宋调"变异式微》（《社会科学辑刊》2000年第6期，第130—136页），祝尚书《以道论诗与以诗言道：宋代理学家诗学观原论——兼论"洛学兴而文字坏"》[《四川大学学报（哲学社会科学版）》2011年第4期，第63—73页]，王培友《两宋理学家文道观念及其诗学实践研究的历史视阈与当下价值》（《中国文化研究》2015年第4期，第127—138页），李懿《理学诗派与晚宋诗坛》[《西南民族大学学报（人文社会科学版）》2016年第1期，第207—212页]等。

另外，佛学作为宋代哲学思潮中的另一重要分支，其禅学思想对诗学所产生的影响可谓相当深广。而此时期儒释交融也是哲学发展中的突出现象，讨论儒释思想的深度融合对诗学发展的影响的研究成果则相对较少。张晶在《禅与唐宋诗学》（人民文学出版社，2003年）从创作、审美、批评理论等多方面对禅与唐宋诗学的影响进行阐发，在关于南宋诗学的讨论中，作者着重论述了《沧浪诗话》"以禅喻诗"的特征，同时也关注到"活法""诚斋体"等与禅学之间的联系。张培锋《宋代士大夫佛学与文学》(宗教文化出版社,2007年)对佛教如何影响宋代士大夫的思想与文学进行了论述,作者关注到前人较少谈及的南宋时期李纲、张九成和胡寅等人,认为研究士大夫的融佛思想对理解宋代哲学发展的情况至关重要。周裕锴《法眼与诗心：宋代佛禅语境下的诗学话语建构》(中国社会科学出版社,2014年)不仅对宋代文人涉及佛学的情况做考论,更为难得的是对《楞严经》《华严经》等佛典中的主要观念转化为诗论的情况做了详细论述,为理解佛学观念如何深度渗透入诗学话语提供了重要参考;其《文字禅与宋代诗学》(复旦大学出版社,2017年)从宋代文字禅的角度探讨了宋代士大夫禅悦之风的兴盛与诗学话语发展的深度联系,在结构上没有刻意区分北宋与南宋。关注本论题的代表性论文还有邓新华《"妙悟"与"活参"——佛禅思想影响下的诗学解释学原则》(《中国文化研究》2011年第4期,第76-83页)等。

(三)关涉南宋诗学与哲学思想互动关系的专题性研究

关于南宋诗学,学界对其重要的诗学范畴以及代表性理论家的专题研究已相当精深,因篇幅限制本书不过多罗列,此处仅总结部分直接聚焦南宋时期哲学与诗学互动关系的研究。当然,这其中也有一部分研究将某些诗学专题放在两宋诗学的整体背景下进行深入探讨,对本书的研究也有一定的参考意义。

首先,诗派研究是南宋诗学研究的重要组成部分。相较于北宋,南宋时期诗派的组织方式和创作风格都趋向多元,对南宋诗坛整体的发展走向起到了极为重要的影响,而此时哲学思潮对这

◎ 绪 论

些诗派诗学主张的压抑或推动情况也颇为复杂。这方面的研究，按研究对象分类主要有江西诗派、"中兴四大诗人"（严格来说"中兴四大诗人"不算诗歌流派，出于行文方便仅将其作为一个诗人群体加以讨论）、江湖诗派等。江西诗派是宋诗研究领域中极受关注的对象，在文学史、诗学史乃至文化史上都有其独特意义，现有研究也较为深入且充分，此处仅选取对江西诗派与南宋哲学发展情况做对照研究的部分成果加以述评或罗列。如吴晟《知性反思江西诗学研究》（中山大学出版社，2019年）对江西诗学的发展流变进行了跨越宋、元、明、清不同历史时期的全面性梳理，而且其中一章专门提到了理学家与江西诗学的离与合。相关的研究论文还有马积高《江西诗派与理学》（《文学遗产》1987年第2期，第66—72页），周建华《江西诗派的精神内核是宋明理学——二论宋明理学是"江西之学"》[《南昌大学学报（人文社会科学版）》2003年第2期，第91—95页]，石明庆《论理学与南宋江西诗派的"活法"理论与实践》（《南京师范大学文学院学报》2011年第3期，第170—173页），左志南《江西派诗歌创作论理禅渊源及文学表现》（《北方论丛》2013年第1期，第7—12页）、《江西派学术渊源及其诗歌审美追求》（《北方论丛》2014年第1期，第48—52页）等。对"中兴四大诗人"成员陆游、杨万里、范成大、尤袤的个案研究难以计数，此处仅择取对"中兴四大诗人"或中兴诗坛进行整体性观照，并侧重辨析其与哲学思潮联系的相关研究进行总结，如曾维刚《南宋中兴诗坛研究》（人民出版社，2018年）做了宏观与微观相结合的整体性观照，在论述过程中不仅涉及哲学对诗学发展的影响，也对韩元吉、朱熹、张栻等道学大宗有专门论述。论文有张文利《南宋前期理学兴盛与诗歌中兴的关联性探析》(《人文杂志》2004年第5期，第140-143页）等。对南宋江湖诗派的诗论与哲学思想关系的研究的高水平成果仍较少，论文如季品锋《江湖派、江湖体及其他》(《文学遗产》2006年第4期，第21-28页）、朱志荣《论江湖诗派的诗论与严羽〈沧浪诗话〉之异同》(《江淮论坛》2015年第2期，第141-147页）等。

其次，理学家、诗僧诗论的整体或个案研究也较多涉及南宋诗学与哲学的交互影响。对南宋理学与诗学互动关系的研究前文已进行整理。对南宋时期儒、释重要代表人物的诗学思想研究也是改革开放后学界成果蓬勃暴发的重要领域。如关于朱熹、陆九渊、吕祖谦、叶适、张栻等重要代表人物，不仅高水平学术论文精品频出，硕博士学位论文亦十分丰富，但对南宋有大量文学创作的佛门人士如宗杲、居简、绍嵩等，学界给予的关注度却十分有限。在对理学家文艺观的讨论中，朱熹是从各种意义上受到关注最多的一位，学界对朱熹文学思想的讨论可参见综述文章吴长庚《近百年朱熹文学研究的回顾与反思》(《文学评论》2008年第3期，第206-214页）等，此处不再赘述。有关其他理学家、诗僧诗学思想的成果还有胡迎建《论陆九渊的文道观及其文学创作》(《晋阳学刊》1998年第1期，第59-63页），石明庆《诗性智慧与象山心学的诗学精神》(《中国文化研究》2008年第2期，第74-78页），方新蓉《宗杲禅学与士大夫的话语同构》(《求索》2010年第10期，第148-150页），陈忻《论南宋心学家杨简的文学思想》[《西南大学学报（社会科学版）》2011年第6期，第171-204页]，党圣元、董晨《吕祖谦"诗人之心"的探求与构建》(《江西社会科学》2016年第1期，第72-78页），雷

◎ 绪 论

恩海《叶适的诗学本原论暨诗学史意义》[《华南师范大学学报（社会科学版）》2019 年第 2 期，第 171－180 页]，曾维刚《与道进退，淡乃其至：张栻的人生境界与诗歌书写》[《兰州大学学报（社会科学版）》2023 年第 2 期，第 143－151 页]。对于理学、佛学流派诗学思想的研究还有陈忻《南宋心学学派的文学研究》（中国社会科学出版社，2006 年）、邓乔彬《南宋的多元文化与文学流派》[《江西师范大学学报（哲学社会科学版）》2014 年第 1 期，第 82－89 页]等。

除此之外，诗学专题研究也是讨论南宋哲学与诗学联动发展的重要领域，这些专题主要包括诗学作品专书研究、诗学经典范畴研究等，其中专书研究主要集中在几部重要诗话作品上，如诗禅融会的经典作品《沧浪诗话》就是学者关注的焦点，重要成果有周裕锴《〈沧浪诗话〉的隐喻系统和诗学旨趣新论》（《文学遗产》2010 年第 2 期，第 28－37 页），吴承学《〈沧浪诗话〉与宋代理学》（《文学评论》2022 年第 1 期，第 59－68 页）等。关于其他诗论作品的研究还有钱泽红《张戒〈岁寒堂诗话〉中的"意"与"味"》（《文史哲》2000 年第 5 期，第 32－35 页），张乡里《论宋诗话〈韵语阳秋〉的创作特色》（《求索》2012 年第 4 期，第 138－140 页）等。南宋对诗学范畴的研究主要集中在"活法""自得""兴趣""妙悟"等方面。标志性成果如吕肖奂《从"法度"到"活法"——江西诗派内部机制的自我调节》[《复旦学报（社会科学版）》1995 年第 6 期，第 83－88＋9 页]，曾维刚《从"活法"到"万象"：宋室南渡至中兴时期诗学理论的转型》（《浙江学刊》2019 年第 1 期，第 195－204 页），张毅《"万物静观皆自得"——儒家心学与诗学片论》（《中国文化研

013

究》2002年第4期，第70—78页），欧宗启《禅宗悟论"自得"观与宋代诗学"自得"范畴的建构》（《广西社会科学》2007年5月，第123—126页），王培友《两宋理学"孔颜乐处"话语之诗学价值》[《南开学报（哲学社会科学版）》2018年第3期，第123—137页]，邓新华《"妙悟"与"活参"——佛禅思想影响下的诗学解释学原则》（《中国文化研究》2011年第4期，第76—83页），高文强、杨森旺《南宋诗悟观的三个维度》（《长江学术》2022年第2期，第45—53页），魏静、卢盛江《严羽诗论"兴趣说"含义新探》[《天津大学学报（社会科学版）》2013年第2期，第183—187页]等。

综上所述，目前学界对南宋诗学的发展脉络与内在理路的研究现状存在如下特点：

首先，以南宋理学、文学与诗学分别作为研究对象的整体及专题研究已较为成熟，在基本文献的整理方面也已取得较为可观的成果，这为本书的深化研究提供了重要的基础性材料。但是这些方面的研究也存在发展不均的情况，理学家如朱熹，文学家如"中兴四大诗人"，诗论作品如《诚斋诗话》《沧浪诗话》等受到了学界的广泛关注，并产生了相当数量的高水平成果，但对于其他理学家如叶适、杨简等人，或如《韵语阳秋》《后村诗话》等作品的诗学思想，尤其是对其如何体现或受到哲学思潮影响的话题，讨论仍十分有限，在深度上也尚有可以挖掘的空间。而在文学创作领域，对于文人诗作的研究大多较为充分，而诗僧的诗歌创作及其影响主流诗坛的具体表现，仍未受到太多的关注。

其次，目前关于宋代理学、心学或佛教分别影响诗学发展的研究成果已较为丰富。此方面研究涉及哲学、宗教学与文学、诗

◎ 绪　论

学等学科知识的交叉运用，对本课题的研究有重要的方法论意义。但南宋同时也是儒学、佛学思潮交汇碰撞的重要时期，而目前针对儒释交融思潮影响诗学嬗变的途径、主要表征、内在理路等问题的研究仍有待深入和系统化。虽然对于南宋时期涉及儒释交融的诗学著作与命题如《沧浪诗话》、"活法"、以禅喻诗等，目前学界已有丰富且深入的研究成果，但针对儒释交融如何在哲学基础、创作理念和文化心理等层面间接地影响诗学的专题研究仍有待补充。

三、选题意义与研究方法

就南宋诗坛而言，虽然其中很多理学家和重要诗人的诗歌创作和诗学思想逐渐受到了越来越多的关注，但将其作为一个与北宋诗坛联系紧密又相对独立的观照对象，仍有其独特的研究价值。

在文学批评史的层面上，深度挖掘南宋时期哲学思潮对诗学批评与理论建设的影响，除了要特别关注"诗以明道""活法""妙悟"等传统诗学论题，也需深入观察时人所建构的哲学体系，包括本体论、主客体认识论及修养方式等完整的理论框架对诗论产生的基础性影响，通过这样的方式可以获得对中国古代文学批评史更为全面深刻的认识。南宋诗学中所产生的重要现象，即对诗歌审美唐宋之辨的认识与探讨，对于其后中国诗学史的发展产生了十分深广的影响，厘清其背后哲学思潮的推动作用，也有助于我们在诗学史问题的梳理上追本溯源。

另外，在文学史的层面上，探讨南宋哲学思潮对诗歌创作和诗学思想的影响，有助于我们进一步深入观察主流诗坛内外的诗歌创作。有些较为独特的诗歌形式、审美与理念被士大夫吸纳并融入诗歌创作中，进而对此时的主流诗坛和诗学发展进程产生影响。这对完整了解南宋诗坛的创作生态，并深刻理解中华文化意涵深邃、兼容并蓄等特点存在积极意义。

从更为广阔的文化史层面来看，三教思想的深度融合是宋型文化形成的重要原因，将诗歌和诗学思想作为一个观察的窗口，细致梳理南宋时期文人学者在哲学体系层面的融合及重构，有助于进一步透视此时特殊思想背景下形成的中华民族共同心理与思维方式。

本书所采用的研究方法首先需要运用文学、诗学、哲学等多学科交叉的研究视角，聚焦诗学的哲学基础。想要完整地了解南宋时期诗学思潮的发展情况与其中的哲学理路，就需要更深入地剖析和理解时人的哲学体系、诗论和诗歌创作与它们的联动情况，这无疑涉及宗教学、哲学、文学及文艺学等多个学科知识的交叉运用。另外，本书对研究对象采取历时性与专题研究相结合的考察方式。通过文化史的视角将此时多家融合在哲学思潮中的表现与诗学的发展放入特定历史时空内加以探讨，重点深入与整体观照相结合，在深入剖析关键性问题，定位重要历史节点、人物和论题的基础上，总结南宋诗学演变的整体趋势与内在理路。

诗学话语的文献类型及时代特征

诗论篇

南宋诗学话语的脉络与理路

第一章

类型总览：诗学话语分布广泛，来源文献类型多样

中国古代诗学体系庞大丰富，内涵独特精深。有唐代诗文创作的珠玉在前，宋代文人一方面积极在创作上推陈出新，摸索不落前人窠臼的文学新范式；另一方面也在总结前人创作的技法、原则与规律性方面取得了重大进展，文学理论作品大量出现，零散的点评议论文字在宋人文集中更是俯拾即是，对文学创作理论的抽象思考和规律总结又反过来影响了此时的文艺创作，形成了宋代文学与文学观发展的新特色。宋代诗学虽已有比较丰富的诗话作品聚沙成塔，但更多的诗学理论表达仍散见于文集、注疏、笔记乃至灯录等文献当中，前人研究成果包括吴文治主编的《宋诗话全编》（以下简称《全编》）、郭绍虞《宋诗话考》《宋诗话辑佚》、程毅中主编《宋人诗话外编》等都对宋代诗话的整体情况做了考证和梳理，并汇编了宋代大量的诗学话语。但现有研究多是以诗话作者或诗话、笔记小说作品等为索引，对其中收集辑录的诗话来源作品（除诗话、笔记小说外）未做详细的概括分析。

故本书首先对南宋诗学话语所在文献做分类检视，以期获得对南宋诗学话语存在形态、突出特点及演变趋势的整体观照。

一、诗话：数量和体量的暴发

诗话是全面了解宋代诗学的一个重要方面。"诗话"的概念在中国古代文论史上内涵较为复杂，其定义在一段时间内也稍显混乱，且有古今差异。"（诗话）成为中国文学理论批评和文学史的一种重要资料。其中有评论作家作品的，有发挥诗歌的文学理论的，有专讲诗的写作方法的，还有记载诗人的遗闻轶事的，也有包括以上各类的，或各有侧重。"[①] 王大鹏等编《中国历代诗话选》提出诗话和笔记体制相类，故将历代诗话及笔记中的论诗文字都编入其中，也包括部分撰述者其他论诗文字，如论著、序跋、书牍、传志、论诗诗等，内容限于古代诗歌理论（如诗歌本质论、风格论、创作论、作家论、鉴赏论、批评论等），包括"历代诗歌名篇、名句之诠释、赏析，以及其它有助于古代诗歌理论与诗歌史研究之重要材料"，但排除了有关制艺、典制、盛德、灵异、胜迹、艳诗、琐事、酬唱，以及赋体、骈文、训诂、名物、诗案、诗律、审音、句图等类文字。[②] 张葆全等《历代诗话选注》前言中谈道："什么叫作诗话？诗话是一种漫话诗坛轶事、品评诗人诗作、谈论诗歌作法、探讨诗歌源流的随笔，是宋

[①] （清）何文焕辑，《历代诗话》，北京：中华书局，1981年，出版说明。
[②] 王大鹏、张宝坤、田树生等编选，《中国历代诗话选》，长沙：岳麓书社，1985年，凡例。

元以来我国文学批评的主要样式。"① 可见诗话的内容包含众多方面，且从内容上看，和笔记中与诗歌有关的文字难以清晰区分。就此蔡镇楚教授在《中国诗话史（修订本）》中对诗话文体的溯源、流变和演进轨迹进行了较为系统的总结，不仅对诗话概念的狭义和广义之别进行了区分，而且制定了其认为诗话需具备的三个基本要素：其一，必须是关于诗的专论；其二，必须是由每条内容互不相关的论诗条目连缀而成的创作体制；其三，必须是诗本事与诗论的统一。这种区分标准便将诗话在内容和形制上都与其他类型的论诗话语进行了基本的区分。②

在给诗话下定义时，大多数学者认为诗话随着文体演进存在狭义和广义两种范畴。郭绍虞在《诗话丛话》中谈道："……就广义言之，所以只须凡涉论诗，即是诗话之体。……就狭义言之，诗话似乎只重在论事方面。"③ 王水照等人在《南宋文学史》中谈道："诗话是我国特有的诗歌批评文体。广义的'诗话'内容囊括古今各种关于诗歌的理论，诗歌评论，诗法技巧的研讨，诗人事迹，诗歌本事以及诗语考辨与疏证等等，形式则可以是包括笔记、诗歌、题跋、书信、书序等在内的各种文体。狭义的'诗话'指古代诗学理论批评的一种专著形式，它始于北宋欧阳修所作《六一诗话》，作者在《诗话》中掇零拾遗，随笔记载与

---

① 张葆全、周满江选注，《历代诗话选注》，桂林：广西师范大学出版社，2020年，前言第1页。
② 蔡镇楚，《中国诗话史（修订本）》，长沙：湖南文艺出版社，2001年，第6—7页。
③ 郭绍虞，《诗话丛话》，《宋诗话考》，上海：复旦大学出版社，2015年，第155页。

诗歌有关的掌故、轶事。"① 也有人从作者写作动机的角度将诗话分为"资闲谈"和"逞广博"两类。② 但这种分类方式标准更为模糊，并没有成为诗话类别中的主流定义标准。

另外，广义上的"诗学话语"包含所有与诗有关的讨论，诗格、本事类作品也属其中，但诗话的概念中是否应包括诗格、诗本事类作品目前仍有争议。诗格类作品是唐以来对诗法讨论最为集中且深入的文体形式之一。这类写法在宋代诗话中虽非主流，但也有回响，如《续金针诗格》等，这类作品大多会设定类目繁多的条条框框，再提出由宏观推至微观的作诗方法论。③ 唐代诗格作品的大规模产生和流行很可能与当时的科举考试密切相关④，虽然很多今已不传，但当时这些作品广泛存在，它们的作者力图要为省题诗建构起一套凝固而通行的格式，以满足举子考试的需要，其功能也是指导诗歌写作，具有很强的政策导向和功

---

① 王水照、熊海英，《南宋文学史》，北京：人民出版社，2009年，第382页。
② 蒋祖怡、陈志椿主编，《中国诗话辞典》，北京：北京出版社，1996年，第8页。
③ 《苕溪渔隐丛话》中谈道："梅圣俞有《续金针诗格》，张天觉有《律诗格》，洪觉范有《禁脔》，此三书皆论诗也。圣俞《金针诗格》云：'有内外意：内意欲尽其理，外意欲尽其象，内外含蓄，方入诗格。如旌旗日暖龙蛇动，宫殿风微燕雀高。旌旗喻号令，日暖喻明时，龙蛇喻君臣，号令当明时，君所出，臣奉行也。宫殿喻朝廷，风微喻政教，燕雀喻小人，言朝廷政教方出，而小人向化，各得其所也。如岛屿分诸国，星河共一天，言明君理化一统也。'……余谓论诗若此，皆非知诗者。善乎山谷之言曰：'彼喜穿凿者，弃其大旨，取其发兴，于所遇林泉人物，草木鱼虫，以为物物皆有所托，如世间商度隐语者，则诗委地矣。'"[（宋）胡仔纂集，廖德明校点，《苕溪渔隐丛话（后集）》，北京：人民文学出版社，1962年，第259—260页]《续金针诗格》旧题作者梅尧臣，实为伪托，是由白居易《金针诗格》改编扩充而成。南宋诗评者批评这类作品穿凿附会在很大程度上反映了诗学批评话语的转变，这种转变同时也符合经学发展由训诂转向义理的大趋势。《续金针诗格》延续了唐代诗格作品的写法，而这种诗学观念的表现方式在宋代很快被边缘化了。
④ 张伯伟，《全唐五代诗格汇考》代前言《诗格论》，南京：江苏古籍出版社，2002年；祝尚书，《论宋诗话》，《文学遗产》，2016年第1期，第81—88页。

利性。① 从这种意义来说，宋代的诗话作品与诗格在性质上存在一定区别。严羽言："唐以诗取士，故多专门之学，我朝之诗所以不及也。"② 诗格类作品应正是这种"专门之学"的一部分，而通常所说的诗话作品则不然。早期类诗话文字零星散见于南北朝以来的很多作品当中，欧阳修的《六一诗话》则被看作现在通行的"诗话"文体的开山鼻祖，祝尚书先生提出自此开始，"这种新的诗学著作不再用死法教人如何作诗，而是将表达形式定位为'闲谈'，即用随笔式、漫谈式的诗歌批评和叙事方法，让读者在轻松、愉快的阅读中得到直观的、甚至是情绪化的感受"③。欧阳修开篇自序"居士退居汝阴，而集以资闲谈也"④ 也明确了其文字非关功利教化的性质。而本事类作品则更多关注奇闻逸事，内容与笔记小说相类，于文学理论本身关涉较少，故本书亦未将诗格、本事类作品列为重点关注对象。

关于南宋现存的诗话作品，前人研究中已含翔实考证。综合何文焕《历代诗话》、丁福保《历代诗话续编》、郭绍虞《宋诗话考》《宋诗话辑佚》、程毅中主编《宋人诗话外编》、吴文治主编《宋诗话全编》等研究著作中的考证梳理，南宋诗话作品的大致情况见表1：

---

① 祝尚书，《论宋诗话》，《文学遗产》，2016年第1期，第82页。
② （宋）严羽著，张健校笺，《沧浪诗话校笺》，上海：上海古籍出版社，2012年，第522页。
③ 祝尚书，《论宋诗话》，第83页。
④ （宋）欧阳修著，《六一诗话》，（清）何文焕辑，《历代诗话》，北京：中华书局，1981年，第264页。

表 1　南宋诗话作品概貌

名称	作者	成书时间	流传情况
《苕溪渔隐丛话》（前集六十卷，后集四十卷）	胡仔（1110—1170）	前集成书于高宗绍兴十八年（1148）；后集成于孝宗乾道三年（1167）	存
《诗人玉屑》（二十卷）	魏庆之（生卒年不详）	淳祐甲辰年（1244）前	存
《诗林广记》（前集十卷，后集十卷）	蔡正孙（生卒年不详）	不详	存
《观林诗话》（一卷）	吴聿（南宋初人，生卒年不详）	不详	存
《藏海诗话》（一卷）	吴可（生卒年不详）	不详	存
《竹坡诗话》（一卷）	周紫芝（1081—？）	不详	存
《彦周诗话》（一卷）	许𫖮（生卒年不详，入南宋）	不详	存
《珊瑚钩诗话》（三卷）	张表臣（生卒年不详，入南宋）	不详	存
《艇斋诗话》（一卷）	曾季狸（？—1178）	绍兴二十年（1150）前后	存
《紫薇诗话》（一卷）	吕本中（1084—1145）	不详	存
《风月堂诗话》（二卷）	朱弁（？—1148）	在金时作，度宗时传至江左	存
《诚斋诗话》（一卷）	杨万里（1127—1206）	不详	存
《石林诗话》（三卷）	叶梦得（1077—1148）	南渡之际	存
《岁寒堂诗话》（二卷）	张戒（生卒年不详）	不详	存
《白石道人诗话》（一卷）	姜夔（1155？—1221？）	淳熙年间	存
《沧浪诗话》（一卷）	严羽（1192？—1246？）	不详	存
《深雪偶谈》（一卷）	方岳（生卒年不详）	不详	存
《对床夜语》（五卷）	范晞文（生卒年不详）	景定三年（1262）	存
《集诸家老杜诗评》（五卷）	方深道（生卒年不详）	两宋之交	存

续表

名称	作者	成书时间	流传情况
《优古堂诗话》（一卷）	各本题吴开（生卒年不详）	不详	存
《碧溪诗话》（十卷）	黄彻（生卒年不详）	绍兴年间张浚罢相后	存
《唐诗纪事》（八十一卷）	计有功（生卒年不详）	不详	存
《韵语阳秋》（二十卷）	葛立方（？—1164）	隆兴元年（1163）	存
《环溪诗话》（一卷）	旧题吴沆（1116—1172）	乾道、淳熙年间	存
《庚溪诗话》（二卷）	陈岩肖（生卒年不详）	淳熙中	存
《二老堂诗话》（一卷）	周必大（1126—1204）	庆元四年（1198）后	存
《草堂诗话》（二卷）	蔡梦弼（生卒年不详）	嘉泰甲子（1204）前后	存
《竹庄诗话》（二十四卷）	何汶编（生卒年不详）	开禧二年（1206）	存
《娱书堂诗话》（二卷）	赵与虤（生卒年不详）	不详	存
《后村诗话》（前集二卷，后集二卷，续集四卷，新集六卷）	刘克庄（1187—1269）	前后二集成于淳祐、宝祐之际（1247—1257）；续集成于咸淳二年（1266）；新集成于咸淳四年（1268）	存
《江西诗派小序》（一卷）	刘克庄（1187—1269）	不详	存
《全唐诗话》（六卷）	旧题尤袤（疑误）	不详	存
《漫叟诗话》（卷数不详）	撰人不详（疑即李公彦《潜堂诗话》）	疑建炎中	残（有节本及辑佚本）
《高斋诗话》（卷数不详）	曾慥（生卒年不详）	绍兴六年（1136）	残（有辑佚本）
《桐江诗话》（卷数不详）	撰人不详	入南宋后，绍兴十八年（1148）前	残（有节本及辑佚本）
《诗说隽永》（卷数不详）	撰人不详	绍兴十八年（1148）后	残（有节本及辑佚本）
《诗论》（一卷）	普闻（生卒年不详）	不详	残（《说郛》本仅两则）

续表

名称	作者	成书时间	流传情况
《李君翁诗话》（卷数不详）	李君翁（生卒年不详）	不详	佚（有辑佚本）
《休斋诗话》（五卷）	陈知柔（生卒年不详）	不详	佚（有辑佚本）
《陈日华诗话》（一卷）	陈晔（生卒年不详）	不详	有写本（未见）
《敖器之诗话》（一卷）	敖陶孙（1154—1227）	不详	残
《胡氏评诗》（卷数不详）	胡某（生卒年不详）	不详	佚（有辑佚本）
《迂斋诗话》（一卷）	不详	不详	残（《说郛》本仅五则）
《茅斋诗话》（卷数不详）	赵舜钦（生卒年不详）	绍定五年（1232）前	佚（有辑佚本）
《玉林诗话》（卷数不详）	黄昇（生卒年不详）	不详	佚（有辑佚本）
《松江诗话》（一卷）	周知和（生卒年不详）	不详	佚文仅三则
《垂虹诗话》（一卷）	周知和（生卒年不详）	不详	佚文仅二则
《钱伸仲诗话》（卷数不详）	钱绅（生卒年不详）	不详	佚
《古今类总诗话》（五十卷）	任舟（生卒年不详）	不详	佚
《分门诗话》（卷数不详）	不详	淳熙三年丙申（1176）前	佚
《程瑀诗话》（一卷）	程瑀（生卒年不详）	不详	佚
《雪溪诗话》（卷数不详）	不详	不详	佚文仅一则
《南宫诗话》（一卷）	叶凯（生卒年不详）	不详	佚
《练溪诗话》（卷数不详）	张顺之（生卒年不详）	不详	佚
《澹庵诗话》（二卷）	胡铨（1102—1180）	不详	佚
《胡英彦诗话》（卷数不详）	胡公武（1124—1179）	不详	佚
《元祐诗话》（一卷）	不详	不详	佚

续表

名称	作者	成书时间	流传情况
《潜夫诗话》（卷数不详）	刘潜夫（生卒年不详）	不详	佚文仅二则
《诗海遗珠》（九卷）	汤岩起（生卒年不详）	不详	佚
《山阴诗话》（一卷）	陆游（1125—1210）	不详	佚
《山阴诗话》（一卷）	李兼（生卒年不详）	不详	佚
《熊掌诗话》（卷数不详）	郑揆（生卒年不详）	不详	佚
《清林诗话》（卷数不详）	王明清（生卒年不详）	不详	佚
《续老杜诗评》（五卷）	方铨（生卒年不详）	不详	佚
《杜诗九发》（卷数不详）	吴泾（生卒年不详）	不详	佚
《杜诗发微》（一卷）	杜旃（生卒年不详）	不详	佚
《苍山曾氏诗评》（一卷）	曾原一述，黎艾明辑（生卒年均不详）	不详	佚
《公晦诗评》（卷数不详）	李方子（？—1223）	不详	佚
《诗法》（卷数不详）	赵蕃（生卒年不详）	不详	佚
《诗说》（卷数不详）	吴陵（生卒年不详）	不详	佚
《可言集》（前集七卷，后集十三卷）	王柏（1197—1274）	不详	佚
《诗宪》（卷数不详）	不详	不详	佚
《春台诗话》（卷数不详）	赵彦慧（生卒年不详）	不详	佚
《锦机诗话》（卷数不详）	黄钟（生卒年不详）	不详	佚
《诗评》（五卷）	王镐（生卒年不详）	不详	佚
《诗话□家乘》（卷数不详）	韦居有（？）（生卒年不详）	不详	佚
《黄超然诗话》（十卷）	黄超然（生卒年不详）	不详	佚
《诗话钞》（卷数不详）	陈存（生卒年不详）	不详	佚

到了南宋，诗话作品早已不只是"资闲谈"的模式，而是呈现出多元化发展的趋势，以本事、创作论、诗歌鉴赏为中心或较具综合性、理论性的作品不一而足。王水照等人在《南宋文学史》中指出，宋室南渡前后，诗话发展情况发生变化，"表现其一是北宋末出现了诗话总集；其二是南宋诗话数量较北宋大增；

其三是出现了像严羽的《沧浪诗话》这样有系统的诗学思想、有核心审美范畴的诗歌理论专著"①。这些变化都说明，以"诗话"的形式论诗、评诗在南宋时期已经成为被广为接受并严肃看待的一种文学活动方式。

就南宋诗话的现存情况来看，暂排除争议较大的《全唐诗话》，现存全本的诗话数量约为 25 种，其中南宋前期（1127—1156）数量最多，现存 14 种，中兴时期（1157—1209）现存 5 种，后期（1210—1279）现存 6 种。在体量上也是前期最多，中、后期基本相当。但前期诗话中《集诸家老杜诗评》是专辑杜甫相关诗论的作品，《唐诗纪事》辑录唐代相关逸事，体量都相当庞大。若排除这两部作品，那现存南宋前、中、后三期的诗话文字体量则大致相当。当然，前期的时间跨度最短，所以根据现有资料我们可以初步判断，前期诗话创作的活跃度、品质感和受到关注的程度都要更强。

这些诗话作品中，前三种是汇录各家诗话的总集类作品，很多早已散佚的宋代诗话也是因被辑录才得以保存佚文若干。当然，这其中的辑录、评点等亦能体现编纂者自身的诗学思想。虽然现存单部诗话往往篇幅不大，但结合总集类作品，南宋诗话的整体体量远超北宋时期，且如《白石道人诗说》《沧浪诗话》等虽然本身篇幅短小，但在诗学史上产生了深广影响。与散见于其他论著中的诗学话语不同，诗话的讨论焦点俱为诗歌，故其长期以来都是南宋诗学领域中的重要研究对象。

---

① 王水照、熊海英，《南宋文学史》，第 383 页。

二、诗论：序跋与论诗诗为主

除诗话作品外，卷帙浩繁的宋人文章中也包含大量论及诗学或诗歌理论的篇目，这些作品往往创作目的和形式各异，但都或多或少地表达出作者的诗歌理念，并且在诗歌理念的交流、诗人群体的形成、诗学思潮的转变等过程中扮演着重要角色。南宋文章著作中包含较多诗论内容的文体主要是诗文集序、跋、诗集注、书信、评、记、说等，这里将一些比较具有代表性、重要性或影响力的作家作品整理如下：

1. 序

黄彦平（约1130年前后在世），《王介甫文集序》（《王介甫文集》）

王铚（约1132年前后在世），《题洛神赋图诗并序》（《雪溪集》）

葛胜仲（1072—1144），《陈去非诗集序》《中散兄诗集序》等（《丹阳集》）

张守（？—1145），《姚进道文集序》（《毗陵集》）

程俱（1078—1144），《贺方回诗集序》《三高堂诗序》等（《北山集》）

汪藻（1079—1154），《鲍吏部集序》《呻吟集序》等（《浮溪集》）

周紫芝（1082—1155），《古今诸家乐府序》《西堂文集序》等（《太仓稊米集》）

李纲（1083—1140），《湖海诗集序》《五峰居士文集序》等（《梁溪集》）

张元干（1091—1170），《亦乐居士文集序》（《芦川归来集》）

曹勋（1098—1174），《补乐府十篇序》（《松隐集》）

李石（1108—1180），《李晋寿诗叙》（《方舟集》）

洪适（1171—1184），《荆门集序》（《盘洲文集》）

韩元吉（1118—1187），《焦尾集序》《张安国诗集序》等（《南涧甲乙稿》）

晁公溯（约1172年前后在世），《薛仲邕诗集序》（《嵩山集》）

崔敦礼（约1181年前后在世），《韦苏州集序》（《宫教集》）

薛季宣（1125—1173），《李长吉诗集序》（《浪语集》）

杨万里（1127—1206），《石湖先生大资参政范公文集序》《颐庵诗稿序》（《诚斋集》）

李洪（1129—？），《橛栎集序》（《芸庵类稿》）

舒邦佐（1137—1214），《真隐诗集序》（《双峰猥稿》）

杨冠卿（1139—？），《群公乐府序》《静寄乐府序》（《客亭类稿》）

陈亮（1143—1194），《桑泽卿诗集序》（《龙川集》）

袁燮（1144—1224），《诗序》（《絜斋集》）

吴泳（约1225年前后在世），《沈宏甫齐瑟录序》《东皋唱和集序》（《鹤林集》）

叶适（1150—1223），《徐斯远文集序》《黄文叔诗说序》等（《水心文集》）

孙应时（1154—1206），《胡文卿樵隐诗稿序》（《烛湖集》）

程珌（1164—1242），《鄱阳董仲光诗集序》《吴基仲诗集序》

等（《洺水集》）

洪咨夔（1176—1236），《豫章外集诗注序》（《平斋文集》）

罗与之（约1235年前后在世），《〈雪坡小稿〉自叙》（《雪坡小稿》）

魏了翁（1178—1237），《程氏东坡诗谱序》《裴梦得注欧阳公诗集序》等（《鹤山集》）

真德秀（1178—1235），《咏古诗序》《日湖文集序》等（《西山先生真文忠公文集》）

刘克庄（1187—1269），《江西诗派小序》《野谷集序》《瓜圃集序》等（《后村先生大全集》）

杨弘道（1189—1270年以后），《送赵仁甫序》（《小亨集》）

林希逸（1190？—1269后），《陈子宽诗集序》《刘元高诗序》等（《竹溪鬳斋十一稿续集》）

居简（约1245年前后在世），《送高九万菊磵游吴门序》（《北磵集》）

王柏（1197—1274），《重改石笋清风录序》《汪功父知非稿》（《鲁斋集》）

宋伯仁（约1240年前后在世），《雪岩吟草序》（《雪岩吟草》）

赵孟坚（1199—1295），《孙雪窗诗序》《赵竹潭诗集序》（《彝斋文编》）

李昴英（1201—1257），《代李守作柳塘诗序》（《文溪集》）

姚勉（约1264年前后在世），《黄端可诗序》《再题俊上人诗集》（《雪坡舍人集》）

柴望（1212—1280），《〈道州台衣集〉原序》（《秋堂集》附录），《〈凉州鼓吹诗余〉自序》（《柴氏四隐集》）

031

道璨（约 1270 年前后在世），《周衡屋诗集序》《潜仲刚诗集序》等（《柳塘外集》）

欧阳守道（约 1272 年前后在世），《陈舜民诗集序》《吴叔椿诗集序》等（《巽斋文集》）

柴元彪（约 1270 年前后在世），《〈袜线稿〉自叙》（《柴氏四隐集》）

卫宗武（？—1289），《柳月涧吟秋后稿序》《陆象翁候鸣吟编序》等（《秋声集》）

舒岳祥（约 1274 年前后在世），《刘士元诗序》《俞宜民诗序》（《阆风集》）

方逢辰（1221—1291），《邵英甫诗集序》《周月潭诗序》等（《蛟峰文集》）

高斯得（约 1275 年前后在世），《白氏长庆集序》《东皋子诗序》等（《耻堂存稿》）

龚开（1222—1304），《宋江三十六赞序》（《鬼城叟集辑》）

谢枋得（1226—1289），《程汉翁诗序》《重刊苏文忠公诗序》等（《叠山集》）

牟巘（1227—1311），《仇山村诗集序》《厉瑞甫唐宋百衲集序》等（《陵阳集》）

何梦桂（1228—？），《王樵所诗序》《文勿斋诗序》等（《潜斋集》）

黄仲元（1231—1312），《郑云我存稿序》《姚野庵诗解序》等（《四如集》）

刘辰翁（1232—1297），《欧氏甥植诗序》《陈生诗序》等（《刘辰翁集》）

文天祥（1236—1282），《孙容庵甲稿序》《萧焘夫采若集序》（《文天祥全集》）

陈仁子（约1279年前后在世），《送采诗彭丙翁序》《玄晖宣城集序》（《牧莱脞语》）

方凤（1241—1322），《重阳诗卷序》《书梅节愍公〈文安集后〉》等（《存雅堂遗稿》）

俞德邻（约1283年前后在世），《北村诗集序》《奥屯提刑乐府序》等（《佩韦斋集》）

郑思肖（1241—1318），《心史·自序》《〈大义集〉自序》等（《心史》）

方逢振（约1293年前后在世），《扬州盛恕斋吟稿序》（《山房遗文》）

黄公绍（约1293年前后在世），《诗集大成序》（《在轩集》）

林景熙（1242—1310），《胡汲古乐府序》《王修竹诗集序》等（《霁山文集》）

梁栋（1242—1305），《重阳教化集序》等（《道藏》）

张之翰（1243—1296），《梦会图诗序》《易斋诗卷序》等（《西岩集》）

熊禾（1253—1312），《题童竹涧诗集序》（《勿轩集》）

2. 跋

葛胜仲（1072—1144），《书渊明诗集后》《跋曹职方诗卷》（《丹阳集》）

李弥逊（1089—1153），《舍人林公时敷集句后序》（《筠溪集》）

胡寅（1098—1156），《向芗林酒边集后序》（《斐然集》）

陈亮（1143—1194），《书欧阳文粹后》（《龙川集》）

叶适（1150—1223），《跋刘克逊诗》（《水心文集》）

程珌（1164—1242），《跋孟东野集》《书唐人绝句编后》等（《洺水集》）

刘宰（1166—1239），《书碧岩诗集后》（《漫塘集》）

戴栩（约1226年前后在世），《跋万朴翁所和渊明归去来辞》（《浣川集》）

徐鹿卿（1170—1249），《跋黄瀛父适意集》（《清正存稿》）

徐元杰（1196—1246），《跋刘状元集后》《跋俞慵庵诗集》（《楳埜集》）

魏了翁（1178—1237），《吕氏读诗纪后序》（《鹤山集》）

真德秀（1178—1235），《黄子厚诗后序》《跋豫章黄量诗卷》等（《西山先生真文忠公文集》）

林希逸（1190？—1269？），《黄绍谷集跋》《跋玉融林鏻诗》等（《竹溪鬳斋十一稿续集》）

徐经孙（1192—1273），《黄季清注〈朱文公训蒙诗〉跋》（《矩山存稿》）

王柏（1197—1274），《跋邵絜矩诗》《朱子诗选跋》（《鲁斋集》）

方岳（1199—1262），《跋陈平仲诗》（《秋崖集》）

谢枋得（1226—1289），《萧水厓诗卷跋》（《叠山集》）

牟巘（1227—1311），《跋意山图》《跋恩上人诗》等（《陵阳集》）

文天祥（1236—1282），《跋李敬则樵唱稿》《跋刘玉窗诗文》（《文天祥全集》）

张之翰（1243—1296），《跋王吉甫〈直溪诗稿〉》《跋〈草窗

诗稿〉》等（《西岩集》）

陈普（1244—1315），《曾雪笠诗跋》（《石堂先生遗集》）

熊禾（1253—1312），《跋文公再游九日山诗卷》（《勿轩集》）

3. 书信

孙觌（1081—1169），《与曾端伯书》（《鸿庆居士文集》）

李正民（约1152年前后在世），《与祝师龙书》（《大隐集》）

刘才邵（1086—1158），《谢词学科第二人启》（《杉溪居士集》）

陈渊（？—1145），《答翁子静论陶渊明》（《默堂集》）

朱松（1097—1143），《上赵漕书》（《韦斋集》）

朱熹（1130—1200），《答杨宋卿》《答巩仲至》（《朱文公集》）

楼钥（1137—1213），《答杜仲高旃书》（《攻媿集》）

杨冠卿（1139—？），《谢江东漕总启》（《客亭类稿》）

陆九渊（1139—1192），《与程帅》（《象山集》）

陈亮（1143—1194），《又癸卯秋书》《复杜仲高书》等（《龙川集》）

叶适（1150—1223），《答刘子至书》《书悮敬仲诗卷后》等（《水心文集》）

包恢（1182—1268），《答傅当可论诗》《答鲁子华论诗》等（《敝帚稿略》）

方岳（1199—1262），《答许教》（《秋崖集》）

谢枋得（1226—1289），《与刘秀岩论诗》（《叠山集》）

黄仲元（1231—1312），《上江古心先生书》《〈淇奥〉〈宾之初筵〉〈抑〉》等（《四如集拾遗》）

吴龙翰（1233—1293），《上刘后村书》（《联句辨》）

王炎午（1252—1324），《上参政姚牧庵》《回耘庐刘尧咨》等（《吾汶稿》）

4. 诗注

任渊（约1135年前后在世），《山谷诗集注》

史容（1145？—1210？），《山谷外集诗注》

何基（1188—1269），《解释朱子斋居感兴诗二十首》（《何北山先生遗集》）

刘辰翁（1232—1297），《须溪先生校本王右丞集》

5. 评、记、论、说等

邓肃（1091—1132），《诗评》（《栟榈集》）

张守（？—1145），《朝奉郎陆虞仲墓志铭》（《毗陵集》）

汪藻（1079—1154），《翠微堂记》《永州柳先生祠堂记》等（《浮溪集》）

周紫芝（1082—1155），《祭靖节先生》（《太仓稊米集》）

李侗（1093—1163），《答问》（《李延平集》）

范浚（1102—1151），《诗论》（《香溪集》）

敖陶孙（1154—1227），《诗评》（《丛书集成初编》）

汪莘（1155—1227），《诸家诗说》（《方壶存稿》）

曹彦约（1157—1228），《"池塘生春草"说》《杜少陵〈闷诗〉说》（《昌谷集》）

魏了翁（1178—1237），《资州中和宣布之楼记》（《鹤山集》）

白玉蟾（1194—1229），《涌翠亭记》（《玉陵集》），《橘隐记》（《上清集》）

方岳（1199—1262），《思齐说》（《秋崖集》）

郑思肖（1241—1318），《无弦处士说》（《心史》）

邓牧（1247—1306），《友古斋记》（《伯牙琴》）

吴渭（约1299年前后在世），《诗评》（《月泉吟社诗》）

谢翱（1249—1295），《游石洞联句夜坐记》（《晞发集》）

6. 其他

王宗稷（约1146年前后在世），《东坡先生年谱》

李衡（1099—1178），《乐庵语录》

方崧卿（1135—1196），《韩集举正》

史尧弼（1118—1158?），《私试策问》（《莲峰集》）

李涂（约1195年前后在世），《文章精义》

楼昉（约1200年前后在世），《崇古文诀》

彭叔夏（约1205年前后在世），《文苑英华辨证》

杜范（1182—1245），《辛丑知贡举竣事与同知贡举钱侍郎曹侍郎上殿札子》《荐葛应龙札子》等（《清献集》）

方大琮（1183—1247），《乐律》（《铁庵集》）

岳珂（1183—1243），《刘改之诗词》《快目楼题诗》等（《桯史》）

陈振孙（1179—1261?），《直斋书录解题》

林希逸（1190?—1269后），《离骚》《学记》（《竹溪鬳斋十一稿续集》）

居简（约1245年前后在世），《书泉南珍书记行卷》（《北磵集》）

柴望（1212—1280），《和归去来辞》（《秋堂集》）

许月卿（1217—1286），《书〈楚辞〉后》（《先天集》）

俞德邻（约 1283 年前后在世），《辑闻》(《佩韦斋集》)

王炎午（1252—1324），《生祭文丞相文》等（《吾汶稿》）

除此之外，还有一些南宋文人的诗学话语散见于元、明时期的文献当中，如明代高棅的《唐诗品汇》收录了一些刘辰翁评唐诗语。受笔者能力所限，对这部分文献的搜集和研究仍有待后续补充。

当然，这类诗学话语还包括一个特殊的类型——论诗诗。张伯伟教授在《论诗诗的历史发展》一文中谈道：论诗诗作为一种诗歌体裁，同时也作为一种文学批评的方式，是到杜甫《戏为六绝句》出现才正式成立的；论诗诗既是文学批评，又是批评文学，它是形象思维与逻辑思维结合的产物，偏重以议论为诗。[①] 当然，南宋诗歌整体数量极多，论诗诗的定义也存在一定的模糊性，故数量上难以估计。这里将一些符合上述定义、能反映一定诗歌理念的部分论诗诗罗列如下：

林季仲（约 1139 年前后在世），《谢李端明惠李翰林集》（《竹轩杂著》）

许景衡（1072—1128），《次韵郑希仲》（《横塘集》）

葛胜仲（1072—1144），《次韵良器真意亭探韵并序》（《丹阳集》）

俞桂（约 1146 年前后在世），《论诗》《吟诗》等（《渔溪诗稿》）

张守（？—1145），《方时敏倅浚归浙江待次送行》《题王岩起乐斋》等（《毗陵集》）

[①] 张伯伟，《〈论诗诗〉的历史发展》，《文学遗产》，1991 年 4 月，第 1—7 页。

郭印（约 1154 年前后在世），《草堂》《计敏夫送酒四壶有诗和之二首》(《云溪集》)

刘才邵（1086—1158），《次韵刘克强寄刘齐庄并见寄》《赠刘升卿》等 (《杉溪居士集》)

张九成（1092—1159），《客观余孝经传感而有作》《读梅圣俞诗》等 (《横浦集》)

黄公度（1109—1156），《和邵观复见赠》(《知稼翁集》)

陈造（1132—1169），《题五柳先生诗编年后二首》《赠赵排岸兼简汪尉》等 (《江湖长翁集》)

刘学箕（约 1192 年前后在世），《醉歌》(《方是闲居士小稿》)

杜旃（约 1192 年前后在世），《读杜诗斐然有作》(《癖斋小集》)

廖行之（1137—1189），《上湖北赵司仓三首》(《省斋集》)

王炎（1138—1218），《用元韵答清老》《再答清老》(《双溪类稿》)

葛天民（约 1198 年前后在世），《寄杨诚斋》(《葛无怀小集》)

袁说友（1140—1204），《题杨诚斋南海集二首》《和董显叔韵》等 (《东塘集》)

章甫（1140?—1200?），《张君明昆仲袖唱和诗见过》(《自鸣集》)

虞俦（约 1202 年前后在世），《再和》《咏古》等 (《尊白堂集》)

刘翼（约 1205 年前后在世），《戏和刘雪巢题壁韵》《题简上人西亭诗文后》等 (《心游摘稿》)

史弥宁（约 1215 年前后在世），《赋桂隐用王从周韵》《诗禅》等 (《友林乙稿》)

赵蕃（1143—1229），《论诗寄硕父五首》《琛卿论诗用前韵

示之》等（《淳熙稿》）

韩淲（1159—1224），《章抚干诗编》《书林》等（《涧泉集》）

戴复古（1167—1248?），《杜甫祠》《昭武太守王子文日与李贾严羽共观前辈一两家诗及晚唐诗因有论诗十绝子文见之谓无甚高论亦可作诗家小学须知》等（《石屏诗集》）

永颐（约1250年前后在世），《伯弜出示新题乐府四十章雄深雅健有长吉之风喜而有咏》《寄姚赣州》等（《云泉诗集》）

王迈（1184—1248），《读诚斋新酒歌仍效其体》（《臞轩集》）

刘克庄（1187—1269），《和季弟韵二十首》《和黄户曹投赠二首》等（《后村先生大全集》）

林希逸（1190?—1269后），《三十年前尝与陈刚父论诗云本朝诗人极少荆公绝工致尚非当行山谷诗有道气敖臞庵诸人只是侠气余甚以为知言追怀此友因以记之》《和〈效颦〉》等（《竹溪鬳斋十一稿续集》）

徐经孙（1192—1273），《题伴云樵唱》《和端茶训子》等（《矩山存稿》）

李曾伯（1198—1275后），《过涪州怀伊川涪翁两先生》《用从军古云乐为韵贺杨觉甫干》（《可斋杂稿》）

赵孟坚（1199—1295），《诗谈》（《彝斋文编》）

汪炎昶（1200—1278），《和友人论诗二首》（《古逸民先生集》）

戴昺（约1257年前后在世），《壬子立夏日同郡博士黄次夔游江祖太白钓台因成古诗并呈偕行诸丈》《有妄论宋唐诗体者答之》（《东野农歌集》）

文珦（1210—1287?），《哀集诗稿》《周草窗吟藁号蜡屐为赋

古语》(《潜山集》)

陈著(1214—1297),《次韵分生》《高洁堂来见因次前韵三首其一》(《本堂集》)

道璨(约1270年前后在世),《赠明侍者》(《柳塘外集》)

许月卿(1217—1286),《次韵胡温升玉甫西野》《次韵》等(《先天集》)

方夔(约1277年前后在世),《读李翰林诗》《九日读陶渊明诗》等(《富山遗稿》)

舒岳祥(约1274年前后在世),《题潘少白诗》《诗诀》(《阆风集》)

张之翰(1243—1296),《题渊明图》《方虚谷以诗饯余至松江,因和韵奉答》等(《西岩集》)

南宋除论诗诗外,还存在一定数量的论诗词。这类作品主要出现在"以文为词"的写作手法普及之后,但这种理论性的表达与词体特征实南辕北辙,故此类作品数量较少。这里简单列举两首:

徐经孙(1192—1273),《水调歌头(致仕得请)》《百字令》等(《矩山存稿》)

方岳(1199—1262),《满江红·且问黄花》《沁园春·岁在永和》等(《秋崖集》)

虽然南宋论诗诗整体数量也颇具规模,但相比这样一种独特的形式来说,很多文人更多时候是在自己的诗歌中掺杂诗评诗论,形式多样,意蕴独特。如欧阳修曾在《水谷夜行》一诗中评价苏舜钦、梅尧臣两人的诗歌特点:"子美气尤雄,万窍号一噫,有时肆颠狂,醉墨洒滂霈。譬如千里马,已发不可杀。盈前尽珠玑,一一难拣汰。梅翁事清切,石齿漱寒濑。作诗三十年,视我犹后辈。文词愈精新,心意虽老大。有如妖韶女,老自有余态。近诗尤古硬,咀嚼苦难嘬。又如食橄榄,真味久愈在。苏豪以气轹,举世徒惊骇。梅穷独我知,古货今难卖。"① 欧阳修表示自己并不评价二者诗歌的优劣,诗中他以譬喻的形式描述二人诗歌的风格特征,这在宋代"诗中论诗"的现象中颇具代表性。可见随着宋人诗学理论水平的提升和诗歌说理性的加强,他们用创作表达诗歌思想的形式更趋于多元。

三、经论:《诗》学与诗学混融

在宋代儒学复兴的背景之下,经学类作品是大量承载南宋文人诗学话语的另一重要阵地,尤其对儒家学者而言。姜广辉在《中国经学思想史》中谈道:"中国思想史的发展是以不断地对元典进行重新诠释的形式开展的。儒学经典与诠释的关系,反映为中国历史传统与现实的关系……诠释并不是一种复现的过程,而是一种创造的过程。"② 很多理学家受其文道观的影响,轻视诗歌作为文学形式独立的艺术审美价值,故他们对诗学思想的阐发往往依附于其庞大的经学体系,尤其是围绕《诗经》展开的各派

---

① (宋)欧阳修著,《六一诗话》,《历代诗话》,第267—268页。
② 姜广辉主编,《中国经学思想史》,北京:中国社会科学出版社,2003年,第40—41页。

学说。这里也将一些反映了作者诗学思想的经学著述记录如下：

李如篪（约 1132 年前后在世），《东园丛说》

张九成（1092—1159），《心传录》

周孚（1135—1177），《非诗辨妄》

郑樵（1104—1162），《六经奥论》

胡宏（1105—1155 或 1102—1161），《皇王大纪》

程大昌（1123—1195），《诗论》《诗事》《续诗事》等

孙奕（约 1190 年前后在世），《示儿编》

王质（1127—1189），《诗总闻》

唐仲友（约 1183 年前后在世），《诗解钞》

吕祖谦（1137—1181），《吕氏家塾读诗记》

戴溪（1141—1215），《续吕氏家塾读诗记》

辅广（约 1208 年前后在世），《诗童子问》

杨简（1140—1225），《慈湖诗传》

詹初（约 1230 年前后在世），《翼学》

刘克（约 1235 年前后在世），《诗说》

黄震（约 1270 年前后在世），《读诗一得》

王应麟（1223—1296），《诗考》《诗地理考》

家铉翁（？—1294），《〈春秋〉集传详说》

赵惪（约 1280 年前后在世），《诗辨说》

周紫芝（1082—1155），《毛诗解义序》(《太仓稊米集》)

王苹（1082—1153），《应诏论事奏状》(《王著作集》)

张纲（1083—1166），《经筵诗讲义》(《华阳集》)

林之奇（1112—1176），《上王参政》(《拙斋集》)

王之望（1104—1171），《上宰相书》（《汉滨集》）

林光朝（1114—1178），《与赵著作子直》（《艾轩集》）

韩元吉（1118—1187），《〈诗〉论》（《南涧甲乙稿》）

薛季宣（1125—1173），《书〈诗性情说〉后》（《浪语集》）

朱熹（1130—1200），《诗集传序》（《朱文公集》）

唐仲友（约1183年前后在世），《诗论》（《悦斋文钞》）

陈埴（约1210年前后在世），《孟子》《诗》等（《木钟集》）

陈亮（1143—1194），《诗经》（《龙川集》）

陈淳（1159—1223），《子曰诗三百一言以蔽之》《答陈伯澡问诗》（《北溪大全集》）

陈文蔚（约1236年前后在世），《读诗杂记》（《克斋集》）

方大琮（1183—1247），《诗书疑》《诗》（《铁庵集》）

阳枋（1187—1267），《与苏坤珍书》（《峿诒儒侄书》）

王柏（1197—1274），《毛诗辨》《风雅辨》等（《鲁斋集》）

陈藻（约1260年前后在世），《诗》（《乐轩集》）

这些作者中有相当一部分是南宋时期卓有成就的理学家，他们很多并没有单独的论诗作品传世，这些经学论著就成为后世进一步了解他们诗学理念的重要窗口。在这些作品中我们可以看到，《诗经》对此时儒家学者诗学思想的影响要远超其他经典，对《诗经》的深入阐释既是儒家学者的经学成果，同时也是他们进行诗学建构的重要方法。要全面考察南宋时期诗学思潮的整体面貌和发展情况，理学家诗论是其中的重要一环，而如何在理学家经论中提取、分析其诗学理念，也是南宋诗学研究领域的难点之一。

四、其他：笔记与灯录需关注

除上述几种著述类型之外，南宋还有大量诗学话语散见于非专论诗学、经学的文章或史书、笔记等文献当中。这些文字有些被后人辑出，如《宋人诗话外编》[1] 就辑录了大量宋人笔记中的论诗条目。当然，更多未被辑出的诗学论述仍待学人继续深入挖掘研究。本书在前人考证的基础上，将一些散见的诗学话语列举若干，仅供参考。

首先，郭绍虞的《宋诗话考》中收录了以下从文集或笔记中辑出的南宋诗话：

> 赵令畤（1051—?），《侯鲭诗话》（一卷），[日] 近藤元粹辑《侯鲭录》得，现存。
>
> 吕本中，《童蒙诗训》（一册），明人辑《童蒙训》，佚，今有辑佚本。
>
> 洪迈（1123—1203），《容斋诗话》（六卷），辑者不详，辑自《容斋五笔》，存。
>
> 原二十卷为严有翼撰，佚；今十卷本亦题严有翼撰，伪。《艺苑雌黄》，散见于《苕溪渔隐丛话》《草堂诗话》《诗人玉屑》等，仅存《说郛》本。郭绍虞辑佚文八十四则，见《宋诗话辑佚》。

---

[1] 程毅中主编，《宋人诗话外编（全四册）》，北京：中华书局，2017年。

陆游（1125—1210），《老学庵诗话》，［日］近藤元粹辑《老学庵笔记》，存。

高似孙（生卒年不详），《剡溪诗话》（一卷），辑自《剡录》，辑者不详，存。

朱熹（1130—1200），《清邃阁论诗》（一卷），朱玉辑，存。（另有《晦庵诗说》一卷，朱熹弟子陈文蔚等录）

张镃（1153—?），《诗学规范》（一卷），辑自《仕学规范》，辑者不详，辑出单行者未见。

聂奉先（生卒年不详）集，《续广本事诗》五卷，有节本。

孙奕（生卒年不详），《履斋诗说》（一卷），［日］近藤元粹辑自《履斋示儿编》，存。

吴子良（生卒年不详），《吴氏诗话》（二卷），辑者不详，辑自《林下偶谈》，存。

周密（1232—约1298），《弁阳诗话》（一卷），辑自《浩然斋雅谈》，［日］近藤元粹辑订，存。

其次，《宋人诗话外编》中还辑出了一些南宋笔记小说中的诗话文字，这些作品有：

赵令畤《侯鲭录》、叶梦得《避暑录话》《玉涧杂书》、何薳《春渚纪闻》、徐度《却扫编》、庄绰《鸡肋编》、邵博《邵氏闻见后录》、马永卿《懒真子录》、施德操《北窗炙輠录》、朱翌《猗觉寮杂记》、陈善《扪虱新话》、姚宽《西溪丛语》、王观国《学林》、张邦基《墨庄漫录》、朱弁《曲洧旧闻》《续骫骳说》、朱彧《萍州可谈》、陈长方《步里客谈》、王銍《默记》、曾敏行《独醒杂志》、袁文《瓮牖闲

◎ 诗论篇　诗学话语的文献类型及时代特征

评》、吴曾《能改斋漫录》、程大昌《考古编》《演繁录》、洪迈《容斋随笔》、陆游《老学庵笔记》、龚颐正《芥隐笔记》,周煇《清波杂志》、袁褧《枫窗小牍》、王明清《挥麈录》、朱熹《朱子语类》、张淏《云谷杂记》、章渊《稿简赘笔》、俞成《萤雪丛说》、赵彦卫《云麓漫钞》、叶适《习学记言序目》、王楙《野客丛书》、孙奕《履斋示儿编》、费衮《梁溪漫志》、刘昌诗《芦浦笔记》、张世南《游宦纪闻》、陈鹄《耆旧续闻》、陈叔方《颍川语小》、叶大庆《考古质疑》、俞文豹《吹剑录》、赵与訔《宾退录》、吴子良《荆溪林下偶谈》、罗大经《鹤林玉露》、方岳《深雪偶谈》、史绳祖《学斋占毕》、车若水《脚气集》、陈郁《藏一话腴》、黄震《黄氏日钞》、王应麟《困学纪闻》、周密《齐东野语》《癸辛杂识》《浩然斋雅谈》《浩然斋视听钞》、叶寘《爱日斋丛钞》、陈世崇《随隐漫录》、俞琰《书斋夜话》《席上腐谈》、吴萃《视听钞》、蔡宲之《碧湖杂记》、瘦竹翁《谈薮》、侯延庆《退斋雅闻录》、周遵道《豹隐纪谈》、佚名《瑞桂堂暇录》。

除上述被辑的笔记小说之外,笔者另见诗话散见于金盈之《新编醉翁谈录》、吴炯《五总志》、陈葆光《三洞群仙录》、邵博《邵氏见闻后录》、龚明之《中吴纪闻》、范公偁《过庭录》、王灼《碧鸡漫志》、马纯《陶朱新录》、林之奇《记闻》、晁公武《郡斋读书志》、范成大《骖鸾录》、陈骙《文则》、王正德《余师录》、项安世《项氏家说》《平庵悔稿》、高文虎《蓼花洲闲录》、韩淲《涧泉日记》、陈昉《颍川语小》、张端义《贵耳集》、祝穆《古今事文类聚》、倪守约《赤松山志》、赵希弁《郡斋读书志附志》

《郡斋读书后志》、廖莹中《江行杂录》、许月卿《百官箴》、邵桂子《雪舟脞语》、王应麟《玉海》、吴自牧《梦粱录》、邓牧《大涤洞天记》等。

另外，一些佛教文献中也存在诗学相关的材料，卞东波就对南宋宗晓编《四明尊者教行录》中收录的宋初"九僧"的生平资料及其他诗僧的佚诗等做了考究。① 南宋禅宗灯录中也存在一些诗学论述，如赜藏主的《古尊宿语录》、悟明集《联灯会要》等。例如《圆悟佛果禅师语录》中的记述：

> 僧问："千尺丝纶直下垂，一波才动万波随。夜静水寒鱼不食，满船空载月明归。未审此理如何？"师云："离钩三寸高着眼。"进云："恁么则自是不归。归便得，五湖烟浪有谁争？"师云："乾坤大地一时收。"②

这段话虽然是关乎禅理的讨论，但也具有一些诗论或鉴赏的意味。禅宗机锋问答中对前人作品的引述和理解方式，也在一定程度上为传统诗歌鉴赏提供了不同的思路和角度。这些文字在以往虽然也得到了一定程度的关注，但是目前还没有专门的辑录。

综上，南宋诗学话语的分布形态较为复杂，不同身份类型的作者也往往会采取相对不同的方式去表述自身的诗学理念。一些重要的理学家、文学家或诗话作者的诗学理念往往受到更多关注，而一些非常规形态或较边缘群体的诗论则易被忽视。另外，

---

① 卞东波，《宋代诗话与诗学文献研究》，北京：中华书局，2013年，第140页。
② （宋）绍隆等编，《圆悟佛果禅师语录》卷九，《大正藏》第47册，no.1997，东京：大藏出版株式会社，1934年，第755页。

通过梳理南宋诗学话语的来源文献，我们可以清晰地看到此时诗学理论的发展脉络与哲学思潮之间的密切联系，将诗学思想作为时人哲学体系的有机组成部分，深入剖析其中的哲学理路，更有利于获得对南宋诗学发展情况的进一步理解。

第二章

特性解析：发展脉络多线并行，哲思理路混融精深

纵观南宋诗学话语整体的呈现方式和文献分布情况，首先，较北宋而言，南宋诗学话语在体量上大幅增加。就《宋诗话全编》的辑录情况来看，南宋时期诗话的整体篇幅是北宋诗话的十倍左右，就算去除南北宋交叉的部分作品，这种差距也相当可观。《宋诗话考》中收录的诗话数量也能印证这一点。

其次，伴随着诗话作品理论性的显著增强，诗话在诗学思潮发展中的角色亦逐渐从边缘位置走向中心。南宋每一时期诗学思潮的变化几乎都在诗话作品中较为直观地呈现。南宋前期诗论主要继承了江西诗派所建立的知识传统，而中兴诗坛则正值知识传统与抒情传统相辅而行的黄金时代，南宋后期随着国力的衰弱和诗坛巨匠的陨落，对抒情传统的强调又呈现凌越之势。这样的趋势也较为完整地体现在了诗话当中。

另外，诗论类、经学类文献中的诗学话语往往以议论形式的表达为主，而诗话则大多夹叙夹议，除以立论的方式正面表达观

点外，它们仍能从逸事、鉴赏等文字的讨论篇幅上区分、树立、强化作者乃至一个诗歌流派的审美典范。从这种意义来看，对杜甫、苏轼、黄庭坚及他们诗作的讨论在体量上要远超其他。

南宋诗学的发展演变是一个曲折的过程。从南宋前期到中后期，诗歌创作总体呈现由低迷沉寂到兴盛蓬勃再归于平静的趋势，这诚然与政治局势密切相关，但诗论也在其中发挥着引导与总结的基本作用。而随着三教融合的不断深化，调和儒释思想并引入诗学理论建设的做法已获得一定程度的发展及认可，新的特征及发展趋势也在此过程中逐渐显现。

一、诗话的多元化发展

诗话文体发展到南宋时期，在作品数量和囊括内容的体量上都远超前代。整体而言，南宋诗话呈现的突出特点就是多元性。这种多元性体现在内容类型、表达方式和语言风格等方面，而这样的表现也与南宋时期特殊的政治思想环境紧密相关。诗话的产生和发展与唐宋时期三教合流尤其是儒释交融的思潮密切相关。发展到南宋时期，这种不同哲学思想、作者群体和文学派别之间的碰撞与融合，成为南宋诗话多元性特征形成的内在原因。

1. 内容类型的多元性

《彦周诗话》开篇谈道："诗话者，辨句法，备古今，纪盛德，录异事，正讹误也。若含讥讽，著过恶，诮纰缪，皆所不取。"[①]可事实确实如此吗？如前所述，狭义上的诗话作品往往指记录诗人逸事的一类作品。在南宋诗话中，记录诗人逸闻趣事的篇幅仍占据相当大的比重。但许𫖮所说的"含讥讽，著过恶，诮纰缪"却往往伴随出现，篇幅体量也相当可观。这里可以对南宋诗话在内容类型上做一个大致的分类（除《苕溪渔隐丛话》《诗人玉屑》和《诗林广记》三种总集类诗话）。当然，诗话作品中同一条记录可能会涉及其中的多个乃至全部方面，故这里的分类旨在做较为直观的整体呈现。首先，这里先明确诗话所涉及的几大类内容：

（1）逸闻趣事与考据类。

诗话文体自产生以来，"本事"就是其中的重要内容，简而言之，就是记录某些诗作产生之时诗人所遭遇的具体事件或经历。有些记录可以和史料或他人记录相互印证，有些无旁证，真实性存疑，还有一些可以判定为杜撰。这类内容通常被视为《六一诗话》所开创的"诗话"文体的基本传统。纵观北宋诗话（如《六一诗话》《中山诗话》《冷斋夜话》等）的内容，主要都是围绕着本事或诗人的逸闻趣事等展开。南宋诗话虽然在内容类型上更加多元，但广搜逸闻仍是大多数诗话作者的重要任务，其中间杂考据，包括考据逸事真伪、诗句文字、诗作归属乃至社会生活史等多方问题，其中规模最大，搜集范围最广的除前文所录总集类诗话外，就属计有功所撰《唐诗纪事》（八十一卷）。

逸闻趣事类举例：

---

① （宋）许𫖮，《彦周诗话》，《历代诗话》，第378页。

东坡游西湖僧舍，壁间见小诗云："竹暗不通日，泉声落如雨。春风自有期，桃李乱深坞。"问谁所作，或告以钱塘僧清顺者，即日求得之。一见甚喜，而顺之名出矣。余留钱塘七八年，间有能诵顺诗者，往往不逮前篇，政以所见之未多耳。然而使其止于此，亦足传也。①

唐开元中，教舞马四百蹄，衣以文绣，饰以珠玉，和鸾金勒，星粲雾驳，俯仰赴节，曲尽其妙。每舞，藉以巨榻。杜诗云："斗鸡初赐锦，舞马既登床。"初，明皇命五方小儿，分曹斗鸡，胜者缠以锦段。舞马则藉之以榻耳。禄山之乱，散徒四方。魏博田承嗣一日享军，乐作而马舞不休，以为妖而杀之，后人嗟其不遇。颜太初曰："引重致远，马之职也。变其性而为倡优，其谓之妖而死也，宜矣。"②

考据类举例：

韩退之《树鸡》诗云："烦君自入华阳洞，割取乖龙左耳来。"予按割龙耳事两出。柳子厚《龙城录》载："茅山处士吴绰因采药于华阳洞，见小儿手把大珠三颗，戏于松下。绰见之，因询谁氏子，儿奔忙入洞中。绰恐为虎所害，遂连呼相从入，得不二十步，见儿化龙形，一手握三珠，填左耳中。绅以药斧研之，落左耳，而失珠所在。"又冯挚《云仙散录》载："崔奉国家一种李，肉厚而无核。识者曰：天罚乖龙，必割其耳，血堕地，生此李。"未知退之所用果何事。

---

① （宋）周紫芝，《竹坡诗话》，《历代诗话》，第339页。
② （宋）张表臣，《珊瑚钩诗话》，《历代诗话》，第461—462页。

然《龙城录》载割华阳洞龙左耳事，而《云仙散录》乃有乖龙割耳之说，二书各有可取也。洪庆善注韩文甚详，而此独缺文，不知其如何也。①

昔人应急，谓唐之酒价，每斗三百，引杜诗"速宜相就饮一斗，恰有三百青铜钱"为证。然白乐天为河南尹《自劝》绝句云："忆昔羁贫应举年，脱衣典酒曲江边。十千一斗犹赊饮，何况官供不着钱。"又古诗亦有："金尊美酒斗十千。"大抵诗人一时用事，未必实价也。②

(2) 诗作与诗人评点类。

《四库全书·诗文评类一》小序中载：

文章莫盛于两汉，浑浑灏灏，文成法立，无格律之可拘。建安黄初，体裁渐备，故论文之说出焉，《典论》其首也。其勒为一书，传于今者，则断自刘勰、钟嵘。勰究文体之源流，而评其工拙；嵘第作者之甲乙，而溯厥师承，为例各殊。至皎然《诗式》，备陈法律；孟棨《本事诗》，旁采故实；刘攽《中山诗话》、欧阳修《六一诗话》，又体兼说部。后所论著，不出此五例中矣。③

四库馆臣将《六一诗话》等类型的作品与《本事诗》区别开

---

① (宋) 曾季狸，《艇斋诗话》，丁福保辑，《历代诗话续编》，北京：中华书局，1983年，第282页。
② (宋) 周必大，《二老堂诗话》，《历代诗话》，第658页。
③ (清) 四库馆臣，《诗文评类一》小序，《景印文渊阁四库全书》第5册，台北：台湾商务印书馆，1986年，第215页。为便于表述，该文献后文统作《四库全书》。

来，其实也明确了诗话的另一重要的文体特征，即述而兼评。故诗句与诗人评点类的内容往往与第一类伴随出现。对前人事件或诗句述而不评的情况在诗话中较少，但也并非完全没有，如《优古堂诗话》《紫微诗话》就是述多评少的类型。但大多数诗话作品往往都是述评兼具，从评价性话语中也可较为清晰地看出诗话作者的诗学观念，如审美倾向、价值排序、典型选择等。

诗作评点举例：

> 东坡和辛字韵，至"捣残椒桂有余辛"，用意愈工，出人意外。然陈无己"十里尘沉不受辛"，亦自然也。①
>
> "开帘风动竹，疑是故人来"，与"徘徊花上月，空度可怜宵"，此两联虽见唐人小说中，其实佳句也。郑谷诗"睡轻可忍风敲竹，饮散那堪月在花"，意盖与此同。然论其格力，适堪揭酒家壁，与市人书扇耳。天下事每患自以为工处着力太过，何但诗也。②

诗人评点举例：

> 环溪仲兄常从容谓："古今诗人既多，各是其是，何者为正？"环溪云："若论诗之好，则好者固多；若论诗之正，则古今惟有三人。所谓一祖、二宗，杜甫、李白、韩愈是已。"③
>
> 贾阆仙，燕人，产寒苦地，故立心亦然，诚不欲以才力

---

① （宋）吴聿，《观林诗话》，《历代诗话续编》，第116页。
② （宋）叶梦得，《石林诗话》，《历代诗话》，第410页。
③ （宋）撰者不详，《环溪诗话》，《四库全书》第1480册，第37页。

气势，掩夺情性，特于事物理态，毫忽体认，深者寂入仙源，峻者迥出灵岳。①

(3) 诗法剖析类。

这类内容在南宋诗话中仍然占比较少。如前文所述，唐至北宋初期专论诗法的"诗格"类作品实际上与"诗话"更应被视作两种文体，"诗格"类作品也随着诗歌艺术与科举的脱钩而渐渐边缘化了。南宋诗话在南北宋之交江西余响和中兴诗坛呈现出一些诗法讨论的热度，但内容占比相当有限。四库馆臣评价葛立方的《韵语阳秋》"不甚论句格工拙，而多论意旨之是非"②，这也是大多数南宋诗话的内容类型特征。

诗法剖析举例：

> 诗有实字而善用之者，以实为虚。杜云："弟子贫原宪，诸生老伏虔。""老"字盖用"赵充国请行，上老之"。有用文语为诗句者，尤工。杜云："侍姬双宋玉，战策两穰苴。"盖用如"六五帝，四（按：原文错印，已更正）三王"。有用法家吏文语为诗句者，所谓以俗为雅。坡云："避谤诗寻医，畏病酒入务。"如前卷僧显万探支阑入，亦此类也。③

> 作大篇，尤当布置：首尾匀停，腰腹肥满。多见人前面有余，后面不足；前面极工，后面草草。不可不知也。④

---

① （宋）方岳，《深雪偶谈》，《丛书集成初编》2572册，北京：中华书局，1985年，第1—2页。
② （清）四库馆臣，《诗文评类一》小序，《四库全书》第5册，第229页。
③ （宋）杨万里，《诚斋诗话》，《历代诗话续编》，第148页。
④ （宋）姜夔，《白石道人诗说》，《历代诗话》，第680页。

（4）理论建设与批评类。

这类内容在诗话作品中整体占比较小，但由于有较为清晰的立论作为诗学思想的表达，其重要性往往远超本身的体量，也是后世研究者最为关注的内容之一。相比于北宋，南宋重理论的诗话作品明显增多，虽然在诗话中的表达可能有限，但往往作者在评点时有一套潜在的理论体系给予支撑，比较典型的就是吕本中、杨万里等人，他们本身就是饶有成就的文学家和文学理论家。南宋时期理论性最强的诗话作品应属姜夔的《白石道人诗说》和严羽的《沧浪诗话》，两部作品篇幅不长，且都不以辑录逸闻为主，而是有意以诗话的形式进行诗歌理论建设。它们产生于南宋中后期，不仅对诗坛摆脱江西诗派余风、实现诗学转向有很大的理论建设与总结意义，也对后世诗学产生了深广的影响。

理论建设与批评类举例：

> 诗人胜语咸得于自然，非资博古。若"思君如流水"、"高台多悲风"、"清晨登陇首"、"明月照积雪"之类，皆一时所见，发于言辞，不必出于经史。①

> 夫学诗者以识为主，入门须正，立志须高；以汉、魏、晋、盛唐为师，不作开元、天宝以下人物。若自退屈，即有下劣诗魔入其肺腑之间，由立志之不高也。行有未至，可加工力；路头一差，愈骛愈远，由入门之不正也。②

---

① （宋）朱弁，《风月堂诗话》，《四库全书》第1479册，第15页。
② （宋）严羽著，张健校笺，《沧浪诗话校笺》，第65页。

根据上述内容类型，结合南宋诗话作品的实际情况（如《沧浪诗话》兼具上述全部内容类型，而《观林诗话》则主要包含前两种类型），我们可以粗略得出南宋诗话内容类型的总体分布情况。如图 2-1 所示，南宋诗话的整体创作情况，仍以传统的搜集逸闻为最主要内容，而诗句与诗人评点的分量基本与之相当，即许顗说的情况并不客观（当然，他对诗话的定义很大程度上受制于他自身元祐学人的立场）。在南宋诗话中，理论构建的分量较北宋有所增长，诗法剖析类内容虽仍有呈现，但整体占比较小，与前代"诗格"类作品的面貌迥然不同。这样基本可以认定南宋时诗话已成为一种以逸事、评点为主，兼备诗法剖析且具有相当理论价值的一种重要的诗学批评文体。

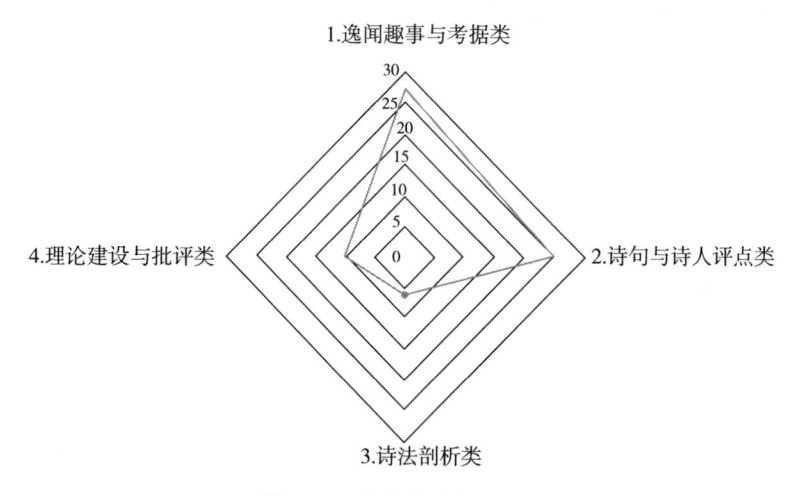

图 2-1　南宋诗话内容组成

明确了诗话内容的几种主要类型和文体，就会发现南宋诗话在内容上有以下几点共性特征。

首先，在对逸闻趣事的搜集方面，征实性原则仍不明显。当然，北宋时期的诗话作品已体现出此种特点。宋代诗话作品中包含大量随性的转录、道听途说及以讹传讹的言论。在这个方面，诗话与禅宗文献对于历史的记录与表现颇为类似，它们多介于史实与文学表现之间，故有很多人认为诗话文体应与笔记小说同源。如北宋惠洪所作《冷斋夜话》中很多记录被指失实，但其僧人身份也决定了他的诗学思想在一定程度上融入了禅学元素，而对于"本事"的看法便属其中。禅宗文献中记载的失实体现的是宗教信仰在其中发挥的指导性作用。涉及神异、因果、轮回等元素的内容本身就贯穿着宗教信仰。而且佛教语境下的"真"与一般语境下历史的"真实"是截然不同的两个概念。到了南宋时期，随着诗话作品的增多和三种总集类作品的出现，虽然一部分作者仍希望对其所辑录的逸闻、诗论等做出考证，如《苕溪渔隐丛话》中录王直方诗话言"洪龟父言山谷于退之诗，少所许可"①，又引《童蒙诗训》言"渊明、退之诗，句法分明，卓然异众。惟鲁直为能深识之"②，随后《苕溪渔隐丛话》作者胡仔给出自己的判断："洪龟父谓山谷于退之诗少所许可。龟父乃鲁直之甥，其言有自来矣。若居仁之言，殊未可信也。"③ 这样的现象在诗话作品中屡见不鲜，也从侧面证明了很多诗话记载的不可靠。至于对一条记录是否准确或完整的判定，情况更是千差万别，这也给厘清一些诗学问题增加了难度。但有些诗话作品在一

---

① （宋）胡仔纂集，廖德明校点，《苕溪渔隐丛话（前集）》卷十八引《王直方诗话》，第119页。
② （宋）胡仔纂集，廖德明校点，《苕溪渔隐丛话（前集）》卷十八引《童蒙诗训》，第119页。
③ （宋）胡仔纂集，廖德明校点，《苕溪渔隐丛话（前集）》卷十八，第120页。

定程度上呈现出与禅宗文献类似的特质,不宜以简单的是否符合史实来衡量其价值。

其次,南宋诗话作品整体仍较少有对诗法细节的讨论,对诗人、诗句的评价也往往从风格、立意或格局入手。在诗话作品中,杜甫和陶渊明等人身上的象征性意义被不断叠加,诗话作者往往用他们的道德、人品和诗歌艺术互相印证乃至循环阐释,在这个诗学话语体系中他们的形象与其被看作真实面貌的展现,毋宁说是神格化的诗人精神范本。在这种诗学理念的惯性之下,南宋诗学领域造神运动的目标对象也在过程中逐渐纳入北宋时期最有影响力的诗人,苏轼就是其中的典型。《王直方诗话》中将苏轼诗转述为"渊明形神似我,乐天心相似我"[①],将几种人格范式进行拼凑。到了南宋时期,对文人道德标准的要求随着理学的发展节节高升。而他们也不免以一种道德理想主义的标准要求起了古人,继而推翻了原有的某些审美典范。如《后村诗话》中载:

> 刘叉嘲退之谀墓,岂惟退之哉! 蔡中郎自谓平生作碑惟于郭有道无愧词,则他碑有愧者多矣。李北海为谏官时,面折廷诤,是甚气魄! 其词翰俱妙,碑板满天下,外国至持金帛购求。及为《叶有道碑》,称美其孙景龙观道士鸿胪卿越国公法善,为帝傲吏,作人宗师,以台阁名士而为一黄冠秉显扬之笔,读之可发千载一笑。史谓自古鬻文获财,未有如邕之盛,岂非法善辈润笔耶! 使皆为郭泰作碑,昌黎安得数

---

① (宋)王直方,《王直方诗话》,郭绍虞辑,《宋诗话辑佚》,北京:中华书局,1980年,第45页。

斤之金，北海安得珊瑚钩、骐骥䮻与紫骝、剑，几之玩乎！①

这里刘克庄借刘叉嘲韩愈谀墓一事作引，大力抨击了蔡邕、李邕包括韩愈等人"鬻文获财"的做法，这也在很大程度上影响了很多评论者对他们文学成就的看法。再如备受推崇的陶渊明，评论者对其作诗技巧的讨论寥寥无几，更多将注意力集中在其为人的品节及处世之原则等方面。虽自北宋起对其诗歌的摹写不绝如缕，但在诗论中仍不难发现，对其诗作"技"之层面的探讨总不出其人：

> 渊明诗所不可及者，冲淡深粹，出于自然，若曾用力学，然后知渊明诗非着力之所能成也。②（杨时）
>
> 陶渊明意趣真古，清淡之宗。诗家视渊明，犹孔门视伯夷也。③（蔡绦）
>
> 坡云："辨才诗如风吹水，自成文理。吾辈与参寥如巧妇织锦耳。"……渊明所以不可及者，盖无心于非誉巧拙之间也。④（黄彻）
>
> 陶靖节人品甚高，晋宋诸人所未易及，读其诗，可见胸次洒落。八窗玲珑，岂野马游尘所能栖集也！⑤（张栻）

---

① （宋）刘克庄，《后村诗话》卷三，《四库全书》第1481册，第333—334页。
② （宋）胡仔纂集，廖德明校点，《苕溪渔隐丛话（后集）》卷三引《龟山语录》，第17页。
③ （宋）蔡绦，《西清诗话》，《宋诗话全编（第三册）》，第2489页。
④ （宋）黄彻，《䂬溪诗话》卷五，《历代诗话续编》，第371页。
⑤ （宋）张栻，《采菊亭诗引》，《南轩集》卷一，《四库全书》第1167册，第424页。

不止于前人对陶渊明语言艺术或隐逸情调的钦服，宋人对陶渊明诗歌中所表现出的意境、情怀及哲思进行了全方位的剖析与阐释，这在一定程度上有助于揭示陶诗的丰富内涵，但是其中也夹杂着大量时人本身的臆测与感慨。当然，这样的现象实际上也是理学思潮在诗学领域的一种投射。总体而言，南宋诗话在内容上的多元性体现出了此时哲学思潮的发展和混融。

2. 表达方式的多元性

诗话的表达方式在中国古代诗论体系中可谓独具特色。出于录本事、资闲谈等创作动机，诗话作品尤其是本事诗话产生之初便带有相当程度的叙事文学的色彩。如《六一诗话》所载：

> 吴僧赞宁，国初为僧录。颇读儒书，博览强记，亦自能撰述，而辞辩纵横，人莫能屈。时有安鸿渐者，文词隽敏，尤好嘲咏。尝街行遇赞宁与数僧相随，鸿渐指而嘲曰："郑都官不爱之徒，时时作队。"赞宁应声答曰："秦始皇未坑之辈，往往成群。"时皆善其捷对。鸿渐所道，乃郑谷诗云"爱僧不爱紫衣僧"也。①

短短百余字，人物形象鲜明，事件生动有趣，其中文词争锋作为高潮事件，画龙点睛。其后欧阳修还补充了诗句的典故出处，可看作诗话和笔记小说的文体差异之一。《六一诗话》整体篇幅较短，条目形制较为规整，字数大多百余，最多不过三百多字。《中山诗话》情况与之类似。相比之下惠洪的《冷斋夜话》

---

① （宋）欧阳修著，《六一诗话》，《历代诗话》，265页。

条目形式上更为参差。长如"作诗准食肉例"条有五百余字，短则几十字，如"范尧夫揖客对卧"："范尧夫谪居永州，闭门，人稀识面。客苦欲见者，或出，则问寒暄而已。僮扫榻奠枕，于是揖客，解带对卧，良久，鼻息如雷霆。客自度未可起，亦熟睡，睡觉常及暮而去。"① 其中仅录范纯仁谪居逸事，无涉诗词或评点。整体而言，北宋诗话在表达方式上较为单一，以叙事为主，但叙事方式和风格也能做到生动活泼，引人入胜。

到了南宋时期，诗话的理论性有所增强，表达方式也更加多样化。有《苕溪渔隐丛话》这类总集作品兼有述评，也有《彦周诗话》《诚斋诗话》等夹叙夹议，还有《藏海诗话》《岁寒堂诗话》等作品只以围绕诗人、诗话的议论为主。在这些基本的叙事和议论表达中，仍能看出南宋诗话的时代特征。

首先，叙事和"立论（评议）＋举例"是南宋诗话主流的表达方式。诗话中对本事、逸闻的辑录采取多种手法的叙事方式，而理论性增强是南宋诗话发展中的一个重要特征。在诗话条目的表达方式上，立论（评议）＋举例的模式比重得以增长（先后顺序不固定）。这样的表达方式在《六一诗话》中已树立典型，如这段较为著名的语录：

> 诗人贪求好句，而理有不通，亦语病也。如"袖中谏草朝天去，头上宫花侍宴归"，诚为佳句矣，但进谏必以章疏，无直用稿草之理。唐人有云："姑苏台下寒山寺，半夜钟声到客船。"说者亦云，句则佳矣，其如三更不是打钟时！如

---

① （宋）惠洪，《冷斋夜话》卷八，《四库全书》第 863 册，第 273 页。

> 贾岛《哭僧》云："写留行道影，焚却坐禅身。"时谓烧杀活和尚，此尤可笑也。若"步随青山影，坐学白塔骨"，又"独行潭底影，数息树边身"，皆岛诗，何精粗顿异也？[①]

这类表达方式在北宋其他诗话中也有一定规模的运用，如《冷斋夜话》等。在南宋诗话中，这种表述也随处可见，并成为作者组织其理论系统的主要方式之一。如杨万里《诚斋诗话》言：

> 诗有实字而善用之者，以实为虚。杜云："弟子贫原宪，诸生老伏虔。""老"字盖用"赵充国请行，上老之"。有用文语为诗句者，尤工。杜云："侍臣双宋玉，战策两穰苴。"盖用如"六五帝，四三王"。有用法家吏文语为诗句者，所谓以俗为雅。坡云："避谤诗寻医，畏病酒入务。"[②]

相比于论而无例的表达，这样的书写方式无疑更加直观，也更方便读者理解，使立论更加丰满。

其次，于这种主流表达之外，在南宋诗话中也可以看到叙事技巧的多样化运用。如在构建诗歌本事时可以明显看出作者对一些奇闻逸事的转述加工，这些书写技巧的应用可能旨在提升故事的趣味性或真实性，也可能是要突出其中的讽世或理论内涵。如南宋前期陈岩肖《庚溪诗话》中载：

> 蔡元长京既贵，享用侈靡，喜食鹑，每预蓄养之，烹杀

[①] （宋）欧阳修，《六一诗话》，《历代诗话》，第269页。
[②] （宋）杨万里，《诚斋诗话》，《历代诗话续编》，第148页

过当。一夕梦鹌鹑数千百诉于前,其一鹑居前致辞曰:"食君廪中粟,作君羹中肉。一羹数百命,下箸犹未足。羹肉何足论,生死犹转毂。劝君宜勿食,祸福相倚伏。"观此,亦可为饕餮而暴殄天物者之戒。①

在这则短短的记录中,重点自然并非鹌鹑的梦中赋诗,而是民间故事中对于蔡京奸佞奢侈的表现,鹌鹑赋诗所体现的戒杀护生的思想,结合在诗话中,可以呈现当时社会思潮的冰山一角。

另外,在诗话叙事中,往往诗歌的角色和作用相当特殊,如推动情节发展、展现人物心志或烘托行文气氛等,这种范式在宋代诗话作品中已有体现,而在后世小说、戏剧中也可称为一种普遍现象。值得注意的是,有些诗话作品的叙事方式和禅宗语录又有些类似。如禅宗的机锋问答中常常引入诗词,以诗词的方式回答学人的提问。

僧问木平:"如何是祖师西来意?"平云:"石羊头子向东看,木平高道最难过。人问西来意若何?石羊头子向东望,月明才上遍山坡。直言不用多疑虑,海澄浪息现森罗。"②

僧问:"白云生满座,瑞气拥禅堂。少室真消息,当机愿举扬。"师云:"一举千差同一照。"③

---

① (宋) 陈岩肖,《庚溪诗话(卷下)》,《历代诗话续编》,第174页。
② (宋) 楚圆集,《汾阳无德禅师语录》,《大正藏》第47册,no. 1992,第608页。
③ (宋) 绍隆等编,《圆悟佛果禅师语录》卷九,《大正藏》第47册,no. 1997,第730页。

其中的偈颂因其意义的模糊性，使问答具有更为深广的阐释空间，类似的诗句也时常为文人诗或诗话所吸纳。如黄庭坚《次韵杨明叔见饯十首其一》中的颔联便使用了药山惟俨禅师的禅宗问答："石头一日问药山，曰：'子近日作么生？'山曰：'皮肤脱落尽，惟有真实在。'"① 这些场景也促使读者进一步思索诗词境界所能表达的深刻内涵。诗歌中的名篇佳作，绝非仅有文采华美、声律严整等技巧性的审美特质，而是往往触及世界最本质的终极命题，或心灵深处众所共有的生命体验。发掘其更广阔的意蕴空间与精神价值，也可以在长期流传过程中与诗作相互成就。禅宗机锋问答中对诗词的使用也是对其阐释空间的拓展。虽然禅宗一向标举"拈花微笑"的密传，但卷帙浩繁的语录文献无不是试图指引走进禅理的最佳途径。引导学人从诗句中体会世界人生的本质，一方面使逻辑诉诸感性，一方面也使人在尝试理解与解读的时候，将感性的诗句诉诸逻辑与哲理，这个过程是双向的，同时也体现了不同哲学流派的碰撞和交融。

随着三教合流的进一步深化，这样的创作传统也被带入世俗生活当中，其中的偈颂未必带有鲜明的宗教元素，在文学特征上或无限接近于普通的文人诗，但在作用上又类似禅宗公案中的提示性诗偈，被作为事件的高潮或关键节点，甚至被赋予了所谓"开示"的意义：

> 三峰靓禅师，初住宝云。邑有巨商，尚气不受僧化，曰："施由我耳，岂容人劝。"靓宣言："唯吾独能化之。"其

---

① （宋）宗杲集，《正法眼藏》，《卍续藏》，第 67 册，no.1309，第 596 页。

人闻靓至，果不出。靓题其壁而去，曰："去年巢穴画梁边，春暖双双绕槛前。莫讶主人帘不卷，恐衔泥土污花砖。"其人喜不怒，特自追还，厚施之。靓笑谓人曰："吾果能化之。"①

这样的写作套路也更为广泛地出现在诗话所记载的文人逸事当中，通过其中的佛禅意蕴，也可看出这种诗歌用法与禅宗叙事之间的内在联系。两宋之交的重要诗话作者，如惠洪、葛立方等，都与佛教和江西诗派有深刻复杂的渊源联系，他们记载的文人逸事，真假混杂，其中的史实面貌虽然需善加分辨，但所体现的叙事艺术和诗学精神仍具有重要的研讨意义。如《韵语阳秋》中记载：

《太平广记》载，宋之问于灵隐寺夜吟，诗未就，闻有人云，何不道"楼观沧海日，门对浙江潮"。莫知何人。人有识之者，曰："此骆宾王也。"是时宾王与徐敬业俱隐名同逃，已暮年矣。而集中有《江南送之问诗》云："秋江无绿芷，寒汀有白蘋。采之将何遗？故人漳水滨。"《兖州饯之问诗》云："淮沂泗水北，梁甫汶阳东。别路青骊远，离尊绿蚁空。"其相习如此，不应暮年相遇于灵隐寺云不相识也。盖是宾王逃难之时，之问不欲显其姓名尔。②

本条辑自《太平广记》，但实际《太平广记》也是辑自《本事诗》，二者文字记录高度相似，这里录《太平广记》条目如下：

---

① （宋）惠洪，《冷斋夜话》卷六，《四库全书》第 863 册，第 262 页。
② （宋）葛立方，《韵语阳秋》卷一，《历代诗话》，第 488 页。

067

唐考功员外郎宋之问以事累贬黜，后放还，至江南。游灵隐寺，夜月极明，长廊行吟，且为诗曰："鹫岭郁苕峣，龙宫锁寂寥。"第一联搜奇覃思，终不如意。有老僧点长命灯，坐大禅床，问曰："少年夜久不寐，而吟讽甚苦，何耶？"之问答曰："弟子业诗，适遇欲题此寺，而兴思不属。"僧曰："试吟上联。"即吟与之，再三吟讽，因曰："何不云楼观沧海日，门对浙江潮？"之问愕然，讶其遒丽。又续终篇曰："桂子月中落，天香云外飘。扪萝登塔远，刳木取泉遥。霜薄花更发，冰轻叶未凋。待入天台路，看余度石桥。"僧所赠句，乃为一篇之警策。迟明更访之，则不复见矣。寺僧有知者曰："此骆宾王也。"之问诘之，答曰："当徐敬业之败，与宾王俱逃，捕之不获。将帅虑失大魁，得不测罪，时死者数万人，因求类二人者函首以献。后虽知不死，不敢捕送，故敬业得为衡山僧，年九十余乃卒。宾王亦落发，遍游名山，至灵隐，以周岁卒。当时虽败，且以兴复唐朝为名，故人多护脱之。"[①]

对比这两部文献的记录，《韵语阳秋》中的述录显然更精简，用最短的篇幅集中呈现故事的戏剧性，并突出了诗歌在其中的关键作用。故南宋诗话中叙事技巧的丰富多样，也得益于宋代叙事文学、禅宗文学等多种其他文学形式的发展与影响。

---

① （宋）李昉等，《太平广记》卷九十一《异僧五》，《四库全书》1043册，第485—486页。

3. 语言风格的多元性

相较于表达方式，南宋时期诗话的语言风格呈现更加多样的面貌。总体而言，诗话中的诗学批评存在象喻性与条理性并存的特色。象喻性是诗学批评话语产生之初就表现出的突出特征，尤其是唐代诗格类作品，越是艰涩难懂、复杂抽象的诗学方法或理论，越是会被作者以这种象喻的形式表述出来，让人不禁怀疑，这样漫无边际的描述是否会让创作者感到更加难以下笔。如唐皎然的《诗式》和司空图的《二十四诗品》的语言风格在很大程度上比诗歌语言本身更为抽象：

> 明势：高手述作，如登衡、巫，觇三湘、鄢、郢山川之盛，萦回盘礴，千变万态。（文体开阖作用之势）或极天高峙，崒焉不群，气腾势飞，合沓相属；（奇势在工）或修江耿耿，万里无波，淡出高深重复之状。（奇势互发）古今逸格，皆造其极妙矣。①

> 纤秾：采采流水，蓬蓬远春。窈窕深谷，时见美人。碧桃满树，风日水滨。柳阴路曲，流莺比邻。乘之愈往，识之愈真。如将不尽，与古为新。②

这种诉诸直觉感官而非诉诸条理分析的诗话语言长期被评论家使用，这一方面与其部分佛禅背景相关，在与本土思想融合发展的过程中形成了古代诗论独特的语言或思维风格；另一方面，

---

① （唐）皎然，周维德校注，《诗式校注》，杭州：浙江古籍出版社，1993年，第2—3页。
② （唐）司空图，《二十四诗品》，《历代诗话》，第38页。

也因其不可避免的模糊性,增加了后人阐释分析的难度,易造成学人模棱两可、论者莫衷一是的局面。

宋代诗话中,诗歌鉴赏类内容是突出体现诗评者象喻思维的重要阵地。《苕溪渔隐丛话》中曾记述《西清诗话》作者蔡绦的一段诗评:

> 柳子厚诗,雄深简淡,迥拔流俗,至味自高,直揖陶谢;然似入武库,但觉森严。王摩诘诗,浑厚一段,覆盖古今。但如久隐山林之人,徒成旷淡。杜少陵诗,自与造化同流,孰可拟议,至若君子高处廊庙,动成法言,恨终欠风韵。黄太史诗,妙脱蹊径,言谋鬼神,唯胸中无一点尘,故能吐出世间语;所恨务高,一似参曹洞下禅,尚堕在玄妙窟里。……韦苏州诗,如浑金璞玉,不假雕琢成妍,唐人有不能到;至其过处,大似村寺高僧,奈时有野态。……白乐天诗,自擅天然,贵在近俗;恨如苏小虽美,终带风尘。李太白诗,逸态凌云,照映千载;然时作齐梁间人体段,略不近浑厚。韩退之诗,山立霆碎,自成一法;然譬之樊侯冠佩,微露粗疏。柳柳州诗,若捕龙蛇,搏虎豹,急与之角,而力不敢暇,非轻荡也。……王介甫诗,虽乏丰骨,一番出清新,方似学语之小儿,酷令人爱。欧阳公诗,温丽深稳,自是学者所宗;然似三馆画手,未免多与古人传神。杜牧之诗,风调高华,片言不俗,有类新及第少年,略无少退藏处,固难求一唱而三叹也。①

---

① (宋)胡仔纂集,廖德明校点,《苕溪渔隐丛话(后集)》卷三十三,第257—258页。

◎ 诗论篇　诗学话语的文献类型及时代特征

文中蔡绦将诗人作品的个人风格分别以比喻的形式陈列，仔细读来，其象喻的本体有读者的阅读感受（"似入武库，但觉森严"）、作者本身的气质（"若君子高处廊庙，动成法言，恨终欠风韵"）、诗作本身的审美风格（"如浑金璞玉，不假雕琢成妍"）等，鲜明地体现出评论者本人在评价诗人及作品时寓理性的抽象思维于形象的直觉感受当中的方法，虽然其中并未体现出某种结构严整的系统性诗评观点，但这种评价方式本身对评论者本人的学养及阅读量、感悟力有相当高的要求。

受到儒学新变思潮的整体性影响，南宋文人的理论水平渐趋增长，他们做出理论建设、总结或类比的能力和意愿也体现在诗论当中。如唐代司空图在《与李生论诗书》中谈道：

> 文之难而诗之难尤难，古今之喻多矣。而愚以为辨于味而后可以言诗也。江岭之南，凡是资于适口者，若醯非不酸也，止于酸而已。若鹾非不咸也，止于咸而已。华之人以充饥而遽辍者，知其咸酸之外，醇美有所乏耳。彼江岭之人，习之而不辨也宜哉。诗贯六义，则讽谕抑扬，渟蓄温雅，皆在其间矣。然直致所得，以格自奇。前辈编集，亦不专工于此，矧其下者耶？王右丞、韦苏州，澄澹精致，格在其中，岂妨于遒举哉？贾阆仙诚有警句，然视其全篇，意思殊馁。大抵附于寒涩，方可致才。亦为体之不备也，矧其下者哉？噫！近而不浮，远而不尽，然后可以言韵外之致耳。①

---

① （唐）司空图，《与李生论诗书》，《司空表圣文集》，《四库全书》1083 册，第 494—495 页。

这段话中的酸咸之论曾被苏轼总结为："梅止于酸，盐止于咸。饮食不可无盐梅，而其美常在咸酸之外。"① 司空图作为唐代诗学思想的自觉开拓者，其理论水平已卓越于当时，但苏轼的总结更加简洁精当，足见宋人在诗学方面的理论水平无论在深度还是表达上都较唐代有了长足的进步。尤其江西诗派的产生和壮大，黄庭坚等人对诗法的强调，使其后受到影响的诗话作品都较为关注对诗歌技艺或思致感情的理论分析。

> 杜牧之云："杜若芳州翠，严光钓濑喧。"此以杜与严为人姓相对也。又有"当时物议朱云小，后代声名白日悬"，此乃以朱云对白日，皆为假对，虽以人姓名偶物，不为偏枯，反为工也。如涪翁"世上岂无千里马，人中难待九方皋"，尤为工致。②

> 凡诗人作语，要令事在语中而人不知。余读太史公《天官书》："天一、枪、棓、矛、盾动摇，角大，兵起。"杜少陵诗云："五更鼓角声悲壮，三峡星河影动摇。"盖暗用迁语，而语中乃有用兵之意。诗至于此，可以为工也。③

这类诗话作品虽也秉承诗话传统言简义丰的行文特色，但论述阐释的风格都透露出一种理性主义的精神，较少不着边际的象喻类比，而是更理性地对种种诗学问题条分缕析。到了南宋中后期，这种飘逸无迹的诗论语言又再度流行开来，最具代表性的就

---

① （宋）苏轼，《书黄子思诗集后》，《苏轼文集》第六十八卷，北京：中华书局，2000年，第2124页
② （宋）吴聿，《观林诗话》，《历代诗话续编》，第118页。
③ （宋）周紫芝，《竹坡诗话》，《历代诗话》，第346页。

是姜夔、严羽等人：

> 波澜开阖，如在江湖中，一波未平，一波已作。如兵家之阵，方以为正，又复是奇；方以为奇，忽复是正。出入变化，不可纪极，而法度不可乱。①

另外，禅宗语言技巧中的"遮诠"之法也在诗话语言中得到了广泛运用。所谓遮诠，简单而言就是通过否定的方式界定事物的概念。如葛立方评韦应物《赠李儋》"丝桐本异质，音响合自然。吾观造化意，二物相因缘"时认为他"未晓所谓非因非缘，亦非自然者"②。他谈道，韦应物看到了造物相因缘的一面，却落于执着，未超越表象而认识到其中非因非缘的实质。这样的思维方式旨在表达认识本体需突破惯常思维限制，是典型的佛教遮诠法。

周裕锴教授指出"绕路说禅"是宋代文字禅的一大基本特征，这源于佛学表达中的遮诠法，即对事物的反面做否定的解释，而惠洪将禅宗中"云门三句""意正语偏""不犯正位"等绕路说禅的方法，引入诗歌创作和评论中，同时苏、黄等人及江西诗派，又直接把禅的诠释方式转化为诗的表达技巧，如侧笔、僻典、隐语、廋祠等。③ 如诗歌中的经典概念"诗禁体物"，主张

---

① （宋）姜夔，《白石道人诗说》，《历代诗话》，第682页。
② （宋）葛立方，《韵语阳秋》卷十三，《历代诗话》，第589页。
③ 参考周裕锴，《绕路说禅：从禅的诠释到诗的表达》，《文艺研究》2000年第3期，50—55页。

"诗言其用不言其名"等。①

而这样的遮诠法体现在诗学话语中,经常会出现相反相成的表述,试图通过否定两端的方式强调一种适中又难以言明的状态,体现出了诗论中对"度"的理解。如葛立方《韵语阳秋》主张"作诗贵雕琢,又畏有斧凿痕,贵破的,又畏黏皮骨,此所以为难"②。他举例李商隐《柳》:"动春何限叶,撼晓几多枝",诗句对仗工稳,合辙押韵,语意稍显凑泊,为求与"动春"相对仗而作"撼晓",与柳的姿态和意蕴难以完全对应,故"恨其有斧凿痕"。而北宋石延年诗"认桃无绿叶,辨杏有青枝",这本为宋初梅尧臣残句,被石延年化用到其《咏梅》诗中,虽然句意是点破梅与桃、杏之不同,但描写落于实处过甚,表与意几乎完全粘连,没有很好地铺垫出诗歌的意蕴空间,故"恨其黏皮骨也"。在这样的基础上,他引用了两则唐宋诗人的诗评,可谓相当精彩:

> 刘梦得称白乐天诗云:"郢人斤斫无痕迹,仙人衣裳弃刀尺。世人方内欲相从,行尽四维无处觅。"若能如是,虽

---

① 如惠洪《冷斋夜话》:用事琢句,妙在言其用,不言其名耳。此法唯荆公、东坡、山谷三老知之。荆公曰:"含风鸭绿鳞鳞起,弄日鹅黄袅袅垂。"此言水柳之用,而不言水柳之名也。东坡《别子由》诗:"犹胜相逢不相识,形容变尽语音存。"此用事而不言其名也。(第255页)叶梦得《石林诗话》:诗禁体物语,此学诗者类能言之也。欧阳文忠公守汝阴,尝与客赋雪于聚星堂,举此令,往往皆阁笔不能下。然此亦定法,若能者,则出入纵横,何可拘御。郑谷:"乱飘僧舍茶烟湿,密洒歌楼酒力微。"非不去体物语,而气格如其卑。苏子瞻:"冻合玉楼寒起粟,光摇银海眩生花。"超然飞动,何害其言玉楼银海。韩退之两篇,力欲去此弊,虽冥搜奇谲,亦不免有缟带银杯之句。杜子美:"暗度南楼月,寒深北渚云。"初不避云月字。若"随风且开叶,带雨不成花",则退之两篇,工殆无以愈也。(《四库全书》第863册,第436页)

② (宋)葛立方,《韵语阳秋》卷三,《历代诗话》,第504页。

◎ 诗论篇　诗学话语的文献类型及时代特征

终日斫而鼻不伤，终日射而鹄必中，终日行于规矩之中，而其迹未尝滞也。

山谷尝与杨明叔论诗，谓以俗为雅，以故为新，百战百胜，如孙吴之兵，棘端可以破镞；如甘蝇、飞卫之射，捏聚放开，在我掌握，与刘所论，殆一辙矣。①

中国传统诗学最经典的表述，同时也是最难付诸创作实践的技巧，就是对"度"的掌握和对"中"的追求，从《论语》的"乐而不淫，哀而不伤"到《文心雕龙》的宗经六义，种种不落两端的约束将文学的审美典范规定在一个适合的圆心周围。南宋诗话中如"平澹不流于浅俗，奇古不邻于怪僻，题咏不窘于物象，叙事不病于声律；比兴深者通物理，用事工者如己出"②仍是此类代表。毫无疑问，这样的标准说起来简单，在实践中却极难熟练把握。

当然，也有很多文人发现了"特色"往往代表着对大众意义上"度"的突破。如黄庭坚诗论中的"宁律不谐，不可使句弱，宁用字不工，不可使语涩"，陈师道提出"宁拙毋巧，宁朴毋华，宁粗毋弱，宁僻毋俗，诗文皆然"（《后山诗话》）等。这些突破性的做法往往在提出时带有较强的创新性，但到了南宋江西后学手中，又重新落于窠臼，终被另一种诗学新风取代。

综上，南宋诗话的语言风格理性与感性并存，并大体呈现主流表现由条理性向象喻性偏转的趋势。这既与诗学风潮的整体转

---

① （宋）葛立方，《韵语阳秋》卷三，《历代诗话》，第504页。
② （宋）胡仔纂集，廖德明校点，《苕溪渔隐丛话（前集）》卷三十七引《王直方诗话》，第254页。

向相联系，也与不同哲学思潮的言意观在此领域的融合密切相关。

二、诗论的社会化传播

宋代诗歌数量庞大，仅就《全宋诗》而言，收录共11万余名诗人的逾20万首诗歌，数量约为《全唐诗》的4~5倍。从唐诗和宋诗留存的总量和经典篇目可以得出一个较为直观的结论：宋诗在后世得以被当作经典流传的比例远低于唐诗。创作了上千首作品却在后世声名不显的作者也大有人在，如郭祥正、曹勋、陈造、项安世、赵蕃等，诗作数量高居《全宋诗》前三十，却未有知名度高的代表作传世，包括数量相当可观的诗僧群体，优秀的创作者始终是少数。然而这些人虽诗歌较少上乘之作，却是诗史上的大多数，从文学发展的角度做整体观照，看清他们如何作诗、为何作诗，仍有其特定的意义。刘子健教授谈道，宋诗的一个特点是在常用语汇、表达方式、遣词造句和诗歌主题等方面趋向通俗化。诗人们开始打破经典语汇的束缚，将口语的表达方式和日常生活中的意象引入笔端。写作的重点从抒发个人情感转向与他人，主要是其他同样有文化的人进行交流。[①] 这最后一句是关于宋人的诗歌创作和理念相当重要的结论。

[①] 〔美〕刘子健著，赵冬梅译，《中国转向内在：两宋之际的文化转向》，南京：江苏人民出版社，2012年，第21—22页。

1. "诗可以群"的时代风潮

宋代诗歌的大量出现涉及古代诗学中的一个基础命题，即《论语·阳货》中提出的："诗，可以兴，可以观，可以群，可以怨。"[①] 这里除了说明诗歌的个人抒情和社会功能两个向度，还有"群"这一介于两者之间的功能概念，既不属于完全的个人抒情，又不旨在实现具有宏观影响的社会功能。"群"指诗歌具有社交属性，这一点在宋代诗歌创作和诗学领域都尤为突出。

无论是在雅集中展现文采，还是在斗诗中一较高下，挽诗中或仍存一些真情实感之作，贺诗却多夸大其词。诗歌作为一种社交工具，自由表达的空间虽被压缩，但创作需求却源源不绝。纵观宋人诗集不难发现，这样的"社交工具型"诗歌数量占比相当可观，不能因其艺术造诣较低而一律无视。这些作品体现出了诗歌最重要却不够被重视的功能之一：社交。关于诗歌语言观的探讨很多，无论是"表现"型唐诗还是"表达"型宋诗[②]，它们代表了诗人所擅长的或当时最流行的交流形式。如果说中唐以前这种方式的形成和选择还较为模糊，那从中唐到北宋，这两种交流方式的选择思路已被清晰认识，诗人也大多根据自身的表达偏好进行了自主选择。到了南宋，虽然诗歌审美典范有从"表达"型向"表现"型回归的趋势，但"表达"型的创作方式已经广泛深入地存在于文人生活的各个方面。

以两宋之际周紫芝的诗歌创作为例。周紫芝既与江西诗派有

[①] （清）刘宝楠，高流水点校，《论语正义》，北京：中华书局，1990 年，第 689 页。
[②] 葛兆光，《汉字的魔方》，上海：复旦大学出版社，2016 年。

着千丝万缕的联系，也曾在南宋初期谀颂秦桧，他创作的诗歌数量近两千首，高居宋代诗人作品数前二十名，又有《竹坡诗话》这样的诗学代表作，可以算是一位兼具复杂性与代表性的南宋士大夫诗人。《全宋诗》收录他的诗歌1891首[①]，其中广义上的"次韵"诗歌五百余首（包含"次韵""用……韵"等），送别诗一百首左右，书信性质的"寄"诗一百首左右，悼亡生贺一百余首，其他包括但不限于"答""谢""奉""酬"的诗歌仍有很多，粗略统计即可看出，在如此大体量的作品中，具有强社交属性的诗歌占比过半。

再如差不多同一时期，吕本中和饶节以"东"韵进行唱和，后吕本中又用原韵对多位友人寄赋诗歌，一时间诗坛上越来越多的诗人参与到这场唱和往来当中，形成了一次声势浩大的诗坛现象，而参与其中的人又多为山谷后学，这样的唱和活动同时也起到了"团建"的效果，在地缘与诗学思想两个层面整合了所谓的江西诗派。[②] 又如《柳溪近录》中言圆悟禅师并不认识朱熹，而为其梅花诗作和诗，朱熹听闻后开始与他进行酬唱。[③] 种种记录可见，在北宋末到南宋后，诗歌唱和不仅可用于朋友间联络感情，甚至已被较为普遍地用于文人身份下的破冰或神交。从这些例子可以看出，"诗可以群"是影响宋代诗歌创作的重要因素。

[①] 数据参考王兆鹏、齐晓玉，《宋代诗文词作者的层级与时空分布》，《中南民族大学学报（人文社会科学版）》网络首发论文，2021年11月，第41卷。
[②] 观点参考伍晓蔓，《北宋末山谷后学的双重整合与〈江西宗派图〉》，《文学遗产》，2005年第4期，第76—77页。
[③] （宋）魏庆之，《诗人玉屑》卷二十引《柳溪近录》，《四库全书》第1481册，第290页。

2. "论诗派"的诗学方法

除了诗歌创作，社交性在诗话作品中也有相当显著的呈现。祝尚书在《论宋诗话》中谈到"谈诗艺"和"论诗派"是宋诗话的双璧，其中作者诗派立场往往决定了诗话整体的思想倾向。在《宋诗话全编》的前言中编者谈道，南宋前期"继承并发展了江西诗派诗学理论的诗话，有许顗《彦周诗话》、吴开《优古堂诗话》、张表臣《珊瑚钩诗话》、曾季狸《艇斋诗话》、吴聿《观林诗话》、陈岩肖《庚溪诗话》、周紫芝《竹坡诗话》、朱弁《风月堂诗话》、吴可《藏海诗话》、周必大《二老堂诗话》、杨万里《诚斋诗话》、葛立方《韵语阳秋》等。这些诗话，都有如下几个共同的特点：一、主张学习苏、黄，而以黄庭坚为宗主；二、倾心于黄庭坚'点铁成金''脱胎换骨'之说；三、好以学问为诗，多用成语典故，多'点化'前人之作；四、以大量篇幅考究一些诗篇诗句、用事用典的来历出处，较少对诗艺理论的探讨"[①]。但细究起来不难发现，这些南宋文人在吸收江西诗派的理论的同时也有一定理论延展或创新，南宋诗学的发展和转变，很大程度上是建立在江西诗法的基础上的。

作为"论诗派"的一种表现形式，评论者会对此前的诗学思潮进行阶段性总结。经典如两宋之交山谷后学或身份归属为江西诗派的文人作者对"江西诗派"的塑造与理论整合，如吕本中作《江西宗派图》并题序。此时的文人已有较为明确的理论意识，其中包括但不限于自觉建设诗学理论、树立审美典范和总结诗法

---

① 吴文治主编，《宋诗话全编》，第18页。

经验。这种工作对于宗派理念的发展和传承来说极为重要,从诗话作品中我们也可以明显看出江西诗派对整个南宋诗坛的持续性影响。虽然中兴诗坛如杨万里等诗人被看作从江西入而不从江西出的典型,但南宋后期的诗话作品仍有大量江西诗派的相关内容。

关于南宋诗论对江西诗派的理论总结,如陈岩肖归纳江西诗派的发展过程:

> 本朝诗人与唐世相亢,其所得各不同,而俱自有妙处,不必相蹈袭也。至山谷之诗,清新奇峭,颇造前人未尝道处,自为一家,此其妙也。至古体诗,不拘声律,间有歇后语,亦清新奇峭之极也。然近时学其诗者,或未得其妙处,每有所作,必使声韵拗捩,词语艰涩,曰"江西格"也。此何为哉?吕居仁作《江西诗社宗派图》,以山谷为祖,宜其规行矩步,必踵其迹。①

当然,出于宗派意识、师承渊源及个人审美偏好等因素的影响,这类总结性的文字虽然对后世理解当时的诗学思潮十分重要,但其中由于作者主观倾向而产生的评价不公、夸大其词或顾此失彼的现象也不可忽视。

到了南宋中期,胡仔对吕本中的《江西诗社宗派图》做出补充。他首先列举了其中所含括的江西诗社成员,"法嗣"语借于禅林,后辩驳了吕本中所列诸人存在选人不精、议论不公的问题,算是在稍后的时代背景下对江西诗派较为公允的一种总结:

---

① (宋)陈岩肖,《庚溪诗话(卷下)》,《历代诗话续编》,第182页。

> 吕居仁近时以诗得名，自言传衣江西，尝作宗派图……余窃谓豫章自出机杼，别成一家，清新奇巧，是其所长，若言"抑扬反覆，尽兼众体"，则非也。元和至今，骚翁墨客，代不乏人，观其英词杰句，真能发明古人不到处，卓然成立者甚众。若言"多依效旧文，未尽所趣"，又非也。所列二十五人，其间知名之士，有诗句传于世，为时所称道者，止数人而已，其余无闻焉，亦滥登其列。居仁此图之作，选择弗精，议论不公，余是以辨之。①

南宋后期刘克庄作《江西诗派小序》，大力推崇苏轼、黄庭坚、陈与义等人的创作，同时也就诗歌审美特性等诸多诗学问题做了相关论述：

> 国初诗人，如潘阆、魏野，规规晚唐格调，寸步不敢走作。杨、刘则又专为昆体，故优人有寻扯义山之诮。苏、梅二子，稍变以平淡豪俊，而和之者尚寡。至六一、坡公，巍然为大家数，学者宗焉。然二公亦各极其天才笔力之所至而已，非必锻炼勤苦而成也。豫章稍后出，会萃百家句律之长，究极历代体制之变，搜猎奇书，穿穴异闻，作为古律，自成一家，虽只字半句不轻出，遂为本朝诗家宗祖，在禅学中比得达磨，不易之论也。②

> 元祐后，诗人迭起，一种则波澜富而句律疏，一种则煅炼精而性情远，要之不出苏、黄二体而已。及简斋出，始以

---

① （宋）胡仔纂集，廖德明校点，《苕溪渔隐丛话（前集）》卷四十八，第327–328页。
② （宋）刘克庄，《江西诗派小序》，《历代诗话续编》，第478页。

老杜为师,《墨梅》之类,尚是少作。建炎以后,避地湖峤,行路万里,诗益奇壮。……造次不忘忧爱,以简严扫繁缛,以雄浑代尖巧,第其品格,故当在诸家之上。①

从上述讨论中可以看出,"论诗派"的现象贯穿于整个南宋的诗话及诗论中,虽然各时期评论者所关注的重点可能不甚相同,但无疑深化和扩大了特定诗派的理论内涵和社会影响。值得注意的是,南北宋之交很多文人将创作诗话的理念建立在"论诗派"的基础之上,也很容易造成诗学理论发展的单向化与审美典范的集中化。这也是南宋前期诗学理论发展的实际情况和面临的困境。

3. 文人诗论的社交属性

从前章所录的南宋诗论类作品的整体来看,诗文集序跋、书信和酬唱诗歌文体占比甚大,这些作品不仅承载了作者的诗学思想,同时具有很强的社交属性。这样的情况可能也从侧面说明了社交生活会在很大程度上影响甚至决定一部分文人的创作理念。

"身份"在南宋文人的实际生活中的作用十分重要,相比于北宋时期而言,这些身份标签又更加多样,除了诗派的社交圈,还有"元祐党人""理学家""禅僧"等北宋延续下来的身份标签,又有"南渡文人""主战派""伪学逆党""遗民"等南宋特有的身份。这不仅代表了一些文人的自我认同,同时也概括了他们通过师友关系等形成的社交圈。文人之间的关系在后人看来往

---

① (宋)刘克庄,《后村诗话》卷一,《四库全书》第1481册,第318页。

◎ 诗论篇　诗学话语的文献类型及时代特征

往是较为平面或割裂的,但是对于当时的人来说,他们的社会角色和人际关系,对其儒学和诗学思想都有至关重要的影响。

文人在社交过程中表达、确立、交换诗学思想的现象古已有之,如唐代诗人群的酬唱诗作与书信往来等。北宋时期欧阳修与梅尧臣之间的友善关系和二人在诗歌主张上的一唱一和,对推动北宋诗风变革产生了重要作用。到了南宋时期,这种现象依然盛行。而在实际的研究中,文人思想受到人际关系的影响经常会被一定程度地忽视。他们的人际交往和学缘关系可能比想象中的更为复杂,而且知名文人的交往会长时间为人所津津乐道,如朱陆的"鹅湖之会",但在实际情况中,知名文人只是极少数,他们各自交往的朋友中大多数人并不十分知名,这也为后世的研究增加了挑战。如南宋初期大儒张九成好友施德操在《北窗炙輠录》中记载他的兄长施国光:

> 二家兄蚤年力学,冬夜苦睡思,乃以纸剪团靥如大钱,置水中,每睡思至,即取靥贴两太阳,则涣然而醒。其苦如此。治《诗》善讲说,其讲说多自设问答,以辞气抑扬其中,故能感发人意,故子韶谓家兄讲说有古法,如《公羊》、《穀梁》之文。然江浙间治《诗》者多出家兄门,前后登第者数十人,而家兄反不第,岂非命耶?曩久困太学,尝有启事一联云:"池塘绿遍,又是春风;河汉夜明,忽惊秋月。"当时太学同(阙)者皆诵此语。后推恩为某州会昌县主簿卒。家兄讳国光,字彦发。①

---

① (宋)施德操,《北窗炙輠录》卷下,《四库全书》1039册,第391页。

当然，不排除亲属间的记录有美化的因素，但施家兄弟和张九成之间关系密切，且经常切磋学术应属事实，然而他们在后世声名不显，学说不传，《宋元学案》中将施德操列为横浦讲友，至于其兄长更再无其他记录。类似的情况可以说发生在南宋每位大儒或诗坛巨擘身上，而很多往常没有受到太多关注的、文学审美价值不高的社交性文章或诗作，往往对揭示他们的真实社交生活具重要意义，也是了解他们在社交过程中形成、交流、传播诗论的重要窗口。师友关系也会在很大程度上影响这些文人相互之间的评价。这些社交性诗论中当然存在个体思想的表达，但也存在由某位威望较高、理论水平较为突出的人物对其小团体所形成的共性思想进行伸张的现象，如叶适、杨万里等为他人诗集所作序跋，对诗风与诗论的时代转向都产生了深刻的影响。深入考察南宋文人诗论的强社交属性，对了解南宋诗学发展的整体面貌有所助益。

三、经学的基础性影响

对于很多宋代儒者来说，他们的诗学观念几乎完全附属于经学。北宋五子自不必说，南宋随着儒家学派的进一步分立，学者的理学体系建构渐趋完善，理论细节也大幅增加。但是纵观南宋诸多儒家学派学者的诗论，则往往分散在他们的经学著作当中，尤其是《诗》学。

1. 六经是文学的最高审美典范

诗学领域的宗经思潮自是古已有之。如《文心雕龙·总论》中以原道为第一，征圣第二，宗经第三，这既在诗学领域呼应了传统儒家天人合一的基本逻辑，辨析了六经所创始的文体发展源流，也树立了六经所代表的传统儒家思想体系中的文学审美典范，即"体有六义"："一则情深而不诡，二则风清而不杂，三则事信而不诞，四则义直而不回，五则体约而不芜，六则文丽而不淫。"① 在唐代诗学中，宗经思想亦有回响。到了宋代，诗学和儒学都较唐代得到了长足进展，欧阳修等人甚至掀起疑经思潮，他们疑经并非出于推翻经典的目的，而是通过新时代的考释阐发，在汉儒的经学体系之外建立新的道统和文统。如欧阳修赞梅尧臣文章"得乎六经"②，苏颂赞王禹偁"力振斯文，根源于六经"③，苏洵言"圣人之道，严于礼而通于《诗》"④ 等不一而足。经学焕发新生是宋代思想史上的重要现象，这显著影响了此时的诗学思潮。

到了南宋前期，经学的传承又因理学派系的分化而有了更多的细分流派，虽然不同立场的理学家阐释六经的方法和理路不尽相同，但对于六经之于文学、《诗经》之于诗歌经典范式的地位

---

① 周振甫，《文心雕龙今译》，北京：中华书局，1986年，第31页。
② （宋）欧阳修，《梅圣俞诗集序》，《欧阳文忠公集》卷四十二，《四库全书》第1102册，第332页。
③ （宋）苏颂，《〈小畜外集〉序》，《苏魏公文集》卷六十六，《四库全书》第1092册，第707页。
④ （宋）苏洵，《六经论·〈诗〉论》，《嘉祐集》卷六，《四库全书》第1104册，第883页。

出发点基本一致。如胡寅言："词曲者，古乐府之末造也。古乐府者，诗之旁行也。诗出于《离骚》、楚词，而《离骚》者，变风变雅之意，怨而迫、哀而伤者也"[①]，从文体源流的角度论证了《诗经》建立的文学传统对词曲的持续性影响。再如南宋前期李石言：

> 石自以为文者有岁矣，卯角笃好，皆根本六经中来。《诗》、《书》求其声气，《礼》、《乐》求其制度，《春秋》求其严，《易》求其深。如先秦古书，聱牙有不能句者，精微乎众妙，会融乎一理者，往往得之。人或以古文期之，由此也。加之师承血脉出前辈大老，无疑极以心所自得。[②]

在南宋前期儒者的诗论中不难发现宗经思想的奠基性作用。当然，此时的疑经思潮也并没有完全消弭，如南宋初学者郑樵所撰《诗辨妄》，莫砺锋教授言此书"从整体上驳斥《小序》，几至体无完肤，可是……南宋的范处义、吕祖谦还针对郑樵分别写成《诗补传》、《吕氏家塾读诗记》，重申《小序》之说。周孚干脆写了《非诗辨妄》，务欲根除郑樵之说而后快，以至于《诗辨妄》一书很快就失传了"[③]。南宋学者围绕《诗》学的争论往往基于汉儒的相关阐释，而非《诗经》的经典地位本身。

到了南宋中期，儒家学派分立的局面让经学思想产生了种种

---

① （宋）胡寅，《向芗林酒边集后序》，容肇祖点校，《崇正辩·斐然集》，北京：中华书局，1993年，第402—403页。
② （宋）李石，《答胡龙学干纪瑞雪书》，《方舟集》卷十，《四库全书》1149册，第641—642页。
③ 莫砺锋，《从经学走向文学：朱熹"淫诗"说的实质》，《文学评论》，2001年第2期，第79页。

分支，但其在文学领域的典范地位始终未被撼动。到了南宋后期，虽然主流的诗歌审美发生了显著变化，但诗学中的宗经传统仍发挥着基础性作用。如严羽《沧浪诗话》论诗歌的文体源流："《风》、《雅》、《颂》既亡，一变而为《离骚》，再变而为西汉五言，三变而为歌行、杂体，四变而为沈、宋律诗。"① 戴复古论诗诗："诗文虽两途，理义归乎一。风骚凡几变，晚唐诸子出。本朝师古学，六经为世用。诸公相羽翼，文章还正统。晦翁讲道余，高吟复超绝。巽岩许其诗，凤凰飞处别。"② 类似讨论在南宋后期的诗论中仍屡见不鲜。

2.《诗》学是理学家诗论的主要表现形式

宋代经学得到了飞跃式发展，然就《诗》学而言，刘子健教授谈道，相对于两宋经学的概况，大部分北宋经学研究更具挑战性和原创性，而到了南宋，解经著作的质量开始下降，变得喜欢争辩，过于关注细节，学术的多元性和创造性下降。但对《诗经》的研究似乎是个例外。在 11 世纪，关于《诗经》只有几家注释和一些不激烈的讨论。相比之下，12 世纪的学者却相当重视《诗经》，注者众多。引发这种兴趣的原因应当是诗和词的发展。作为中国最早的诗歌总集，这部经是必不可少的参考。③

六经除《诗经》外，几乎都不是传统意义上的纯文学作品，加之诗歌文体一脉相承，《诗经》长期被看作诗歌审美的最高标

---

① （宋）严羽著，张健校笺，《沧浪诗话校笺》，第 192 页。
② 出自戴复古《谢东粹包宏父三首癸卯夏》，《全宋诗》第 54 册，第 33460 页。
③ 〔美〕刘子健著，赵冬梅译，《中国转向内在：两宋之际的文化转向》，第 26—27 页。

准和审美典范。这种思想并非在宋代才产生，如唐代白居易《与元九书》言："夫文尚矣，三才各有文。天之文，三光首之；地之文，五材首之；人之文，六经首之。就六经言，《诗》又首之。何者？圣人感人心而天下和平。"[1] 他认为《诗经》将一种内在立意与外在形式完美结合的诗歌经典范式固定下来。北宋时期对文学鲜少提及的程颐，将《诗经》作为体用一如的最高标杆：

> 教人未见意趣，必不乐学。欲且教之歌舞，如古《诗》三百篇，皆古人作之。如《关雎》之类，正家之始，故用之乡人，用之邦国，日使人闻之。此等诗，其言简奥，今人未易晓。别欲作诗，略言教童子洒扫应对事长之节，令朝夕歌之，似当有助。[2]

当然，《诗》学在南宋诗学领域的重要地位不仅是树立了《诗经》这一诗歌审美的最高典范，还囊括了一套包括"风雅""美刺"等基本概念的诗学话语体系。南宋评论者在继承这一套话语体系的同时又不断开发拓展，并在不同儒学流派之间开启了话语权的争夺。但总体而言，南宋理学家附着在《诗》论中的诗论体现了以下几个基本特点：

（1）轻视诗歌的独立审美价值。

理学家文论多否定诗歌乃至所有文学形式的抒情性与其所能提供的独立的审美或情感价值，这种理念在一定程度上出于他们

---

[1]（唐）白居易，《与元九书》，《白氏长庆集》卷四十五，《四库全书》1080册，第490页。

[2]（宋）程颢、程颐，《河南程氏遗书》卷二，《二程集》，北京：中华书局，1981年，第21页。

对本体的界定。中国古代的文学批评史多会提到"杂文学""纯文学"的概念，魏晋时期所谓的文学自觉也被广泛认可。但到了宋代，思想史层面上单一本体或终极本体说盛行，所谓的"纯文学"作品（诗歌、美文等）是否存在独立于其他语言文字表达形式的意义与价值又成了被反复思考与讨论的问题。

理学家如果将本体的"理"或"心"在人身上的表现完全归结为先验的道德性，那便相当于否认了在道德的"善"之外仍存在独立的"美"。不带有任何道德色彩的"美"容易被认为是多余的，游离于本体之外、不具有真正价值的。故他们的理论多不会将文学艺术作为独立的研究对象，其诗学观点往往依附于《诗》学，作为他们理学体系中的构成要件而存在，如郑樵的《六经奥论》、辅广的《诗童子问》、杨简的《慈湖诗传》等。

宋代理学家诗论中极为流行的"崇经""诗史"等概念，其内涵很大程度上也指向一种逻辑，即诗歌的本质是否与经、史为一同，甚至在经、史之间仍存鄙视链，即类经高于类史。故他们对于诗歌或文学独立审美价值的讨论少之又少，这也代表了他们的价值取向。如杨时言：

> 为文要有温柔敦厚之气，对人主语言及章疏文字温柔敦厚尤不可无，如子瞻诗多于讥玩，殊无恻怛爱君之意；荆公在朝论事多不循理，惟是争气而已，何以事君？君子之所养要令暴慢哀僻之气不设于身体。[①]

[①]（宋）杨时，《龟山集》卷十《语录》，明万历十九年（1591）林熙春刻本，第353页。

杨时的观点所代表的是一种较为典型的理学家诗论，他并未赋予诗以独立的文学地位，而是要求其与章疏文字一样，以社会功能为价值衡量的首要指标，并以一种类型化的气质个性来要求所有人的创作。简而言之，大多数儒家学者在其所建构的哲学体系中，不推崇文学中浓艳的色彩或汹涌的感情，而以适中的艺术修饰与高洁的道德情怀作为文艺创作的样板。事实上，宋代理学家诗歌在数量上相当可观，但佳作甚少，同质化严重，这与他们这种诗学观念紧密相关。

（2）以"美刺"为评判诗歌的终极标准。

"美刺"是汉代经学的重要观念之一。朱自清在《诗言志辨》中谈道：

> 《诗序》主要的意念是美刺，《风》、《雅》各篇序中明言"美"的二十八，明言"刺"的一百二十九，两共一百五十四，占《风》、《雅》诗全数百分之五十九强。其中兴诗六十七，美诗六，刺诗六十一，占兴诗全数百分之五十八弱。美刺并不限于比兴，只一般的是诗的作用，所谓"诗言志"最初的意义是讽与颂，就是后来美刺的意思。①

张毅教授在《说"美刺"——兼谈鲁、齐、韩、毛四家诗之异同》中谈道："汉儒以美刺比兴言诗，是为了对《诗》进行系统化的道德阐释，以扬善贬恶的诗教为目的，所以把诗歌的比喻都说成与政教有关。"② 而这种理念对后世影响甚大。虽然宋代

---

① 朱自清，《诗言志辨》，上海：开明书店，1947年，第70—71页。
② 张毅，《说"美刺"——兼谈鲁、齐、韩、毛四家诗之异同》，《南开学报（哲学社会科学版）》，2002年第6期，第69页。

实现了对汉代经学的革新，甚至郑樵、朱熹等人的《诗》论对汉儒穿凿附会的解读多有反驳，但汉儒的诗学思维在一定程度上被继承下来，并随着诗歌体裁自汉代之后的长足发展而显现多样变化，其中恒常不变的核心，即以"美刺"的理念评判所有诗歌作品的优劣。就是在非理学家诗论中，这样的理念也不鲜见。

所以宋代诗论中一个十分显著的现象，便是重在挖掘诗歌的"言外之意"，而文人站在儒学立场所论作诗贵意在言外，所表达的意思与庄、禅理路并不一致。北宋司马光曾以《诗经》与杜甫诗歌为例：

> 《诗》云："牂羊坟首，三星在罶。"言不可久。古人为诗，贵于意在言外，使人思而得之，故言之者无罪，闻之者足以戒也。近世诗人，惟杜子美最得诗人之体，如"国破山河在，城春草木深。感时花溅泪，恨别鸟惊心"。山河在，明无余物矣；草木深，明无人矣；花鸟，平时可娱之物，见之而泣，闻之而悲，则时可知矣。他皆类此，不可遍举。①

《小雅·苕之华》被认为是周幽王时大夫悯周室之将亡，哀饥民之不幸而作，其中"牂羊坟首，三星在罶"，借枯瘦而显得头大的母羊、鱼篓中空有星星的倒影等意象，表现民众生存状况的惨状。杜甫的名句"国破山河在，城春草木深"，意尤在此。显然司马光所谓"意在言外"，并非指代诗歌所带给人审美体验的悠长余韵，而是指诗歌的内涵中是否表现出丰富的、深厚的讽喻意蕴，即《诗经》所留存给后世的美刺传统。这种诗学思想的

---

① （宋）司马光，《温公续诗话》，《历代诗话》，第 277—278 页。

反面便是从"立意"的单一维度评判诗歌的价值,这里的"立意"又指向家国天下的宏观叙事。有些儒者认为一首优秀的诗歌,或一个优秀的诗人,在文学创作中的"立意"绝不能有瑕疵。如杨时批苏轼诗:"作诗不知风雅之意,不可以作诗。诗尚谲谏,唯言之者无罪,闻之者足以戒,乃为有补;而涉于毁谤,闻者怒之,何补之有。观东坡诗只是讥诮朝廷,殊无温柔敦厚之气,以此人故得而罪之。"[1] 在不同人的评价体系中,这种价值判断的分量和优先级有很大差别,这也在很大程度上影响了宋人的诗歌审美观及创作论。

在这样的诗学思想基础上,就产生了以"解经"的方法解诗的现象,即将阐释《诗经》的理论与方法直接用于对前人诗歌的阐释批评。北宋后期惠洪在《冷斋夜话》中记载黄庭坚将王安石的论诗方法比作"解经":

> 荆公曰:"前辈诗云'风定花犹落',静中见动意。'鸟鸣山更幽',动中见静意。"山谷曰:"此老论诗,不失解经旨趣,亦何怪耶。"唐诗有曰"海日生残夜,江春入旧年"者,置早意于残晚中。有曰"惊蝉移别柳,斗雀堕闲庭"者,置静意于喧动中。东坡作《眉子研》诗,其略曰:"君不见长安画手开十眉,横云却月争新奇。游人指点小鬐处,中有渔阳胡马嘶。"用此微意也。[2]

这里黄庭坚指出对古人诗句进行细致的理路剖析,几近解经

---

[1] (宋)魏庆之,《诗人玉屑》卷九,《四库全书》第1481册,第152页。
[2] (宋)惠洪,《冷斋夜话》卷五,《四库全书》第863册,第257页。

之法，即在诗学中运用经学思维。这种情况在宋代诗论中相当常见，也有大量直接以经学素材论诗歌旨趣或方法的诗论。如两宋之交黄彻作《䂬溪诗话》言：

> 《否卦》："包承，小人吉。"说者谓小人在下者包之，小人在上者承之，盖处否当然。杜云："曲直吾不知，负暄候樵牧。""是非何处定，高枕笑浮生。""洗眼看轻薄，虚怀任屈伸。""寄谢悠悠世上儿，不争好恶莫相疑。"其寄傲疏放，摆脱世网，所谓两忘而化其道者也。①

作者认为杜甫这些诗句不仅有艺术美的价值，同时也可以作为经典的注脚，其中体现出的精神内涵是它们更为本质的价值所在。四库馆臣评黄彻"论诗大抵以风教为本，不尚雕华，然彻本工诗，故能不失风人之旨，非务以语录为宗，使比兴之义都绝者"②，认为黄彻的诗歌分析既阐扬了风教之旨，又发明了比兴之义。再如两宋之交许顗对比苏轼与杜甫的两首题画诗，两首诗都写到了皇帝，许顗认为苏轼此诗"美则美矣"，但整体水平却不如杜诗，尤其杜诗中"至尊"一句，"微而显，《春秋》法也"③：

赠写御容妙善师

苏　轼

忆昔射策干先皇，珠帘翠幄分两厢。

---

① （宋）黄彻，《䂬溪诗话》卷五，《历代诗话续编》，第371页。
② （清）纪昀总纂，《四库全书总目提要·诗文评类》卷一百九十五，石家庄：河北人民出版社，第2000年，第5379页。
③ （宋）许顗，《彦周诗话》，《历代诗话》，第381页。

紫衣中使下传诏,跪捧冉冉闻天香。
仰观眩晃目生晕,但见晓色开扶桑。
迎阳晚出步就坐,绛纱玉斧光照廊。
野人不识日月角,仿佛尚记重瞳光。
三年归来真一梦,桥山松桧凄风霜。
天容玉色谁敢画,老师古寺昼闭房。
梦中神授心有得,觉来信手笔已忘。
幅巾常服俨不动,孤臣入门涕自滂。
元老侑坐须眉古,虎臣立侍冠剑长。
平生惯写龙凤质,肯顾草间猿与獐。
都人踏破铁门限,黄金白璧空堆床。
尔来摹写亦到我,谓是先帝白发郎。
不须览镜坐自了,明年乞身归故乡。①

丹青引赠曹将军霸
杜　甫

将军魏武之子孙,于今为庶为清门。
英雄割据虽已矣,文采风流犹尚存。
学书初学卫夫人,但恨无过王右军。
丹青不知老将至,富贵于我如浮云。
开元之中常引见,承恩数上南熏殿。
凌烟功臣少颜色,将军下笔开生面。
良相头上进贤冠,猛将腰间大羽箭。

---

① （宋）苏轼,《赠写御容妙善师》,《全宋诗》第14册,第9244页。

◎ 诗论篇　诗学话语的文献类型及时代特征

褒公鄂公毛发动，英姿飒爽来酣战。
先帝天马玉花骢，画工如山貌不同。
是日牵来赤墀下，迥立阊阖生长风。
诏谓将军拂绢素，意匠惨澹经营中。
斯须九重真龙出，一洗万古凡马空。
玉花却在御榻上，榻上庭前屹相向。
<u>至尊含笑催赐金，圉人太仆皆惆怅。</u>
弟子韩干早入室，亦能画马穷殊相。
干惟画肉不画骨，忍使骅骝气凋丧。
将军画善盖有神，必逢佳士亦写真。
即今飘泊干戈际，屡貌寻常行路人。
途穷反遭俗眼白，世上未有如公贫。
但看古来盛名下，终日坎壈缠其身。[1]

　　此诗使用较长篇幅铺叙了曹霸画意之精湛，并以他从深得玄宗赏识到战乱后沦为贫民的强烈对比，在论画记人中抒发今昔之慨叹。明清评论者多从长诗的结构艺术鉴评此诗，但宋代评论者则多认为杜甫此诗有怨刺之深意。许顗对其中的《春秋》笔法之具体内涵没有明言。洪迈《容斋续笔》中认为，"至尊"句时人或意其"以为画马夺真，圉人、太仆所为不乐"[2]，但杜甫意不在此。圉人、太仆是牧养、驾驭官马的人，但得到重金赏赐的却是画师，洪迈认为杜甫此句之深意是暗指朝廷上下的不正之风。

---

[1] （唐）杜甫，《丹青引赠曹将军霸》，彭定求等编，中华书局编辑部点校，《全唐诗》，中华书局，1960年，第6683页。
[2] （宋）洪迈，《容斋续笔》卷三，《四库全书》第851册，第425页。

宋代评论者多对诗中直露对皇帝的怨刺较为反感，反而十分赞赏在诗歌细节中暗藏讽喻的做法。无论他们的解读是否为杜甫作诗之原意，这种阐释方法在宋代诗论中都是屡见不鲜的。

当然，从朱熹等人质疑毛诗的理论起点出发，"美刺"的批评方法也不乏反叛者，南宋中后期朱熹后学黄榦、黄震所言：

> 《风》、《雅》、《颂》以为经，赋、比、兴以为纬，此《诗》之义也。或曰：诗之中皆有六义，如豳风、豳雅、豳颂是也。其亦有说乎？有善则美，有恶则刺，此《诗》之体也，然亦有男女咏歌，各言其情者，岂皆为美刺而作乎？①

> 《诗》只熟读涵泳，自然和气从胸中流出，其妙处不可得而言。今人不以《诗》说《诗》，却以《序》解《诗》。大率古人作诗与今人作诗一般，亦自有感物道情、吟咏性情，几时尽是讥刺他人？只缘序者立例，篇篇要作美刺，将诗人意思尽穿凿坏了。②

当然，对以"美刺"评《诗》（或诗）的反驳并不代表对宗经传统的背离，这里他们所言"吟咏性情"，亦属《诗》学话语体系中的重要概念，稍后会展开说明。虽然这类表述在南宋诗学思潮中也时有出现，但仍不能忽视"美刺"在主流诗论体系中的重要地位。

---

① （宋）黄榦，《拟难策问》，《勉斋集》卷二十六，《四库全书》第1168册，第281页。
② （宋）黄震，《读本朝诸儒理学书五·晦庵语类一·毛诗》，《黄氏日钞》卷三十七，《四库全书》第708册，第106页。

（3）"君子"人格成为诗歌审美典范选择的决定性条件。

在传统诗论中长期存在将诗歌风格与作者的道德人格强行绑定的现象，《论语·宪问》言："有德者必有言，有言者不必有德。"① 这样的文艺观在诗学领域也相当强势。受到政治环境的影响，很多两宋之交及南宋前期的文人将北宋灭亡的原因归结为王安石变法的失败，而他们认为王安石变法失败的重要原因之一是用人失察，士人的道德问题在两宋之交再次成为焦点。表现在儒学方面，道德人格的确立在工夫论中被进一步强化。表现在诗学方面，作诗也被看作工夫修养的有机组成部分，故在诗歌内容、诗歌风格方面都进一步与德性、品节或家国大义挂钩。这种观念不仅对创作论进行了更多方面的规范，即作诗并非作诗本身，而更与"做人"相关，同时也在相当程度上影响了宋人对诗歌典范的选择，崇陶、崇杜之风都与此紧密相关。

从北宋有些诗论表达中可以看出，对诗作中所体现的诗人本身的道德人格进行价值判断，在衡量诗歌价值时具有"一票否决"权：

> 有道之士胸中过人，落笔便造妙处。彼浅陋之人，雕琢肺肝，不过仅然嘲风弄月而已。②

> 吕献可诲尝云："丁谓诗有'天门九重开，终当掉臂入'，王元之禹偁读之，曰：'入公门犹鞠躬如也，天门岂可

---

① （清）刘宝楠，高流水点校，《论语正义》，第555页。
② （宋）李錞，《李希声诗话》，《宋诗话辑佚》，第478页。

掉臂入乎？此人必不忠。'后果如其言。"①

到了南宋，这种讨论也延伸到了江西诗派巨擘黄庭坚的身上。后人在对比黄庭坚和陈师道时的评价就有所体现。黄庭坚诗作数量多，质量高，又有开宗立派之功，在相当范围内极受赞誉。他被指摘的方面主要围绕其有些诗作的低级趣味和所谓的修养工夫问题。如其有诗《戏咏暖足瓶二首（其一）》："小姬暖足卧，或能起心兵。千金买脚婆，夜夜睡天明。"② 又如胡仔曾调侃黄庭坚作《发愿文》（今者对佛，发大誓愿：愿从今日，尽未来世，不复淫欲。愿从今日，尽未来世，不复饮酒。愿从今日，尽未来世，不复食肉。）誓言不可谓不真挚，然观其日后行径，又不免割裂：

（黄庭坚）可谓能坚忍者也。其后悉毁禁戒，无一能行之，于诗句中可见矣。以《酒渴爱江清》作五诗，其一云：
廖侯劝我酒，此亦雅所爱。中年刚制之，常惧作灾怪。连台盘拗倒，故人不相贷。谁能知许事，痛饮且一快。
《嘲小德》云：
中年举儿子，漫种老生涯。学语啭春鸟，涂窗行暮鸦。欲嗔主母惜，稍慧女兄夸。解著《潜夫论》，不妨无外家。

---

① （宋）胡仔纂集，廖德明校点，《苕溪渔隐丛话（前集）》卷二十五引《高斋诗话》，第 172 页。
② （宋）黄庭坚，《戏咏暖足瓶二首（其一）》，《全宋诗》第 17 册，第 11416 页。

《谢荣绪割獐见贻二首》云：

何处惊麇触祸机，烦公遣骑割鲜肥，秋来多病新开肉，粝饭寒菹得解围。

二十余年枯淡过，病来箸下剧甘肥，果然口腹为灾怪，梦去呼鹰雪打围。①

此番记录虽意在揶揄，却并无进一步的嗔怪，其后引《礼记》中"饮食男女，人之大欲存焉"之句为其开脱，补充以"若戒之则诚难，节之则为易，乃近于人情也"的道理。黄庭坚在《写真自赞》中言："道是鲁直亦得，道不是鲁直亦得。是与不是，且置勿道。唤那个作鲁直，若要斩截一句，藏头白海头黑。似僧有发，似俗无尘。作梦中梦，见身外身。"② 事实上，类似于黄庭坚"学佛不彻底，向佛不弃世"的现象在宋代或较唐代更为常见，这种文士风流在大多数时候都被传为笑谈，但也难免落下言行不一的口实。

和其形成对照的是江西诗派的另一代表人物陈师道。黄庭坚曾以"闭门觅句陈无己，对客挥毫秦少游"形容陈师道和秦观二人不同的创作方法，或者说更为适应的创作氛围。朱熹曾评价："陈无己平时出行，觉有诗思便急归，拥被卧而思之，呻吟如病者，或累日而后起。真是'闭门觅句'者也。"又"或问后山诗恁地深，他资质尽高，不知如何肯学山谷诗？曰：'后山雅健似

---

① （宋）胡仔纂集，廖德明校点，《苕溪渔隐丛话（后集）》卷三十一，第233页。
② （宋）黄庭坚，《写真自赞》，《山谷集》卷十四，《四库全书》1113册，第114页。

山谷，然气力不似山谷较大，但无山谷许多轻浮底意思。'"① 就道德品格而言，陈师道在后人中的口碑几乎是无可指摘的。南宋后期谢叠山言：

> 后山能忍贫，达官名贤哀其贫，袖白金馈之，见其辞色无穷态，议论愈介洁，竟不敢出。建中靖国辛巳，仕于朝，郊祀为执事官。其内子闻郊坛高寒，非挟纩不可，借姨夫赵挺之绵裘衣之。临行，后山问此裘所从来，妻以实对。后山脱而掷之地。其夜寒冻，得疾不起。此宪台，一都史，惠米则受，以诗谢之。盖取其俸薄身清，能尊敬贤人也。此诗起句紧切，后山清介，真是如此，即非寓言。"忍欲""忍贫"四字，亦不苟。②

即便同是游戏之作，陈师道的作品也显得更为"正经"一些。如《骑驴》诗："复作骑驴不下驴，此生断酒未须扶。独无锦里惊人句，也得梁园画作图。"③ 南北宋之交任渊解读："丛林谓参禅人有二病，一是骑驴觅驴，二是骑却驴不肯下。识得驴了，却骑不肯下，此一病更是难医。若解放下，方唤作无事道人。后山此句，岂谓是邪？"④ "后山之诗，非一过可了，近于枯淡。彼其用意，直追《骚》《雅》。"⑤ 可见道德人品的确在很大

---

① （宋）朱熹，（宋）黎靖德编，王星贤点校，《朱子语类（第八册）》卷第一百四十，北京：中华书局，1986年，第3334页。
② （宋）蔡正孙，《诗林广记（后集）》卷六，《四库全书》第1482册，第187－188页。
③ （宋）陈师道，《骑驴》，《全宋诗》第19册，第12713页。
④ （宋）任渊，《后山诗注》卷九，《四库全书》1114册，第836页。
⑤ （宋）任渊，《后山诗注》卷一，《四库全书》1114册，第744页。

◎ 诗论篇　诗学话语的文献类型及时代特征

程度上会影响诗评者对二人诗歌旨趣风格的评价。故虽然南宋时期江西诗派的影响甚大，而诗歌审美典范并未完全从唐代名家转变为本朝诗人。

宋代对于诗歌审美典范的选择经历了多次转变，在这些思潮中多表现为选择唐代诗人作为创作模仿对象，或将其诗歌审美风格树立为标杆以作为理论重心。从时间来看，从北宋初到中后期宋调形成的过程中存在晚唐体/白居易—韩愈—杜甫这样一种诗歌典范选择的转变。宋代诗人最爱引用的唐代诗人分别为杜甫、白居易、李白、韩愈[1]，然而纵观宋代诗学讨论，则会发现关于李白的讨论在数量和理论深度上都不如其他三人。以北宋重要的诗话作品《苕溪渔隐丛话》为例，其中《前集》《后集》内容相加，专论李白共二卷七千余字，论杜甫共十三卷五万八千余字，论韩愈共四卷一万八千余字，论白居易共二卷近八千字。

当然，李白诗法难学已是公论，如黄庭坚言："余评李白诗，如黄帝张乐于洞庭之野，无首无尾，不主故常，非墨工槧人所可拟议。"[2] 在北宋中前期的诗学思潮中，李、杜典范选择问题还广受讨论，黄庭坚文中也曾谈到其友人黄介著有《读李杜优劣论》。欧阳修、苏轼、王安石等人的态度又尤为关键：

> 欧阳永叔不甚爱杜诗，而谓韩吏部绝伦。吏部于唐世文章，未尝屈下，独于李杜，称道不已。欧阳贵韩而不悦子美，所不可晓。然于李白则又甚赏爱，将由太白腾掉飞动易

---

[1] 笔者《数字人文视域下的宋诗用唐诗研究》一文对此有具体阐释。
[2] （宋）胡仔纂集，廖德明校点，《苕溪渔隐丛话（前集）》卷五，第30页。

为感动也?①

杨大年亿,国朝儒宗,目少陵村夫子。欧阳文忠公每教学者,先李不必杜。又曰:"甫于白得二节耳。天才高放,非甫所能到也。"王文公晚择四家诗以贻法,少陵居第一,欧阳公第二,韩文公次之,李太白又次之。然欧阳公祖述韩文而说异退之,王文公返先欧公,后退之,下李白,何哉?后东坡每述作,崇李杜,尊甚,独未尝优劣之。论说殊纷纠,不同满世。②

太白豪放,人中凤凰麒麟,譬如生富贵人,虽醉着瞑暗唶哜中作无义语,终不作寒乞声耳。③

李太白,狂士也,又尝失节于永王璘,此岂济世之人哉。而毕文简公以王佐期之,不亦过乎!曰:士固有大言而无实,虚名不适于用者,然不可以此料天下士。士以气为主。方高力士用事,公卿大夫争事之,而太白使脱靴殿上,固已气盖天下矣。使之得志,必不肯附权幸以取容,其肯从君于昏乎!夏侯湛赞东方生云:"开济明豁,包含宏大。陵轹卿相,嘲哂豪杰。笼罩靡前,跆籍贵势。出不休显,贱不忧戚。戏万乘若僚友,视俦列如草芥。雄节迈伦,高气盖世。可谓拔乎其萃,游方之外者也。"吾于太白亦云。太白之从永王璘,当由迫胁。不然,璘之狂肆寝陋,虽庸人知其必败也。太白识郭子仪之为人杰,而不能知璘之无成,此理

---

① (宋)阮阅编,周本淳校点,《诗话总龟(前集)》卷六引《贡父诗话》,北京:人民文学出版社,1987年,第66页。
② (宋)蔡绦,《西清诗话》,《宋诗话全编(第三册)》,第2517页。
③ (宋)胡仔纂集,廖德明校点,《苕溪渔隐丛话(前集)》卷五,第28页。

◎ 诗论篇　诗学话语的文献类型及时代特征

之必不然者也。吾不可以不辩。①

从这些讨论中可见，宋人并非不喜欢李白的诗歌，李白诗歌在诗论中渐渐失去被标举为审美典范的声量，其中一个重要的原因便是其道德人格和家国情怀方面存在非议。虽然苏轼在碑记中欲为李白的气节正名，蔡居厚也曾在诗话中表达过类似的观点②，但也可见李白在品节、义理方面的"瑕疵"已经受到了当时文人的广泛关注，李白后期追随永王李璘也是评论者谈到他时颇为顾虑的话题。如王安石、苏辙等人对他的评价：

> 王荆公次第四家诗，以子美为第一，欧阳永叔次之，韩退之又次之，乃以太白为下俗。人多疑之，公曰："白诗近俗，人易悦故也。白识见污下，十首九说妇人与酒。然其才豪俊，亦可取也。"③

> 李白诗类其为人，俊发豪放，华而不实，好事喜名，不知义之所在也。语用兵，则先登陷阵，不以为难；语游侠，则白昼杀人，不以为非；此岂其诚能也。白始以诗酒奉

---

① （宋）苏轼，孔凡礼点校，《李太白碑阴记》，《苏轼文集》，第348页。
② （宋）胡仔纂集，廖德明校点，《苕溪渔隐丛话（前集）》卷五引《蔡宽夫诗话》："太白之从永王璘，世颇疑之，《唐书》载其事甚略，亦不为明辨其是否。独其诗《自序》云：'半夜水军来，浔阳满旌旃。空名适自误，迫胁上楼船。从赐五百金，弃之若浮烟。辞官不受赏，翻谪夜郎天。'然太白岂从人为乱者哉？盖其本出纵横，以气侠自任，当中原扰攘时，欲借之以立奇功耳。故其《东巡歌》有'但用东山谢安石，为君谈笑静胡沙'之句，至其卒章乃云：'南风一扫胡尘静，西入长安到日边。'亦可见其志矣。大抵才高意广，如孔北海之徒，固未必有成功；而知人料事，尤其所难。议者或责以璘之猖獗，而欲仰以立事，不能如孔巢父、萧颖士察于未萌，斯可矣；若其志，亦可哀已。"（第28页）
③ （宋）蔡正孙，《诗林广记》卷三引《钟山语录》，《四库全书》第1482册，第33页。

事明皇，遇谗而去，所至不改其旧。永王将据江淮，白起而从之不疑，遂以放死。今观其诗固然。唐诗人李、杜称首，今其诗皆在，杜甫有好义之心，白所不及也。汉高祖归丰沛作歌曰："大风起兮云飞扬，威加海内兮归故乡，安得猛士兮守四方。"高帝岂以文字高世者，帝王之度固然，发于中而不自知也。白诗反之曰："但歌大风云飞扬，安用猛士守四方。"其不识理如此。老杜赠白诗有"重典细论文"之句，谓此类也哉。①

北宋《雪浪斋日记》中谈道："或云，太白诗其源流出于鲍明远，如《乐府》多用《白纻》，故子美云'俊逸鲍参军'，盖有讥也。"② 这种评价折射出《雪浪斋日记》作者对李白的价值判断。虽然杜甫成为宋诗典范的不二之选是多重因素互相作用的结果，但是李白在很多宋人眼中"瑕不掩瑜"也是不争的事实。宋人对白居易、韩愈等人的指摘也往往集中在这个层面。③

另外，李白诗歌在社会功能上的欠缺也是宋代诗论对其地位

---

① （宋）胡仔纂集，廖德明校点，《苕溪渔隐丛话（前集）》卷五，第28—29页。
② （宋）胡仔纂集，廖德明校点，《苕溪渔隐丛话（前集）》卷五，第30页。
③ 如刘克庄《后村诗话》："刘叉嘲退之谀墓，岂惟退之哉！蔡中郎自谓平生作碑惟于郭有道无愧词，则他碑有愧者多矣。李北海为谏官时，面折廷诤，是甚气魄！其词翰俱妙，碑板满天下，外国至持金帛购求。及为《叶有道碑》，称美其孙景龙观道士鸿胪卿越国公法善，为帝傲吏，作人宗师，以台阁名士而为一黄冠秉显扬之笔，读之可发千载一笑。史谓自古鬻文获财，未有如邕之盛，岂非法善辈润笔耶！使皆为郭泰作碑，昌黎安得数斤之金，北海安得珊瑚钩、骐骥𫘨与紫貂、剑，几之玩乎！"（第333—334页）蔡居厚《诗史》："沈存中谓乐天诗不必皆好，然识趣可尚。章子厚谓不然。乐天识趣最浅狭，谓诗中言甘露事处，几如幸灾，虽私雠可快，然朝廷当此不幸，臣子不当形歌咏也，如'当公白首同归日，是我青山独往时'之类。"（《宋诗话辑佚》，第462—463页）

的评价弱于杜甫的重要原因。中国古代文学批评史上的一个重要议题就是文学应处在个人抒情和社会功能两个向度之间的哪个位置。当然,理想的情况应是在其间达到完美的平衡,宋人多将杜甫看作这种平衡艺术的杰出代表,但也会有相当一部分文人会将此两种倾向看作对立关系。

到了两宋之交,在江西诗派声势影响下,杜甫已成为诗坛上无法撼动的最高典范。吴可所作《藏海诗话》则直言:"看诗且以数家为率,以杜为正经,余为兼经也。如小杜、韦苏州、王维、太白、退之、子厚、坡、谷'四学士'之类也。"①

在宋人诗论中,与杜甫的崇高地位可以一较高下的,或许就是陶渊明了。陶渊明因其"大儒情怀"被广为称颂,其诗歌也从侧面体现出了儒释道三者理念上的融合对诗歌审美观的影响。有宋一代,尤其是苏轼"和陶诗"创作之后,形成了一股崇陶的热潮,宋人对陶渊明人格与诗风的评价也与前代不尽相同,突出特点便是以孔颜乐处扩充陶诗除表达闲淡自适的个人情志外的深刻内涵,即风雅之意,其道德人格被看作感时利世、忧君爱国的大儒典范,这也是"和陶诗"创作在宋代大肆风行的重要原因。

从三教融合的层面来看,南宋葛立方在《韵语阳秋》中称陶渊明为第一达摩:

> 不立文字,见性成佛之宗,达磨西来方有之,陶渊明时未有也。观其自祭文,则曰:"陶子将辞逆旅之馆,永归于本宅。"其拟挽词,则曰:"有生必有死,早终非命促。"其

---

① (宋)吴可,《藏海诗话》,(清)丁福保辑,《历代诗话续编》,第 333 页。

作《饮酒诗》，则曰："采菊东篱下，悠然见南山。此中有真意，欲辨已忘言。"其《形影神》三篇，皆寓意高远，盖第一达磨也。①

他以韦应物与陶渊明诗做对比，其中举韦应物《答长安丞裴说》诗中句"临流意已凄，采菊露未稀。举头见秋山，万事都若遗"是对陶渊明"采菊东篱下，悠然见南山"的模仿。对此葛立方直言：

> 然渊明落世纷深入理窟，但见万象森罗，莫非真境，故因见南山而真意具焉。应物乃因意凄而采菊，因见秋山而遗万事，其与陶所得异矣。②

他提出陶渊明之所得"真境"，是出于对"理"的洞见，韦应物仅出于情感事由而言，最终所得诗意虽出于模仿，却终不似。有趣的是，相传东晋时高僧慧远创白莲社，有谢灵运、陆修静等十八人为社客，而独有陶渊明不肯入社，被时人当作清高的表现，对其暗讽嘲笑，后世观之，又以陶渊明之境界为高。

到了南宋中后期，关于陶渊明的讨论仍未休止，如方岳引真德秀对陶渊明评价，也是相当典型的儒者"寄托"说：

> 西山公云："近世评诗者曰：'渊明之辞甚高，而其旨出于老庄；康节之辞若卑，其旨则原于六经。'以予观之，渊明之学，正自经术中来，故形于诗，自不可掩。《荣木》之

---

① （宋）葛立方，《韵语阳秋》卷十二，《历代诗话》，第575页。
② （宋）葛立方，《韵语阳秋》卷四，《历代诗话》，第515页。

奄忽,逝川之叹也;《贫士》之咏,箪瓢之乐也。《饮酒》末章有曰:'羲农去我久,举世少复真。汲汲鲁中叟,弥缝使之淳。'渊明之智足以及此,岂玄虚之士所能望耶?"①

但是,很多宋儒也注意到,这样的诗学思想在实践过程中仍存在一些难以自洽的问题。首先,诗歌是否能够完整准确地体现诗人的道德水平就饱受争议。这涉及文学表达的真实性问题。如《侯鲭录》中记载:"欧阳文忠公尝以诗荐一士人与王渭州仲仪,仲仪待之甚厚。未几,赃败,仲仪归朝。见文忠公论及此士人,文忠公笑曰:'诗不可信也如此。'"② 如果诗作的成就和所体现的道德人格相关,而其中的道德人格经过了作者不合理的美化,那无疑会对诗歌审美价值的评判产生很大影响。如被宋儒树立为传统道德的标杆,这些标杆人物的所有诗作就会被直接认定都符合最高的道德准则。故宋代诗评中对于杜诗、陶诗风雅传统的解读林林总总,不一而足,其中大多数当然言之有据,但总体来说也有结论先行的影子:"山谷尝谓余言,老杜身虽在流落颠沛中,其心未尝一日不在本朝,故善陈时事,句律精深,超古作者,忠义之气,激发而然。"③

另外,剖析诗歌的立意或寄托是否有于理不合之处,尤其考虑到诗人多有悲士不遇之感,在这种表达中其"忠君"之意是否受损,也是宋代诗论较为关注的话题。陶、杜以外很多诗人都受

---

① (宋)方岳,《深雪偶谈》,《丛书集成初编》第2572册,第1页。
② (宋)赵令畤,《侯鲭录》,《唐宋笔记史料丛刊》,北京:中华书局,2002年,第89页。
③ (宋)蔡正孙,《诗林广记》卷九引《潘子真诗话》,《四库全书》第1482册,第89页。

到此类质疑，如惠洪《冷斋夜话》谈道：

> 老杜《北征》诗曰："唯昔艰难初，事与前世别。不闻夏商衰，终自诛褒妲。"意者明皇鉴夏、商之败，畏天悔过，赐妃子死也。而刘禹锡《马嵬》诗曰："官军诛佞幸，天子舍夭姬。群吏伏门屏，贵人牵帝衣。"白乐天《长恨》词曰："六军不发争奈何，宛转蛾眉马前死。"乃是官军迫使杀妃子，歌咏禄山叛逆耳。孰谓刘、白能诗哉！其去老杜何啻九牛毛耶。《北征》诗识君臣之大体，忠义之气与秋色争高，可贵也。①

站在更为客观的角度，从刘禹锡和白居易的诗歌中很难解读出歌咏叛变的含义，惠洪此言难免让人觉得是预设立场，基于三人品节高下，以道德价值判断左右诗歌解读。苏辙也在评论前代诗歌时谈到"李白诗不知义理"和"唐人工于为诗而陋于闻道"等问题：

> 李白诗类其为人，骏发豪放，华而不实，好事喜名，不知义理之所在也。语用兵，则先登陷阵，不以为难；语游侠，则白昼杀人，不以为非。此岂其诚能也哉？白始以诗酒奉事明皇，遇谗而去，所至不改其旧。永王将窃踞江淮，白起而从之不疑，遂以放死。今观其诗，固然。唐诗人李杜称首，今其诗皆在。杜甫有好义之心，白所不及也……
> 唐人工于为诗而陋于闻道。孟郊尝有诗曰："食荠肠亦

---

① （宋）惠洪，《冷斋夜话》卷八，《四库全书》第863册，第246页。

苦，强歌声无欢。出门如有碍，谁谓天地宽！"郊耿介之士，虽天地之大无以安其身，起居饮食有戚戚之意，是以卒穷以死。而李翱称之，以为郊诗高处在古无上，平处犹下顾沈谢。至韩退之亦谈不容口。甚矣，唐人之不闻道也。孔子称颜子在陋巷，人不堪其忧，回也不改其乐。回虽穷困早卒，而非其处身之非，可以言命，与孟郊异矣。①

这种观点和当时北宋理学的兴起密切相关。虽然苏辙本人的思想并不属于周、程等人的学术流派，但他也会毫不留情地批驳唐代名家诗句中体现出的人格或道德缺陷。虽然诗人在构思诗歌的过程中可能存在夸张或艺术加工的成分，但苏辙显然认为，诗人的诗词足以证明其道德立足点的乖离之处。

很多诗评者还要面临诗歌的道德水平和艺术审美水平错位的问题。不同人的诗歌在道德和艺术上各有优势，又该如何比较和评价呢？后世诗人反复讨论建安风骨、魏晋风度等，难道魏晋时人比宋时诸人品格更高尚吗？另外，宋代也有道德水准极高，兼顾理论造诣和行为履践的文人学者，他们创作的诗歌就一定可以成为审美标杆吗？答案显然是否定的。南宋中后期方岳谈道：

> 诗无不本于性情，自诗之体随代变更，由是性情或隐或见，若存若亡，深者过之，浅者不及也。昔坡公云："苏、李之天成，曹、刘之自得，陶、谢之超然，固已至矣。李、杜以英伟绝世之姿，凌跨百代，古之诗人尽废。然魏晋以

---

① （宋）苏辙，《诗病五事》，《栾城第三集》卷八，《四库全书》第1112册，第833—835页。

来，高风绝尘，亦少衰矣。"坡公本不以诗专门，使非上、下、汉、魏、晋、唐，出入苏、李、曹、刘、陶、谢、李、杜，潜窥沉玩，实领悬悟，能自信其折衷如是之的乎？医和之目，无复遁疢，理固然也。如天成、如自得、如超然，则夫诗之□□□，坡公所评，亦宜窥玩领悟，毋忽焉可也。坡公独以柳子厚、韦应物，发纤秾于简古，寄至味于淡泊，盖韦、柳皆以靖节翁为指归，而卒之齐足并驱也。坡公海表和陶诸篇，可以见其所趣，无不及焉。虽然，汉、魏、晋曷尝舍去性情，别出意见，而习为高远之言哉。当其代殊体变，性与情之隐见存亡浅深，虽其一时之名能诗者，亦不能自必其所至之然也。唐风既昌，一联一句，满听清圆，流液隽永，首肯变踔，性情信在是矣。然词藻胜则糟粕，律度严则拘窘，能不脂韦于二蔽之间，而脱颖奇焉。则天成自得超然，何得无之。至于作止雍容，声容惋穆，视温柔敦厚之教，庶几无论汉魏，顾晋以后诸人，自靖节翁之外，似未谕也。[①]

所以在一些诗学评论者眼中，后世也不必完全以伟人的角度去仰视前代的伟大诗人，虽然他们在诗歌、学术以及人格方面或都达到相当的高度，仍未超脱常情常理。如韩愈服食丹药（关于韩愈是否服食，学术界尚有争议，笔者所论为葛立方认为韩愈、白居易的诗作也会出现心口不一的现象），白居易、元稹等老来得子之喜，白居易以悲喜系于仕宦升沉之际等，葛立方都将此类

[①] （宋）方岳，《深雪偶谈》，《丛书集成初编》2572册，第6—7页。

作为前代人豪仍不能忘情割爱的佐证,并持之以相对中性或肯定的态度,其中还夹杂了对道学之于人不切实际的道德人格要求的不满。

(4)"吟咏性情"之辨。

如前所述,中国古代诗学史呈现出注重诗歌的个人抒情或社会功能两种思潮此消彼长、螺旋前进的发展态势。在传统诗论思想中,诗歌的社会功能一般指向儒家的教化、美刺功能。如被看作中国诗学"开山纲领"的"诗言志"说,学者陈伯海在《释"诗言志"——兼论中国诗学"开山的纲领"》中谈道:

> 歌诗之"志"由远古时期与巫术、宗教活动相联系的人们的群体祝咒意向,演化为礼乐文明制度确立后与政教、人伦规范相关联的志向和怀抱,自是顺理成章的事,这也可以说是"志"进入礼乐文明后的定型……不过要看到,"志"的具体内涵在长期的历史变迁中又是不断有伸缩变化的,特别是社会生活愈往后发展,人的思想感情愈益复杂化,个体表达情意的需求愈形突出,于是原来那种偏于简单化的颂美与讽刺时政的功能,便不得不有所调整和转换。[1]

文中他明确了一个基本的理路,即"诗言志"的命题原本即与政教密切相关,但在历史发展中也具备了表现诗歌具有个人抒情功能的作用,"志"也可以被更宽泛地解释为更私人领域中的情志乃至超世的情趣。过常宝教授曾谈道,在先秦时,"诗言志"

---

[1] 陈伯海,《释"诗言志"——兼论中国诗学"开山的纲领"》,《文学遗产》,2005年第3期,第81—82页。

并不是一个诗学概念,而是主要用于儒家意识形态的建构,"志"在上古卜辞中带有清晰的宗教属性,它在仪式中的作用是表达意愿,沟通人神,故"诗言志"实际揭示了《诗经》在宗教礼仪中的功能性特点,而对"诗言志"的不同理解和应用,形成了多种形态的话语方式,如"断章取义""信而有征""文亡隐言""以意逆志"等;也建构起士大夫阶层多重价值和目标,如"立言不朽""兴观群怨""尚友""发乎情,止乎礼义"等。而《毛诗序》赋予了"诗言志"以教化美刺的内涵,重新定义了士大夫阶层的政治权利和话语方式,客观上也揭示了诗歌以情感人等文学特征。[1]

综合前代的讨论不难发现,围绕着《诗经》而产生的中国诗论源流与政教有很强的关联性,而其中的个人抒情则取决于后世对其的拓展阐释。到陆机作《文赋》,明确提出"诗缘情"的概念,个人抒情的诗学传统才得以进一步明确。"诗缘情"和"诗言志"并非相对立的两种理论主张,只是后人在使用和阐释两种概念时理路往往各有侧重。而魏晋时期"诗缘情"思潮的兴起也被看作与其后诗歌形式主义的泛滥紧密相关。这还涉及中国古代诗学的另一重要命题,即形式美感的质朴自然与机巧华丽。故在观察传统诗论的基本概念时,可以将内容情感的个人性与社会性看作横轴的两端,将形式美感的质朴自然与机巧华丽看作纵轴的两端,进而观察诗论之间的区别和联系。

如唐代元稹的《唐故工部员外郎杜君墓系铭》中就将教化与

---

[1] 过常宝,《"诗言志:从思想建构到教化诗学"》,《中国社会科学》,2022年第9期,第123—142页。

◎ 诗论篇　诗学话语的文献类型及时代特征

所谓的"流连光景""吟写性灵"对立起来:"历夏、商、周千余年,仲尼缉拾选练,取其干预教化之尤者三百篇,其余无闻焉。……宋、齐之间,教失根本,士以简慢矫饰相尚,文章以风容色泽、放旷精清为高,盖吟写性灵,流连光景之文也,意义格力无取焉。"[①] 他在一定程度上将横轴的两端看作割裂对立的关系,并赋予社会向的情感内容以更高的价值,但观察他的诗歌创作不难发现,他在诗论和创作实践上并不能完全一致,这也是古代文人诗论与创作中的常见现象。

宋代诗论中也常常出现和元稹所论"吟写性灵"类似的表述,即"吟咏性情"。这个概念本身也源于《毛诗序》:

> 诗者,志之所之也,在心为志,发言为诗,情动于中而形于言,言之不足,故嗟叹之,嗟叹之不足,故咏歌之,咏歌之不足,不知手之舞之足之蹈之也。
>
> 情发于声,声成文谓之音,治世之音安以乐,其政和;乱世之音怨以怒,其政乖;亡国之音哀以思,其民困。故正得失,动天地,感鬼神,莫近于诗。先王以是经夫妇,成孝敬,厚人伦,美教化,移风俗。
>
> ……国史明乎得失之迹,伤人伦之废,哀刑政之苛,吟咏情性,以风其上,达于事变而怀其旧俗也。[②]

在《毛诗序》的话语体系之中,"性情"既包括了心灵世界

[①] (唐)元稹,《唐故工部员外郎杜君墓系铭》,《元氏长庆集》卷五十六,《四库全书》第1079册,第623页。
[②] (汉)毛亨传,(汉)郑玄笺,(唐)孔颖达疏,《毛诗正义》,《十三经注疏》整理委员会整理,《十三经注疏》,北京:北京大学出版社,1999年,第6—15页。

113

的感受和情绪，同时更重要的意义仍是补益政教。其中的性情可以解释为道德人格或精神境界，这就超出了主观或个人情感的范畴，而被宋儒看作具有先验性、本质性的"道"在人内在的映射，故"吟咏性情"成为宋儒调和横轴内容情感和纵轴形式美感两种向度的关键方式之一。

首先，宋儒对《毛诗序》中的经典概念与理学发展的新方向做了理论整合，"吟咏性情"在内涵上可以作为融合知识传统和抒情性传统的复杂概念。一方面"吟咏性情"可以被看作个人抒情的诗歌创作方法，如北宋陈世修言："及乎国以宁，家以成，又能不矜不伐，以清商自娱，为之歌诗，以吟咏性情。飘飘乎，才思何其清也。核是之美，萃之于身，何其贤也！"[1] 我们可以看出这里所谈"吟咏性情"虽与家国情怀联系不紧密，是较为私人的活动，但也对修身养性大有裨益。

但另一方面，这样的个人抒情在诗歌中是不能泛滥的。"吟咏性情"作为连缀诗歌与诗人、社会的关键要素之所以具有相当的确定性，很大程度上是源于哲学体系中修养工夫论的进一步完善，人的性情可以随着不断投入修养工夫而得以"净化"或"发明"，并逐渐显现出与本体相对应的特质，即先验的道德性。故"吟咏性情"在宋人诗论中往往兼具抒情和载道两方面意义。这也更突出体现了宋人诗论中高频出现的相关概念，即"性情之正"或"性情之真"：

> 古之诗出于性情之真。先王盛时，风教兴行，人人得其

---

[1] （宋）陈世修，《阳春集序》，（清）张金吾，《爱日精庐藏书志》卷三六，北京：中华书局，1990年，第667页。

性情之正，故其间虽喜怒哀乐之发微或有过差，终皆归于正理。①

"勿"，夫子语颜以作圣工夫也，作诗亦有待于此乎？曰：《诗》三百，一言以蔽之曰"思无邪"，诗固出于性情之正而后可。曾君鲁择言未为不精，尚勉之哉！②

这种理念也广泛存在于南宋分属不同派别的理学家诗论中：

道之在天下，平施于日用之间，得其性情之正者，彼固有以知之矣。当先王时，天下之人，其发乎情，止乎礼义，盖有不知其然而然者。先王既远，民情之流也久矣，而其所谓平施于日用之间者，与生俱生，固不可得而离也。是以既流之情，易发之言，而天下亦不自知其何若，而圣人于其间有取焉。抑不独先王之泽也，圣人之于《诗》，固将使天下复性情之正，而得其平施于日用之间者。乃区区于章句、训诂之末，岂圣人之心也哉！孔子曰："兴于《诗》。"章句、训诂亦足以兴乎？愿与诸君求其所以兴者。③

每叹《六经》、孔、孟，举世共习。其魁俊伟特者，乃或去而从老、佛、庄、列之说，怪神虚霍，相与眩乱。甚至山栖绝俗，木食涧饮，以守其言，异哉！……子阳愀然曰："我性物理而进于道，天地之至公也，眇眇乎身名奚有！"夫

---

① （宋）真德秀，《问兴立成》，《西山文集》卷三十一，《四库全书》第1174册，第492页。
② （宋）文天祥，《题勿斋曾鲁诗稿》，《文山全集》卷十四，《四库全书》第1184册，第613页。
③ （宋）陈亮，《六经发题·诗经》，《龙川集》卷十，《四库全书》第1171册，第578—579页。

合性情之正而为言者，近理也；即性情之安而为言者，近道也。子阳诗歌文字，每多得意，高处往往不减古人，近道之言也。①

陶渊明正是这种理念的杰出代表，如南宋吕浩言"因念陶渊明善退全节，为千古标准，而吟咏性情以自适余生，未尝有一语涉于芳秾浮葩，溺于孤愤偏爱，可谓得中和之正者矣。杜子美犹不之恕，乃摘其《责子》一诗而讥之，其殆责于人无由已乎？"②可以看出杜甫在此意义上也存在可以指摘的地方。这里的"中和"对于诗歌情绪的强烈程度可以说完全采取了一种严格限制的标准，将激昂的情绪表达排除在"中和之正"的"性情"之外。再如南宋后期方逢辰谈道："予素不诗，不晓诗家尺度，姑与子论诗之道可乎？喜怒哀乐未发谓之中，发而中节谓之和。诗所以吟咏性情而已矣，感物而动，矢口而言，不失其性情之正，斯可也。"③这也是同样的思路。

其次，在诗歌形式美感的层面，两宋之际的文人以"吟咏性情"作为诗学健康发展方向的理念，与一种过分雕琢的诗歌技法相对照，来作为对江西诗法的反拨：

伏念先臣早捐尘事，志希任道，谋不为身。心远地偏，寄陶庐于三径；人忧己乐，甘颜巷于一瓢。吟咏性情而无雕

---

① （宋）叶适，《吕子阳老子支离说》，《水心文集》卷二九，《四库全书》第1164册，第517—518页。

② （宋）吕浩，《书孙竹溪端叔诗稿后》，《云溪稿》，《续金华丛书》，金华：胡氏梦选楼，1924年。

③ （宋）方逢辰，《汪称隐松萝集序》，《蛟峰文集》卷四，《四库全书》第1187册，第534页。

虫篆刻之为；交际往来而乏竿牍苞苴之智。①

古人作诗，所以吟咏性情，如三百篇是也。后之作者，往往务为艰深之辞，若出于不得已而为之者，非古人吟咏之意也。②

近世以来，学江西诗不善其学，往往音节聱牙，意象迫切，且议论太多，失古诗吟咏性情之本意。③

诗人胜语咸得于自然，非资博古。若"思君如流水"、"高台多悲风"、"清晨登陇首"、"明月照积雪"之类，皆一时所见，发于言辞，不必出于经史。故钟嵘评之云："吟咏性情，亦何贵于用事？"颜谢推轮，虽表学问，而太始化之，浸以成俗；当时所以有书钞之讥者，盖为是也。大抵句无虚辞，必假故实；语无空字，必究所从。拘挛补缀而露斧凿痕迹者，不可与论自然之妙也。④

这当然是针对当时"以才学为诗"蔚然成风，作诗沦为掉书袋的游戏所发的议论，但也在重申诗人与好诗之间的连缀物是"性情"而非"知识"，二者虽然在广义上都属于意识活动的基本范畴，但前者在理学体系中被更多赋予了本体意义。这不仅发生在对江西诗派的讨论中，也是学者型文人在哲学体系层面对其中理路的探讨与构建。

---

① （宋）胡寅，《进先公文集表》，《崇正辩·斐然集》，第155页。
② （宋）张九成，杨新勋整理，《日新录》，《张九成集》第四册，杭州：浙江古籍出版社，2013年，第1284页。
③ （宋）游九言，《张晋彦诗序》，《后村诗话》卷四，《四库全书》第1481册，第345页。
④ （宋）朱弁，《风月堂诗话》，《四库全书》第1479册，第15页。

综上，宗经是宋代理学家诗论的基本出发点，而《诗》学对理学家诗论的影响更是举足轻重，很多学者关于诗学命题的阐发几乎完全建立在《诗》学的既有范畴之上，且随着宋代儒学的新发展呈现出比前代更为复杂多元的面貌。

四、思想的多因素混融

宋代是古代三教思想碰撞融合的重要时期，且此时的三教合流在哲学、文学、艺术等领域都产生了广泛而深刻的影响，诗学也不例外。宋诗话《摭遗》中记载了这样一则故事。唐僖宗时期一先生因躲避寇乱游于湖湘之间，曾经在大云寺与寺僧唱和，有和诗曰：

> 三千里外无家客，七百年前云水身。行满蓬莱为别馆，道成瓦砾尽黄金。待宾榼里常存酒，化药炉中别有春。积德求师何患少，由来天地不私亲。

这位先生在游庐山真寂观时淬剑于石，有道士问："先生剑何所用？"先生答："地上一切不平事，以此去之。"其又在长沙智度寺游赏时有诗《赠僧慧觉》：

> 达者推心兼济物，圣贤传法不离真。请师开诉西来意，七祖如今未有人。

临走时，他题诗壁上："唐室进士，今时神仙。足斗紫雾，却归洞天。"及此众人得知，此人便是仙翁吕洞宾。[1]

  这则诗话的本事虽是前代，但从其叙述方式本身也可看出宋代三教思想融合的痕迹。一位道教宗师，志在消除浮世不平，遍游道观佛寺并随物赋诗。类似的记载在宋代诗话中随处可见，三教元素的混融在行文中毫不违和，宋代诗学话语中思想内核的混融性可见一斑。笔者受能力所限，这里主要针对宋代诗学中儒释交融的方面进行探讨。

  关于宋代三教关系和宋儒对佛教的态度，前人已经做了深入细致的探讨，简而言之，三教思想发展到宋代早已形成互相渗透，你中有我、我中有你的局面。北宋时二程语录有言："学者于释氏之说，直须如淫声美色以远之，不尔，则骎骎然入于其中矣。"[2] 这虽然是一种规诫，但也不失为对宋代文人浸淫佛教现状的一种形容。宋代儒家学者虽多标榜拒斥佛老，但又多有出入释典、结交僧道的行迹。程颐在评价其兄程颢时说道："道之不明也久矣。先生出，倡圣学以示人，辨异端，辟邪说，开历古之沉迷，圣人之道得先生而后明，为功大矣。"[3] 这样以振兴儒学、摒斥异端为己任的思想在宋儒群体中十分典型，然而后世对这一时期儒者的评价却南辕北辙："论宋儒，谓是集汉、晋释、道之大成者则可，谓是尧、舜、周、孔之正派则不可。"[4] 事实上，

---

[1] （宋）阮阅编，周本淳校点，《诗话总龟（前集）》卷四十六引《摭遗》，第442—443页。
[2] （宋）程颢、程颐，《河南程氏遗书》卷二上，《二程集》，第25页。
[3] （宋）程颢、程颐，《明道先生墓表》，《河南程氏文集》卷十一，《二程集》，第640页。
[4] （清）颜元，《上太仓陆桴亭先生书》，《习斋记余》卷三，《丛书集成初编》，上海：商务印书馆，1936年，第31页。

宋儒对于佛、道二家看似矛盾的态度有其特定的时代背景和历史原因，但无论从哪个角度来说，宋代儒家学者与佛教僧人和佛学间密切的互动关系是不争的事实。无论是胡寅著《崇正辨》专为辟佛，还是契嵩作《辅教篇》等努力为儒释融合打通理路，这类现象本就产生于高度融合的状态之中。

孙昌武先生将佛教对中国文明的影响总结为四个主要方面：僧团、信仰、教理、文化。在此基础上，禅宗对文艺领域造成的影响也在此四个方面因其教义的特殊性而产生了特殊的影响。[1]从宏观上看，儒释交融影响诗学嬗变存在直接和间接两种方式。直接的方式如在诗论中直接使用存在儒释交融意涵的概念或语言；更具复杂性与重要性的是间接方式，如广泛发生在士大夫哲学体系构建中的儒释交融对作为整体思想中有机组成部分的诗学产生影响。到了南宋时期，禅宗思潮的发展进一步走上神秘化与日常化并存的至简路线，其平民化程度也日渐加深，试经制度的实施存在一定的摇摆空间，僧人群体的理论造诣和论经风潮也在一定程度上有所改变。周裕锴教授谈道："宋代的佛学原创力明显衰退，禅宗也不例外，但儒家经学却从阐释学思路中重获新生，上述的怀疑批判精神，与禅宗的'大发疑情'相似，个人化的心灵体察和认知，来自禅宗的'心解'传统，自由灵活的解读方法，多少受到禅宗的'参活句'的影响。"[2]另外，禅宗语录的大量产生直至"文字禅"发展蓬勃，僧人群体积极参与诗歌创作，士大夫广泛地参禅学佛，佛教平民化以至于寺院、佛像、禅

---

[1] 孙昌武，《禅思与诗情（增订本）》，北京：中华书局，2006年。
[2] 周裕锴，《中国古代阐释学研究》，上海：复旦大学出版社，2019年，第202页。

修等成为民众生活方式的重要组成部分等,都是此时儒释交融影响诗学嬗变的重要途径。

宋代很多诗话、笔记作者都带有深厚的佛教背景。其中包括僧人身份的惠洪(《冷斋夜话》),也有对佛教颇有心得的文人,如胡仔(《苕溪渔隐丛话》)、葛立方(《韵语阳秋》)等。他们的生平事迹未必都可详考,但其行文的字里行间仍流露出他们对三家思想的广泛涉猎,同时也反映出社会上多重思想流派并存且频繁碰撞的时代环境。

首先,南宋诗话作品搜罗的大量逸闻本事中,佛禅因素占比相当可观。相比于儒家学者对论著思想正统性的重视,诗话创作在这方面更具自由度,也更加全方位、多角度地展示了三教思想,尤其是儒释交融是如何体现在南宋人文化生活和诗学思想中的。

禅宗元素被纳入诗话体系最常见的情况就是大量的本事。数量庞大的禅僧群体在宋代社会参与度较高,又与文人往来密切。大量涉禅本事被记录在诗话当中,诗话作者同时也会对其中的思想内容点评一二。如《苕溪渔隐丛话》全文录苏辙《〈筠州聪禅师得法颂〉序》,并在其后附上作者本人的见解:

> 聪禅师昔以讲诵为业。晚游净慈本师之室,诵南岳思大和尚"口吞三世诸佛"语,迷闷不能入。一日,为本烧香,本曰:"吾畴昔为汝作梦甚异,汝不悟,将死,不可不勉。"师茫然不知所谓。既而礼僧伽像,醒然有觉,知三世可吞无碍也。趋往告本,本曰:"向吾梦汝吞一世界,吞一剃刀。汝今日始从迷悟,是始出家,真吾子也。"乃击鼓升座,为

众说此事。聪作礼涕泣而罢。聪住高安圣寿禅院，余尝从之问道，聪曰："吾师本公，未尝以道告人，皆听其自悟。吾今亦无以告子，余从不告门，久而入道。……"

禅门须是悟入，方为究竟，倘不尔，亦安能七纵八横，去住自在也哉？余观刘兴朝见惠林冲老，冲为焚香设誓曰："我法中自有悟门，若也以无为有，即是诳汝，吾当永堕无间地狱。吾将此身设大誓愿，愿汝此去，坚信不退，他日有见，方表斯言。"又龙门言有李提刑者，将《传灯录》白先师云："某素留心此道，每看此录，多有不会处，望一一开示。"先师云："此事不如是理会，须有省悟始得，若有省悟，无有不会者，自不消问；人若无省悟，祇那会处，亦未是在。"二大士之言，真得其要矣。①

北宋时期，朝廷对寺院及僧人群体做了进一步的系统性管辖，如实施以试经为主的一些控制僧尼剃度权的制度，寺院住持的任命权也由官府掌握。在制度执行较为严格的北宋中前期，僧人的文化门槛较高，他们在文学与哲学思潮形成过程中的参与度不容小觑；在南宋诗话中也可以看到，王安石、苏轼、苏辙、黄庭坚等人礼佛参禅或与僧人交往的经历为后人所津津乐道，其中的禅理也被囊括到诗话所讨论的范围当中。

在这些本事记载中不仅可以看到佛禅文化广泛融入传统儒家文化当中，同时也有佛教世俗化的显著体现。例如佛寺在宋代已成为重要的社会文化、娱乐活动空间，它们不仅是文人进行文艺

---

① （宋）胡仔纂集，廖德明校点，《苕溪渔隐丛话（后集）》卷三十七，第300—301页。

活动的重要场所，也是一众或雅或俗的仙怪故事的发生地。寺院成为文人题诗、联句等活动的发生地，这一点在唐时便有体现，如较有代表性的长安慈恩寺、大兴善寺、安国寺等。慈恩寺因地处京师，又是玄奘的译经场，在很长一段时间内都是文人频繁出入的地标性场所，即慈恩寺已在宗教职能外承载了重要的世俗化功能，形成了沟通君民、僧俗、儒释的一个性质复杂的地理空间。故此地不仅产生了大量应制之同题吟咏，也诞生了大量奇谈逸事。两宋之交许顗记录发生在慈恩寺的"女仙夜游"事件，内容颇为香艳：

> 长安慈恩寺有数女仙夜游，题诗云："皇子陂头好月明，强踏华筵到晓行。烟波山色翠黛横，折得落花还恨生。"化为白鹤飞去。明日又题一首云："湖水团团夜如镜，碧树红花相掩映，北斗阑干移晓柄，有似佳期常不定。"长安南山下一书生，作小圃莳花，才一日，有犊车丽女来饮于庭，邀书生同席，既去，作诗云："相思无路莫相思，风里杨花只片时。惆怅深闺独归处，晓莺啼断绿杨枝。"皆鬼仙诗，婉约可爱。①

从这样的记述中可以看到叙事文学对诗话创作的影响，僧寺作为事件发生的地点或独立意象，在文人诗、禅偈及叙事文学中的形象气质存在一定错位，而诗话作品又成了沟通几方的纽带。加之佛教自传入以来就以种种通灵事迹闻名，对于各种神秘体验的记载屡屡不绝。如两宋之交《石林诗话》中曾记，宋神宗元丰

---

① （宋）许顗，《彦周诗话》，《历代诗话》，第 397 页。

年间曾经有大旱,皇室成员亦斋祷求雨,忽然一天晚上一人梦见有僧人乘马飞驰于空中,口吐云雾,醒来则发现大雨降临。此人回忆梦中所见情景,认出是相国寺三门五百罗汉中的第十三尊。此事也被当时的宰相王珪(《依韵和元参政喜雨四首其一》:良弼为辜霖雨望,神僧作雾应精求)和参政元绛(句:仙骥笯云穿仗下,佛花吹雨匝天流)写入诗中。① 类似的记录在诗话重叙事的大环境中也增加了猎奇属性和阅读趣味。

其次,在很多宋代文人形象的后世塑造上,诗话记录和禅宗文献存在一定的互引互证的关系,而且宋代僧人虽然具有三教融合的思维,但三教思想的价值排序有明显的高下之别,只是这种表达可能比较隐晦,或隐藏在叙事的行文当中。如《大慧普觉禅师宗门武库》中记载的王安石与张方平的对话:

> 王荆公一日问张文定公曰:"孔子去世百年生孟子,亚圣后绝无人,何也?"文定公曰:"岂无人,亦有过孔孟者。"公曰:"谁?"文定曰:"江西马大师坦然禅师,汾阳无业禅师,雪峰岩头,丹霞云门。"荆公闻举意不甚解,乃问曰。"何谓也?"文定曰:"儒门淡薄,收拾不住,皆归释氏焉。"公欣然叹服。②

张方平也是北宋著名的亲佛文人,《冷斋夜话》曾言张文定公前生为僧。如前所述,出于佛教言意观的影响,对禅宗文献真实性的考量不能与一般历史文献相提并论,但在禅宗文献的记录

---

① (宋)叶梦得,《石林诗话》,《四库全书》第1478册,第998-999页。
② (宋)道谦编,《大慧普觉禅师宗门武库》,《大正藏》第47册,no.1998,第954页。

中，有意借亲佛文人形象的塑造进一步抬高佛教思想地位的现象广泛存在，其中非常典型的两个人物就是苏轼和王安石。

王安石的新法影响了宋人生活的诸多方面，僧众也不例外。志磐所编《佛祖统纪》中包含痛批新法中以僧道同丁夫政策的相关内容，但王安石也常被作为佛教思想征服儒士的突出代表，至少是乐于沟通三家的典型人物，出现在南宋的禅宗记录当中。故《佛祖统纪》中也记录了"佛印为王荆公赞其像曰：'道冠儒履释袈裟，和会三家作一家。忘却率陀天上路，双林痴坐待龙华。'"① 这段记录在南宋被敷衍成了一段故事，南宋临济宗僧晓莹编《云卧纪谈》载：

> 佛印禅师，元丰五年九月，自庐山归宗赴金山之命，维舟秦淮，谒王荆公于定林。公以双林傅大士像需赞，佛印掇笔书曰："道冠儒履佛袈裟，和会三家作一家。忘却率陀天上路，双林痴坐待龙华。"公虽为佛印所调，而终服其词理至到，故小行书弥勒发愿偈数百字为酬。②

这首禅偈原在唐代文献中就有记录，在宋代的故事中又作为佛印和王安石之间渊源的印证。苏轼与佛道相关的故事更是不胜枚举，其本人也长期被看作三教思想融合的典范。

再次，宋代诗论中也多有对诗歌中佛禅元素或意象的辨析和欣赏。到了宋代，佛教元素大量融入文人的写作习惯。如《冷斋夜话》中记载王安石父女的诗歌唱和：

---

① （宋）志磐，《佛祖统纪》，《大正藏》第49册，no.2035，第318页。
② （宋）释晓莹，《云卧纪谈》卷二，《卍续藏》第86册，no.1610，第672页。

>   舒王（王安石谥号）女，吴安持之妻蓬莱县君工诗多佳句。有诗寄舒王曰："西风不入小窗纱，秋气应怜我忆家。极目江山千里恨，依前和泪看黄花。"舒王以《楞严经》新释付之，又和诗曰："青灯一点映窗纱，好读《楞严》莫忆家。能了诸缘如幻梦，其间惟有妙莲花。"①

《楞严经》《华严经》都是被宋代文人广泛阅读和研究的。王安石的和诗虽不是禅偈，但从了诸缘幻梦的表达可以看出，作品的主旨立意已突破儒家家庭伦理的传统范畴，而且由于掌故、经义广为传播，这些经文中的典故常被化用到宋诗中。再如苏轼《臂痛谒告作三绝句示四君子》中"心有何求遣病安，年来古井不生澜。只愁戏瓦闲童子，却作泠泠一水看"句，胡仔辨析本事见《楞严经》中"月光童子"②。

佛典与禅宗灯录中的典故往往具有一定的叙事性和引申义。这种含义复杂模糊的故事凝练成意象或典故本身就易与诗歌意境及拓展开来的阐释空间相互成就。如禅宗著名公案"春来草自生"源自五代冯道诗《天道》诗："穷达皆由命，何劳发叹声。但知行好事，莫要问前程。冬去冰须泮，春来草自生。请君观此理，天道甚分明。"③且当时的文人也注意到了其内涵与传统的

---

① （宋）惠洪，《冷斋夜话》卷八，《四库全书》第863册，第256页。
② 《楞严经》：月光童子，即从座起。……当为比丘室中安禅。我有弟子窥窗观室，惟见清水遍在屋中，了无所见。童稚无知，取一瓦砾投于水内，激水作声，顾盼而去。我出定后，顿觉心痛。……尔时，童子捷来我前，说如上事。我则告言："汝更见水，可即开门，入此水中，除去瓦砾。"童子奉教。后入定时，还复见水。瓦砾宛然，开门除出。我后出定，身质如初。（《大正藏》第19册，no.0945，第127页。）
③ （五代）冯道，《天道》，《全唐诗》卷七百三十七，第8405页。

"天地之大德曰生"(《周易》)、"道则自然生生不息"(程颐)之间的内在契合。《景德传灯录》中记：

> 大寂闻师住山。乃令一僧到问云："和尚见马师得个什么，便住此山？"师云："马师向我道即心是佛，我便向遮里住。"僧云："马师近日佛法又别。"师云。"作么生别？"僧云："近日又道非心非佛。"师云："遮老汉惑乱人未有了日！任汝非心非佛，我只管即心即佛。"其僧回举似马祖，祖云："大众，梅子熟也。"①

此句"梅子熟也"包含对以上讨论的所有回应，但又以意象的形式展现，此类意象堪为诗人熟用之典范。就"梅子熟"而言，便已在南北宋之际的文人诗中广为使用，固定为一种诗歌意象，如李弥逊《同苏阮二公晚春游西溪》："禅客缓催梅子熟，骚人正咏牡丹芳"；楼钥《侍仲舅同诸表游山》："未问梅子熟，宁能噉青松"；韩驹《送僧住梅山》："待得梅山梅子熟，不辞先寄一枝来"。② 这些文人的做法也未尝不可以看作"参话头"的表现。

另外，如前文周裕锴教授所言，宋代的经学思潮也在很大程度上受到了佛禅教理的影响。北宋中后期党争加剧，大量仕途失意、生活受挫的士大夫不仅有所谓的"逃禅"行为，同时也在最大程度上发掘佛教义理与儒家思想的内在相通性，以完善在经世

---

① （宋）释道原，《景德传灯录》，《大正藏》第 51 册，no. 2076，第 254 页。
② （宋）李弥逊，《同苏阮二公晚春游西溪》，《全宋诗》第 30 册，第 19309 页；（宋）楼钥，《侍仲舅同诸表游山》，《全宋诗》第 47 册，第 29359 页；（宋）韩驹，《送僧住梅山》，《全宋诗》第 25 册，第 16628 页。

致用的理想不得实现时的自处之道。北宋后期亲佛文人陈瓘，在徽宗朝曾任左司谏，但因不愿与蔡卞、章惇一党合谋而遭遇坎坷。他曾在与友人邹志完的通信中谈道：

> 《资治通鉴》曾留意否？学者倦于持久，而稽古之习猝难承办，凡如读习寓言，可旬月而了，故弃史不读。不知《六经》、《论语》发明中实之道，以稽古为本。庄周高而不中，寓而不实，其言可喜悦而实则诞幻，尚不如老子之有益于世，况可比吾教之中道乎！《华严》云"依教修行"，此语乃百家之总门也。吾教非彼教，彼教非吾教，其实无二，其门不一，各依自教，则本不相妨矣。冠员冠、履方履而钵食膜拜者，是舍吾教也。舍经史可证之实，而说诞放无实之文，何以异此！《华严》依教之旨，不若是其偏也。修身行己，奉行圣教尔。如稽古之事，载于《六经》；《六经》之后千余年之事，散于诸史。《通鉴》集其散而撮其要，此英祖、神考之所以赐后学也。[①]

陈瓘以《资治通鉴》为引谈到儒、佛两家治学、修身之道在本质上的一致性，即他所认为的儒典稽古以致中实之道，《华严》依教修行以致中道，都是要经由典籍教法中的"实"以致高远。惠洪《冷斋夜话》曾引王安石与曾巩旧事：

> 舒王嗜佛书，曾子固欲讽之，未有以发之也。居一日，会于南昌，少顷，潘延之亦至，延之谈禅，舒王问其

[①] （宋）陈瓘，《与邹志完书》，（清）黄宗羲撰，全祖望补修，陈金生、梁运华点校，《宋元学案·陈邹诸儒学案》，北京：中华书局，1986年，第1212页。

所得，子固熟视之。已而又论人物，曰："某人可秤。"子固曰："弇用老而逃佛，亦可一秤。"舒王曰："子固失言也，善学者读其书，惟理之求。有合吾心者，则樵牧之言犹不废。言而无理，周、孔所不敢从。"子固笑曰："前言第戏之耳。"①

虽然惠洪的记载不可尽信，但"善学者读其书，唯理之求"的确是宋儒深度吸纳佛教思想最重要的准则之一。而且一些南宋儒者言谈中又将佛道修为与儒家道德强行挂钩。禅宗追求的是当下了断、随境所感的思维方式。在修养方式上，讲求顺时应势、自然而然，这一点在南宋初期党争激烈、政治氛围压抑的背景下，得到了相当一部分文人的心理认同。

宋儒对佛教的诟病主要集中在不事生产、无益经世、不及至道、道是迹非等方面，但是儒释交融已经成为这个时期的主流思潮。很多佛禅思维方式深度影响了诗学评论者的思维方式和理论逻辑。这一点会在后文《作者篇》中进行深层论述。

---

① （宋）惠洪，《冷斋夜话》卷六，《四库全书》第863册，第261页。

作者篇

南宋作者的身份特征与诗论创作

南宋诗学话语的脉络与理路

综合前文对宋代诗学话语概貌的讨论，可以看出南宋诗学话语的作者身份各异，成分复杂。他们主要是为官或隐居的文人，而除文人的共同身份之外，他们往往还因地缘或师友关系等形成了更为具体的身份标签或派别归属。还有一小部分诗论作者是禅僧，他们虽在人数上占比不大，但创作的数量和声量相当可观，故也需重点观察。另有一部分其他身份的作者，他们不属于主流诗坛或文人派别，但他们的诗论仍有被关注的价值。

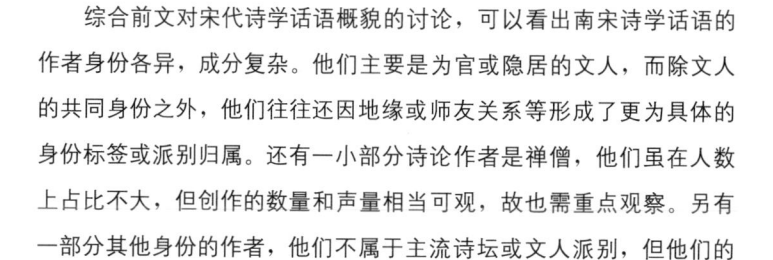

第一章
儒家学派：异中有同，理心并重

宋儒针对唐末五代世风日下、彝伦攸斁的局面，自觉肩负起复兴儒学、重塑伦常的历史重任，经过数代学者皓首穷经、身体力行的努力，一个体大思精的理学体系就此成型。南宋前期，学术与文学思想呈现出复杂性与多样性并存的特征，其中儒学发展的态势即分别以理、心为本体的两种理论框架逐渐分化并行。宋代儒家学者在思想上重视学脉传承，地域与派系间的继承性和归属感都较唐代有所增长。钱建状教授书中谈道："自宋室南渡以后，北宋以开封、洛阳为文学重镇的'点'状分布格局被打破，就南宋而言，代之而起的是各地文学英才并起的网状分布。"[1] 南宋儒学流派甚多，且多因地缘关系而起，形成较大影响的有朱熹的闽学派、陆九渊的心学派、叶适的永嘉学派、吕祖谦的婺学派、张栻的湖湘学派，等等。其中闽学派、心学派在一定程度上

---

[1] 钱建状，《南宋初期的文化重组与文学新变》，厦门：厦门大学出版社，2006年，第91页。

以较为突出的本体论作为思想根基构建了相当完整的哲学理论体系，将诗学作为他们理论体系的有机组成部分加以观察，更有利于我们了解南宋诗学的整体面貌。

模仿佛学模式建立具有整体性的哲学体系是宋代理学发展的重要表现，在此过程中，诗学自然也被视为此时学人各自学术体系中的一个有机整体。因为无论是理学家还是文学家，都较少会对这些诗学问题进行精准的、抽象的、成体系的论述，而是往往以横跨诗歌本质论、鉴赏论、创作论等多种层面的表述方式呈现，在语言上也往往虚实结合。尤其南宋理学家很多具有较高的文学素养，并不乏十分热衷文学尤其是诗歌创作的代表，如朱熹、王十朋、杨万里等，他们都有超千首的诗歌存世，但是他们的诗学论述却体量差异悬殊，被更多关注到的往往是有大量文集或诗话作品传世的文人，而更少以理学思想的流派整体观照他们的诗学理论。由于南宋学者的著作卷帙浩繁，这里简要整理出一些南宋儒家学派作者诗学话语的来源文献，虽然不能完全囊括南宋文人诗学论述的总体，但仍能呈现一定程度的特征和趋势：

横浦学派：张九成《心传录》《论语绝句》等

湖湘学派：胡宏《皇王大纪》《与张敬夫》等

胡寅《岳州学记》《致李叔易》等

张栻《癸巳论语解》《论作诗》等

闽学派：朱熹《清邃阁论诗》《晦庵诗说》等

楼钥《清真先生文集序》《见一堂集序》等

魏了翁《毛诗要义》《古郫徐君诗史字韵序》等

詹初《翼学》《日表》等

黄榦《拟难策问》

陈淳《题徐君大学诗后》《子曰诗三百一言以蔽之》等

辅广《诗童子问》

赵蕃《赵章泉论诗贵乎似》《石屏诗集序》等

心学派：陆九渊《与程帅》《象山语录》等

杨简《慈湖诗传》《家记九》等

袁燮《题魏丞相诗》

包恢《敝帚稿略》

永嘉学派：薛季宣《书诗性情说后》《香奁集叙》等

陈傅良《跋赵延康诗》《送陈益之架阁》等

叶适《徐斯远文集序》《播芳集序》等

吴子良《吴氏诗话》

婺学派：吕祖谦《诗律武库》《诗律武库后集》等

唐仲友《诗解钞》《诗论》等

永康学派：陈亮《书欧阳文粹后》《又癸卯秋书》等

上述是对南宋部分儒家学派作者诗论的不完全整理，有些学者与学派核心人物的关系较为疏远，或有些学者的诗论文字乃至其他著述都流传较少。当然，鉴于南宋文人间综合交错的关系网，很多学者也会对多派理论都有涉猎，或通过饱学融合建立自己的理论体系。实际情况十分复杂，并非本书体量所能全部囊括。这里仅对一些重要学派的代表性诗论观点做出梳理和总结，以期得到对南宋儒家学者诗学思潮发展情况的概览。纵观各派学者的诗论话语可以总结出南宋儒家诗学观的一些发展特点。

1. 诗学本体论的构建基本成型

赖永海教授在《佛学与儒学》一书中提出，佛教对中国儒学影响最大的方面便是本体论的思维模式。"宋明新儒学亦称'心性义理之学'。此'心性'之不是传统儒学的作为具体人的现实具体之心性，在宋明新儒学中表现是十分明显的。例如，不管是张载的'天地之性'，还是程朱的'天理'，不管是陆九渊的'心'，还是王阳明的'良知'，在相当程度上都是具有本体的性质，与佛教的'佛性'、'心性'没有什么本质的区别。"① 赖永海教授指出，树立本体并围绕其构建理论体系的做法是宋儒受到佛学的启发而自觉进行的学术革新。可见"本体"思想在宋代儒学体系中的关键作用。在北宋五子的论述中，这种理念的自觉表达还较为模糊，但到了南宋时期，很多学者对本体论的构建和理论阐释都已相当充分和完备了。这也使他们理论框架中的诗学亦有了本体论的支撑。

"性""理""心"是宋代儒学发展过程中的三个核心概念，而作为本体论意义上的两大基本范畴，"理"与"心"又是宋代儒学思想分化的关键所在。这两个概念不仅自身具有多义性，其范畴下还有数量庞大的子概念，如"物理""天理""义理""天心""人心""道心"等。随着宋代儒学在理论深度上的不断挖掘，"理"不再仅是认识的客体，"心"亦超出了思维或道德主体之含义，在各自的学派中具备了宇宙世界之本体的意义。理学与心学的分化并非由朱、陆二人肇始，而是在分化之前经历了一个

---

① 赖永海，《佛学与儒学》，杭州：浙江人民出版社，1992年，第28页。

理论演进的过程。这个过程也体现出了宋代儒学与佛学、思想与实践之间的冲突与联系形成的内在张力。

在这样的本体论思想背景下，很多儒者对文学本质论、功能论和鉴赏论等都提出了自己的主张。随着儒家哲学本体论的建立，诗和其他人类创造一样，变成了本体的外在表现形式之一，它和本体之间的关系这一此前较少被论及的话题因此显现出其重要性。诗是否能成为"理"或"心"的完美外现形式？什么样的诗才是本体的外化，而非后天因素浸染而成？诗最为核心的社会功能是什么？对诗歌价值影响最大的因素，究竟是其社会意义、道德感召力还是艺术感染力？这些都成了在此范围内备受关注的具体问题。尽管宋儒的诗论体量大小不一，但大多因其背后的理论架构支撑而得以逻辑自洽。

2. 各派儒家学者诗论的重心大都在于君子人格的塑造

纵观理学家诗论可以发现，儒家学者进行诗学构建的目的基本一致，那就是学习以致"君子"，"君子"是儒者诗论中的高频词，或许实现路径各不相同，但道德人格的塑造是大多儒家学者的理论重心，这也是南宋儒学理论发展的重心从"外王"转向"内圣"的一种表现。

"君子"是儒家学者对拥有完美道德人格的贤人的代称，类似的称呼还有"圣贤"等。高全喜教授谈道："宋代理学把天理和本心视为人性的本质，在道德品性和实际践履两个方面展现人的内在价值，这样，就克服了魏晋时代的虚无主义隐忧，从而将人的自觉更加鲜明地表现出来。理学所提出的天人合一、天理性命、明心见性等概念，使人具有了极高的意义。所谓天地人三者合一，已经把人抬到一个空前的高度。"① 这些概念是宋儒连接本体与人生的重要纽带。《孟子》《中庸》中关于"心""性""情""诚"等内在人格构成因素的讨论，给予了后世学者大量理论素材，去更好地衔接本体论与传统儒家经典中关于人生社会活动富于实践理性色彩的种种表述。四书在宋代的升格即与这样的哲学体系建构的需求密切相关，而这种模式也在很大程度上借鉴于佛学体系。葛兆光教授曾指出，《大学》"提供了一个沟通心灵道德培养与国家秩序治理的思路……把过去那种以宇宙天地空间格局为依据建立宗法伦理秩序，以宗族礼法为基础整顿国家秩序的思路，整个地改变了路向，关于国家、民族与社会的秩序的建立，从由外向内的约束转向了由内向外的自觉，这样，关于一切合法性与合理性的终极依据就从'宇宙天地'转向了'心灵性情'"，而《中庸》开头的"天命之谓性，率性之谓道"则使一种可能深受佛教影响的思想具备了来自儒家经典的合法性。②

前文已谈到，附属于经学的学者诗论往往将道德人格作为选择诗歌审美典范的决定性因素。故儒家学者将工夫论延伸到诗学领域，便衍生出了两个讨论度极高的问题。其一，诗歌创作或品鉴等活动是否属于修养工夫的有益组成部分，究竟是作诗妨道还是作诗益道？其二，怎样的心理状态最适合作诗，或者更能作出

---

① 高全喜，《理心之间——朱熹和陆九渊的理学》，北京：生活・读书・新知三联书店，2008年，第11页。

② 参考葛兆光，《重建国家权威与思想秩序：八至九世纪之间思想史的再认识》，《中国思想史（全三册）》第二卷，上海：复旦大学出版社，2001年，第123－130页。

好诗？即如何看待诗歌与人格修养的相互影响。当然，对这些问题的回答各家并不完全一致，但他们对这些问题几乎是一致地关注。

在朱熹、陆九渊最活跃的年代，他们的思想还远称不上主流，甚至当朱熹晚年亲历庆元党禁，他们的学说传播都还存在相当程度的阻力。直到嘉定二年（1209），党禁的余波渐渐退去，朝廷分批为一些理学家追赠谥号，理学才逐渐得到了官方的加持，其影响也在社会面逐渐扩大，渗透入思想、文化及社会生活的各个层面。这是一个颇为复杂的过程，诗歌及诗学也不例外。邓莹辉教授谈道，南宋中后期"对文与道关系的态度大致可以分为两个阶段：一是理学学术上繁荣而政治上遭受挫折的南宋中期，理学家在对文的肯定与否定中依违；二是理学官方化地位确立之后，文学和理学形成'共谋'关系，理学家与文人在文道观上有意识地彼此靠近"[①]。这也造成了南宋时期理学和诗学较为复杂的互动情况。

一、南宋初期的儒家学者

靖康元年（1126），完颜宗望军渡黄河，围汴京，派使臣议和。时钦宗未许李纲的请求，派李锐、郑望之前往。金人提出割地、纳贡并以亲王、宰相做人质等诸多条件。李纲提出异议，宰

[①] 邓莹辉，《从对立走向融会——论南宋中后期理学诗学观念的嬗变》，《江汉论坛》，2020 年第 1 期，第 81 页。

臣等不许，随后宋廷以康王赵构、宰相张邦昌为人质割让太原、中山、河间三镇议和。第二年年初，金军第二次围城开封，完颜宗望、完颜宗翰等人率军破城入京，徽、钦二帝被俘，宋室南迁，北宋灭亡。

靖康之变对南北宋之交的政治、学术和文学思想都产生了深刻的影响。南宋初期很多学士将北宋后期的衰败归咎于王安石推行熙宁变法，王学在这一时期遭到强烈抵制。高宗即位不久后便重新起用杨时为工部侍郎兼内殿侍讲，一时间洛学大盛。然而事实上，北宋的社会问题早已积重难返，且从宋高宗到人臣都对徽宗时的乱政不予直言，只将责任归咎于童贯、蔡京等佞臣，并进一步推罪于王安石，宋高宗言"天下大乱，生于安石"①。故其执政之初便有意贬低王学、抬高洛学，起用杨时、胡安国等人，赵鼎为相亦着意提拔洛学后进。但是随着"绍兴和议"的达成，赵鼎罢相，秦桧及其党羽也对朝中的主战派异己进行大规模的清算，"绍兴学禁"便于此时暴发。

南宋采取文人治国的方针，仕途上的起落与儒学派别之间的竞争紧密相连。赵鼎得势时大量提携洛学后进，久之在高宗看来已形成朋党之势。随着和议逐步达成，洛学一派又多主抗战，与高宗的意图不符，政治上失势在所难免。"绍兴学禁"主要就是高宗与秦桧针对洛学和亲赵鼎的主战派进行清算和迫害的政治行为。

此时儒学的发展虽然随朝中形势变化而有所起伏，但也取得

---

① （宋）李心传，《建炎以来系年要录》卷八十七，北京：中华书局，1988年，第1449页。

了相当的成就，以理、心分别为本体的两种理论体系逐渐呈分化并行的态势。胡安国父子进一步发扬、深化二程之学，王苹、张九成等人则成为心学转型的关键人物。理、心两派的哲学根基虽然有别，但也在不同程度上受到了佛学的影响，而且杨时成为所谓"道南学派"的中心人物，和胡安国父子、罗从彦、张九成等人都有密切关系。

沈松勤教授指出：在"绍兴和议"达成后的近二十年间，歌功颂德的诗文泛滥成灾，其作者也几乎覆盖了当时整个文士群，这是在宋高宗和秦桧以严刑峻法摧残正论，又以赏官赠禄招徕文丐政策下形成的特殊现象，此时期创作主体锐气顿失，灵光耗散，卓识幽闭，呈现出集体怔忡症与失语症，又诱发了易被政治异化的文化"基因"，产生了大量歌颂高宗和秦桧"共图中兴"之"盛德"为主题的诹诗谀文。[①] 周紫芝就是一个典型代表，因秦桧留下一定历史"污点"的文人还有张嵲、范成大、吕本中等，理学家则包括胡安国、胡寅父子和刘子翚等。当然，也存在一些儒者并不愿同流合污，但这些人的仕途也会因此变得异常坎坷，例如在"绍兴学禁"中被贬黜的张九成等人。

张九成（1092—1159），字子韶，号无垢居士，又号横浦居士，祖籍涿郡范阳（今河北涿州），是两宋之交重要的儒家学者，也是南宋初期坚定的主战派。绍兴元年（1131），张九成参考两浙类试，为第一，后被擢为状元。《心传录》中记载了一段张九成对赵鼎和秦桧二人的评价：

[①] 沈松勤，《从高压政治到"文丐奔竞"——论"绍兴和议"期间的文学生态》，《文学遗产》，2003年第3期，第55—69页。

> 一日，与赵元振谈当世务，议论皆高人意表，亦经济才也。然秦会之默默无一语，而阴鸷猜忌，又能成事，君子往往去之；与之尽力者皆可知矣。①

其中褒贬倾向殊为清晰。绍兴八年（1138）后，张九成亦因其主战立场而在朝中受到排挤，乃乞补外。因秦桧之故，罢为秘阁修撰，提举江州太平兴国宫。张九成又返居盐官，奉祠在家，也是在此间他与大慧宗杲禅师结为莫逆之交。

绍兴十一年（1141）四月，张九成请宗杲禅师升座，期间宗杲作"神臂弓"偈②，秦桧借题发挥，以其二人谤讪朝政，讽刺议和之事。五月，宗杲被夺去牒衣，发配衡州。赵鼎罢相后，秦桧及其党羽也对朝中的主战派异己进行了大规模的清算，"绍兴学禁"便于此时暴发，横浦学派多人遭到罢黜。后张九成谪居南安军横浦十四年。《家传》称："公绝险径行，了无愠怼之态。至则闭门谢客，以经史自娱。"③ 秦桧病逝后，张九成才得以复官，不久后便因病离世。

张九成因与秦桧政见不合，长期遭其一系的打压，在官场中始终也没能得到大展宏图的机遇。他一生中在朝为官的时间不

---

① （宋）张九成，《心传录》，《张九成集》第四册，第1127页。
② 《大慧普觉禅师年谱》："是年四月，侍郎张公九成，以父卒哭，登山修崇。师升座，因说：圆悟谓张徽猷昭远，为犯铁划禅，山僧却以无垢禅，如神臂弓。遂说偈曰：神臂弓一发，透过千重甲；仔细拈来看，当甚臭皮袜！次日，侍郎请说法，台州了因禅客致问，有'有神臂弓一发，千重关领一时开；吹毛剑一挥，万劫疑情悉皆破'之语。未几遭论列，以张坐议朝廷除三大帅事，因及径山主僧应而和之。五月二十五日，准：敕，九成，居家持服，服满别听指挥；径山主僧宗杲，追牒责衡州。"［（宋）祖咏编，《嘉兴藏》，第1册，台北：新文丰出版公司，1975年，第801页］
③ （宋）张九成，《心传录》，《张九成集》第四册，《横浦先生家传》，第1319页。

长，职位也不高，在大部分的时间里，他生活清苦，但为人以清节自守。相对周紫芝等人大量的诗文创作，张九成称自己"平素寡交"，好友仅施德操、宗杲等，而且很多友人在绍兴和议前后都遭到了贬谪或外放。他存诗二百余首，其诗论思想的核心是回归六经，认为一切文学形式的鉴赏和创作都应以六经为准绳，进一步而言，即六经从内容到表现手法都是圣人之心的体现，得此心则六经为心中物，在此意义上他提出与本心相应的文学才是最有价值的作品。在这一点上，其文学思想又不仅止于"文以载道"的理论意义，而是与其"心"学思想密切相关。张九成的诗学思想深受孟子《诗》学的影响，其要点有先穷理而后明诗、"吟咏性情"说、得法而不死等。而张九成论文则更看重文章的社会功能与现实意义。

对处于心学转型过程中的学者来说，他们主张的本体论和工夫论在很大程度上都有别于理本体观念的衍生。《朱子语类》中有上蔡一转而为张子韶，张子韶一转而为陆子静之说。在张九成的学术体系中，"心"是道德实践的主体，也是宇宙人事的本体，在"心之大体"的层面上凡圣一如，心觉则仁，惑则为愚不肖。所以从修养工夫上，从"格物"入手，要先得"圣贤之心"，务要慎独、寡欲，思而入之，觉见心之本体。张九成强调道德理性是人之根本，仁义礼智、人伦孝悌即是心性本身，并认为履践是一切理论的最终归宿。张九成几乎无处不将道德心性的问题放入实践日用中加以讨论，试图将小到生活琐事，大到治国平天下都囊括在其心性理道的体系之内。

故同样根源于经学，张九成的诗学观念可能也会更加聚焦于人心，他强调六经之言为圣人心之所寓，突出"心传""传心"

等概念，指出读者与圣人可以六经为纽带实现跨时空的交流，从而使时人在先贤的引领下实现对本心的印证："彼鲁史者，特一实录尔，安知所谓王道哉？予夺、抑扬，夫子以王道注之笔削……学者悦于笔、削之间，上溯圣人之心，乃知夫子虽千古而常在也。"① 故他也以《毛诗序》所论"吟咏性情"来对当时诗坛上的江西余风进行反拨："古人作诗，所以吟咏性情，如三百篇是也。后之作者，往往务为艰深之辞，若出于不得已而为之者，非古人吟咏之意也。"② 相比江西诸人对以学问为诗的强调，他更主张作者本身"达理"和"颖悟"，所以他大力赞赏六经"修辞立其诚"的创作原则："惟其诚实所寓，所以使人读之，必至于感动也。"③ 这种万变不离其宗的文学创作论又与吕本中的"活法"说遥相呼应，应属南宋初期引领江西诗法寻求新出路的积极尝试。张九成书云："学书不可无法，而执法亦必死。"④ 别处又言"学者当置活古人在胸中，则自然与古人合矣"⑤，即古人妙处不在于"法"，而在于"心"，这是他在心学基础上对"法"的阐释，将"其宗"又归于心性修养的超越与顿悟。

此时重要儒家学者胡安国和胡寅、胡宏父子三人，虽然按亲缘、地缘关系同属湖湘学派，但其实三人的学说并不尽然同流，在《宋元学案》中也分列《武夷学案》《横麓学案》《五峰学案》三种。其中胡宏与程门弟子关系十分密切："吾于谢（良佐）、游

---

① （宋）张九成，《春秋讲义·发题》，《张九成集》第一册，第153-154页。
② （宋）张九成，《日新录》，《张九成集》第四册，第1284页。
③ （宋）张九成，《同命论》，《横浦集》卷一，《张九成集》第一册，第121页。
④ （宋）张九成，《心传录》，《张九成集》第四册，第1211页。
⑤ （宋）张九成，《心传录》，《张九成集》第四册，第1166页。

（酢）、杨（时）三公皆义兼师友实尊信之。若论其传授却自有来历。据龟山（杨时）所见在《中庸》自明道（程颢）先生所授；吾所闻在《春秋》自伊川（程颐）先生所发。"① 故其二子胡寅、胡宏都拜师于杨时门下。

秦桧与湖湘学派及一些洛学成员关系较为密切。靖康之变前，秦桧口碑尚佳，即与胡安国建立了较好的联系，他也是得到了胡安国等人的推荐才得以在建炎—绍兴初得到宋高宗的重用，故他与胡寅等人亦交情甚笃。② 但胡宏却不愿与之为伍，在书信中婉拒了秦桧的拉拢。

胡寅对佛教的抵触情绪十分强烈，他强调心体必与理、义相应，这也是儒、释在心本体上的根本区别。故他的文论落脚点也归于内在，如他在书信中谈道：

> 学《诗》者必分其义。如赋、比、兴，古今论者多矣，惟河南李仲蒙之说最善。其言曰："叙物以言情谓之赋，情物尽也。索物以托情谓之比，情附物者也。触物以起情谓之兴，物动情者也。故物有刚柔、缓急、荣悴、得失之不齐，则诗人之情性，亦各有所寓。非先辨乎物，则不足以考情性。情性可考，然后可以明礼义而观乎《诗》矣。"③

他在其中谈到的解《诗》方法是围绕着物情关系阐释的，推

---

① （宋）朱熹，《龟山志铭辩》，《伊洛渊源录》卷十，《朱子全书（第12册）》，上海：上海古籍出版社，2002年，第1056页。
② 参考聂立申、赵京国，《南宋胡安国与秦桧关系探析》，《山东社会科学》，2015年第4期，第110—114页。
③ （宋）胡寅，《致李叔易》，容肇祖点校，《崇正辩·斐然集》，第386页。

演的过程也是顺着"性情—礼义—《诗经》"这个理路进行的。杨万里教授指出，胡寅在《向芗林酒边集后序》中的观点①体现出的是一种道德词学，他认为词不应只追求声律与辞藻之艳美，而应该像苏词与向子諲词那样淘洗掉韵律与艳情之俗姿，展现出道德本体，将以绮艳靡丽示人的小词纳入理学视域。②虽然二人的哲学思想有一定不同③，但胡宏对待文学的基本观念和胡寅大致相同，他在《程子雅言前序》中表示出归依洛学的思想，这其中也包括了洛学文道观，即显出鄙薄词章之学、诗赋之文的倾向④，故他的诗学也以依附于《诗》学的形式表达，并体现出了维护《毛诗》正统的风貌。

沈松勤教授在论文中还提道："北宋士人在坚持儒家诗学的理论主张的过程中，并没有以谄诗谀文作为在政治实践中的立身之本，更多的是表现出'开口揽时事，议论争煌煌'或'言必中当世之过'的创作实践，重点突出了'美刺'中的'刺'。绍兴'文丐'群则弃'刺'尚'美'，唯德是颂，形成了以歌颂高宗和

---

① （宋）胡寅《向芗林酒边集后序》："及眉山苏氏一洗绮罗香泽之态，摆脱绸缪宛转之度，使人登高望远，举首高歌，而逸怀浩气超然乎尘垢之外，于是《花间》为皂隶，而柳氏为舆台矣。"（《崇正辩·斐然集》卷一九，第403页。）

② 杨万里，《胡寅题画诗的理学思想与政治隐情》，《文艺评论》，2014年第4期，第106页。

③ 学者王凤贤指出，胡宏在《知言》中提出以性本论为特色的哲学、伦理思想。（《胡宏、张栻的"性本论"伦理思想》，《浙江学刊》，2017年第6期，第89－90页）向世陵教授谈道："在胡宏的体系中，性是全体、是大体，具有最大的普遍必然性，因而才具有充当哲学本体的资格。……（胡宏）认识到气、理、性各家在更高的层面上应当有一个'全体'，从而总合成'理学'的概念。"（《理气性心之间——宋明理学的分系与四系》，北京：人民出版社，2008年，第110－111页）

④ 观点参考宁淑华、熊艳娥，《胡宏的文学观念探析》，《船山学刊》，2009年第2期，第165－168页。

秦桧'共图中兴'的'盛德'的主体趋向；同时就整个国家和民族而言，这一主题又是十分荒悖的！"① 在这样的风气中，张九成、胡宏等人克制的诗歌创作、回归六经的诗学导向，从侧面体现出高蹈的情操和洁身自好的道德人格和修养工夫。朱熹诟病张九成的学说溺于释氏，但仍承认其人格的高洁傲岸，也说明了这一时期仍有能够坚守节操的儒者在压抑的政治氛围中履践儒者的自我修养。

二、闽学派——以朱熹为中心

闽学派是在朱熹讲学的福建地区形成的一个理学流派，也因核心人物朱熹又被称为"紫阳学派"等。朱熹（1130—1200），字元晦，一字仲晦，号晦庵，又号紫阳，青年时期从学于杨时的再传弟子李侗。他合编并阐释"四书"，综合众家之长建立了一个庞大的理学体系。全祖望《宋元学案·晦翁学案》指明了朱熹在宋代理学中的集大成之作用："杨文靖公四传而得朱子，致广大，尽精微，综罗百代矣！江西之学，浙东永嘉之学，非不岸然，而终不能讳其偏。然善读朱子之书者，正当遍求诸家，以收去短集长之益。若墨守而屏弃一切焉，则非朱子之学也。"② 虽朱、陆之间存在理论派系之间的分歧，但此时并未正式出现以

---

① 沈松勤，《从高压政治到"文丐奔竞"——论"绍兴和议"期间的文学生态》，第67页。
② （清）黄宗羲撰，全祖望补修，陈金生、梁运华点校，《宋元学案·晦翁学案》，第1495页。

"理学""心学"各为旗帜的儒学阵营。这样的称呼虽然在明代出现后被长期沿用，但后世对两方的理论中实际存在的异同点也有过分简化之嫌，以"尊德性"与"道问学"来概括两派阵营的理论重心并不十分确切。

相对于"物理""义理"等概念，"天理"的提出与以其为中心之理学体系的建立是宋儒的一大创举。它弥补了儒学在形而上理论领域的不足，又以其具一定客观实在性的特点与佛、道二家的本体论形成对照。张立文教授谈道："从周敦颐、张载到二程，他们面对外来佛教文化的挑战，而创造了天理论哲学逻辑结构。以理为宇宙自然最高本体和人伦道德最高准则。宋明理学家在扬弃佛教的空理和道教的虚理（玄理）的同时，划清了天理和空、虚之理的界限，天理便是实理。"① 二程对于"理"的论述奠定了其后宋代儒学的论理基调，引文中特别指出，在理学体系中，"理"既是宇宙自然的最高本体，又是人伦道德的最高准则，这后一点对于宋代儒家本体论建设尤为重要。麻天祥教授提出：

> 理学的最高范畴是至大无外、至小无内的理。在外它是化生万物的宇宙本体；在内它又是心统性情的道德本体。正因为如此，它与专讲"即心即佛"的禅宗思想从根本上是相通的。所以理学家所讲的无极、太极、理、气、心诸范畴虽然和禅宗追求的超越境界不同，但和禅宗谓之心、性、虚空以及真如生灭两门生一切法的说法相通。理学家论性，精审细密，辨析豪芒，实又得于禅宗"还得本心"、"自性清净"

---

① 张立文主编，《中国哲学范畴精粹丛书——理》，北京：中国人民大学出版社，1991年，第3页。

的心性学说。论工夫，干脆讲诚、敬、静以致渐修、顿悟。可以这样说，宋儒如果不从禅门汲取思想资料，就不会有如此严谨的谈心论性之说，中国思想史上也就不会有理学这个阶段。①

朱熹的理论体系也是建立在前代儒者的理论之上，进一步完善了以"理"为本体的儒学体系。学界关于朱熹文学理论已存一些相当精到的研究和讨论。② 这里仅就其哲学观念影响诗学思想的几个主要方面做重点观察分析，以期完善对南宋儒者诗论的整体印象。

1. 理一分殊

"理一分殊"是闽学派理学体系中的核心观念之一。《朱熹西铭论》中谈道：

> 天地之间，理一而已。然乾道成男，坤道成女，二气交感，化生万物，则其大小之分、亲疏之等，至于十百千万不能齐也。……盖以乾为父，以坤为母，有生之类，无物不然，所谓理一也。而人物之生，血脉之属，各亲其亲，各子其子，则其分亦安得而不殊哉。③

---

① 麻天祥，《理学与禅学》，《湖南师范大学社会科学学报》，1996年第3期，39—40页。
② 如莫砺锋，《朱熹的文学理论》，南京：南京大学出版社，2000年。
③ （宋）张载，张锡琛点校，《朱熹西铭论》，《张载集（附录）》，北京：中华书局，1978年，第410页。

朱熹这样的观点在二程"道之外无物，物之外无道"①"《西铭》明理一而分殊，墨氏则二本而无分"②的表述中已有伏笔。陈来教授谈道，程朱以此解《西铭》时本指在伦理领域中，统一的道德原则表现为不同的具体行为规范，各种道德行为中又包含着统一的普遍原则；朱熹将此理论进一步推演至宇宙本体的太极与万物之性的关系，即每一事物都禀受了这个宇宙本体的太极（理）作为自己的性理，而事物的具体规律、性质是各有差别的。③

朱熹等虽多次批判佛、道二教的偏颇与危害，但其思想在心性论、理事观等多方面都不免带有佛教影响的痕迹。如"理一分殊"概念就与佛教尤其是华严宗"理事无碍"（本体与事相、普遍与特殊之间互具互摄、不一不二）的观念有明显的相通之处。这种思想在一定程度上体现出朱熹对文道、文质关系的看法与大部分理学家的区别。

首先，朱熹的文学纲领认为道与文是本末枝叶的关系，这种思想在宋代理学家中并不鲜见：

> 道者，文之根本；文者，道之枝叶。惟其根本乎道，所以发之于文，皆道也。三代圣贤文章，皆从此心写出，文便是道。今东坡之言曰："吾所谓文，必与道俱。"则是文自文而道自道，待作文时，旋去讨个道来入放里面，此是它大

---

① （宋）程颢、程颐，《河南程氏遗书》卷四，《二程集》，第73页。
② （宋）程颢、程颐，《答杨时论〈西铭〉书》，《伊川文集》卷五，《二程集》，第609页。
③ 陈来，《宋明理学》，沈阳：辽宁教育出版社，1995年，第163—170页。

病处。①

在此朱熹明确了文道关系中"理一"的部分。北宋理学家中，周敦颐高举"文以载道"之大旗，提出"文辞，艺也；道德，实也。笃其实而艺者书之，美则爱，爱则传焉，贤者得以学而至之，是为教。故曰：'言之无文，行之不远'"②。显然，周敦颐此论仍然是经学的逻辑。程颐也曾提出"体用一源"的理念，他在《易传序》中谈道："至微者理也，至著者象也。体用一源，显微无间。"③ 从他们的诗论中可以看出，文学艺术处于低价值的从属地位。朱熹的诗论也存在重道轻文的理学家倾向。顺着这样的理路，很多理学家往往秉持一种"作文害道"的理念，如程颐在回答他人提问"诗是否可学"时回答道：

> 既学时，须是用功，方合诗人格。既用功，甚妨事。古人诗云："吟成五个字，用破一生心"，又谓"可惜一生心，用在五字上"。此言甚当……某素不作诗，亦非是禁止不作，但不欲为此闲言语。且如今言能诗无如杜甫，如云"穿花蛱蝶深深见，点水蜻蜓款款飞"，如此闲言语，道出做甚？④

这种将文学艺术的追求与道德品质的修炼对立起来的观点从唐至宋不绝，且在儒学和佛学的修养工夫中广泛存在。如白居易言"自从苦学空门法，销尽平生种种心。惟有诗魔降未得，每逢

---

① （宋）朱熹，（宋）黎靖德编，王星贤点校，《朱子语类（第八册）》，第3319页。
② （宋）周敦颐，《通书·文辞第二十八》，王云五主编，《周子全书》，北京：商务印书馆，1930年，第180页。
③ （宋）程颢、程颐，《易传序》，《二程集》，第689页。
④ （宋）程颢、程颐，《河南程氏遗书》卷十八，《二程集》，第239页。

风月一闲吟"①。同时"作诗"这种活动也被排除在修养工夫之外。

北宋五子中邵雍的诗学思想是较为特殊的,这样的特殊性不完全体现在他的诗论中,而是更多体现在他的创作实践中。邵雍最具代表性,也最符合其理学家身份的诗论是"口代天言"和"行笔因调性"等。从表面来看,他对文艺的看法与其他理学家相似,注重其与本体的相应程度;但从其创作实践来看,邵雍现存诗歌中既有完全符合理学诗模板的作品,如《诚明吟》(孔子生知非假习,孟轲先觉亦须修。诚明本属吾家事,自是今人好外求),同时也存在大量游戏之作,即便是谈道论理,也有非常显著且自觉的对趣味性的追求,如组诗《首尾吟》:

> 尧夫非是爱吟诗,为见圣贤兴有时。日月星辰尧则了,江河淮济禹平之。皇王帝伯经褒贬,雪月风花未品题。岂谓古人无阙典,尧夫非是爱吟诗。
>
> 尧夫非是爱吟诗,安乐窝中坐看时。一气旋回无少息,两仪覆焘未尝私。四时更革互为主,百物新陈争效奇。享了许多家乐事,尧夫非是爱吟诗。②

虽然诗中不断重复"尧夫非是爱吟诗",但就形式而言,仍然体现出了一种与道德无关的趣味。这其中体现出很多文人对待这件事情的"心口不一",邵雍在另外的诗作中也写道,"从来有

---

① (唐)白居易,《闲吟》,《全唐诗》卷四百三十九,第4895页。
② (宋)邵雍,《首尾吟》,《全宋诗》第7册,第4674页。

诗癖，使我遂成魔"①，他现存诗作也是对此强有力的佐证，在未承认文艺独立于道德之外的审美趣味，或在修养工夫中尤其正当的一席之地时，除非完全压抑自己的诗意，否则这种理论和行为之间的割裂感几乎不可避免，就连极为自律的程颐也不例外。在理学家中，邵雍与朱熹诗作数量相仿，都有千余首，远超二程、张载、周敦颐、陆九渊等人。可见二人的诗学观在这一层意义上与他人存在差异。

所以在另一方面，我们可以发现朱熹的诗论并非如很多理学家一样完全附属于《诗》学，他在《清邃阁论诗》中也会对一些历代古诗和当代诗歌的风潮做出点评。在《跋刘病翁先生诗》中他谈道：

> 天下万事，皆有一定之法，学之者须循序而渐进。如学诗则且当以此等为法，庶几不失古人本分体制。向后若能成就变化，固未易量。然变亦大是难事。果然变而不失其正，则纵横妙用，何所不可？②

这就在一定程度上涉及"理一分殊"中"分殊"的部分，即要看到诗歌本身的规律、特性和其与"道"（理）的对应关系。故其诗论虽然也带有浓厚的道学家色彩，却也会对诗歌的技法、风格、语言等方面做一些探索和评点。

这种"理一分殊"的思想还对佛教的"中观"思想有所吸纳，故在一定程度上弥合了诗歌内涵与形式的对立。"中观"是

---

① （宋）邵雍，《答任开叔郎中昆仲相访》，《全宋诗》第7册，第4578页。
② （宋）朱熹，《跋刘病翁先生诗》，《朱子全书（第24册）》，第3968页。

佛教的核心理念之一，即摒弃二元对立的一般性思维，从而悟入非假非真、非空非有的佛境界。这样的思维方式渗透入经解，就会产生一些儒佛之争，如"性无善恶"等论题，张九成、胡宏乃至杨时等都曾因此遭受诟病。包括概念上有一定相通之处的《中庸》，也是两方思想融合与争锋的重要阵地。《中庸》中的一段重要意旨向来为儒者所着重阐释："喜怒哀乐之未发，谓之中；发而皆中节，谓之和。中也者，天下之大本也；和也者，天下之达道也。致中和，天地位焉，万物育焉。"① 程颐很大程度上也将此段所论"中"视为天地万物的运行之理，使"中庸"的定义兼具表现和实质："天地之化，虽廓然无穷，然而阴阳之度、日月寒暑昼夜之变，莫不有常，此道之所以为中庸。"② 而儒者在论"中"时又将传统儒学的"中庸之道"汇入其中。强调"中立""融合"，这与佛学中所言"非此非彼，即此即彼"的思想又有根本性的区别。这种"中观"思维，催生了如朱熹等人"理一分殊"的哲学概念，在一定程度上建立了一种体用一如的思维方式。

中国传统哲学中"体用"的概念和范畴在很长时间内始终没有准确的定义。从普遍意义来说，体用的基本含义一方面指实体和作用、功能、属性的关系，另一方面也可以指本体与现象的关系。③ 普遍认为"体用"的表述最早见于《荀子·富国篇》："万

---

① 王国轩译注，《大学·中庸》，北京：中华书局，2006年，第46页。
② （宋）程颢、程颐，《河南程氏遗书》卷十五，《二程集》，第149页。
③ 中国哲学中的体用范畴内涵复杂，且随时代变化，本书不作展开论述，参考方克立《论中国哲学中的体用范畴》，《中国社会科学》，1984年第5期。

物同宇而异体，无宜而有用。"① 到了魏晋时期，佛教的传入使关于"体用"的讨论更为活跃。如王弼言"虽盛业大，富而有万物，犹各得其德；虽贵，以无为用，不能舍无以为体也"②。北宋时期，二程虽较少使用"本体"的概念，但也曾对此有一定讨论，如程颢言："盖上天之载，无声无臭。其体则谓之易，其理则谓之道，其用则谓之神。"③ 二程的弟子们对此问题有各自不同的见解。如谢良佐言："性，本体也；目视耳听手举足运见于作用者，心也。"④ 到了南宋时期，体用更是理、心两派的必争之地。就陆九渊言"心之体甚大"⑤，而朱熹言"心有体用。未发之前是心之体，已发之际乃心之用""性是体，情是用"⑥ 等，又批评陆九渊之说"有体无用"⑦。

在此基础上，我们可以看到诗学上的"体用"论在概念上更是模糊，两种意义常常互相交叉，大多数评论者的论述语言也更为抽象飘忽。诗学中单独言"体"，多指诗歌体裁、风格类型等义；当以"体用"对举时，虽多对应哲学概念，但往往不同人的论述各自展现不同的含义。哲学上"体用"范畴的两个内涵也可以延展到诗学观念中，其中"体"可以指"本质"或"内容"，

---

① （清）王先谦撰，沈啸寰、王星贤点校，《荀子·富国篇》，北京：中华书局，1988年，第175页。
② （魏）王弼注，楼宇烈校释，《老子道德经注校释》，北京：中华书局，2008年，第94页。
③ （宋）程颢、程颐，《河南程氏遗书》卷一，《二程集》，第4页。
④ （宋）谢良佐，《上蔡语录》卷一，《四库全书》第698册，第567页。
⑤ （宋）陆九渊，钟哲点校，《陆九渊集》，北京：中华书局，1980年，第444页。
⑥ （宋）朱熹，（宋）黎靖德编，王星贤点校，《朱子语类（第一册）》，第90—91页。
⑦ （宋）朱熹，（宋）黎靖德编，王星贤点校，《朱子语类（第五册）》，第1919页。

"用"可以从"表现"或"作用"两种维度来理解。由这两个角度分别深入，主要涉及此时诗学中的诗歌本质论以及自此衍生出的创作论与鉴赏论等问题。

"体用"论在诗学本质论层面上面临的最大问题是诗歌作为一种有意味的、可以带给人丰富审美或情感体验的语言形式，是与能反映道德人格的内涵一样，在本体中有其对应物，还是如黑格尔在《美学》中所谈道，"尽管艺术到处都显出它令人快乐的形象，从野蛮人的粗糙的装饰到庄严华丽的庙宇，这些形象本身究竟还是与人生的真正目的无关"①。虽然朱熹仍认为诗歌价值的落脚点在道德人格，但他也在一定程度上承认了诗歌的形式美和其内涵体用一如的存在方式。和邵雍一样，他也并没有完全将作诗与人格修养对立起来，而是形成了一种更为圆融自洽的创作观念，如其言："惆怅春余几日光，从今风雨莫颠狂。急呼我辈穿花去，未觉诗情与道妨。"② 故可以说朱熹在理论和实践上都在一定程度上解放了理学家诗论。

2. 心统性情

钱穆指出朱熹的《诗集传》兼会经学、理学、文学三者才有如此成就。虽说朱熹有专门的论诗话语，但《诗》学仍是其诗学的重要组成部分。朱熹《诗集传序》中提纲挈领地谈道：

> 或有问于余曰："《诗》何为而作也？"余应之曰："人生

---

① 〔德〕黑格尔著，朱光潜译，《美学（第一卷）》，北京：北京大学出版社，2017年，第7页。

② （宋）朱熹，《次秀野韵五首（其三）》，《全宋诗》第44册，第27526页。

而静，天之性也。感于物而动，性之欲也。夫既有欲矣，则不能无思；既有思矣，则不能无言；既有言矣，则言之所不能尽，而发于咨嗟咏叹之余者，必有自然之音响节族而不能已焉。此《诗》之所以作也。"①

朱熹的《诗》学仍本于其心性理道之论，即所谓"得性情之正"。值得注意的是，朱熹解《诗》的一个突出现象，即将其中三十首解作"淫诗"。虽然朱熹在主观上对它们表达的内容持反对批判的立场，但突破《毛诗序》对一些作品牵强附会的解读，正视《诗经》中部分作品存在非功利内涵，仍是朱熹在《诗》学领域的重大突破：

> 某自二十岁时读《诗》，便觉《小序》无意义。及去了《小序》，只玩味《诗》词，却又觉得道理贯彻。当初亦曾质问诸乡先生，皆云，《序》不可废，而某之疑终不能释。后到三十岁，断然知《小序》之出于汉儒所作，其为谬戾，有不可胜言。②

莫砺锋教授指出，朱熹的《诗集传》打破了经学的藩篱，使《诗》学迈出了由经学转向文学的第一步，其中最具文学批评性质的莫过于他对所谓"淫诗"的解读。《诗集传》中解作"淫诗"的作品，一类是《小序》中认为与男女关系毫无关系，朱熹却将它们解读为"淫诗"的；另一类是《小序》承认诗中所咏之事与男女之情有关，但认为诗人之意是讽刺当时不良风俗的。这种对

---

① （宋）朱熹，《诗集传序》，《朱子全书（第一册）》，第350页。
② （宋）朱熹，（宋）黎靖德编，王星贤点校，《朱子语类（第六册）》，第2078页。

《诗经》中存在"淫诗"的解读，一定程度上拨清了千余年来笼罩在《诗经》上的经学迷雾，为后人正确地认识《诗经》中的爱情诗打下了良好的基础。[1] 在《诗集传》中，朱熹虽然客观上承认了《诗经》中"淫诗"的存在，却又对这种诗歌大加挞伐，以道德理想主义的观点评判男女情欲的自然表达，此即出自他和陆九渊不同的本体论观念。

朱熹的心性论核心是"心统性情"，这个概念原出自张载语录，朱熹对此倍加推崇："心主于身，其所以为体者性也，所以为用者情也。是以贯乎动静而无不在焉。"[2] 而"性"又分为"天命之性"和"气质之性"。人之"气质之性"有清浊偏正的差别，而"天命之性"是与本体之"理"完全对应的。故在工夫论上一定要坚持"主敬涵养"，且强调"意识主体和理性对于情感的主导、控制，也包括道德意识对于非道德意识观念的裁制"。[3]

在这样的哲理基础上就可以较好地理解，为什么他既可以承认《诗经》中"淫诗"的存在，又主张用心中的道德意识和"天理之正"去批判性地审视它们。在此基础上，他将"思无邪"的理论重心从文本转向了读者，在客观上弱化了汉儒所认可的《诗经》本具的教化意义，而将议论的焦点转向"性情"在其中的关键性作用。

同时，朱熹对诗人和作品的评价也承袭了这样的思路。他特爱《文选》中所选诗歌，认可诗歌中所反映的道德内涵，但也经常谈到诗歌本身未必全在道德教化，而读者在阅读诗歌的时候应

---

[1] 莫砺锋，《从经学走向文学：朱熹"淫诗"说的实质》，第 79—88 页。
[2] （宋）朱熹，《答何叔京二十九》，《朱子全书（第二十二册）》，第 1839 页。
[3] 陈来，《宋明理学》，第 175 页。

该调动自身的道德意识，如"诗之言有善恶，而读者足以为劝戒，非谓诗人为劝戒而作也"①。秉承这样的观念，在创作论上，他强调提升道德修养是提升诗歌技艺的根本方法：

> 熹闻诗者志之所之，在心为志，发言为诗。然则诗者岂复有工拙哉？亦视其志之所向者高下如何耳。是以古之君子德足以求其志，必出于高明纯一之地，其于诗固不学而能之。至于格律之精粗，用韵属对、比事遣辞之善否，今以魏晋以前诸贤之作考之，盖未有用意于其间者，而况于古诗之流乎？近世作者乃始留情于此，故诗有工拙之论，而葩藻之词胜，言志之功隐矣。②

在诗歌鉴赏论上，诗人的道德水平是否符合朱熹"主敬涵养"的观念是评价其诗艺的决定性影响因子。如他指责韩愈"只是要做得言语似六经，便以为传道。至其每日功夫，只是做诗、博弈，酣饮取乐而已"③，又批评苏轼"要做文章，都不曾向身上做工夫，平日只是以吟诗饮酒戏谑度日"④，都是从日用工夫出发所产生的非议，而非仅仅针对诗歌审美特性本身。

3. 格物穷理

格物致知是闽学派理论体系中的重要内容，他们大多认为积极认识世界，参与社会实践，并由感性经验、个别事理的积累从

---

① （宋）朱熹，《答汪长孺别纸》，《朱子全书（第二十二册）》，第2466页。
② （宋）朱熹，《答杨宋卿》，《朱子全书（第二十二册）》，第1728页。
③ （宋）朱熹，（宋）黎靖德编，王星贤点校，《朱子语类（第八册）》，第3260页。
④ （宋）朱熹，（宋）黎靖德编，王星贤点校，《朱子语类（第八册）》，第3113页。

而达到对理性世界、一般事理的最终领悟,不仅是儒者修身的不二法门,同时也为诗歌创作提供了养分。

四书的升格使《大学》在宋代受到了前所未有的重视,其中开篇的一段重要论述是很多宋代重要哲学命题的起点:

> 古之欲明明德于天下者,先治其国;欲治其国者,先齐其家;欲齐其家者,先修其身。欲修其身者,先正其心;欲正其心者,先诚其意;欲诚其意者,先致其知;致知在格物。①

这个过程也被看作儒家"内圣外王"之道的具体实践策略,而"内圣"的起点便被设定为"格物"。汉唐经学家多受郑玄注的影响将"格"解释为"来":"其知于善深则来善物,其知于恶深则来恶物,言事缘人所好来也。"② 宋儒则大多没有接受这样的阐释。程颐将"格物致知"与《易传》中的"穷理尽性"并为一路,"格犹穷也,物犹理也,犹曰穷其理而已也。穷其理,然后足以致之,不穷则不能致也。格物者适道之始,欲思格物,则固已近道矣"③。二程认为这是一个由外而内的过程,"大学之道,'在明明德',明此理也;'在止于至善',反己守约是也"④;并需要在日常生活中实现量的累积,"须是今日格一件,明日又格一件,积习既多,然后脱然自有贯通出"⑤。

---

① 王国轩译注,《大学·中庸》,第4页。
② (汉)郑玄注,(唐)孔颖达疏:《礼记正义》卷第六十,北京:北京大学出版社,1999年,第1592页。
③ (宋)程颢、程颐,《河南程氏遗书》卷第二十五,《二程集》,第316页。
④ (宋)程颢、程颐,《河南程氏遗书》卷第十二,《二程集》,第136页。
⑤ (宋)程颢、程颐,《河南程氏遗书》卷第十八,《二程集》,第188页。

朱熹在《大学章句》中特作一篇《补格物致知传》对此做出进一步说明，并认为"格物致知"是沟通具体的"物理"、本体的"理"和"心"的一个先后有序的过程：

> 所谓致知在格物者，言欲致吾之知，在即物而穷其理也。盖人心之灵莫不有知，而天下之物莫不有理，惟于理有未穷，故其知有不尽也。是以大学始教，必使学者即凡天下之物，莫不因其已知之理而益穷之，以求至乎其极。至于用力之久，而一旦豁然贯通焉，则众物之表里精粗无不到，而吾心之全体大用无不明矣。此谓物格，此谓知之至也。①

当然，他极力反对陆九渊等人所犯的"释氏主于心"的毛病，认为在日常实践中应在实事工夫上穷究，朱熹的学生和支持者也大多贬斥心学派一超直入的"简易"路径。这也是理、心两派在工夫论上的显著差异。

在这样的哲学架构中也可以看出宋代诗歌现实性、日常性增强的一种理论支持。在社会环境方面，宋代社会政治形势的发展、士大夫参政情况的变化等因素，都在不同层面上影响着诗歌现实性内容的表达。在传统儒家诗学理念中，具有较强的社会功能的诗歌才是更具价值的，这在北宋诗歌发展历程中也得到了强化。到了北宋中后期至南宋，文人在政治权力中心占据如此要职、诗歌与政治焦点问题距离如此之近的情况渐少渐无。如前所述，自南宋初期绍兴和议以来，以宋高宗与秦桧为核心的权力集

---

① （宋）朱熹，《大学章句》，《四书章句集注》，北京：新华书店，1983年，第6—7页。

团对朝野内外的言论进行严密控制，妄议国是的后果十分严重，诗歌的社会功能发挥作用的空间相对缩小。如果说"乌台诗案"等事件会对诗歌的内容选材造成负面影响，那南宋前期，尤其是秦桧专权的二十年时间里，"莫须有"的罪名则如乌云一般笼罩在文人头顶。葛立方《韵语阳秋》中谈道："自古工诗者，未尝无兴也，观物有感焉则有兴。今之作诗者，以兴近乎讪也，故不敢作，而诗之一义废矣。"① 他在此又将"兴"与"讪"对举，并以杜甫和高适的两首诗作为例证：

> 两旬不甲坼，空惜埋泥滓。野苋迷汝来，宗生实于此。此辈岂无秋，亦蒙寒露委。翻然出地速，滋蔓户庭毁。②

> 耕地桑柘间，地肥菜常熟。为问葵藿资，何如庙堂肉？③

对比这两首诗，葛立方认为杜甫诗意"兴小人盛而掩抑君子"，可以称"兴"，而高适的诗意则"近乎讪矣"，这里的"讪"则有"讪谤"等所谓"不敬"之意。由此可以看出宋儒对诗歌表达怨讽的评判标准，即在一定程度上可以怨小人但不可刺国君。当然，作者在此旨在突出北宋中后期文人或以诗作获罪，加之以"莫须有"的谤讪朝政之名，而行铲除异己之实，剥夺了诗歌的自由表达之魂，故希望借论诗对两者加以区分，希望能够对这种文字狱浪潮做出微弱的抵抗。但是，从南渡诗坛的发展来看，在

---

① （宋）葛立方，《韵语阳秋》，《历代诗话》，第497页。
② （唐）杜甫，《种莴苣》，《全唐诗》卷二百二十一，第2347页。
③ （唐）高适，《题张处士菜园》，《全唐诗》卷二百十四，第2241页。

摆脱独裁专制之前，诗论对表达自由能产生的鼓励作用仍微乎其微。

诗歌的社会功能，尤其是"美刺"的作用，既在洛学抬头的氛围中备受肯定，又在现实的打压下难以充分实现。其中的割裂空间也是诗学在理论建设中需要补充和完善的部分，"格物致知"说在其中发挥了一定作用，为宋代文人海量记录生活日常的诗作提供了一种理论上的正当性。这些生活日常既包括所见景物，当然也包括日常高频的人类活动，当然，这些活动有相当一部分是只经常发生在士大夫群体中的。他们把这些看似平常的景物或活动，都看作"格物"的过程。朱熹本人的诗歌中就体现出了这样一种思维方式，如：

  愁阴一夜转和风，晓看花枝露彩浓。觅句休教长闭户，出门聊得试扶筇。物华始信如诗好，春色方知似酒浓。多谢邻翁笑相迓，为言晴暖更过从。①

  去年寻得李家山，考卜真成屋数间。要与青衿时散帙，闲临碧涧共观澜。诗书本说人间事，勋业休看镜里颜。谁识寥寥千古意？新诗题罢藓痕斑。②

诗歌使用自然意象深层逻辑的转变反映出理学影响了文人对世界的理解，重兴象的唐诗往往着重表现非功利的美或无目的的存在，其中的突出代表就是王维。但在宋代诗论中可以发现，这种审美类型更难以理性思维进行剖析和学习，在群体心理层面宋

---

① （宋）朱熹，《又和秀野二首（其一）》，《全宋诗》第44册，第27527页。
② （宋）朱熹，《读诸友游山诗卷，不容尽和，和首尾两篇（其一）》，《全宋诗》第44册，第27609页。

儒更能接受的诗歌审美类型是表现道德性的美和指向本体的存在。这种内在逻辑上的"完满"对于文人心理和生活实践上的积极作用是不能忽视的。所以宋人的选择更多加上了对物象品质的道德判断，具有强烈的主观色彩。如周敦颐名作《爱莲说》，许顗在诗话中谈道："世间花卉，无逾莲花者，盖诸花皆借暄风暖日，独莲花得意于水月，其香清凉，虽荷叶无花时亦自香也。"① 他们对"莲"之美的体认很典型地体现出了宋人对物象"品格"的标签化定位。

当然，虽然理学家大多主张"格物致知"以"穷理"的修养方式，但能真正合内外，通天人，以终极之理解决社会人生所有问题的方法才是理学所要追求的最终目的，所以观察事物、探究事理与反省自身、寡欲慎独在本质上殊途同归。如学生问程颐："观物察己，还因见物，反求诸身否？"程颐回答说："不必如此说。物我一理，才明彼即晓此，合内外之道也。语其大，至天地之高厚，语其小，至一物之所以然，学者皆当理会。"② 在朱熹生活的时代，"外王"的途径逐渐缩窄，他们对于"内圣"理论的建设不断扩充完备。朱熹诗歌所体现出的日常生活中的"格物穷理"，总要构建一种涵泳虚静、冲淡广大的人生境界，也是诗歌创作在这种哲学体系中的一种价值旨归。

张毅教授指出："（朱熹）将即物穷理的格物精神贯彻于'游艺'活动中，诗文创作之外，于琴乐和书画亦博学之和审问之，力求致事理之广大而尽艺术之精微。朱熹寓格物于'游艺'是为

---

① （宋）许顗，《彦周诗话》，《历代诗话》，第401页。
② （宋）程颢、程颐，《河南程氏遗书》卷第十八，《二程集》，第193页。

了'致知',追求尽心、知性而知天的'自得'境界。他以'心统性情'说这种性理与才情,以为理在气中,性因情显,性情无论'已发'或'未发',只要无所偏倚、无所乖戾,就能因心情好而显现'中和'之美。"① 这可以说是对朱熹文艺观包括其诗学观的一种精到的总结。

三、心学派——以陆九渊、杨简为中心

"心"可以说是中国传统思想中最复杂的概念之一,也是宋明时期儒释道三家思想最重视的理论契合点。关于"心"概念源流与内涵的梳理,学界已经取得了相当丰富的研究成果。与此同时,"心学"也是一个值得梳理和进一步明确的概念。② 据冯国栋教授的考释:

> 在隋唐佛教史书中,"心学"一词频繁出现,专指习于禅定的学问。隋唐以降,"心学"、"心宗"又成为禅宗与天台宗的代名词。道教"心学"一词,最早似出于陶弘景《真诰》,晚于佛教心学。而作为一个学术名词的儒家"心学",最早见于南宋湖湘派胡宏所撰《知言》中。自宋至明,儒家"心学"兼有数义:道统心传之学,此与释道之道统相对抗;用心而学,此与汉唐训诂、辞章之学相对立;论心治心之学,此为新儒学的功夫论。从外延来看,阳明学兴起之前,

---

① 张毅,《宋元文艺思想史》,北京:中华书局,2019 年,第 247—248 页。
② 参考周炽成《"心学"源流考》,《哲学研究》,2012 年第 8 期。

"心学"主要是指以濂洛关闽为代表的新儒学，特别是指程朱一派的学术传统，当然，偶尔也用来指称陆九渊一派的学术。"心学"作为学派专名指称阳明之学，始于明嘉靖年间，至万历后渐趋定型。阳明之世，学界已连言陆王，而将陆王统称为心学者，似始于清初理学家汤斌。近代以来，以客观唯心主义与主观唯心主义划分程朱、陆王，"心学"由侧重于道统心传的道统论名词渐向本体论名词转化。[①]

而本文所谈的"心学"主要使用其狭义理解，即南宋起由陆九渊及其弟子所代表的思想流派。南宋时期心学得到长足发展，"心"本体理论特征的形成过程与佛教密切相关，故其也成为儒释会通的重要落脚点。心学的核心理论特征即以"心"为世界万物的本体和道德、认识的主体，同样也是修养工夫的主体与目标，这也使心学派代表人物如陆九渊、杨简等人的诗论在文道观、创作论和鉴赏论等方面都呈现出独特的风貌。

陆九渊（1139—1193），自子静，号存斋，抚州金溪人，因曾讲学于象山书院，也被称为象山先生。陆九渊提出"宇宙便是吾心，吾心即是宇宙"[②]，开创心学一派，在理论建设上与朱熹的闽学派分庭抗礼。杨简（1141—1226），字敬仲，号慈湖，慈溪人，与袁燮、舒璘、沈焕并称"甬上四先生"。他继承并发展了陆九渊的心学思想，并使之进一步彻底化。

在南宋心学派代表人物中，陆九渊及"甬上四先生"的资料

[①] 冯国栋，《道统、功夫与学派之间——"心学"义再研》，《哲学研究》，2013年第7期，53页。

[②] （宋）陆九渊著，钟哲点校，《陆九渊集》，第273页。

保留较为完整，但他们所留存的文学理论批评类文字却极少。陆九渊不著书，讲学中也较少涉及文学，除杨简的《慈湖诗传》保存下一些《诗》论文字外，心学派其他人的诗论现都处于研究发掘十分不完全的状态。

1. 多重维度中的心本体

如前所述，宋代儒者所建立的儒学道统论的相关理念，在很大程度上受到了佛教流派法脉传承话语的启发，而"心"也同时成为两家理论体系建设的核心关窍。宋儒大力推衍所谓的"十六字心传"，即《尚书·大禹谟》中的"人心惟危，道心惟微，惟精惟一，允执厥中"[1] 一句。程颢对此的解释为："'人心惟危'，人欲也。'道心惟微'，天理也。'惟精惟一'，所以至之。'允执厥中'，所以行之。用也。"[2] 而程颐对此的论述为："'人心'，私欲也；'道心'，正心也。'危'言不安，'微'言精微。惟其如此，所以要精一。'惟精惟一'者，专要精一之也。精之一之，始能'允执厥中'。中是极至处。"[3] 从二程的阐释可以看出，这十六个字中前两句是本体论，即心中包含人欲与天理；而后两句为方法论，"中"为关键。经过一系列理学家的叠加阐释，最后至南宋朱熹，这"十六字心传"已经完全媲美禅宗的以心传心，成为儒家道统的核心要义，所以钱穆曾言："纵谓朱子之学彻头

---

[1] （清）阮元较刻，《尚书·大禹谟》，《十三经注疏》，北京：中华书局，1980年，第136页。
[2] （宋）程颢、程颐，《河南程氏遗书》卷第十一，《二程集》，第126页。
[3] （宋）程颢、程颐，《河南程氏遗书》卷第十九，《二程集》，第256页。

彻尾乃是一项圆密宏大之心学，亦无不可。"① 再如杨万里有《心学论》、方大琮有《策问心学》、罗大经有《心学经传》等。所以实际上，在南宋时期，"心学"所指和能指的范围甚大。

笼统来说，就"心"学理论而言，宋代儒家学者大致可分为事实上的二心与一心两派，如何安放"人欲"，成为两派理论的重要分野。南宋初期胡宏表示："仁，人心也。心，一也，而有欲心焉，有道心焉。不察乎道而习于欲，则情放而不制，背理伤义，秉彝仆灭，懿德不敷于行，而仁政亡矣。"② 他虽然明确表示"心一也"，但仍没有完全抛弃人欲与道心的二元对立思维，本质上还是没有完全赋予"心"以本体意义。而陆九渊对此十六字心传的理解与他大不相同，他提出："《书》云：'人心惟危，道心惟微。'解者多指人心为人欲，道心为天理，此说非是。心一也，人安有二心？自人而言，则曰惟危；自道而言，则曰惟微。"③ 在他的解读中道心、人心皆为一心，仅有表现上的差别，而并不存在本质上的不同。

陆九渊称自己的学说"因读《孟子》而自得之于心"④，《孟子》中"万物皆备于我""反身而诚""尽心知性"等思想极大地影响了陆九渊哲学理论的构建。陈来教授指出："陆九渊认为，任何人都有先验的道德理性，他称之为本心，这个本心提供道德法则、发动道德情感，故又称仁义之心。由于本心是每个人先天

---

① 钱穆，《朱子新学案》，成都：巴蜀书社，1986年，第39页。
② （宋）胡宏，吴仁华点校，《上光尧皇帝书》，《五峰集》，北京：中华书局，1987年，第83页。
③ （宋）陆九渊，钟哲点校，《陆九渊集》，第395-396页。
④ （宋）陆九渊，钟哲点校，《陆九渊集》，第498页。

具有的,所以是不虑而知、不学而能的'良'心。"① 故他的理论基础为"心即理",而他在工夫论中主张存心、养心。这种理念常被其他理学家诟病源于释事,不无道理。宋代禅宗奉行的本就是彻底的唯心主义,即认为心的力量足以扭转客观事物的发展规律。《六祖坛经》即云:

> 心量广大,遍周法界。用即了了分明。应用,便知一切,一切即一,一即一切。去来自由,心体无滞,即是般若。②

北宋契嵩作《坛经赞》曰:"大哉心乎。资始变化而清净常若。凡然圣然幽然显然。无所处而不自得之。……是故坛经之宗尊其心要也。心乎若明若冥若空若灵若寂若惺。有物乎无物乎。谓之一物固弥于万物。谓之万物固统于一物。一物犹万物也。万物犹一物也。"③ 另外,宋代禅宗往往又将"心学"与教法相对照,表达"禅定"之义。宋代"心"作为勾连三教的核心被儒释道三家学者广泛讨论,其中儒释交融层面上的"心"存在三条阐释理路:其一是以"心"作为沟通古今圣凡的不二媒介;其二是将"心"作为具有本体意义的概念,作为三教思想内在统一的核心或根基;其三是将"心"作为修养工夫的主体,提升人的道德水准和生活体验。这三种理路在讨论中又往往有所混杂。

在诗学方面,"心"学的影响可谓广大。张毅教授在谈到儒家心学与诗学的联系时曾提出:"从自然界和生活中体验生命意

---

① 陈来,《宋明理学》,第 190-191 页。
② (元)宗宝,《六祖大师法宝坛经》,《大正藏》第 48 册,no.2008,第 350 页。
③ (宋)契嵩,《镡津文集》卷三,《大正藏》第 52 册,no.2115,第 662-663 页。

义，在追求个体人格的道德完善的同时，心灵也获得一种情感的满足和美的愉悦，这是儒家心学的诗意所在。与诗家的缘情起兴不同，儒者吟诗非单纯的情动于中而形于言，而是要借已发之情追溯心体；故须情顺万事而无情，心普万物而无心，廓然大公，物来应顺。"① 前文所谈朱熹的诗文创作，也具备这层精神内涵。只是在陆九渊和杨简的哲学体系内，"心"的本体意义被推向极致。

首先，"心本论"为象山派学者将诗学进一步纳入经学构架提供了重要基础。如杨简《慈湖诗传·总论》言：

> 呜呼！至哉至道在心，奚必远求？人心自善、自正、自无邪、自广大、自神明，自无所不通。孔子曰："心之精神是谓圣。"孟子曰："仁，人心也。"变化云为兴观群怨。孰非是心，孰非是正！人心本正，起而为意而后昏，不起不昏，直而达之。则《关雎》求淑女以事君子，本心也。《鹊巢》昏礼，天地之大义，本心也。《柏舟》忧郁而不失其正，本心也。②

杨简的《诗》学摒弃了朱熹的"淫诗"说，在主旨辨析上复归毛诗传统，认为《诗》"平正无邪"，但又在理论阐发中贯彻了"六经注我"的方法，将一种彻底化的心学思想融入其中，极大地降低了"理""道"的理论优先级，在阐释时最大限度地突出"心"的地位，如 "（《葛覃》）妇人乐为绤绤，尊敬师傅，服澣

---

① 张毅，《"万物静观皆自得"——儒家心学与诗学片论》，《中国文化研究》2002年第4期，第72页。

② （宋）杨简，《慈湖诗传自序》，《四库全书》第73册，第3页。

濯,念父母,猗欤至哉!此又道心,即天地之心,即鬼神之心,即百圣之心"①"(《汉广》)此不敢犯礼之心,即正心,亦道心,亦天地鬼神之心"②,类似表述比比皆是。此心凡圣一如,至善广大,并通过儒典实现跨时代的"心传",与张九成所谈同调。南宋中后期姜夔言:"《三百篇》美刺箴怨皆无迹,当以心会心。"③思路也与此类似。当然,这种诗学思想并非由杨简首创,北宋理学家经学也多论及此处,文人谈《诗》与诗,也会强调"心"的桥梁作用:

> 吕与叔尝作诗云:"文如元凯徒称僻,赋似相如止类俳。唯有孔门无一事,只传颜氏得心斋。"横渠《读诗诗》云:"置心平易始知诗。"杨中立云:"知此诗,则可以读《三百篇》矣。"④

但杨简对此种诗学思想的发展,是将之架构在一个以"心本论"为核心的、较为完整的哲理体系上,使这种逻辑的清晰度和完整性都得到了显著提升。这种理念推而演之,也会进一步打开诗歌鉴赏的思路。如杜诗被崇为诗史,以及宋人自身较为强烈的"诗史"意识,都不仅在于在诗歌中表现历史事件,而是将自己作为历史的亲历者与创造者,通过诗歌中对自身创作时间与境遇的简要记录,为后世读者呈现一个广阔的心灵世界。虽然再详细

---

① (宋)杨简,《慈湖诗传》卷一,《四库全书》第73册,第9页。
② (宋)杨简,《慈湖诗传》卷一,《四库全书》第73册,第17页。
③ (宋)姜夔,《白石道人诗说》,《历代诗话》,第681页。
④ (宋)胡仔纂集,廖德明校点,《苕溪渔隐丛话(后集)》卷三十六引《童蒙诗训》,第285页。

的记录都无法复原真实的历史，但由无数诗人展现出的情感世界能真实地将古今相连，这就是很多诗人秉承"诗史"观念进行创作的一种内在逻辑。从各个层面而言，"心本论"对南宋诗论的影响都不容小觑。

2. "毋意"与"主静"

朱熹对陆九渊学说的一个核心的忧虑是以"心"为本体便赋予了先验道德对人性杂欲向下兼容的空间，"大抵其学于心地工夫不为无所见，但使欲恃此陵跨古今，更不下穷理细密功夫，卒与其所得者而失之，人欲横流，不自知觉，而高谈大论，以为天理尽在是也，则其所谓心地工夫者，又安在哉？"[①] 从更长远的时间来看，这样的担心亦可谓有的放矢，但就陆九渊和当时的追随者而言，他们也在试图通过更完备的工夫论架构来解决这些可能出现的衍生问题。

心学派的工夫论是围绕着"心"而展开的，任何对本体的体认尝试都是不假外求，而是主要靠"澄坐内观"来完成。陆九渊在《与舒西美书》中言：

> 今时学者，悠悠不进，号为知学耳，实未必知学；号为有志耳，实未必有志。若果知学有志，何更悠悠不进。事业固无穷尽，然古先圣贤未尝艰难其途径，支离其门户。夫子曰："吾道一以贯之。"孟子曰："夫道一而已矣。"曰："涂之人可以为禹。"曰："人皆可以为尧、舜。"曰："人有四

---

① （宋）朱熹，《答赵子钦》，《朱子全书（第23册）》，第2645页。

端，而自谓不能者，自贼者也。"人孰无心，道不外索，患在戕贼之耳，放失之耳。古人教人，不过存心、养心、求放心。此心之良，人所固有，人惟不知保养而反戕贼放失之耳。①

朱熹学派认为"尊德性"是终极目的，"道问学"是必要手段，"近世学者，务反求者便以博观为外驰，务博观者又以内省为隘狭，左右佩剑，各主一偏，而道术分裂，不可复合。此学者之大病也"②。相对于朱熹及其学人，象山学派更强调存养本心。所以陆九渊在文道观上也更强调"有德者必有言"："文字之及，条理粲然，弗畔于道，尤以为庆。第当勉致其实，毋倚于文辞。不言而信，存乎德行。有德者必有言，诚有其实，必有其文。实者、本也，文者、末也。"③ 在这种意义上，陆九渊和大多数理学家的"文道观"基本一致。且陆九渊的实践也与此观念保持一致，其现存论诗文字体量极小，且存诗仅三十首，其中还包括一些社交诗歌，他自言"春日重来慧照山，经年诗债不曾还"④，可见这种文学创作实践的表现也印证了其诗学理念。

杨简存诗一百六十余首，虽然在理学家中不算数量多，但也要远远超过陆九渊的三十首。杨简存诗虽不多，但从其创作中也能管窥其诗学思想。首先，他的诗学观在道本文末的理论基础上与其师一脉相承。他创作了不少理学诗：

---

① （宋）陆九渊，《与舒西美书》，《陆九渊集》卷五，第63—64页。
② （宋）朱熹《答项平父》，《朱子文集（第23册）》，第2542页。
③ （宋）陆九渊，《与吴子嗣书 四》，《象山集》卷十一，第145页。
④ （宋）陆九渊，《题慧照寺》，《全宋诗》第48册，第29842页。

冈涌金沙来几里，贴天衮衮白云里。雄峰健陇四奔驰，每每回顾慈溪水。慈溪慈溪孝名美，即天之经地之义。子思不知万物我发育，推与圣人自固蔽。已自固蔽祸犹小，固蔽后学祸甚大。孔子没近二千年，未有一人揩其瑕，汨汨昏昏到今日。所幸慈溪却不然，灼见子思孟子病同源。不得已指其蔽，写出世所不传。大道荡荡而平平，圣训至明至坦夷，一无荆刺相维缠。学子首肯斑斑焉，静明庄敬非强参。学者多觉近二百，事体大胜于已前。学徒转相启告又未已，大道行乎讵非天。①

物物皆吾体，心心是我思。四时非代谢，万说不支离。涧水谈颜乐，松风咏皙词。仲尼亲许可，实语断非欺。②

这类作品从诗歌审美的层面上看价值较低，完全沦为道学表述的工具，泯灭了诗歌的文体特殊性，在宋代理学家创作中数量颇多。杨简曾明言："雪月风花总不知，雕奇镂巧学支离。四时多少闲光景，无个闲人领略伊。"③"夫子文章不可为，从心到口没参差。咄哉韩子休污我，却道诗葩与易奇。"④细读这样的诗论不难发现，相比于寻章摘句、推敲琢磨的作诗方法，杨简特别看重心的当下际会。他的工夫论中强调"绝四"，即《论语·子罕》中的"子绝四：毋意，毋必，毋固，毋我"⑤。杨简在《绝四记》开篇立意："人心自明，人心自灵。意起我立，必固碍塞，

---

① （宋）杨简，《慈溪金沙冈歌》，《全宋诗》第48册，第30095页。
② （宋）杨简，《丁丑偶书（其二）》，《全宋诗》第48册，第30085页。
③ （宋）杨简，《偶作》，《全宋诗》第48册，第30084页。
④ （宋）杨简，《偶作》，《全宋诗》第48册，第30084页。
⑤ （清）刘宝楠，高流水点校，《论语正义》，第326页。

始丧其明，始失其灵"①，他在此文中对"意""必""固""我"也给出了解释，并认为"绝四"的重心在于"毋意"，而"必""固""我"都是由"意"衍生的："何谓意？微起焉，皆谓之意；微止焉，皆谓之意。"②

杨简在文章的开篇便将"意"与"心"直接对立。"心"作为具有超越性和永恒性的至明至灵的本体，并非专指圣人之心，而是圣凡共有之心，"人心即道"，仁、礼、义莫不出于此"道心"。学人只要一朝能"觉"，便能达到"与天地同"的境界。而"意"生于"心"，"意"动则有过，"意"不起则"心"纯然一体。如此而言，"毋意"便是杨简对陆九渊"存心去欲"工夫论的理论延伸，同时又与禅宗中"无心是道"理念暗合。"无心是道"是唐中后期临济宗创始人黄檗禅师提出的：

> 问：如何是佛？师云：即心是佛，无心是道。但无生心动念有无长短彼我能所等心。心本是佛，佛本是心，心如虚空。所以云：佛真法身，犹若虚空。不用别求，有求皆苦。设使恒沙劫行六度万行得佛菩提，亦非究竟。何以故？为属因缘造作故。因缘若尽还归无常。所以云：报化非真佛，亦非说法者。但识自心，无我无人，本来是佛。③

五代时期，延寿就此做出的解释就与陆、杨等人的修养工夫

---

① （宋）杨简，《绝四记》，《慈湖先生遗书》卷三，《四库全书》第1156册，第637页。
② （宋）杨简，《绝四记》，《慈湖先生遗书》卷三，《四库全书》第1156册，第637页。
③ （唐）裴休集，（唐）希运著，《宛陵录》，《大正藏》第48册，第384页。

论十分会通，他指出真心非有非无，而"无心"是"不起妄心"，和杨简所谓"毋意"异曲同工：

> 问：《楞伽经》云，佛语心为宗。既立一心为宗，云何复云无心是道？
>
> 答：心为宗者，是真实心。此心不是有无，无住无依，不生不灭，有佛无佛。性相常住，为一切万物之性，犹如虚空体，非一切，而能现一切。只为众生不了此常住真心，以真心无性，不觉而起妄识之心。遂遗此真心妙性，逐妄轮回，于毕竟同中成究竟异。一向执此妄心，能缘尘徇物，背道违真，则是令息其缘虑妄心。若不起妄心，则能顺觉，所以云无心是道，亦云冥心合道，又即心无心。[①]

值得注意的是，所谓"无心"的表述在中国古代典籍中，最早见于《道德经》第四十九章："圣人常无心，以百姓心为心。善者，吾善之；不善者，吾亦善之；德善。信者，吾信之；不信者，吾亦信之；德信。圣人在天下，歙歙焉，为天下浑其心，百姓皆注其耳目，圣人皆孩之。"[②] 东汉严遵注："无心之心，心之主也。"[③] 故此概念也能体现古代思想三教合流的痕迹。

杨简的诗歌更看重心与物的当下际会，多用"偶成""偶作"

[①] （五代）延寿，《宗镜录》卷八十三，《大正藏》第48册，no.2016，第875页。
[②] 陈鼓应注译，《老子今注今译（参照简帛本最新修订版）》，北京：商务印书馆，2003年，第253页。
[③] 陈鼓应注译，《老子今注今译（参照简帛本最新修订版）》，北京：商务印书馆，2003年，第253页。

为题①，或表现对心之大体澄明圆融的精神境界的体会：

> 妙妙融明乐未央，山川人物献文章。纵横组织无边巧，变化委蛇不可商。北麓林塘秋静莹，南山景气晓苍茫。欲吟无句方徐步，忽报相从注早香。②（《明融》）

> 妙绝虚明万里光，融融静静渺茫茫。其间变化无踪迹，却有方圆与短长。仰首看空闲顾盼，聚头窃语足商量。竹梢忽作潇然韵，正是云门第一章。③（《明融》）

心学派在修养工夫层面的核心观念即反求本心，具体表现为静坐以明心，"意"之不起以明自心等。故他们对诗歌的审美标准未必出自"理"的规训，而更多来自其对内心意识活动状态的控制，其中突出的表现即所谓的"主静"。美国学者休斯顿·史密斯将道家的"无为"解释为"创造性的静"，这也在很大程度上符合禅宗、象山派主静等精神境界：

> （道家）无为不能翻译为什么都不做或者不行动，因为这些字眼暗示了一种慵懒或者弃绝的空洞态度。比较好的翻译是纯粹的有效性和创造性的静。创造性的静是在一个人身上结合了两种似乎不相容的情况——至高无上的活力和至高无上的放松。它们可以共存是因为人类不是自我封闭的实体，他们通过潜在的心灵驶向有道支撑的无穷的海洋。创造

---

① 参考石明庆、王素丽，《杨简心学及其诗歌思想》，《河北经贸大学学报（综合版）》，2006年第3期，第40—43页。
② 杨简，《明融》，《全宋诗》第48册，第30082页。
③ 杨简，《明融》，《全宋诗》第48册，第30082页。

的方法之一是通过追随有意识心灵的刻意安排。这种冲击更像是归类和安排,而不是灵感的触发。真正的创造来自潜意识自我的资源被激发出来。不过为了让这种事情发生,需要与表层自我的某种分离。意识心灵必须解放出来,不能停留在自己的光环下。①

"主静"在很大程度上与宋代文人雅化的生活方式和禅修的流行有关。"静坐"的活动事实上也有各种方式。如苏轼记录苏辙言修身即有静坐,同时也强调"慎独",即日常的道德自省与屡践:

> 有一人死而复生,问冥官:"如何修身,可以免罪?"答曰:"子且置一卷历,昼日之所为,暮夜必记之。但不可记者,是不可言不可作也。无事静坐,便觉一日似两日,若能处置此生,常似今日,得至七十,便是百四十岁。人世间何药可能有此奇效:既无反恶,又省药钱。此方人人收得,但苦无好汤使,多咽不下。"②

故静坐在长久以来早已成为宋代文人儒者的日用工夫。陆九渊、杨简等人更强调意识活动的"静"。这种思想在南宋中后期也形成了很大影响。南宋后期蔡正孙在评价杜荀鹤《赠僧》诗(利门名路两何凭,百岁风前短焰灯。只恐为僧心不了,为僧心

---

① 〔美〕休斯顿·史密斯,梁恒豪译,《人的宗教》,海口:海南出版社,2014年,第176页。
② (宋)苏轼,孔凡礼点校,《记子由言修身》,《苏轼文集》卷七十三,第2377页。

了总输僧)时谈道:"动静劳佚系乎人之一心,身静而心役,形佚而神疲,僧俗之相去不远也。此诗世之田夫、野叟、樵童、牧竖皆能诵之,可谓造理而有味者。惜乎缁流之不能自觉耳。"①在颇为强势的"作诗妨道"的思潮中,文人内心对外界的感知力和表达欲不会消失,这种由审美愉悦而产生的分享心情是很难压抑的。所以文人不仅作诗,读诗、品诗及分享好诗实际上也是他们日常生活中必然存在的重要部分。但是与诗歌相关的活动会带给文人一种怎样的情感触动,则与诗歌的风格密切相关。故陆九渊、杨简等人的诗歌较少强烈的情感激荡,而是注重心境澄明的意境构建或自然表达。

当然,因这种"心本"思想和其中衍生出来的"简易工夫",心学派儒者长期面临"阳儒阴释"的诟病。南宋末期黄震在文章中直指杨简的"绝四"论借儒谈禅,"孔夫子只是平正道理,汉、唐溺于卑陋,濂、洛发其精微,后来遂有因精微而遁入空虚者,如张横浦,如陆象山,如杨慈湖,一节透过一节,适又其人皆有践履,后学皆翕然而归之"②。宋代禅学发展过程中也显现出了这种广受非议的弊端,动辄当下了断、一超直入,由于宗教体验的神秘性与个体性,有时便成了凡夫俗子的空谈高论,专主务虚而毫无实处。

心学派的修养工夫被指与禅法类似也并非空穴来风。不同的是,陆、杨等人的本体思维都带有道德属性,工夫论也与之相应。很多宋儒都表示佛教思想对中国社会为害最深者便是其伦理

---

① (宋)蔡正孙,《诗林广记》卷九,《四库全书》第1482册,第91页。
② (宋)黄震著,《回董瑞州》,《黄氏日钞》卷八十五,《四库全书》第708册,第879页。

观，佛教中小乘、大乘有宗在中国亦有传承之派别，但是在影响上都不能与大乘空宗相提并论，中国本土影响最大之天台、华严、禅宗等无不以般若空观（中观）思想为基础，而其中缘起、无常等思想从根本上否定了中国传统社会赖以为继的、建立在血缘关系上的人伦道德法则，虽然很多佛教高僧在两家思想分歧中试图以各种方式弱化这一问题，但儒家伦理观在佛教看来终是俗谛。而宋儒正是要针对宋初儒学发展的劣势以破中有立的方式做出反击，并在自身所建设的儒家哲学体系中赋予人伦道德第一义的地位，即便是在南宋时期儒学明显分化为理学与心学两派，这一个基本点也是两家所共同坚持的。

总而言之，心学派诸儒的诗论文字体量较小，在诗学领域参与感较弱，但他们所秉持的"心"本论思想和基于此所形成的工夫论却也对此时的文人儒士形成了潜移默化的影响。

四、南宋其他儒家学者

除以上所谈之外，南宋还有一些不同学派的儒者，以往学界对他们儒学或文论思想的研究较为充分，而对他们的诗学论述往往关注较少。这些儒家学者散见于各种文章诗歌当中的诗学话语，也是南宋诗学发展演变过程中的重要一环，且他们的诗论很多也颇具哲理层面的纵深。当然，本书此节仅就其中的代表人物及其诗学话语进行讨论，对南宋理学家诗论更加完整细致的研究还有待完成。

1. 婺学派：吕祖谦

吕祖谦（1137—1181），字伯恭，淮南寿州（今安徽省寿县）人。他是许国公吕夷简六世孙、仓部员外郎吕大器的儿子，出身世家。他所开创的婺学派主张明理躬行，经世致用，在南宋中前期影响甚大，与朱熹、张栻并称"东南三贤"。全祖望谈到吕祖谦之学"平心易气，不欲逞口舌以与诸公角，大约在陶铸同类以渐化其偏，宰相之量也"[1]，且他在当时学术地位很高，和朱熹皆被视为"学者之宗师"，但是吕祖谦四十余岁便早卒，其理论也受到朱熹等人的批评贬抑，造成其学术地位在后世有所降低。

吕祖谦的哲学本体论被认为是理、心兼容的，故在认识论上他既主张"格物穷理"，也主张"明心"，在一定程度上，吕祖谦的思想是在理、心两学派中更主调和的。陈国灿教授指出吕祖谦在学术态度上"平人易气"，在学术交往中摒弃狭隘的门派观念，广泛交游，在治学上"兼总众说"而成"一家之言"，其学术体系呈现"广""博""通"的特点。[2] 而使吕祖谦的学术独树一帜，且能开"浙东学派"之先声的，还有他的"实学"和史学思想。另外，《宋史》言"祖谦之学本之家庭，有中原文献之传"[3]，其家族可能在南渡过程中保存了一些本于中原的图书典籍，而这些也成为吕氏家学的珍贵材料。另外，吕祖谦著有《古文关键》，此书在南宋文章学发展中也占有重要地位。

---

[1] （清）黄宗羲撰，全祖望补修，陈金生、梁运华点校，《宋元学案·东莱学案》，第1652页。
[2] 陈国灿，《吕祖谦的学术风格》，《浙江社会科学》，2005年第5期，第139页。
[3] （元）脱脱等，《宋史·吕祖谦传》，北京：中华书局，1977年，第12873页。

吕祖谦的诗学思想也多依托其经学,尤其是《诗》学思想。旧有《诗律武库》题吕祖谦编,但经历代学者考证,此书很可能是他人伪托其名所作①,故在此不列入讨论。吕祖谦的诗歌创作不多,《全宋诗》所录仅一百多首,且其中还有相当一部分属挽章、赠别等社交诗歌,可见其对诗歌创作本身并不热忱。葛永海教授谈道,吕祖谦的挽章、赠别诗体现出史家的人生感慨和深广的历史意识,在端正平和之外更多深邃与苍茫之思;而其写景抒怀诗则展示出其灵心雅致,并受到了伯祖吕本中的深切影响。②

朱熹对吕祖谦的贬抑体现之一即称其为"毛、郑之佞臣"③,相对于同时代朱熹等人对《毛诗序》的大胆质疑,吕祖谦对毛传、郑笺的态度则颇为保守。但朱熹的批评失之偏颇。杜海军教授指出,吕祖谦的《诗》论并非一味遵从毛、郑旧说,而是在很多地方纠正了汉人说《诗》的穿凿,其对《诗》的理解仍出于自身的独立思考。④

首先,吕祖谦强调"诗史互证"的诗学思维。他提出"看《诗》即是史,史乃是实事。如《诗》,甚是有精神,抑扬高下,吟咏讽道,当时事情可想而知"⑤。"《三百篇》之义,首句当时

---

① 参考贾兵,《〈诗律武库〉非吕祖谦编纂考》,《中国文学研究(辑刊)》,2018年第1期。
② 葛永海,《情理通融与灵心雅致:论吕祖谦的诗歌创作》,《浙江社会科学》,2013年第7期,第137页。
③ (宋)朱熹,(宋)黎靖德编,王星贤点校,《朱子语类(第八册)》,第2950页。
④ 杜海军,《吕祖谦的〈诗〉学观》,《浙江社会科学》,2005年第5期,第135—139页。
⑤ (宋)吕祖谦,《拾遗·门人周公瑾介所记》,《东莱吕太史外集》卷六,《四库全书》第1150册,第436页。

◎ 作者篇　南宋作者的身份特征与诗论创作

所作，或国史得诗之时载其事以示后人，其下则说诗者之辞也。"① 故其本人的诗歌创作也在一定程度上继承了"诗史"传统，尤其是他的五古作品。

其次，吕祖谦理、心并重的思想特点也体现在其诗学思想当中，如其言"至理所在，可以心遇，而不可以力求。断编残简，呻吟讽诵，越宿已有遗落"②。但在与本体相应的层面上，诗歌更是"心"之传承：

> 看《诗》须是以情体之。如看《关雎》诗，须识得正心一毫，过之便是私心。如"窈窕淑女，寤寐求之"，此乐也。过之则为淫。"求之不得，辗转反侧"，此哀也，过之则为伤。③
>
> 求一字之通而失一篇之旨，学者苟能玩味程氏之说，则诗人之心可见矣。④

在读《诗》时真正通过作品实现对其中"正心""诗人之心"的发掘，是吕祖谦《诗》论的核心思想之一。他提出诗歌的涵泳鉴赏应建立在对篇章大旨的领会上，而非言语字句的穿凿，另外读者以"情"体诗的活动亦需体会到"正心"之所在，落于"乐

---

① （宋）吕祖谦，《召南·鹊巢》，《吕氏家塾读〈诗〉记》卷三，《四库全书》第 73 册，第 352 页。
② （宋）吕祖谦，周立红标点，《东莱博议·赋诗》，长沙：岳麓书社，1988 年，第 139 页。
③ （宋）吕祖谦，《门人所记〈诗〉说拾遗》，《丽泽论说集录》卷三，《四库全书》第 703 册，第 340－341 页。
④ （宋）吕祖谦，《豳·九罭》，《吕氏家塾读〈诗〉记》卷十六，《四库全书》第 73 册，第 508 页。

而不淫,哀而不伤"的范畴当中。

吕祖谦本人的诗歌创作在气质风格上平阔淡远,受到其伯祖吕本中诗学思想的影响,其诗作也偶有活转平易之句,如"几度莺声留欲住,又随飞絮过东墙"[①]"最忆市桥灯火静,巷南巷北读书声"[②]等。总体来说,吕祖谦投入诗歌创作的时间及热情都比较有限,虽有诗才,然志不在此,故其诗论也缺少对诗法或创作观的深入探讨,仅作为其经学体系的附属而存在。

2. 湖湘学派:张栻

张栻(1133—1180),字敬夫,后避讳改字钦夫,又字乐斋,号南轩。他活跃于南宋中前期,与朱熹、吕祖谦并誉为"东南三贤",他们三人的学术交流和辩论也使此时的儒学风气更为活跃通融。张栻生长于一个较为正统的儒者家庭,后拜胡宏为师,传承湖湘之学,他的《论语解》《孟子说》等是其理学思想的代表性著作。

张栻诗歌创作五百余首,在南宋理学家中数量较多,并呈现出一种闲淡简远的艺术风格。他在与朱熹多次论辩的过程中,也产生了一些唱和诗。张栻与朱熹的诗歌创作都被看作"学者之诗",这不无道理,其诗作如"新晴物物有春意,正值一阳来复时。变化无穷俱是易,探原密处起乾知"[③]"拙守荆江上,无人

---

① (宋)吕祖谦,《游丝》,《全宋诗》第47册,第29139页。
② (宋)吕祖谦,《送朱叔赐赴闽中暮府二首》其二,《全宋诗》第47册,第29144页。
③ (宋)张栻,《丙申至前五日复坐南窗忆去年诗又成两章》其二,《全宋诗》第45册,第27932页。

共往还。能来慰牢落，话旧几间关。冬蛰龙蛇蛰，风林虎豹斑。相期涵养力，且到古人间"①，于清新可爱的景语后发性理议论，的确符合"学者之诗"的特点。但他们也都有大量抒情写意平畅圆融的诗作，不应以"学者之诗"一概而论。

虽然有数量可观的诗歌创作，张栻却也未有专论诗歌的理论著作或文章传世。他的诗论话语同样散见于各类文章（经学为主）和时人笔记当中。张栻本人没有专门的《诗》学专著，其对《诗》的讨论多穿插在其他如《论语解》《孟子说》等作品当中，相关解释也是主要着眼于其社会功能的，如："人情事理，皆具于《三百篇》之中，故诵之而可以达政。"② 张栻的《诗》学理念基本延续了胡宏等人的思想，注重在读《诗》、解《诗》的过程中涵泳性情，得"性情之正"。如前所述，性情之"正"的一个重要特点就是着重发掘本于天理、发于人心的先验道德性。如其言："乐而不淫，哀而不伤，发不逾，则性情之正也，非养之有素者其能然乎？"③ "使之诵《诗》、读《书》、讲《礼》、习《乐》，以涵泳其情性，而兴发于义理。"④ 故在《诗》学方面，张栻还是基本秉承理学家普遍的道德、教化《诗》学的立场。

张栻由此观念衍生出来的诗学理念也是重道轻文的。盛如梓《庶斋老学丛谈》中记载：

  有以诗集呈南轩先生。先生曰："诗人之诗也，可惜不

---

① （宋）张栻，《某以四十字送详刑使君》，《全宋诗》第45册，第27915页。
② （宋）张栻，《癸巳论语解》，《四库全书》第199册，第272页。
③ （宋）张栻，《癸巳论语解》，《四库全书》第199册，第206页。
④ （宋）张栻，《雷州学记》，《南轩集》卷九，《四库全书》第1167册，第503页。

禁咀嚼。"或问其故，曰："非学者之诗，学者诗读着似质，却有无限滋味，涵泳愈久，愈觉深长。"又曰："诗者，纪一时之实，只要据眼前实说，古诗皆是道当时实事，今人做诗多爱装造言语，只要斗好，却不思一语不实，便是欺。这上面欺，将何往不欺。"①

这里张栻反倒认为"学者之诗"滋味深长，比"诗人之诗"更耐咀嚼。而且同吕祖谦的"诗史互证"思想类似，在一定程度上消弭了文学与历史的边界，并轻视文学的独立审美价值。故在诗歌创作上张栻也更为看重其所能提供的工夫论意义。叶文举教授指出，张栻所倡导的诗风是婉约含蓄，"不可直说破""婉而成章"，这与他提出对"义理"的追求需涵泳其中，避免"欲速逼迫之病"的理念是一脉相承的。② 躬行践履是张栻理学思想的核心，故其诗歌创作本身在一定程度上就是其诗学思想的忠实呈现。

3. 永嘉学派：叶适

永嘉学派也是一个通过地缘关系（浙东永嘉）形成的儒家学派，又被称作"事功"学派。使永嘉学派形成规模并产生影响力的关键人物是南宋前期的薛季宣，他注重"经制之学"，而且学术有较强的现实导向。后陈傅良高举"经世致用"的大旗，反对性理空谈，在学统中起到承前启后的作用。叶适是永嘉学派的集

---

① （元）盛如梓，《庶斋老学丛谈》卷中（上），《四库全书》第866册，第539页。
② 叶文举，《张栻〈诗经〉研究及其诗学思想》，《船山学刊》，2014年第3期，第78页。

大成者，全祖望称"永嘉功利之说，至水心始一洗之。然水心天资高，放言砭古人多过情……乾、淳诸老既殁，学术之会，总为朱、陆二派，而水心断断其间，遂称鼎足"①。

叶适（1150—1223），字正则，号水心居士，温州永嘉（今浙江省温州市）人。叶适历仕孝宗、光宗、宁宗三朝，他明确反对空谈心性，主张功利之学。杨国荣教授指出："叶适之学，以事功为主导。就内在哲学趋向而言，事功之学包含两个基本之点，即关注现实的世界和现实的社会生活，强调实际的践行并注重践行的实际结果。"② 在这种思想背景下，叶适主张不必深穷义理之学，其对文学的态度也并不是如大多数理学家一般拘囿在形而上或道德性等范畴当中，而是更多从文人日常创作活动的实际出发，弥合理学家与文学家在文学观上的割裂。宋末元初刘埙言："闻之云卧先生曰：'近时水心一家，欲合周程欧苏之裂。'"③ 故叶适的诗学观和很多理学家不尽相同，且在晚宋诗风转变的过程中扮演了重要角色。

全祖望称叶适工文，"故弟子多流于辞章"④。叶适作为重要的散文创作大家，其文学观在"道"与"文"之间，是较为"中和"的。沈松勤教授指出，宋代士人的文道观不外乎朱熹等理学家所秉承的"因道及文"和苏轼等文学家所倡导的"因文及道"两个面向。而叶适则坚持"内外两进"的原则，主张"以道出

---

① （清）黄宗羲撰，全祖望补修，陈金生、梁运华点校，《宋元学案》，第1738页。
② 杨国荣，《物·势·人——叶适哲学思想研究》，《南京大学学报（哲学·人文科学·社会科学版）》，2011年第2期，第100页。
③ （宋）刘埙，《隐居通议》卷二，《丛书集成初编（第212册）》，北京：商务印书馆，1935年，第17页。
④ （清）黄宗羲撰，全祖望补修，陈金生、梁运华点校，《宋元学案》，第1735页。

治，形而为文"，齐头并进、相辅相成的文道关系论。① 故叶适虽亦抱有"道在物中"的文学观，但其对文学修辞等"华妙文字"的表征形式并不排斥，且他本人的文学创作实践也与其理念相互印证。刘克庄评价其赋作：

> 水心，大儒，不可以诗人论。其赋《中塘梅林》……二篇兼阮、陶之高雅，沈、谢之丽密，韦、柳之精深，一洗今古诗人寒俭之态矣。然四灵中如翁灵舒，乃不喜此作，人之所见有不可解如此者。②

在诗学方面，叶适一方面继承了江西诗派中的某些理念，另一方面，也对一些江西后学所具求奇而难掩鄙陋的缺点表示不满：

> 孔子诲人，诗无庸自作，必取中于古，畏其志之流，不矩于教也；后人诗必自作，作必奇妙殊众，使忧其材之鄙，不矩于教也。……二君知此，则诗虽极工而教自行，上规父祖，下率诸季，德艺兼成而家益大矣。③

"德艺兼成"是叶适诗学观念的中心。一方面，他指出，"夫作文之难，固本于人才之不能纯美"④，即将德行修养作为文学创作论的最终落脚点，这与大多数理学家无异。但另一方面，在

---

① 沈松勤，《叶适"集本朝文之大成者"刍议》，《文学遗产》，2012年第2期，第6页。
② （宋）刘克庄，《后村诗话》卷四，《四库全书》第1481册，第345—346页。
③ （宋）叶适，《跋刘克逊诗》，《水心集》卷二十九，《四库全书》第1164册，第524页。
④ （宋）叶适，《播芳集序》，《水心集》卷十二，《四库全书》第1164册，第251页。

此基础上，他也并不否认诗歌的审美价值，而是极力主张双方相辅相成："夫争妍斗巧，极外物之变态，唐人所长也；反求于内，不足以定其志之所止，唐人所短也。"[1] 叶适认为文学描写是唐诗所长，而内观自省是唐诗所欠缺的，取长补短，才是文学发展的健康方向。

叶适的诗学观和"永嘉四灵"的崛起密切相关。叶适曾为永嘉四灵选诗，在《徐斯远文集序》中他谈道："庆历、嘉祐以来，天下以杜甫为师，始黜唐人之学，而江西宗派章焉。然而格有高下，技有工拙，趣有浅深，材有大小。以夫汗漫广莫，徒枵然从之而不足充其所求，曾不如脰鸣吻决，出豪芒之奇，可以运转而无极也。故近岁学者，已复稍趋于唐而有获焉。"[2] 当然，叶适也会对"四灵"的创作提出一些中肯的批评，但是时值南宋中后期诗风祈向晚唐的关捩，叶适能够敏锐地察觉并推动这种诗风的转向，其诗学理论的现实性与灵活性在理学家当中还是较为突出的。

当然，南宋还有很多儒者在学术与文学上产生了重要影响，如陈傅良、真德秀、魏了翁等，篇幅有限，本书难以面面俱到地呈现，总而言之，理学家的文学观念在过往文学史中的展现往往较为单一，诚然，理学家诗论有一定重道轻文的共性特征，但是由于儒学体系的差别，他们的诗学理念也往往各有侧重，并与经学思想紧密结合。对他们的诗学观念进行梳理和总结，是对南宋诗学发展演变情况的必要补充。

---

[1] （宋）叶适，《王木叔诗序》，《水心集》卷十二，《四库全书》第1164册，第247页。

[2] （宋）叶适，《徐斯远文集序》，《水心集》卷十二，《四库全书》第1164册，第242页。

第二章

诗派文人：诗脉流传，承转相续

宋代文人的身份定位往往较为复杂。程颢言："今之学者，歧而为三，能文者谓之文士，谈经者泥为讲师，惟知道者乃儒学也。"① 故很多文人如欧阳修、苏轼等，虽然在儒学方面颇有建树，却较少被作为儒者或理学家看待。侯体健教授道：

> 到了南宋，三位一体式的士大夫身份被逐渐解构，三种身份中的某一种，在南宋士人身上常被凸显出来。比如圣贤朱熹，更多定位为思想家，立朝为官时日甚短；具有强烈事功精神的辛弃疾，乃是以词人面目名世；陆游几乎没有学术著作传世，官做得也很小，只能算是杰出诗人；堪称一时文坛宗主的周必大，文学成就并不特出，主要仍是一位官僚。②

---

① （宋）程颢、程颐，《河南程氏遗书》卷六，《二程集》，第95页。
② 侯体健，《士人身份与南宋诗文研究》，上海：复旦大学出版社，2018年，第4页。

当然，多重身份兼而有之的文人在南宋也大有人在，但文坛上的确也存在文人与儒者诗论思想分流的现象。如元祐时期，诗学与理学都取得了一定的突破性进展，但二者之间的发展关系并不完全是和谐并进的，在人际上的突出表现为苏轼与程颐二人交恶。从北宋五子的哲学体系建构过程中可以发现，"五子"在整个体系中对文学艺术的地位、角色及意义的探讨，与文学在文人生活中所占的比重极不匹配，他们对很多关键性问题的论述也存在一定的自相矛盾之处，理学的突破并没有完全投射在诗学的发展当中，这一点在南宋理学家诗论中略有好转，但更多的改变仍发生在文人诗论的领域。

一、江西余绪

"江西诗派"是中国古代第一个有正式名称的诗歌流派。这一名称来源于吕本中所作《江西诗社宗派图》，原作已佚，现今我们的了解主要来源于南宋诗话、笔记等文献的介绍或辑录。吕本中（1084—1145），字居仁，人称东莱先生。关于此图及序的创作时间至今学界仍存争议。事实上在此图序产生之后，南宋诗学评论者已经关注到其中的问题。如前引胡仔在《苕溪渔隐丛话》中质疑其列入诗人的正当性，再如孙觌《与曾端伯书》言："吕居仁作《江西宗派》，既云宗派固有次第，陈无己本学杜子美，后受知于曾南丰，自言：'向来一瓣香，敬为曾南丰。'非其派。靖康末，吕舜图作中宪，居仁遇师川于宝梵佛舍，极口诟骂其翁于广座中，居仁俯首不敢出一语，故于《宗派》贬之于祖可、如壁之下，师川固当不平。"① 但可以承认的是，吕本中作宗派图对江西诗派理论建设做出了重大贡献。虽然江西诗派的影响和精神学人的加入都持续到了宋末，但在南宋却没有出现同等重量级的诗派建设或整合类作品，这也使后人较难判定南宋哪些诗人应归类于江西诗派。莫砺锋教授的《江西诗派研究》一书认为吕本中、曾几、赵蕃、韩淲、方回五人受到苏、黄诗歌影响较大，可将他们列作南宋江西诗派成员加以研究，其他诗人与陆游、杨万里等，虽然也受到江西诗派的影响，但诗歌创作全貌却与江西诗人不甚相同。② 本书不仅将上述五位诗人纳入讨论，同时也包括了受江西诗派影响较大的南宋诗话创作者。

如前所述，南宋初期江西诗派仍在诗坛发挥着持续的影响力，大量诗话作品或多或少地难脱江西渊源，且此时诗坛上学苏、黄之风盛行。钱建状教授在书中谈道，高宗与孝宗都极爱苏轼诗文，上行下效，且此时也掀起了研究刊刻苏诗的第一次高潮。③ 模仿苏、黄的诗歌创作是此时很多文人的学诗路径，文人诗学话语也火热探讨黄庭坚所多论的诗法，如"夺胎换骨""用事""句中有眼""错综句法"等。正如刘克庄所言："元祐后，诗人迭起，一种则波澜富而句律疏，一种则煅炼精而情性远。要之不出苏、黄二体而已。"④

曾维刚教授指出，"宋室南渡的剧变，促使诗坛在继承北宋

---

① （宋）孙觌，《与曾伯端书》，《鸿庆居士集》卷十二，《四库全书》第 1135 册，第 125 页。
② 莫砺锋，《江西诗派研究》，济南：齐鲁书社，1986 年，第 162 页。
③ 钱建状，《南宋初期的文化重组与文学新变》，第 120—121 页。
④ （宋）刘克庄，《后村诗话》卷二，《四库全书》第 1481 册，第 318 页。

诗学的同时又发生显著变化：一是一些诗人转而追尊老杜，学习杜甫爱国忧民的精神及其诗歌艺术；二是一些诗人沿着江西诗派的路子继续开拓，从内部进行反拨，试图盘活时已流弊丛生的江西诗学"①，这正是南宋初期文人在江西余风笼罩下进行诗法探索的发展情况。

1. "活法"说

就"江西诗法"而言，祝尚书在《论"江西宗派"的诗味与诗法》中谈道，"江西味"源于黄庭坚诗法，其中的核心内容包括谋篇布局、注重句法、善于用事、"点铁成金、夺胎换骨"和"言用不言名"等，而吕本中的"活法"说应是对江西诗法的重要补充。②

江西诗派黄庭坚等人以一种理性精神建立了诗歌"法度"说③，在创作方面试图从各个层面拆解诗学各要素，使其整体过程都更为清晰可学，首先，要丰富自己的知识，广泛阅读经典和前人佳作，培养更好的审美能力；其次，对所选择的审美典范进行深入的探究和模仿，品味其中的妙处；然后，对自己在生活中产生的诗意进行凝练和提升；最后，在万事俱备、诗意奔涌的时

---

① 曾维刚，《从"活法"到"万象"：宋室南渡至中兴时期诗学理论的转型》，《浙江学刊》，2019年第1期，第196页。

② 祝尚书，《论"江西宗派"的诗味与诗法》，《中山大学学报（社会科学版）》，2019年3月，17—26页。

③ 吕肖奂在《从"法度"到"活法"——江西诗派内部机制的自我调节》[《复旦学报（社会科学版）》，1995年第6期，第83—84页] 一文中谈道：宋诗讲"法度"始于王安石，而黄庭坚为矫当时诗坛风行的"速成"之弊，提出作诗需经过严格的技巧训练，方能循序渐进，最终达到"自由"的境界。虽然黄庭坚对法度与自由的矛盾关系基本持调和态度，但当矛盾无法调和时，他的选择更偏重于法度。

刻付诸创作实践。但在理性精神的主导之下，黄庭坚仍在这一套确定的诗法之中，于关键环节注入了一种难以言说的玄学因素，即只能靠悟入的"点铁成金"。这样整个创作链条不仅具有相当的稳定性，也使以此为路径创作的诗歌仍然质量有高有低的事实可以逻辑自洽。

整体而言，这种诗学体系的建构使学诗、作诗的流程更加逻辑清晰、有迹可循。这其中的"次第本末"和最需关注的重点，因各个具体的诗评者各自的喜好而议论纷呈。黄庭坚包括其追随者也经常强调，无论是"学杜"还是对诗法的研究，都是"初学诗一门户"而已，在这个过程中，最好是以形成风格化的特点作为学诗的突破口，进而找到自己的风格特征，并以能创作出展现自身的独特气质与道德情操的诗歌作为最终目标。黄在自身的创作过程中也践行了这一路径，于是种种诗法套路的落脚点仍是"文章最忌随人后""自成一家始逼真"。

所以我们可以看出，江西诗法的整体流程包括紧密勾连的两个部分，即从饱参模仿到自成一家，很显然这两个步骤实践起来的难易程度和可行性是不对等的。事实上，在追随江西诗法的众多诗人当中，能够达成上半步骤并写出以审美典范为样本的模仿性诗作的诗人占大多数。这一步只要坚定了目标，则更多需要的是勤奋和练习。很好地完成下半步骤，形成自己独特的风格并稳定创作优秀作品的诗人则凤毛麟角，这更需要出众的文学才能和领悟力。所以这样的"法度"在当时有其突出的实用性，很多文人即便出于从众的心理也会对此附和并积极尝试，但它也实难成为塑造伟大诗人的万能良药。

正因为存在这样两个重要步骤，江西诗派的影响又可以在一定程度上一分为二来看待。一方面，沉溺于前一步骤的诗人也有可能陷入所谓饱参与模仿的泥沼当中，古代经典和佳作的数量庞大、内涵深广，再加上经学训诂的部分，徜徉其中年深日久，往往也会使诗人失落于无尽的知识和典故之中，迷失创作的初衷。即便是黄庭坚本人也时常遭到此种诟病：

> 黄庭坚喜作诗得名，好用南朝人语，专求古人未使之事，又一二奇字，缀葺而成诗，自以为工，其实所见之僻也。故句虽新奇，而气乏浑厚。吾尝作诗题其编后，略云："端求古人遗，琢抉手不停。方其拾玑羽，往往失鹏鲸。"盖谓是也。①

而少数有更大的文学才能，致力在后一步骤中寻求突破的文人，则在江西诗学框架的基础上进行了多元化的理论延伸或补充。这也基本上是南北宋之际诗学领域的整体发展情况。在江西余风的笼罩之下，陈与义、吕本中、李纲、张戒等人的创作和诗学理论不断在继承中寻求一定的创新空间，吕本中"活法"说的提出正体现出此时诗坛打破桎梏的迫切的时代精神需求，他们的创作和诗论虽然还没有走出江西诗派的固有框架，但也致力在当时较为僵化的诗法中寻求转变和突破：

> 学诗当识活法。所谓活法者，规矩备具而能出于规矩之外，变化不测而亦不背于规矩也。是道也，盖有定法而无定法，无定法而有定法，知是者则可以与语活法矣。谢玄晖有

---

① （宋）魏泰，《临汉隐居诗话》，《历代诗话》，第 327 页。

言,"好诗流转圆美如弹丸",此真活法也。近世惟豫章黄公首变前作之弊,而后学者知所趣向,毕精尽知,左规右矩,庶几至于变化不测。然予区区浅末之论,皆汉魏以来有意于文者之法,而非无意于文者之法也。子曰:"兴于《诗》。"又曰:"《诗》可以兴,可以观,可以群,可以怨,迩之事父,远之事君,多识于鸟兽草木之名。"今之为诗者,读之果可使人兴起其为善之心乎,果可以使人兴观群怨乎,果可以使人知事父事君而能识鸟兽草木之名之理乎?为之而不能使人如是,则如勿作。①

此篇诗论前半部分对"活法"理论的阐释对于江西派"诗法"理论的拓展十分必要,其后半部分对于经学诗学的回归也是吕本中诗论的有机组成部分。要求诗人跳脱诗歌写作技法,重新重视诗歌对人情的感发作用。吕本中另在《童蒙诗训》中谈到"活"在字法句法当中的具体表现:

> 潘邠老言:"七言诗第五字要响,如'返照入江翻石壁,归云拥树失山村',翻字、失字是响字也。五言诗第三字要响,如'圆荷浮小叶,细麦落轻花',浮字、落字是响字也。所谓响者,致力处也。"予窃以为字字当活,活则字字自响。②

文中潘大临也是江西诗派中颇得苏、黄等人推崇的一位诗人。但其所言的"响"字理论,也实为老生常谈,在这一处动词的选择上能独具匠心,确可称为诗作的点睛之笔,但若才弱而用

---

① (宋)刘克庄,《江西诗派小序》引《夏均父集序》,《历代诗话续编》,485页。
② (宋)吕本中,《童蒙诗训》,《宋诗话辑佚》,第587页。

力过度,则与晚唐苦吟派的诗法无异。吕本中所谓的"活",即诗人应把握诗歌整体风格的流畅圆转、跳动鲜活。只在陈词的夹缝中百般琢磨,恐难以扭转整体诗作的凝滞之气。

很多研究者都注意到了"活法"说与禅宗思维方式的互通之处。周裕锴教授指出,"活"字是南禅宗最重要的特征之一,同时代临济宗僧人大慧宗杲曾指教吕本中参禅,主张"不用安排,不假造作,自然活鱍鱍地,常露现前"①,无论是吕本中的"活法"还是黄庭坚所提出的"句法",正与禅家这种"奇正相生"的观念相应。② 据曾明教授考证,"活法"的首倡者应是北宋的胡宿,这种诗论的提出应受到了佛教"中观论"和禅宗"但参活句,莫参死句"等教条的启示。③ 此类论述甚多,此处列举挂一漏万,足见"活法"的提出和其哲理内涵与禅学有互通之处已得到广泛认可。

另外,祝尚书教授也指出,吕本中提出"活法"的初衷本并非针对江西诗法或江西后学而言。南渡之初宋高宗改"词学兼茂科"为"博学宏词科",其中的主流文体即四六文,这是一种"以经为主",追求"典雅"的骈体文形式。南宋初王安石"新学"衰微,诗学恢复,出身"词科"的人以四六法作诗,这才是吕本中所针对的"死法"。④ 但纵观南宋诗论文字可以看出,"活法"说成为江西诗法的补充性理论也广为接受。如南宋文人大多

---

① (宋)蕴闻编,《大慧普觉禅师语录》卷19,《大正藏》第47册,no.1998,第892页。
② 周裕锴,《宋代诗学通论》,第227页。
③ 曾明,《诗学"活法"考索》,北京:商务印书馆,2019年,第64页。
④ 祝尚书,《吕本中"活法"诗论针对性探微》,《中山大学学报(社会科学版)》,2011年第4期,第38页。

能熟练地使用"活法"说进行诗学批评或理论建设：

> 叶石林云："杜工部诗对偶至严，而《送杨六判官》云：'子云清自守，今日起为官。'独不相对。窃意'今日'字当是'令尹'字传写之讹耳。"余谓不然。此联之工，正为假"云"对"日"，两句一意，乃诗家活法。①

> 学有余而约以用之，善用事者也；意有余而约以尽之，善措辞者也；乍叙事而间以理言，得活法者也。②

南宋后期刘克庄对江西诗派、诗法等重新进行补正和阐释，也极大肯定了吕本中"活法"论对于江西诗法的重要意义，"活"正是对"法"的一种有力补充：

> 紫微公作《夏均父集序》……余尝以为此序天下之至言也。然均父所作，似未能然，往往紫微父自道耳。所引谢宣城"好诗流转圆美如弹丸"之语，余以宣城诗考之，如锦工机锦，玉人琢玉，极天下巧妙。穷巧极妙，然后能流转圆美……非主于易，又以文公之语验之，则所谓字字响者，果不可以退惰矣。③

事实上，黄庭坚在诗歌创作和诗学理论建设方面的成功，很大程度上源于其勇于打破传统，定立新规。然而他的理论又成为某种"传统"，即在诗坛上形成了一种巨大的惯性，而这种惯性

---

① （宋）罗大经，《鹤林玉露》卷十，《四库全书》第865册，第346页。
② （宋）姜夔，《白石道人诗说》，《历代诗话》，第681页。
③ （宋）刘克庄，《江西诗派小序》，《历代诗话续编》，第485-486页。

◎ 作者篇　南宋作者的身份特征与诗论创作

再次被挣脱并焕发新的活力，仍要到南宋中兴诗坛。在此之前，诗学理论的各种突围尝试仍有其不可忽视的积极意义。

2. "悟入""法眼"说

对于"活法"的探讨将南宋前期文人对江西诗法的学习和关注引向更深邃辽阔的意识活动领域当中。南北宋之际很多文人诗论沉迷于各种对诗法的讨论，而对于驾驭诗法的"诗意"的论述则声量较弱。这并不能归咎于黄庭坚，事实上，苏、黄都有过对"诗意"的强调，如苏轼教葛延之作诗文时说道：

> 譬是市上店肆，诸物无种不有，却有一物可以摄得钱而已。莫易得者是物，莫难得者是钱。今文章词藻事，实乃市肆诸物也。意者钱也，为文若能立意，则古今并有，翕然起为吾用。若晓得此，便会做文字也。①

黄庭坚亦言："诗文不可凿空强作，待境而生，便自工耳。每作一篇，定立大意。长篇须曲折三致意，乃可成章。"② 而这种较有价值的诗意的产生，又可称是一门玄学。此"意"与"造"相组合，则突出了其人为创制的可能性（例如《后湖集》：此诗造意之妙，至与造物相表里，岂直诗中有画哉？观其诗，知其蝉蜕尘埃之中，浮游万物之表者也③），将"意"与"命题"

---

① （宋）何汶编，《竹庄诗话》卷一引《苍梧杂志》，《四库全书》第1481册，第555页。
② （宋）胡仔纂集，廖德明校点，《苕溪渔隐丛话（前集）》卷四十七引《王直方诗话》，第320页。
③ （宋）胡仔纂集，廖德明校点，《苕溪渔隐丛话（前集）》卷十五引《后湖集》，第97页。

相对应，又强调了其超越人为的先验性（例如《金针》：命属题意，如有神助，归于自然之句；命题立意，援笔立成，归于容易之句；命题用意，求之不得，归于苦求之句①）。故这种"意"究竟是什么，在理论中终无定论，在实践中也难以被完全理解和学习模仿，成为一种以确定性闻名的诗法中最大的不确定性。黄庭坚诗论本就具有十分深厚的佛禅根基，源自禅宗的概念和思维也被越来越多地吸纳到江西诗论中来，除"活法"外，"悟入""法眼"等概念也在南宋被广为讨论。

黄庭坚在讨论以学问为诗的逻辑链路时，以"摸象"作比，被当时的诗话广泛传录：

> 新诗日有胜句，甚可喜，要当不已，乃到古人下笔处。小诗文章之末，何足甚工？然足下试留意，奉为道之：词意高胜，要从学问中来尔。后来学诗者时有妙句，譬如合眼摸象，随所触体得一处，非不即似，要且不是；若开眼，则全体见之，合古人处不待取证也。②

"合眼摸象"原出自佛教譬喻："其触牙者，即言象形如芦菔根；其触耳者，言象如箕；其触头者，言象如石；其触鼻者，言象如杵；其触脚者，言象如木臼；其触背者，言象如床；其触腹者，言象如瓮；其触尾者，言象如绳。"③ 黄庭坚在论证时将作

---

① （宋）魏庆之，《诗人玉屑》卷三引《金针》，《四库全书》第1481册，第64页。
② （宋）黄庭坚，《论作诗文一》，《山谷别集》卷六，《四库全书》第1113册，第592页。
③ （北凉）昙无谶译，《大般涅槃经》卷三十二，《大正藏》第12册，no.374，第556页。

诗的最高境界比作佛教的悟入真谛，在深层逻辑上仍能看出佛教的思维方式对黄庭坚诗学话语的一种统摄关系。

"悟"本是佛教中的基础概念，指觉悟，有自迷梦觉醒之义。"悟入"在佛教中指悟入于实相之理。"悟入"的概念也被江西学人吸纳到江西诗论中来，北宋曾学诗于黄庭坚的范温曾谈鉴赏论："识文章者，常如禅家有悟门。夫法门百千差别，要须自一转语悟入。"① 吕本中谈创作论："作文必要悟入处。悟入必自工夫中来，非侥幸可得也。如老苏之于文，鲁直之于诗，盖尽此理也。"② 曾季狸言："后山论诗说换骨，东湖论诗说中的，东莱论诗说活法，子苍论诗说饱参，入处虽不同，然其实皆一关捩，要知非悟入不可。"③ 更是将"悟入"作为江西诗法的不二法门。

纵观上述诗论不难发现，这些文人所谓"悟入"与南禅宗所倡"顿悟"不甚相同，顿悟重当下了断、一念圆满，而江西学人对禅宗"悟"理的借鉴却更偏于"渐悟"的理念，相当强调用功和积累，也刚好契合了江西"以学问为诗"的诗学工夫。许总言："'悟入'正是对通过艺术素养的积聚与创作技巧的锻炼而达到'顿悟'、产生灵感的创作过程的心理剖析……适应着'悟入之理'既具'工夫勤惰间'又具'锻炼而归于自然'的两重意蕴，明显统合着佛家'顿悟真如'的心性学说与道家'自然为真'的艺术思想。"④ 此语中的。"悟入"的理念也对南宋后期严羽的诗论产生了很大影响。

---

① （宋）范温，《潜溪诗眼》，《宋诗话辑佚》，第328页。
② （宋）吕本中，《童蒙诗训》，《宋诗话辑佚》，第594页。
③ （宋）曾季狸，《艇斋诗话》，《历代诗话续编》，第296页。
④ 许总，《论理学文化观念与宋代诗学》，《学术月刊》，2000年第6期，第14页。

此外，黄庭坚所提出的诗学中的"法眼"理论在南宋也时有回响。"诗眼"的概念在诗论中由来已久，主要针对诗法中的炼字。而"法眼"的概念则直接取自佛教，原指能照见一切法门的眼睛，被黄庭坚引入诗学话语当中，与"世眼"相对照，分别对应真谛与俗谛，类比鉴赏诗歌时能独具慧眼，识别出优秀作品的闪光点：

> 山谷云："宁律不谐而不使句弱，用字不工不使语俗，此庾开府之所长也。然有意于为诗也。至于渊明，则所谓不烦绳削而自合者。虽然，巧于斧斤者，多疑其拙；窘于检括者，辄病其放。孔子曰：'宁武子其智可及也，其愚不可及也。'渊明之拙与放，岂可为不知者道哉？道人曰：'如我按指，海印发光，汝暂举心，尘劳先起。'说者曰：'若以法眼观，无俗不真；若以世眼观，无真不俗。'渊明之诗，要当与一丘一壑者共之耳。"①

惠洪《冷斋夜话》言："诗者，妙观逸想之所寓也，岂可限

---

① （宋）胡仔纂集，廖德明校点，《苕溪渔隐丛话（前集）》卷三引《王直方诗话》，第20页。黄庭坚所引两句佛经中，"如按我指"一句出自《楞严经》："以是俱即世出世故，即如来藏妙明心元，离即、离非、是即、非即。如何世间三有众生及出世间声闻、缘觉，以所知心测度如来无上菩提，用世语言入佛知见？譬如琴、瑟、箜篌、琵琶，虽有妙音，若无妙指终不能发。汝与众生亦复如是，宝觉真心各各圆满。如我按指海印发光，汝暂举心，尘劳先起，由不勤求无上觉道，爱念小乘，得少为足。"（卷4，《大正藏》第19册，no.945，第121页）黄庭坚所引"若以法眼观"一句，出自唐李通玄《新华严经论》："如《华严经·入法界品》中，善财童子、善知识、文殊普贤、比丘、比丘尼、长者、童子、优婆夷、童女、仙人、外道五十三人，各各自具菩萨行，自具佛法。随诸众生见身不同，不云有转。若以法眼观，无俗不真；若以世间肉眼观，无真不俗。以《法华经》对权教三根见未尽者，令成信种。"（卷1，《大正藏》第36册，no.1739，第726页）

以绳墨哉！如王维作画雪中芭蕉，自法眼观之，知其神情寄寓于物，俗论则讥以为不知寒暑。"① 其中对"法眼"概念的诗学应用与黄庭坚颇为类似。《诗眼》中又记录下黄庭坚提出的"法眼"概念，这里黄庭坚的大义是指学诗需"以识为主"，此处"识"既是认识，也是意识，仍旧延续"法眼"概念以洞察力为主的内涵：

> 学者若不见古人用意处，但得其皮毛，所以去之更远。如"风吹柳花满店香"，若人复能为此句，亦未是太白。至于"吴姬压酒劝客尝"，"压酒"字他人亦难及。"金陵子弟来相送，欲行不行各尽觞"，益不同。"请君试问东流水，别意与之谁短长"，至此乃真太白妙处，当潜心焉。故学者要先以识为主，如禅家所谓"正法眼"者，直须具此眼目，方可入道。②

值得注意的是，禅宗中"正法眼"的概念与"法眼"虽仅一字之差，含义却有较大差别。"正法眼"全称"正法眼藏"，是禅家以之为教外别传的心印，即全体佛法，朗照宇宙谓之眼，包含万有谓之藏。③ 严羽谓："禅家者流，乘有大小，宗有南北，道有邪正。学者须从最上乘，具正法眼，悟第一义。"④ 这里的"正法眼"沿用的仍是黄庭坚所谓"法眼"的概念，并非严谨的

---

① （宋）惠洪，《冷斋夜话》卷四，《四库全书》第 863 册，第 255 页。
② （宋）范温，《潜溪诗眼》，《宋诗话辑佚》，第 317 页。
③ （宋）释道原，《景德传灯录》："佛告诸大弟子，迦叶来时可令宣扬正法眼藏。"《大正藏》第 51 册，no. 2076，第 206 页）
④ （宋）严羽著，张健校笺，《沧浪诗话校笺》，第 7 页。

203

禅理。这样的应用在南北宋之交直至南宋时期颇为常见，如韩驹《赠赵伯鱼》："学诗当如初学禅，未悟且遍参诸方。一朝悟罢正法眼，信手拈出皆成章。"① 刘应时《读放翁剑南集》："少陵先生赴奉天，乌帽麻鞋见天子。乾坤疮痍塞目惨，人烟萧瑟胡尘起。八月之吉风凄然，北征徒步走三川。……放翁前身少陵老，胸中如觉天地小。平生一饭不忘君，危言曾把奸雄扫。……我虽老眼向昏花，夜窗吟哦杂风雨。少陵间关兵乱中，放翁遭时乐且丰。饱参要具正法眼，切忌错下将无同。茶山夜半传机要，断非口耳得其妙。君不见塔主不识古云门，异时衣钵还渠绍。"②

综上所述，江西诗派在南宋初期不仅致力完善理论体系建设，也在积极地为江西诗法的局限寻找突破口。他们对江西诗论的理论补充，是此诗派在南宋时仍得以长久存在的重要原因。另外，黄庭坚将佛禅思想引入诗学话语的做法，不仅使江西诗派的理论体系富于融通且复杂的哲理内涵，也对南宋时期诗学话语的概念和风格产生了持久且深刻的影响。

二、中兴诗人

"中兴四大家"是中兴诗人中成就最高者，这是后人为南宋中兴诗坛巨擘陆游、杨万里、尤袤、范成大四人冠以的称谓，严格意义上不能称之为诗派。这四人在诗歌风格和诗学理念上都不

---

① （宋）韩驹，《赠赵伯鱼》，《全宋诗》第 25 册，第 16588 页。
② （宋）刘应时，《读放翁剑南集》，《全宋诗》第 38 册，第 24226 页。

尽相同，也没有形成联结紧密的诗歌团体，但四人活跃时间相近［"中兴诗坛"在分期上基本以高宗内禅、孝宗登基的绍兴三十二年（1162）为起点，而止于宁宗中前期，即嘉定三年（1210）前后[①]］，四人的诗歌作为整体也能在一定程度上被看作南宋诗歌发展史上诗风演变的重要代表，其中陆游宏肆奔放，杨万里清新透脱，范成大工稳适中，尤袤则较为平淡，而成就最高、影响最大的仍是陆、杨二位。从现存诗论的文字体量来看，陆游、杨万里也是南宋诗学发展史研究者的重点关注对象，这里将此二位作为中兴诗人群体的典型代表加以观察论述，仅作权宜之法。

南宋历史上的"中兴"一般指高宗、孝宗两朝治下，这与文学史所谓"中兴诗坛"在时间上并非完全同步。在高宗时期，诗坛不仅被江西余风笼罩，且在秦桧的言论高压政策下呈现出高洁之士临深履薄，谀颂之辞风行一时的局面。到了孝宗时期，赵昚不仅起用张浚，为岳飞平反，在宋金关系中锐意进取，"隆兴北伐"虽以失败告终，但"隆兴和议"的缔结亦维持了宋金之间的和平状态，对内政策亦有振兴之态。在此之后活跃于诗坛的诗人，则在一定程度上摆脱了秦桧所造成的"文字狱"压力，获得了更多在诗歌中寓涵"兴寄美刺"的自由。这也是中兴诗坛名家辈出的重要背景。

1. 陆游

陆游（1125—1210）是中国古代诗歌史上最重要的爱国诗人

---

① 参考曾维刚教授在《南宋中兴诗坛研究》（北京：人民出版社，2018年，第5页）一书中的总结。

之一，他丰富的人生经历和存世近万首、深具个人特色的诗歌创作，使其成为南宋诗坛上的一颗明星。学界关于陆游其人及诗歌的研究已存在大量成果。[①] 本书不在陆游诗歌研究已十分充分的部分叠床架屋，而希望尽量从陆游诗论的哲理背景入手，浅析陆游诗论的内在理路在南宋诗学发展演变过程中的时代角色和特殊意义。

陆游一生笔耕不辍，但他留下的学术类文章并不多，更少专论诗歌。现存陆游诗论散见于其所作大量诗词集序、跋、书、记乃至其笔记、诗歌作品中。莫砺锋教授谈道，"陆游对儒家诗论的贡献不是理论阐述，而是创作实践。陆游诗歌的两大主题类别即歌颂亲情乡情和呼吁抗金复国，正体现着儒家'迩之事父''远之事君'的诗学功能观念。无论是创作动机还是作品的感染作用，陆游的诗歌都是'兴、观、群、怨'精神的典型体现"[②]。他指出陆游的诗学理念更多由其创作实践体现出来，并带有显著的儒家底色。

从陆游现存散见于各类文章的诗论文字中可以看出其深厚的儒学基础，但他所选择的表现形式与理学家所采取的经学式诗论迥异。简而言之，埋头苦学儒家经典是他日常活动的重要组成部分，如其常言："束担还山读旧书，断编终日见唐虞。千茎白发

---

① 如钱仲联校注，《剑南诗稿校注》，上海：上海古籍出版社，1985年；钱仲联、马亚中主编，《陆游全集校注》，杭州：浙江教育出版社，2011年；邱鸣皋，《陆游评传》，南京：南京大学出版社，2008年；邹志方，《陆游研究》，北京：人民出版社，2008年；莫砺锋，《论陆游对晚唐诗的态度》，《文学遗产》，1991年第4期等。

② 莫砺锋，《论陆游对儒家诗学精神的实践》，《学术月刊》，2015年第8期，第118页。

年华速，一点青灯夜漏徂"① "莫笑耽书不计年，寒儒业定几生前。读经今日韦编绝，作赋当时铁砚穿"② 等。但是他对很多宋儒治经方法是心有不满的，如其诗言："俗学方哗世，遗经浸已微。斯文未云丧，吾道岂其非"③ "唐虞虽远愈巍巍，孔氏如天孰得违。大道岂容私学裂，专门常怪世儒非。少林尚忌随人转，老氏亦尊知我稀。能尽此心方有得，勿持糟粕议精微"④ 等。种种表述都证明，他虽然平日醉心学儒，但并不认可当时很多儒者的学术思想及方法，认为是"俗学"，故其少作理学文章，也不赞成当时广泛兴起的疑经风尚。

陆游诗学观念的儒学底色主要表现在：推崇《诗经》为诗歌最高审美典范，并强调诗的"言志"功能，即表达有一定现实指向或教化意义的个体情志。如其言：

> 古之说诗曰言志。夫得志而形于言，如皋陶、周公、召公、吉甫，固所谓志也。若遭变遇谗，流离困悴，自道其不得志，是亦志也。然感激悲伤，忧时闵己，托情寓物，使人读之，至于太息流涕，固难矣。至于安时处顺，超然事外，不矜不挫，不诬不怼，发为文辞，冲淡简远，读之者遗声利，冥得丧，如见东郭顺子，悠然意消，岂不又难哉。⑤

由此看来，陆游的诗学观念虽亦本于儒经，但与理学家诗论

---

① （宋）陆游，《题北窗二首（其一）》，《全宋诗》第 40 册，第 25307 页。
② （宋）陆游，《五月十一日夜坐达旦》，《全宋诗》第 40 册，第 24865 页。
③ （宋）陆游，《书感》，《全宋诗》第 40 册，第 25253 页。
④ （宋）陆游，《唐虞》，《全宋诗》第 39 册，第 25420 页。
⑤ （宋）陆游，《曾裘父诗集序》，《渭南文集》卷十五，《四库全书》第 1163 册，第 424—425 页。

又存在显著不同，其"诗言志"的诗歌理念是从日常诗歌创作的实际情况出发，提出"言志"中有"美刺教化"意义的情志并非仅能作于逆境，或展现出感激、悲伤等较为浓烈的情绪。在顺境或长日无聊的时光当中，能够安然处之、以诗咏之，仍未落于"言志"传统之外。故虽然陆游所作昂扬激越、表达爱国情感的诗歌更为人所熟知，但其大量"嘲咏风月"的日常创作，也被包含在"言志"的范畴当中。

在此基础上，陆游提出了以"气"为关键，以"养气"为创作论核心的诗学理念：

> 诗岂易言哉，才得之天，而气者我之所自养。有才矣，气不足以御之，淫于富贵，移于贫贱，得不偿失，荣不盖愧，诗由此出，而欲追古人之逸驾，讵可得哉？予自少闻莆阳有士曰方德亨，名丰之，才甚高，而养气不挠。……垂困，犹能起坐，正衣冠，手自作书，与其族人官临安者，使买棺，棺至乃殁，色辞不异平日。非养气之全，能如是乎？①

邱鸣皋教授在《陆游评传》中提出陆游的文学思想"以'气'为灵魂"②，陆游所言"养气"与当时理学家的工夫论亦有相似，如其认为"养气"是儒家经世功业的修身第一步："梦里明明周孔，胸中历历唐虞。欲尽致君事业，先求养气工夫"③，

---

① （宋）陆游，《方德亨诗集序》，《渭南文集》卷十四，《四库全书》第1163册，第417页。
② 邱鸣皋，《陆游评传》，第355—382页。
③ （宋）陆游，《六言杂兴九首（其二）》，《全宋诗》第40册，第25293页。

且也往往形容"养气"的状态为心不动,和前文所说心学派的修养工夫颇为类似,如"平生养气心不动"①"养气勿动心,生死良细故"②"人生饥寒固亦有,养气不动真豪杰"③,等等。但陆游作为诗人与理学家所谓"养气"在内涵与实践上都存在明显不同,他所养之"气"中甚至也包括情绪性格的饱满冲动,与作诗高度相关,如"文章最忌百家衣,火龙黼黻世不知。谁能养气塞天地,吐出自足成虹蜺"④。莫砺锋教授指出,陆游所谓"养气"是指培养一种至大至刚的精神力量,即培养高尚的人格和高洁的情操。⑤ 这与理学或禅学指向超越性的修养工夫显示出了较为不同的面貌。

陆游在评价本朝诗人的时候往往较为宽容,他强调诗人在逆境中执笔发愤所寓涵的积极意义,也把诸多北宋诗人包含在内:

> 诗首国风,无非变者,虽周公之《豳》亦变也。盖人之情,悲愤积于中而无言,始发为诗。不然,无诗矣。苏武、李陵、陶潜、谢灵运、杜甫、李白,激于不能自已,故其诗为百代法。国朝林逋、魏野以布衣死,梅尧臣、石延年弃不用,苏舜钦、黄庭坚以废绌死。近时,江西名家者,例以党籍禁锢,乃有才名,盖诗之兴本如是。绍兴间,秦丞相桧用事,动以语言罪士大夫。士气抑而不伸,大抵窃寓于诗,亦

---

① (宋)陆游,《病起游近村》,《全宋诗》第 40 册,第 24966 页。
② (宋)陆游,《访医》,《全宋诗》第 39 册,第 24614 页。
③ (宋)陆游,《稽山雪》,《全宋诗》第 39 册,第 25650 页。
④ (宋)陆游,《次韵和杨伯子主簿见赠》,《全宋诗》第 39 册,第 24720 页。
⑤ 莫砺锋,《论陆游对儒家诗学精神的实践》,第 124 页。

多不免。①

相对于一些诗话作品集中对抽象的诗法或理念进行讨论，陆游的诗论更多着眼于现世人生。钱锺书先生指出，靖康之变后，陈与义、吕本中、汪藻等人的爱国诗作多表达对国事的忧愤或希望，并没有投身于灾难、把生命和力量都交给国家去支配的壮志和宏愿，而陆游的作品不仅写爱国、忧国的情绪，且声明救国、卫国的决心，把自己的身心都投入这样的英雄事业中，并洋溢在他全部作品里。② 故他在评价诗人的时候也能关注其于现实政治的关系与影响，这种角度的表达对诗学从抽象的理念世界更多地走进现世人生具积极意义。

2. 杨万里

杨万里（1127—1206），字廷秀，号诚斋，现今存诗四千余首，是宋代继陆游、刘克庄之后排行第三的高产诗人，也被看作南宋诗风转变的关键人物。杨万里不仅大量作诗，还有经学（《诚斋易传》）和诗学（《诚斋诗话》）等专著存世，其学诗经历了从江西入而不从江西出的曲折过程，且自觉从理论上完成了过渡阶段的破与立。虽然南宋中后期，后江西时代的诗学理论建设并非由杨万里独自完成，但其破体的决心和成功的个人创作实践使其成为对中晚宋影响极大的诗人。

---

① （宋）陆游，《澹斋居士诗序》，《渭南文集》卷十五，《四库全书》第1163册，第422页。

② 钱锺书，《宋诗选注》，北京：生活·读书·新知三联书店，2002年，第271—272页。

◎ 作者篇　南宋作者的身份特征与诗论创作

　　杨万里学诗过程中有一重大转折事件，这也在南宋诗学发展史上被赋予了一定程度的象征意义，他本人回忆：

> 予少作有诗千余篇，至绍兴壬午七月皆焚之，大概江西体也。今所存曰《江湖集》者，盖学后山及半山及唐人者也。予尝举似旧诗数联于友人尤延之，如"露窠蛛恤纬，风语燕怀春"，如"立岸风大壮，还舟灯小明"，如"疏星煜煜沙贯日，绿云扰扰水舞苔"，如"坐忘日月三杯酒，卧护江湖一钓船"。延之慨然曰："焚之可惜，子亦无甚悔也。"然焚之者无甚悔，存之者亦未至于无悔。[1]

　　和南宋前期宗杲火烧《碧岩录》的情况类似，这样的行为往往是与过往理念彻底决裂的象征，而杨万里所要决裂的就是江西诗法。他自陈"予之诗始学江西诸君子，既又学后山五字律，既又学半山老人七字绝句，晚乃学绝句于唐人"[2]。南宋中期以前大多文人都受到江西诗风的影响，故杨万里、陆游一代早年多有从学于江西派诗人或模仿江西诗风创作的经历。但杨万里在创作过程中发现，此时江西诗法积弊甚深，他曾在诗论中谈道："大抵夷则逊，险则竞，此文人之奇也，亦文人之病也，而诗人此病为尤焉"[3]，这种追求险僻的诗法显然在南宋中期已经引起了较为广泛的审美疲劳。

---

[1] （宋）杨万里，《诚斋江湖集序》，《诚斋集》卷八十一，《四库全书》第1161册，第84页。
[2] （宋）杨万里，《诚斋荆溪集序》，《诚斋集》卷八十一，《四库全书》第1161册，第84页。
[3] （宋）杨万里，《陈晞颜〈和简斋诗集〉序》，《诚斋集》卷八十，《四库全书》第1161册，第73页。

但是在"决裂"后,杨万里仍不掩对黄庭坚、陈师道等人诗风和诗法的赞赏之情,如其言:"句法何曾问外人,单传山谷当家春。"① 钱锺书先生指出,他晚年不但为江西派的总集作序,还要增补吕本中的《宗派图》,来个"江西续派"②。所以他再谈江西诗法的时候态度是:"要知诗客参江西,政似禅客参曹溪。不到南华与修水,于何传法更传衣。"③ 包括其在《诚斋诗话》中谈到"以俗为雅""以故为新"等,都带有浓厚的江西色彩。种种迹象都表明,杨万里的"焚诗"更像是一个象征意义高于实际意义的标志性动作,他并非对江西诗法恨之入骨,也没有像张戒那样将苏、黄等人贬斥一番。而是在江西之外,又树立了以王安石、晚唐诗人等人诗歌为代表的新的审美典范,旨在真正实践"活法"精神内涵的一种新的诗歌理念。

杨万里对江西诗法的突破还表现在强调"意与物遇"的兴会感发。他结合自身作诗历程中的重要感悟,在树立诗歌审美典范之外,还强调"诗思"或"诗意"在"学"之外的来源路径:

> 戊戌三朝,时节赐告,少公事,是日即作诗,忽若有寤,于是辞谢唐人及王、陈、江西诸君子,皆不敢学,而后欣如也。试令儿辈操笔,予口占数首,则浏浏焉无复前日之轧轧矣。自此,每过午,吏散庭空,即携一便面,步后园,登古城,采撷杞菊,攀翻花竹,万象毕来献予诗材,盖麾之

---

① 杨万里,《书黄庐陵伯庸诗卷》,《全宋诗》第 42 册,第 26599 页。
② 钱锺书,《宋诗选注》,第 253 页。
③ 杨万里,《送分宁主簿罗宏材秩满入京》,《全宋诗》第 42 册,第 26599 页。

不去，前者未雠，而后者已迫，涣然未觉作诗之难也。①

大抵诗之作也，兴上也，赋次也，赛和不得已也。我初无意于作是诗，而是物是事适然触乎我，我之意亦适然感乎是物是事。触焉感焉，而是诗出焉，我何与哉，天也。斯之谓兴。②

杨万里将作诗之悟前后的差别写得格外明显，而在实际创作中，其诗风的转变并不如陆游一般明显，此处表述很可能有所夸张，但仍可以看出，人与自然的兴会际遇是杨万里摆脱江西余风，领悟诗思汹涌的关窍所在。故其用自然日用取代了向诗书中求诗思的创作方式："书诗莫吟。读书两眼枯见骨，吟诗个字呕出心。人言读书乐，人言吟诗好，口吻长作秋虫声，只令君瘦令君老。君瘦君老且勿论，傍人听之亦烦恼。何如闭目坐斋房，下帘扫地自焚香。听风听雨都有味，健来即行倦来睡。"③"山思江情不负伊，雨姿晴态总成奇。闭门觅句非诗法，只是征行自有诗。"④曾维刚教授指出，"在新的时代，在新的诗学感悟之中，杨万里终于走向现实和自然，以'万象'为'诗材'，完成了其创作思想与诗学历程上最具意义的突破"⑤。

此外，杨万里诗论亦有其根本于儒学的现实主义理论特色，

---

① （宋）杨万里，《诚斋荆溪集序》，《诚斋集》卷八十一，《四库全书》第1161册，第84页。
② （宋）杨万里，《答建康府大军库监门徐达书》，《诚斋集》卷六十七，《四库全书》第1160册，第639页。
③ （宋）杨万里，《书莫读》，《全宋诗》第42册，第26231页。
④ （宋）杨万里，《下横山滩头望金华山四首（其二）》，《全宋诗》第42册，第26427页。
⑤ 曾维刚，《南宋中兴诗坛研究》，第251页。

如"诗也者,矫天下之具也"①。莫砺锋教授指出,杨万里的《诗论》一篇是对儒家"美刺"诗论,即诗歌社会教化功能之观念的沿袭与强化,且杨万里所倡导的"举众以议之,举议以愧之"只是上古时期"集体创作"的诗歌才具备的社会功能,在诗歌创作早已成为个体行为的南宋诗坛可谓无的放矢。② 这种评价较为中肯。南宋诗人常倾向于在经学话语中过分强调诗歌的教化功能,且与诗歌创作实践较为割裂,杨万里也并非孤例。

虽然中兴四大家的创作在江西余风中得以突出重围,但江西诗派在南宋的持续性影响并没有结束。如中后期费衮在《梁溪漫志》中对苏、黄等人诗作的高度赞扬,及"作诗当以学,不当以才"③ 等观点几乎与两宋之交江西学人的诗论如出一辙。但是中兴诗坛从创作实践和诗学思潮两个层面都较为显著地体现出对江西诗法的扬弃,诗坛风貌焕然一新。

三、江湖诗派

南宋末期书商陈起编辑了一部诗歌总集,名为《江湖集》,其中所录诗歌作者大多是身份较低微的布衣隐士或下层官僚。而"江湖诗派"的名称则是后人围绕此诗集收录的诗人诗歌所冠以

---

① (宋)杨万里,《〈诗〉论》,《诚斋集》卷八十五,《四库全书》第1161册,第119页。
② 莫砺锋,《论陆游、杨万里的诗学歧异》,《文艺研究》,2018年第8期,第51页。
③ (宋)费衮,《梁溪漫志》卷七,《四库全书》第864册,第738页。

的流派称谓，并非他们自主创建或认同的社团或流派。故学界对"江湖诗派"概念的质疑也从未断绝。侯体健教授指出，"江湖诗派"自四库馆臣开始就是一种特殊诗风的概括，且此种命名凸显了南宋中后期游士阶层作为新兴诗人群体的价值，此概念不应轻易废止，而可以对其进行动态调整，以诗人身份和诗风考量其归属。① 传统观点将陈起刻《江湖集》中所收诗人作为诗派成员，共109人，但陈起原刻《江湖集》早已散佚，今多位学者从《四库全书》及残本《永乐大典》中搜集整理江湖诗集，并考量多方面因素，确定诗人一百三十余位，应属江湖诗人群体。② 其中诗文成就较高、也更为后世熟知的有方岳、叶绍翁、刘过、刘克庄、姜夔、戴复古等。另外，江湖诗派成员中还包括几位诗僧，永颐、绍嵩、斯植、圆悟，诗僧在其中虽然人数很少，但他们的创作却颇具特色。名录中很多文人因官职、诗文风格等，身份归属仍有争议。江湖诗人群体虽然身份地位多不显，但他们中的部分人诗歌创作数量颇丰，作为一个群体在南宋后期诗坛上声量甚大，了解他们的诗论理路对于我们全面了解南宋诗学发展脉络具有重要意义。

1. 学唐

在诗歌审美典范的选择上宋代诗坛几经转折。江西诗派并非

---

① 侯体健，《士人身份与南宋诗文研究》，第28—29页。
② 参考张宏生，《江湖诗派研究》，北京：中华书局，1995年。胡益民，《〈江湖〉诸总集"名录新考"》，《复旦学报（社会科学版）》，2000年第2期，第124—130页。侯体健，《"江湖诗派"概念的梳理与南宋中后期诗坛图景》，《文学遗产》，2017年第3期，第81—94页。

不学唐，他们的典范选择更应该称为"学杜"，当然，有些末流诗人虽称学杜，却是对模仿者的模仿，自是不得要领。江西诗论对唐代其他诗人的关注都远不如杜甫，黄庭坚本人更是将晚唐诗的审美风格作为杜诗的对立面加以贬斥。当然，在黄庭坚的时代，正是宋调树立自身审美风格特性的关键时期，他的议论不仅出于自身的诗歌理念，也有对宋初诗歌理念的反叛。

事实上，纵观宋代诗学话语不难发现，宋人对晚唐的讨论要超过盛唐，整体上他们都对晚唐的诗歌创作相当关注。但"晚唐体"却是一个在学术史上相当模糊的概念。宋人对于"晚唐"体诗歌审美风格的描述常常并不指代晚唐诗歌创作成就较高的杜牧、李商隐、温庭筠等人的作品。欧阳修言："唐之晚年，诗人无复李杜豪放之格，然亦务以精意相高。如周朴者，构思尤艰，每有所得，必极其雕琢，故时人称朴诗'月锻季炼，未及成篇，已播人口。'"① 两宋之交吴可言："唐末人诗，虽格不高而有衰陋之气，然造语成就，今人诗多造语不成。"② 可见"晚唐体"在宋代评论者中所代表的是一种较为固定的风格，且褒贬不一。李定广教授详考宋代诗论后判断：

> 宋人所谓"晚唐"的时间范围，由王禹偁、欧阳修和刘攽所开创确定，大体指所谓的"唐末"（咸通以后），到南宋末期，当"晚唐"普遍作为一种风格或诗体含义使用时，又时常包括"晚唐体"的祖师贾岛姚合，甚至包括宋初九僧以及南宋四灵。但在有宋绝大多数时间和场合里，"晚唐"一

---

① （宋）欧阳修，《六一诗话》，《历代诗话》，第267页。
② （宋）吴可，《藏海诗话》，《历代诗话续编》，第329页。

词的时间范围基本上可以确定为唐朝末年的大约四五十年时间，约从懿宗咸通元年（860）直至唐亡（907）。[①]

从晚唐体的开创者贾岛、姚合至宋初的模仿者九僧，他们所体现的"晚唐体"的风格都还与佛禅密切相关。晚唐五代时期社会动乱、战乱频仍，很多文人生活动荡，身世飘零之感使他们对社会人生倍感虚无，而难以自足的经济状况又使他们很多人在生活上曾有过依附于寺院的经历，晚唐体的代表性诗人贾岛、钱起、郑谷等都曾处于类似的境遇当中，故他们的诗歌在理念、兴象和气度上都深受佛教思想浸淫。佛禅元素在他们诗作中的表现不一而足，如钱起诗："洗足解尘缨，忽觉天形宽。清钟扬虚谷，微月深重峦。噫我朝露世，翻浮与波澜。行运遭忧患，何缘亲盘桓。庶将镜中像，尽作无生观。"[②] 佛禅意趣配合贾岛、姚合等人所创苦吟传统所形成的独特诗风，在晚唐五代乃至宋初引起了相当规模的追和、模仿甚至崇拜的风潮。宋初九僧也是晚唐体的创作主体之一，他们即承袭了这样一种文学潮流。苏轼评价"唐末五代，文章衰陋，诗有贯休，书有亚栖，村俗之气，大率相似"[③]。包括这一时期较为活跃的智圆、重显等僧人，在诗作中都更多地使用和模仿白居易、寒山、贯休、齐己等人的作品。智圆与林逋关系要好，也常在诗中表露"讲退时时学苦吟"[④] 的创作态度。

[①] 李定广，《论"晚唐体"》，《文学遗产》，2006年第3期，第52页。
[②] （宋）钱起，《东城初陷，与薛员外、王补阙暝投南山佛寺》，《全唐诗》卷二百三十六，第2615页。
[③] （宋）胡仔纂集，廖德明校点，《苕溪渔隐丛话（前集）》卷五，第28页。
[④] （宋）智圆，《自遣三首（其二）》，《全宋诗》第3册，第1534页。

而"晚唐体"的缺点在宋人论述中也较为突出,有时与禅僧作品类似,呈现出一种显性的"清苦"风格,其中不乏阴森或落单的意象、幽闭的环境、指向低温或冷色调的形容词,淡化了感情色彩的动词等,不仅意境落寞凄苦,而且同质化较为严重。宋初九僧的创作也存在类似问题,欧阳修曾记逸事,当时有位进士名许洞,与众诗僧分题,并言不得犯字"山、水、风、云、竹、石、花、草、雪、霜、星、月、禽、鸟",闻此诸僧皆搁笔。①

北宋诸人对晚唐体的评价暂且不论,到了南宋中期,杨万里言"诗至唐而盛,至晚唐而工"②,他走出江西诗风的创作实践也包含了对晚唐体空灵轻快特点的吸收。而永嘉四灵的创作,更是主动走向与江西诗风截然相反的道路,徐玑《梅》诗言:"幽深真似《离骚》句,枯健犹如贾岛诗"③,虽然他们的诗论文字较少,但从诗歌作品中可以看出"晚唐体"是他们主动选择的审美典范。

江湖诗派中姜夔在诗学理论上亦颇有建树,郭绍虞先生认为姜夔的《白石道人诗说》是在江西诗派和《沧浪诗话》中间诗论转变的关键一环。④ 这也说明了《白石道人诗说》虽规模短小,但在南宋中后期诗学思想发展中占据重要地位。

姜夔在其《诗集自叙一》中也陈述了自己早年"从江西入"的历程:"近过梁溪,见尤延之先生,问余诗自谁氏?余对以异

---

① (宋)欧阳修,《六一诗话》,《历代诗话》,第266页。
② (宋)杨万里,《黄御史集序》,《诚斋集》卷八十,《四库全书》第1161册,第71页。
③ (宋)徐玑,《梅》,《全宋诗》第53册,第32883页。
④ 郭绍虞,《中国文学批评史》,天津:百花文艺出版社,1999年。

时泛阅众作,已而病其驳如也,三薰三沐,师黄太史氏。居数年,一语嗫不敢吐,始大悟学即病,顾不若无所学之为得,虽黄诗亦偃然高阁矣。"① 故其跳脱出了江西诗法,领悟"诗本无体""天籁自鸣"的诗学理念。虽然《白石道人诗说》对诗法和诗病仍讨论甚多,但其诗作本身的风格也可以体现出调和江西与晚唐的努力。

南宋末期江湖诗派对"晚唐体"做出了更多诗学理论方面建设补充的诗人是刘克庄。刘克庄(1187—1269),字潜夫,号后村,福建莆田人,他一生著述颇丰,诗歌创作四千余首。《后村诗话》全集十余万字,在江湖诗派中占有重要位置。刘克庄早年作诗学晚唐体,除模仿贾岛、姚合等人外,也会汲取许浑、张籍等人的诗法风格,到了晚年诗风则更近江西。他在《韩隐君诗序》中谈道:

> 或古诗出于情性,发必善;今诗出于记问,博而已。自杜子美未免此病,于是张籍、王建辈稍束起书袋,划去繁缛,趋于切近。世喜其简便,竞起效颦,遂为晚唐体,益下,去古益远。岂非资书以为诗失之腐,捐书以为诗失之野欤!②

他在文中对江西和晚唐的诗法走向两种极端化的创作倾向进行了修正,其创作也在一定程度上试图融合这两种诗风各自的优

---

① (宋)姜夔,《白石道人诗集原序》,《白石道人诗集》卷首,《四库全书》1175册,第64页。
② (宋)刘克庄,《韩隐君诗序》,《刘克庄集笺校(第9册)》卷九六,北京:中华书局,2011年,第4045页。

势，但钱锺书先生评价其此类创作并不甚成功，认为他"在晚唐体那种轻快的诗里大掉书袋，填嵌典故成语，组织为小巧的对偶……在方回骂刘克庄的许多话里，有一句讲得顶好：饱满四灵，用事冗塞"①。尽管如此，刘克庄这种调和折中的诗法理念，也可看作南宋中后期诗学思想多元发展中的有益尝试。

在中兴诗人中，刘克庄最为推崇陆游，他认为陆游诗歌的好处在于"学力"，这一点像杜甫，而杨万里诗歌好处在"天分"，这一点像李白；陆游诗风也从江西入而自成洪肆奔放，刘克庄认为其中好处就是"贯通"：

> 近岁诗人，杂博者堆队仗，空疏者窘材料，出奇者费搜索，缚律者少变化。惟放翁记问足以贯通，力量足以驱使，才思足以发越，气魄足以陵暴。南渡而后，故当为一大宗。末年云："客从谢事归时散，诗到无人爱处工。"又云："外物不移方是学，俗人犹爱未为诗。"则皮毛落尽矣。②

从种种表述可以看出，刘克庄的诗话风格十分耿介，主观色彩甚浓，在诗歌审美上有较为明确的自我主张，但与永嘉四灵等又分两路，在诗歌风格和审美上更主调和。刘克庄作品和诗论的体量都是江湖诗人中的佼佼者，其诗话中的诗学理念也颇具内涵上的深广度，是进一步了解南宋中后期诗坛的重要窗口。

2. 诗祸

"诗祸"是南宋后期发生在江湖诗人群体当中的重要事件。

---

① 钱锺书，《宋诗选注》，第 405-406 页。
② （宋）刘克庄，《后村诗话》卷二，《四库全书》第 1481 册，第 321 页。

◎ 作者篇　南宋作者的身份特征与诗论创作

关于江湖"诗祸"的记载不见于正史，而是散见于罗大经《鹤林玉露》、周密《齐东野语》、方回《瀛奎律髓》等诗话笔记类文献中，如周密《齐东野语》中记载：

> 宝庆间，李知孝为言官，与曾极景建有隙，每欲寻衅以报之。适极有春诗云："九十日春晴景少，百千年事乱时多。"刊之《江湖集》中。因复改刘子翚《汴京纪事》一联为极诗云："秋雨梧桐皇子宅，春风杨柳相公桥。"初，刘诗云："夜月池台王傅宅，春风杨柳太师桥。"今所改句，以为指巴陵及史丞相。及刘潜夫《黄巢战场》诗云："未必朱三能跋扈，都缘郑五欠经纶。"遂皆指为谤讪，押归听读。同时被累者，如敖陶孙、周文璞、赵师秀，及刊诗陈起，皆不得免焉。于是江湖以诗为讳者两年。①

现有材料对此事件的记录互有出入，语焉不详。关于"诗祸"事件的详细考证可见张宏生教授的《江湖诗派研究》附录三《江湖诗祸考》。基本可以确定的是，这场诗祸的起因为济王废立事件，这一点是三家记载中所公认的。史弥远擅权废立并逼死济王的行径引起了大量士人的不满，真德秀、魏了翁等大儒都因此遭到贬黜，一时间"名人贤士，排斥殆尽"②。《江湖集》正是刊刻于此时，政治氛围极为敏感，这也是刘克庄等人因诗获罪的背景。记载中虽仅刘克庄、曾极和陈起直接被卷入"诗祸"的旋涡

---

① （宋）周密，《诗道否泰》，《齐东野语》卷一六，《四库全书》第865册，第801—802页。
② （清）毕沅编，标点续资治通鉴小组校点，《续资治通鉴》卷一百六十三，北京：中华书局，1957年，第4442页。

221

当中，实际上有多位江湖诗人因此被连累。作为继"乌台诗案"后宋代又一"因言获罪"的事件，江湖诗祸很可能直接导致了《江湖集》的散佚，此后"诏禁士大夫作诗"①，且持续了数年之久，尽管这并没有真正造成诗坛无诗的现象，但此事形成的忧惧仍长久笼罩着大量江湖诗人。

虽然"诗祸"事件的细节已难确考，但其中文人于权臣擅政的政治洪流中所体现出的道德气节使此事件仍具一定的象征意义。南宋诗论中不乏对道德人格的追求与标榜，然而从文人的现实生活来看，与此观念相左乃至相悖的现象却层出不穷。"诗祸"事件也在一定程度上展现出下层士人或布衣文人对重要政治事件的反应及所受到的影响。侯体健教授指出，"'江湖诗祸'在当时虽然击散了一群反抗政治高压的民间诗人，让包括刘克庄、陈起、曾极、敖陶孙在内的重要诗人遭遇了冤案，但客观上却也将'江湖诗人'作为一个群体推向历史前台，凸显出民间诗人此时已经成为一股不可忽视的社会力量，让《江湖集》及其作者群成为具有政治文化意义的集合体"②。这也未尝不是"诗祸"对江湖诗派这一集合体在后世进行集群构建和接受时在客观上所产生的积极意义。

相对于同时代的严羽，刘克庄诗论的儒本位思想更加突出。如其评价张嵲诗《读楚世家》（丧归荆楚痛遗民，修好行人继入秦。不待金仙来震旦，君王已解等冤亲）"忠愤切于戊午谠议矣，但微而显婉而成章耳"③，再如其评价曹操《短歌行》（山不厌

---

① （元）方回编，《瀛奎律髓》卷二十，《四库全书》第1366册，第261页。
② 侯体健，《士人身份与南宋诗文研究》，第24页。
③ （宋）刘克庄，《后村诗话》卷四，《四库全书》第1481册，第344页。

高，海不厌深，周公吐哺，天下归心）"操之高深安在？身为汉相，而时人目以汉贼，乃以周公自拟，谬矣！"① 从刘克庄的诗论中可以看到南宋以来儒者所秉承的道德理想主义色彩，在南宋后期政局纷乱、社会动荡的背景下，这样的特质仍闪现着道德理想的光辉。另外，相较于严羽大量吸纳禅理于诗论中，刘克庄的相关诗论在观点上多有不能苟同之姿态：

> 诗家以少陵为祖，其说曰："语不惊人死不休。"禅家以达摩为祖，其说曰："不立文字。诗之不可为禅，犹禅之不可为诗也。"何君合二为一？余所不晓。夫至言妙义，固不在于言语文字，然舍真实而求虚幻，厌切近而慕阔远，久而忘返，愚君之禅进而诗退矣。何君其试思之。②

虽然刘克庄本人也未尝没有"诗禅相类"的言论，如《序二林诗后》言："子真诗如灵芝醴泉，天地精英之气融结而成。如德山赵州机锋，如寒山梵志诗偈，不涉秀才家笔墨蹊径，非顶门上具一只眼，未易观而得之也。"③ 但其诗论中的反拨之论仍建立在儒释交融的话语体系当中，并在一定程度上也消解了诗学过度融入宗教思想而趋向神秘化、模糊化的理论走向。

整体而言，江湖诗派的集群现象和理论建设等方面的表现与江西诗派显现出了较大区别，他们在南宋中后期诗坛上的持续活

---

① （宋）刘克庄，《后村诗话》卷一，《四库全书》第1481册，第303页。
② （宋）刘克庄，辛更儒笺校，《何秀才诗禅方丈》，《刘克庄集笺校》卷九十九，第4146页。
③ （宋）刘克庄，辛更儒笺校，《二林诗后》，《刘克庄集笺校》卷九十八，第4140-4141页。

跃也使此时的诗作和诗论呈现出更为多元的面貌。除江湖诗派外，"永嘉四灵"也是活跃于南宋中后期诗坛的一个诗人群体，他们的创作在南宋诗风扭转的过程中表现也十分突出。但是"四灵"诗论文字较少，本书将在创作篇中以他们的诗歌创作为核心探讨他们在南宋诗学思潮发展过程中的特殊地位。

第三章

其他作者：思想驳杂，融会创造

一、诗话作者

在南宋时期，还有一些诗话作者难以归类到主流的儒家或诗歌流派当中，这也在一定程度上说明，他们的诗学思想有相当程度的独立性或特殊性。这些人物和作品于诗风嬗变的过程有较高的讨论价值。本书选取张戒和严羽作为这类作者的代表，以期补充和完善南宋诗论作者的群体概貌。

1. 张戒

张戒（生卒年不详），宣和六年（1124）进士。他在绍兴五年（1135）因赵鼎的引荐入朝为官，也随着宋高宗打击赵鼎及其在朝势力而被贬官。《四库提要》中言张戒力阻秦桧等人屈膝求和的主张,"与赵鼎并逐",也不愧为一时之"鲠亮之士"。①

张戒所著《岁寒堂书目》在《历代诗话续编》中所收为二卷本,上卷臧否人物,下卷专论杜诗,足见张戒对杜甫的推崇。据郭绍虞先生考证,此书原本已亡,旧存一卷,见于《澹生堂书目》《也是园书目》《述古堂书目》等,应是今见《说郛》版本;另《武英殿聚珍版》本为上下二卷本,后丁福保《历代诗话续编》所录版本也应据此。郭先生评价道:"张氏诗论重要之点,乃在南宋苏黄诗学未替之时,已有不满之论,而其所启发,似又足为沧浪之先声也。"② 他指出了张戒《岁寒堂诗话》对于当时主流诗学思潮的反思和对一种新的诗学思路的开拓。

首先,张戒的诗论仍有其经学根底,《岁寒堂诗话》卷首以"言志"与"咏物"对举,主张学《诗经》发挥诗歌的"言志"传统,批判两晋南朝时"专意咏物"的风气。但是张戒对经学的理解没有完全局限于前人表述,相反,他富于怀疑精神地驳斥了王安石认为白居易诗"多说妇人,识见污下"的观点,谈到《诗经》中也多谈妇人,岂能说是识见污下呢?承接这种思路,他做出对"思无邪"概念的阐释:

> 自建安七子、六朝、有唐及近世诸人,思无邪者,惟陶渊明杜子美耳,余皆不免落邪思也。六朝颜、鲍、徐、庾,唐李义山,国朝黄鲁直,乃邪思之尤者。鲁直虽不多说妇人,然其韵度矜持,冶容太甚,读之足以荡人心魄,此正所谓邪思也。鲁直专学子美,然子美诗读之,使人凛然兴起,

---

① (清)纪昀总纂,《岁寒堂诗话目录》,《四库全书》第1479册,第32页。
② 郭绍虞,《宋诗话考》,第45—46页。

◎ 作者篇　南宋作者的身份特征与诗论创作

肃然生敬，《诗序》所谓"经夫妇，成孝敬，厚人伦，美教化，移风俗"者也，岂可与鲁直诗同年而语耶？[①]

张戒对"思无邪"的阐释是秉承所谓读者中心论的，当然，这种阐释角度在经学史上已然存在，但张戒将之引入诗学领域，并以之评价黄庭坚的诗作，在当时仍是相当大胆的。张戒在经学基础上建立起的诗学评判标准至少有二，其一是老生常谈的诗歌教化论，即诗歌需有"经夫妇"等社会功能，其二是诗歌风格或修辞观，他批评黄庭坚"韵度矜持，冶容太甚"即修辞太过，认为只有将这种"镌刻之习气"涤荡殆尽，才能恢复以曹、刘、李、杜为代表的优秀的诗学传统。

在张戒的诗论体系中，阮籍、陶渊明、曹植、杜甫代表的四种审美典范，其评价标准分别为意、味、韵、气四种概念。这也可以说是张戒所倡的四维诗论，其中他认为意、味皆可学，而韵、气不可强求。在《岁寒堂诗话》中出现"意"字76次，"味"字22次，"韵"字22次，"气"字30次，故可以看出"意"概念在他诗论中的核心地位。《岁寒堂诗话》中以"意至"为标准列举的诗句有：

> 《国风》云："爱而不见，搔首踟蹰。""瞻望弗及，伫立以泣。"其词婉，其意微，不迫不露，此其所以可贵也。[②]
>
> 曹子建云："虚无求列仙，松子久吾欺。"此语虽甚工，而意乃怨怒。[③]

[①] （宋）张戒，《岁寒堂诗话》，《历代诗话续编》，第465页。
[②] （宋）张戒，《岁寒堂诗话》，《历代诗话续编》，第454页。
[③] （宋）张戒，《岁寒堂诗话》，《历代诗话续编》，第454页。

《古诗》云:"服食求神仙,多为药所误。"可谓辞不迫切而意已独至也。①

世人作篆字,不除隶体,作古诗不免律句,要须意在律前,乃可名古诗耳。②

题云《哀江头》,乃子美在贼中时,潜行曲江,睹江水江花,哀思而作。其词婉而雅,其意微而有礼,真可谓得诗人之旨者。③

张戒虽然没有申明一个准确的定义,但可以看出他对诗"意"的要求一方面是思想内涵"温柔敦厚",另一方面是表达不可浅露。张戒对白居易诗歌颇有微词,即因其"情意失于太详,景物失于太露,遂成浅近,略无余蕴"④。

在此基础上,张戒提出"《国风》、《离骚》固不论,自汉、魏以来,诗妙于子建,成于李、杜,而坏于苏、黄"。他自己也表明这种观念在南宋初期提出是难以被主流诗坛承认的,故过分贬低苏、黄的诗歌成就,在一定程度上也可能是基于矫枉必须过正的理念。张戒在《岁寒堂诗话》中所谈到苏、黄诗歌的缺点有:

子瞻以议论作诗。⑤
子瞻自言学陶渊明,二人好恶,已自不同。⑥

---

① (宋)张戒,《岁寒堂诗话》,《历代诗话续编》,第454页。
② (宋)张戒,《岁寒堂诗话》,《历代诗话续编》,第454页。
③ (宋)张戒,《岁寒堂诗话》,《历代诗话续编》,第457页。
④ (宋)张戒,《岁寒堂诗话》,《历代诗话续编》,第457页。
⑤ (宋)张戒,《岁寒堂诗话》,《历代诗话续编》,第455页。
⑥ (宋)张戒,《岁寒堂诗话》,《历代诗话续编》,第451页。

鲁直又专以补缀奇字。[1]

鲁直学子美，但得其格律耳。[2]

"莫自使眼枯，收汝泪纵横。眼枯却见骨，天地终无情"，此等句鲁直能到乎?[3]

国朝黄鲁直，乃邪思之尤者。[4]

综上可以看出，张戒认为苏、黄诗歌的明显缺点就是形式上雕琢失范，而思想内容未得陶渊明、杜甫之精髓。陶渊明自宋素有大儒风范之美誉，而杜诗深刻的现实主义情怀在南宋初期众多模仿者中似乎退居形式之后。结合南宋初期朝廷与诗坛的主流风气及张戒的人生经历，不难看出其通过贬抑苏、黄，以期达到警醒江西后学、重振诗歌现实主义传统以提振一代诗风乃至士风的用意。

2. 严羽

南宋时作者身份的多样化是诗坛较为突出的现象。除前文所论江湖诗派外，还有一些闺阁女子、士绅名流、落第举子以及出于种种原因未入朝为官的群体，他们的诗歌创作或诗学观点也渐渐走上台面。严羽（1192?—1245?）就是福建当地的乡绅，字仪卿，一字丹丘，邵武（今属福建）人，他一生隐居不仕，以《沧浪诗话》著称于世，其诗歌创作多散佚，今《全宋诗》收录

---

[1] （宋）张戒，《岁寒堂诗话》，《历代诗话续编》，第455页。
[2] （宋）张戒，《岁寒堂诗话》，《历代诗话续编》，第455页。
[3] （宋）张戒，《岁寒堂诗话》，《历代诗话续编》，第463页。
[4] （宋）张戒，《岁寒堂诗话》，《历代诗话续编》，第465页。

其诗作一百四十余首。

对于严羽来说，宋代文化中盛行的理性主义思潮已经破坏了诗歌创作的重要传统，即一种感性的、无法用语言准确形容，却最能契合宇宙人生最高主旨的美感或精神意义。严羽在相当程度上受到了大慧宗杲及临济宗禅法的影响。故严羽从诗论出发意图恢复诗歌抒情传统的重要方法就是"以禅喻诗"。严羽还在诗话中强化了类似于佛教中被广泛使用的"判教"手段[①]，这在一定程度上促使"崇唐抑宋"之风在元明愈演愈烈。严羽的《沧浪诗话》在后世受到如此程度的关注，也与其论诗方法的独特性密切相关。

但正如前代研究者所反复指出的那样，从严羽"以禅喻诗"的话语中不难发现，严羽的佛禅修养表现在理论方面是相当不严谨的，如清人冯班撰《严氏纠谬》指出《沧浪诗话》中众多谈禅的"低级错误"："沧浪之言禅，不惟未经参学南北宗派大小三乘，此最是易知者，尚倒谬如此，引以为喻，自谓亲切，不已妄乎？"[②] 故严羽"以禅喻诗"的方法更多是突出禅宗思维对诗论阐发的帮助，即所谓"不涉理路，不落言筌"的思维方式。

禅与诗的紧密融合在唐代体现在很多优秀的作品中，但在诗学领域的交互融合还处于初级阶段，到了宋代，"诗禅相类"的诗学理念不绝如缕。孙昌武教授指出，就本质属性来说，禅与文

[①] 关于《沧浪诗话》中的"判教"思想相关问题，参见朱刚《〈沧浪诗话〉与〈玉壶清话〉》，《唐宋诗歌与佛教文艺论集》，上海：复旦大学出版社，2020年，第108页。

[②] （清）冯班，《严氏纠谬》，《钝吟杂录》卷五，《四库全书》第886册，第552页。

学分属不同的意识形态部门,并不能合二为一,但禅宗的两个突出特性——实践性和独创性又与文学创作的基本要求高度契合。① 佛教善譬喻,这样引譬连类的思维也在相当程度上于诗论中得到了广泛应用。宋代诗话通过比喻将作诗法凝练为特殊表达的方法并被广泛运用,黄庭坚"夺胎""换骨"就是其中的典型代表,还有"盲人摸象""一句撞倒墙"等。两宋之交的《潜溪诗眼》也是集中表达"以禅喻诗"思想的诗话作品,如作者范温评杜甫《樱桃诗》(西蜀樱桃也自红,野人相赠满筠笼,数回细写愁仍破,万颗匀圆讶许同):"如禅家所谓信手拈来,头头是道者。直书目前所见,平易委曲,得人心所同然,但他人艰难,不能发耳。"② 再如韩驹将佛教中的判教思想融入诗论:"诗道如佛法,当分大乘、小乘、邪魔、外道,惟知者可以语此。"③ 这种"以禅喻诗"风潮的兴起与苏轼与黄庭坚二人密不可分。到了南宋时期,儒释互融已经成为一种不言自明的时代语境,而此时的诗论也建立在这样一种话语体系之上。南宋以禅喻诗的种种论述则更为常见。如魏了翁为李壁作《临川诗注序》:"公(王安石)博极群书,盖自经子史以及于百家急就之文,旁行敷落之教,稗官虞初之说,莫不牢笼搜揽,消释贯融。故其为文,使人习其读而不知其所由来,殆诗家所谓秘密藏者。"④ 此类种种不胜枚举。

宋代学诗、作诗、品诗都有相当数量"类禅"的比拟,这是

---

① 孙昌武,《禅思与诗情(增订本)》,第 2—4 页。
② (宋)范温,《潜溪诗眼》,《宋诗话辑佚》,第 314 页。
③ (宋)魏庆之,《诗人玉屑》卷五引《陵阳室中语》,《四库全书》第 1481 册,第 100 页。
④ (宋)魏了翁,《临川诗注序》,《鹤山集》卷五十一,《四库全书》1172 册,第 583 页。

因为禅宗进一步深入文人生活的方方面面，也体现了文学评论者理论水平的演进。首先，在诗歌创作论方面，南宋诗话中有大量诗禅相通的类比阐释。按照诗歌创作行为发生的大致顺序而言，首先是作诗前的准备工作，即阅读大量诗歌并从中学习诗歌创作的方法与技巧，会被比作"饱参"："为诗当饱参，然后臭味乃同，虽为大宗匠者亦然。'月观横枝'之语，乃何逊之妙处也，自林和靖一参之后，参之者甚多。"[①] 此处"饱参"取充分了解、领略之义，在禅宗语境中往往指对禅理的充分、反复参想。如宗杲言："左右频寄声妙喜，想只是要调伏水牯牛捏杀这猢狲子耳。此事不在久历丛林、饱参知识，只贵于一言一句下直截承当不打之绕尔。"[②] 这种用法在诗歌中也十分常见，如陈师道《答颜生》："烦君临问我何堪，剩欲从君十日谈。老退不应称敏捷，颜苍宁复借红酣。世间公器毋多取，句里宗风却饱参。陋巷远孙还好学，未容光禄擅东南。"[③] 诗论中"饱"则又含范围与深度两个理论向度。在范围上，可理解为转益多师，应㒒《露香拾稿序》："如盱闽地相犬牙，师友渊源可溯可挹，居士饱参有得，造诣不凡，非固以是资为诗也。"[④] 而前文所述江西诗论中的核心概念之一"悟入"便是与"饱参"结合形成渐悟的关窍。如江西诗派三宗之一陈师道曾作《次韵答秦少章》言："学诗如学仙，

[①] （宋）胡仔纂集，廖德明校点，《苕溪渔隐丛话（前集）》卷二十七引《雪浪斋日记》，第 189 页。

[②] （宋）宗杲，《答徐显谟》，《大慧普觉禅师语录》卷 29，《大正藏》第 47 册，no. 1998A，第 937 页。

[③] （宋）陈师道，《答颜生》，《全宋诗》第 19 册，第 12684 页。

[④] （宋）应㒒，《露香拾稿》卷首，南宋群贤小集本（淳祐元年五月）。

时至骨自换。"① 诗中虽未言明，其内涵却强调了学诗与学仙都存在一个量变引起质变的过程。北宋黄庭坚作《赠陈师道》诗，却以学诗和学道相类比："陈侯学诗如学道，又似秋虫噫寒草。"② 诗中呼应了陈师道自己的表述，黄庭坚也肯定了陈师道对待诗歌创作一丝不苟的精神，当然也可以说是指出陈师道用"学道"的方法学诗，时人评论后山诗"其要在于点化杜甫语"③。陈师道多处贫病当中，与杜甫境遇多有类似，在人格修养、诗歌精神乃至遣词造句上，无不能看出对杜甫的学习和模仿。在北宋后期汹涌的学杜浪潮中他的表现也十分突出，其诗作表述与前期苏轼"暂借好诗消永夜，每逢佳处辄参禅"是不一样的，而是通过将"学诗"和"学仙""参禅"等理性思考与神秘体验相结合的意识活动相类比，更深入地剖析作诗、学诗的心理过程。如南宋魏庆之《诗人玉屑》记载了南北宋之交诗人龚相和吴可分别所作《学诗》三首，都以"学诗浑似学参禅"开头。

龚相《学诗》：

学诗浑似学参禅，悟了方知岁是年。点铁成金犹是妄，高山流水自依然。

---

① （宋）陈师道，《次韵答秦少章》："学诗如学仙，时至骨自换。缥缈鸿鹄上，众目焉能玩。子从淮海来，一喙当百难。师儒有韩孟，拭目互惊愕。老生时在傍，缩手愧颜汗。黄公金华伯，莞尔回一哂。彼方试子难，疾前不应懦。要当攻石坚，切作抟沙散。桓璧虽具美，礲错加璀璨。我老不足畏，后生何可慢。"（第12652页）

② （宋）黄庭坚，《赠陈师道》："陈侯学诗如学道，又似秋虫噫寒草。日晏肠鸣不俛眉，得意古人便忘老。君不见向来河伯负两河，观海乃知身一蠡。旅床争席方归去，秋水黏天不自多。春风吹园动花鸟，霜月入户寒皎皎。十度欲言九度休，万人丛中一人晓。贫无置锥人所怜，穷到无锥不属天。呻吟成声可管弦，能与不能安足言。"（第11569页）

③ （宋）葛立方，《韵语阳秋》卷二，《历代诗话》，第495页。

学诗浑似学参禅，语可安排意莫传。会意即超声律界，不须炼石补青天。

学诗浑似学参禅，几许搜肠觅句联。欲识少陵奇绝处，初无言句与人传。①

吴可《学诗》：

学诗浑若学参禅，竹榻蒲团不计年。直待自家都了得，等闲拈出便超然。

学诗浑似学参禅，头上安头不足传。跳出少陵窠臼外，丈夫志气本冲天。

学诗浑似学参禅，自古圆成有几联？春草池塘一句子，惊天动地至今传。②

他们对"学诗浑似学参禅"的阐释角度虽同中有异，但整体的理路还是较为具象。严羽所提出的"以禅喻诗"理论，则融合了抽象总结与具象分析，在古代诗话作品中颇成体系：

大抵禅道惟在妙悟，诗道亦在妙悟，且孟襄阳学力下韩退之远甚，而其诗独出退之之上者，一味妙悟而已。惟悟乃为当行，乃为本色。然悟有浅深，有分限之悟，有透彻之悟，有但得一知半解之悟。汉魏尚矣，不假悟也。谢灵运至盛唐诸公，透彻之悟也。他虽有悟者，皆非第一义也。③

---

① （宋）龚相，《学诗》，《全宋诗》第37册，第23288—23289页。
② （宋）吴可，《学诗》，《全宋诗》第19册，第13025页。
③ （宋）严羽著，张健校笺，《沧浪诗话校笺》，第27页。

◎ **作者篇**　南宋作者的身份特征与诗论创作

周裕锴教授指出,"以禅喻诗"的中心就在于"妙悟"。"参"与"悟"是佛门中的两个基础概念,后世也以"参悟"并用来形容这一完整的逻辑行为。如杨万里言"参时且柏树,悟罢岂桃花"①,但其中"参"更多偏向知性思维,与知识、丛林、公案、话头等进行搭配,而"悟"则更多偏向直觉思维或神秘体验,很少与具象的事物搭配,在理解上也更有难度。周裕锴教授在《中国古代阐释学研究》中清晰地指出"妙悟"说的三种基本理路:

> 若从阐释学的角度看,就是解诗者所须寻求的"悟门"。宋人所说的"悟门"虽然玄妙,但也有迹可寻:一种是依靠直觉的体验、自由的理解和随意的联想,去追寻诗歌那只可意会不可言传的妙处,如张扩所言:"说诗如说禅,妙处要悬解。"一种是根据亲身经历的触发,"顿悟"诗意,从而找到领悟所有诗歌的钥匙,如吴可所言:"凡作(读?)诗如参禅,须有悟门。少从荣天和学,尝不解其诗云:'多谢喧喧雀,时来破寂寥。'一日于竹亭中坐,忽有群雀飞鸣而下,顿悟前语。自尔看诗,无不通者。"还有一种是抛开诗歌表面文义,悬想揣测诗人的深刻用心,发现诗人艺术构思的精妙之处。如黄庭坚所言:"学者若不见古人用意处,但得其皮毛,所以去之更远。"②

这三种诗学中"妙悟"思维的运用在诗话中都有若干对应,而其中将"悟"融入诗学最突出的几部作品,便是北宋中后期的

---

① (宋)杨万里,《和李天麟二首(其一)》,《全宋诗》第42册,第26112页。
② 周裕锴,《中国古代阐释学研究》,第222页。

235

范温《潜溪诗眼》、叶梦得《石林诗话》与南宋后期的严羽《沧浪诗话》等,叶梦得所言"悟"偏重上文所言"妙悟"说的第二种思路,范温更偏向于第三种思路,而严羽在《沧浪诗话》中将"妙悟"说进一步发扬光大,也对"妙悟"说的三种思路进行了理论提炼和总结:

> 子厚诗尤深远难识,前贤亦未推重,自老坡发明其妙,学者方渐知之。……识文章者,当如禅家有悟门。夫法门百千差别,要须自一转语悟入。如古人文章,直须先悟得一处,乃可通其他妙处。向因读子厚《晨诣超师院读禅经》诗一段,至诚洁清之意,参然在前,"真源了无取,妄迹世所逐,微言异可冥,《缮性》何由熟"。真妄以尽佛理,言行以尽熏修,此外亦无词矣。①
>
> "池塘生春草,园柳变鸣禽。"世多不解此语为工,盖欲以奇求之耳。此语之工,正在无所用意,猝然与景相遇,借以成章,不假绳削,故非常情所能到。诗家妙处,当须以此为根本,而思苦言难者,往往不悟。……古今胜语,多非补假,皆由直寻。②

张晶教授在《禅与唐宋诗学》一书中总结道,严羽所论"妙悟"有"第一义之悟"和"透彻之悟"两个主要层面,前者是"学诗时工夫",是途径;后者是"诗成后境界",是目标。二者之间的中间环节就是"悟入"。"悟入"是一个由理性而入直觉,

---

① (宋)范温,《潜溪诗眼》,《宋诗话辑佚》,第 328 页。
② (宋)叶梦得,《石林诗话》,《四库全书》第 1478 册,第 1001-1002 页。

由"工夫"至"入神"的过程。①

综上，严羽《沧浪诗话》中独特的诗论方法在南北宋诗学长期存在的儒释融合、诗禅相通的话语体系中是有其代表性与特殊性的。代表性在于，这种诗论方法对学思潮中的"诗禅相类"说在理论上进行了一定程度的总结与创新；特殊性在于，严羽将这样的诗论方法用于表达其与宋诗知识性传统迥异的诗学理念，引领了宋末富于理论性和思辨性的新的诗学风潮。

二、禅宗僧人

唐宋诗学话语受到佛禅思维广泛深入的影响，宋代诗学话语中这种影响尤其复杂多变，类似的话题前文已有涉及，本节主要考量禅僧作为诗论创作的主体所呈现的诗禅相通的途径和理念。唐宋虽然有大量诗僧的诗歌作品，但其中大多数并未留下诗学专著，更多是一些诗话作品中所保留下来的只言片语。如《苕溪渔隐丛话》记韩驹述北宋末期名僧惠洪的传闻："往年，余宰分宁，觉范从高安来，馆之云岩寺，寺僧三百，各持一幅纸求诗于觉范，觉范斯须立就，余见之不怿，曰：'诗当少加思，岂若是容易乎？'觉范笑曰：'取快吾意而已。'"② 惠洪显然是诗僧中的例外，他一生著述颇丰，且有《冷斋夜话》这样产生了重要影响的诗话作品存世。南宋诗僧中未有在诗学话语上有同等体量产出的

---

① 张晶，《禅与唐宋诗学》，北京：人民文学出版社，2003年，第172–173页。
② （宋）胡仔纂集，廖德明校点，《苕溪渔隐丛话（前集）》卷五十六，第384页。

后继者，故对南宋禅僧诗歌创作或诗学观念影响诗坛的观察需更为细致深入。

有些诗僧会和文人进行大量交往唱和活动，他们在文学史中的位置往往更加显眼。除北宋佛印、参寥等外，组织松散的江西诗派中也有一些诗僧，如饶节、祖可、善权等。他们的诗歌也颇为时人所关注。与游离于主流诗坛之外、有零星诗歌创作的僧人不同，这些诗僧的主体身份既是僧人，也是诗人。他们与文人之间往来密切，不吝于对遣词作诗发表观点。如《西清诗话》中记录："近时诗僧祖可被恶疾，人号癞可。善权老亦能诗，人物清癯，人目为瘦权。可得之雄爽，权得之清淡。可诗如'清霜群木落，尽见西山秋'，又'谷口未斜日，数峰生夕阴'，皆佳句也。"[①] 可见不仅他们为时人所熟悉，而且他们的诗歌作品也流传较广，甚至有些享誉较高。

即便是同文人往来密切，甚至诗风本身就极为文人化的诗僧，其创作发展轨迹也并非与文人士大夫完全统一。两个群体在生活重心、阅读类型和人际关系上仍有较大差别。诗僧群体阅读世俗书籍的程度参差不齐，且诗歌题材范围和表达风格受到了更大的限制。如葛胜仲在《丹阳集》中评价祖可：

> 作诗多佳句，如《怀兰江》云："怀人更作梦千里，归思欲迷云一滩"，《赠端师》云："窗间一榻篆烟碧，门外四山秋蕊红"等句，皆清新可喜。然读书不多故变态少，观其体格，亦不过烟云草树山川鸥鸟而已。而徐师川作其诗引，

---

① （宋）胡仔纂集，廖德明校点，《苕溪渔隐丛话（前集）》卷五十七引《西清诗话》，第395页。

◎ 作者篇　南宋作者的身份特征与诗论创作

乃谓"自建安七子，南朝二谢、唐杜甫、韦应物、柳宗元、本朝王荆公苏黄妙处，皆心得神解"，无乃过乎！①

徐师川的评价自然是过誉，葛胜仲指出祖可读书不多，诗法不能变化自如，在一定程度上也是诗僧学江西诗派却难以有其成就的一个重要原因。

由于南宋禅僧未有进行较大体量诗论创作的代表，故本书论述南宋诗学中禅僧的影响，将以理念发展而非人物本身为重心，这样更便于梳理部分诗禅交汇现象的来龙去脉。

1. 僧俗之间

前文谈到，诗僧群体因身份与生活方式的特殊性，在诗歌创作上往往也呈现出一种较为枯寂平淡的风格情调。如欧阳修记录中宋初诗坛曾颇具影响力的"九僧"，他们的创作风格近"晚唐体"，格调清雅，抒发山林闲逸之趣。稍后司马光在文中补充说明了他个人对九僧的进一步了解：

> 欧阳公云，《九僧诗集》已亡。元丰元年秋，余游万安山玉泉寺，于进士闵交如舍得之。所谓九诗僧者：剑南希昼、金华保暹、南越文兆、天台行肇、沃州简长、贵城惟凤、淮南惠崇、江南宇昭、峨眉怀古也。直昭文馆陈充集而序之。其美者亦止于世人所称数联耳。②

---

① （宋）阮阅编，周本淳校点，《诗话总龟（后集）》卷十二引《丹阳集》，第74页。

② （宋）司马光，《温公续诗话》，《历代诗话》，第280页。

欧阳修评价贾岛诗歌有一种"枯寂气味",包括对僧诗"蔬笋气"等形容或评价,都指出他们的生活方式决定了诗歌创作题材与风格上的局限。而对一些严格遵守清规戒律和佛禅信仰的僧人而言,他们的文艺观也往往会较文人有更多限制。如《冷斋夜话》中记法云、法秀二禅师面目严冷,能以礼折人。并举二例,俱讨论文艺道德观。其一为北宋著名画家李公麟擅画马,其画作在都城相当风靡,法秀禅师却说:"伯时为士大夫,而以画行,已可耻也。又作马,忍为之耶?""公业已习此,则日夕以思其情状,求为神骏,系念不忘,一日眼光落地,必入马胎无疑,非恶道而何?"李公麟听闻大惊,忙问如何能洗清罪过,法秀禅师劝他画观音像赎罪。① 再如黄庭坚作诗有艳语,时人争相传诵,法秀呵之,黄庭坚仍开玩笑说,也要将我置于马腹中吗?法秀说道:"公艳语荡天下淫心,不止于马腹中,正恐生泥犁耳。"黄庭坚在读晏殊词时曾反问道,法秀"独罪余以笔墨劝淫,于我法中当下犁舌之狱",他难道没有见到晏殊的作品吗?胡仔在记述此事时评价道,黄庭坚这样的话,表明他似乎并不完全同意法秀的观点,不像李公麟那样因此"伏善"。②

但是,随着佛教世俗化程度逐渐加深,在一些宋代诗话的叙述当中,僧人的形象也有一定世俗化、文人化的转变,一些僧人在生活方式上仿佛神秘又"文艺范"十足的隐士:

　　楚郎中失其名,宦游江东,泊金陵岸下。子弟辈游茅

---

① (宋)惠洪,《冷斋夜话》卷八,《四库全书》第863册,第273页。
② (宋)胡仔纂集,廖德明校点,《苕溪渔隐丛话(前集)》卷五十七引《冷斋夜话》,第390页。

◎ 作者篇　南宋作者的身份特征与诗论创作

山，见一老僧住一小庵，谓诸子曰："何所至此？"告以"因游赏林泉而来，日晚欲丐宿，可乎？"僧曰："舍陋不可相容。此二三里有寺可宿。"因指诸子令往，抵寺，已暮矣。寺僧问谁指来，诸子曰："山下老僧。"寺僧曰："闻此有老僧甚久，未之见也。"凌晨往，则庵中已无人，惟松上有诗云："数株松桧食不尽，一沼芰荷衣有余。刚被旁人相问讯，老僧今日又迁居。"①

甚至在一些记载中，部分僧人还会展现出相当"不合规矩"的一面，如晚唐五代僧可朋，不仅为文人的风雅之友，作诗千余篇，且好饮酒，没钱还酒债时便以诗酬之，自号"醉髡"。僧贯休，曾投于蜀地王建处。王建自立"前蜀"第二年，召贯休令诵诗，当时贵戚皆在场，贯休作诗讽曰："锦衣鲜华手擎鹘，闲行气貌多轻忽。稼穑艰难总不知，五帝三皇是何物。"② 宋僧当然也不乏如此疏逸放旷之辈，如《冷斋夜话》中记录：

　　王中令既平蜀，捕逐余寇，与部队相远，饥甚，入一村寺中。主僧醉甚，箕踞。公怒，欲斩之，僧应对不惧，公奇而赦之，问求蔬食。僧曰："有肉无蔬。"公益奇之。馈之以蒸猪头，食之甚美，公喜，问："僧止能饮酒食肉耶，为有他技也？"僧自言能为诗，公令赋食蒸豚，操笔立成，曰："嘴长毛短浅含膘，久向山中食药苗。蒸处已将蕉叶裹，熟时兼用杏浆浇。红鲜雅称金盘荐，软熟真堪玉箸挑。若把箸

---

① （宋）阮阅编，周本淳校点，《诗话总龟（前集）》卷三十二引《摭遗》，第320-321页。

② （宋）佚名，《全唐诗话》，《历代诗话》，第544页。

241

根来比并,羶根只合吃藤条。"公大喜,与紫衣师号。东坡元祐初见公之玄孙讷,夜话及此,为记之。①

无论是纲举目张还是标新立异的行为动机,都可以体现出很多僧人其实在传统的禅修生活之外,仍积极向主流群体展示、表达以扩大影响力。另外,也有一些僧人诗论中包含大量具有世俗色彩的奇闻逸事。如惠洪记一次苏轼曾经携妓拜谒大通禅师,禅师面露愠色,苏轼便作了一首《南歌子》令妓歌之:

> 师唱谁家曲,宗风嗣阿谁?借君拍板与门槌。我也逢场作戏莫相疑。
>
> 溪女方偷眼,山僧莫皱眉。却嫌弥勒下生迟。不见阿婆三五少年时。

当时一位僧人仲殊在苏州听闻后作和词:

> 解舞《清平乐》,如今说向谁?红炉片雪上钳锤,打就金毛狮子也堪疑。
>
> 木女明开眼,泥人暗皱眉,蟠桃已是着花迟,不向春风一笑待何时?②

由此可见,佛教的伦理观不仅影响了士大夫的生活方式,也延伸到了文艺创作的领域,在文艺创作的题材和趣味上设置了更多的禁区和限制。故事中李公麟、黄庭坚和苏轼都有显著的亲佛

---

① (宋)惠洪,《冷斋夜话》卷二,《四库全书》第 863 册,247 页。
② (宋)胡仔纂集,廖德明校点,《苕溪渔隐丛话(前集)》卷五十七引《冷斋夜话》,第 393 页。

◎ 作者篇　南宋作者的身份特征与诗论创作

倾向，但显然几人在面对佛家伦理的"劝诫"时反应各不相同。而活动在同一时期的禅僧显然也并未都遵循同样的行为或文艺创作的准则。相传法秀禅师道风峻洁，面目严冷，且以骂詈为佛事，其自有禅偈："谁能一日三梳头，撮得髻根牢便休，大抵是他肌骨好，不施红粉也风流。"① 这既是他对佛法的张扬开示，也同样可以看作以他为代表的僧人衡量文艺审美的标准。清净妙心的展现自无需巧立名目，信手所得，皆为道用，与此一时期理学家对文学体用观的讨论多有契合。

另外，很多僧人也因对儒学的长期研习，在诗论中有意向文人儒士靠近，如南宋后期居简的《送高九万菊磵游吴门序》中言：

> 少陵得《三百篇》之旨归，鼓吹汉魏六朝之作，遂集大成，《离骚》大雅铿然盈耳。晚唐，声益宏、和益众，复还正始。厥后为之弹压，未见气力宏厚如此，骎骎末流，着工夫于风烟草木，争妍取奇，自负能事尽矣。所谓厚人伦、美教化、移风俗，果安在哉？②

虽说此篇诗论也属题序客套之语，但是其中的理路和造语几与文人无异，包括南宋后期永颐、道璨等人，在创作和诗论上都与文人有相当程度的相类之处，也反映出晚宋时期三教融合对僧人群体的影响。

---

① （宋）赵令畤，《侯鲭录》，《唐宋笔记史料丛刊》，第102页。
② （宋）居简，《送高九万菊磵游吴门序》，《北磵集》卷五，《四库全书》第1183册，第63页。

2. 颂古与诗学中的经学方法

颂古是在宋代被大量创作的一种禅文学形式，其与传统的禅偈既有联系又存在明显的区别。颂古诗是针对古德言行即"公案"所作评唱。这种评唱以偈颂形式呈现，通常有显著的说理性特质。清僧受登将颂古定义为："夫古者，古德悟心之机缘也。颂者，鼓发心机使之宣流也。"[①] 这种新的偈颂诗形式由汾阳善昭禅师首创，后经重显、行秀等人的创作得到进一步发扬，一时间颂古诗的数量大增，尤以云门、临济二宗禅师创作为多，其中雪窦重显的《颂古百则》广为流行，宗杲师法之克勤禅师又对重显的颂古再做评唱，成《碧岩集》一部，对宋代禅宗发展影响甚大。

在北宋时期，临济宗黄龙派及云门宗的一些僧人与苏轼、黄庭坚及江西诗派诸人关系十分密切，其中包括与苏轼交情甚笃的参寥子（道潜）。到了南北宋之交的禅林，临济宗一枝独秀，其中杨岐派风头最盛，圆悟克勤、大慧宗杲等都十分高产，并在两宋之交的诗坛形成了极大的影响力。惠洪评大量创作颂古诗的圆悟克勤禅师云："舌覆大千，入语言之三昧；身分刹海，为游戏之神通。"[②] 其中指示了颂古所体现的重要诗学精神，即"语言三昧"和"游戏神通"。

"三昧"本是佛教用语，意为定，正心行处，息虑凝心，心定于一处而不动。《大智度论》言："诸菩萨禅定心调，清净智慧

---

① （清）受登，《梵绝老人颂古直注序》，《卍续藏》第 67 册，no. 1302，第 255 页。
② （宋）惠洪，《石门文字禅》卷 28，《嘉兴藏》第 23 册，no. B135，第 717 页。

方便力故，能生种种诸三昧。何等为三昧？善心一处住不动，是名三昧。"① 宋代"三昧"的概念被苏轼、黄庭坚引入书论中。到了两宋之交，"三昧"已在诗论中被广泛使用，"笔墨三昧""诗中三昧"等概念被用来形容作诗之境界。南宋初周紫芝以"诗中三昧"对应黄庭坚"夺胎换骨"的写作方法：

> 梁太祖受禅，姚垍为翰林学士。上问及裴延裕行止曰："颇知其人，文思甚捷。"垍曰："向在翰林号为下水船。"太祖应声曰："卿便是上水船。"议者以垍为急滩头上水船。鲁直诗曰："花气薰人欲破禅，心情其实过中年。春来诗思何所似，八节滩头上水船。"山谷点化前人语，而其妙如此，诗中三昧手也。②

故惠洪以"语言三昧"的概念评克勤的创作也并不稀奇，"语言三昧"是《法华经·妙音品》所说十六三昧之一。③《大智度论》言"菩萨得解众生语言三昧故，通一切语无碍"④，吉藏《法华义疏》云"'解一切语言三昧'者，得是三昧，解众生语而

---

① 〔古印度〕龙树撰，（后秦）鸠摩罗什译，《大智度论》卷7，《大正藏》第25册，no.1509，第110页。
② （宋）周紫芝，《竹坡诗话》，《历代诗话》，第345页。
③ 《妙法莲华经》：尔时一切净光庄严国中，有一菩萨名曰妙音，久已殖众德本，供养亲近无量百千万亿诸佛，而悉成就甚深智慧，得妙幢相三昧、法华三昧、净德三昧、宿王戏三昧、无缘三昧、智印三昧、解一切众生语言三昧、集一切功德三昧、清净三昧、神通游戏三昧、慧炬三昧、庄严王三昧、净光明三昧、净藏三昧、不共三昧、日旋三昧，得如是等百千万亿恒河沙等诸大三昧。（《妙法莲华经》卷7，《大正藏》第9册，no.262，第55页。
④ 〔古印度〕龙树撰，（后秦）鸠摩罗什译，《大智度论》卷7，《大正藏》第25册，no.1509，第418页。

为说法"①，都指向"语言三昧"可使主体的语言能力获得无限的自由度。两宋之际宗杲禅师语录中对"语言三昧"概念的使用也与此一脉相承，指语言表达的能力到达至臻境界：

> 天台智者大师读《法华经》，至是真精进，是名真法供养如来，悟得法华三昧，见灵山一会俨然未散，山僧常爱。老杲和尚每提唱及此，未尝不欢喜踊跃，以手摇曳曰：真个有恁么事，不是表法。尔辈冬瓜瓠子，那里得知盖他根本下明。但拙于语言三昧，发其要妙尔。此所谓唯证乃知难可测。②

而"游戏神通"则指佛菩萨以神通摄化众生自娱，出入无碍，自由自在。慧远《维摩义记》中言："游戏神通是十地中神通大也。化用难测名之为神，神而无壅故说为通。于此神通历涉名游，出入无碍，如戏相似，故复名戏。"③

这两个概念点明了禅宗颂古的两个重要向度：超群的语言调度能力和点化人心以自娱的创作初心。禅宗公案本就靠语言记录传播，颂古在现有文献基础上再创文字的合理性在很大程度上就寄托在诗歌语言的特殊性上。

禅宗颂古中体现的诗学精神成为宋儒大量解经诗创作的一种启示。禅宗颂古在很大程度上是利用诗歌的形式解析禅理、阐释经典、拓展内涵，宋儒的诗歌创作中也有大量类似的、对儒家经

---

① （隋）吉藏，《法华义疏》卷12，《大正藏》第34册，no.1721，第622页。
② （宋）宗杲，《大慧普觉禅师语录》卷18，《大正藏》第47册，no.1998A，第887页。
③ （隋）慧远，《维摩义记》，《大正藏》第43册，no.1776，第439页。

典进行解读阐释的诗作。与理学诗略有不同的是，大多数理学诗是从宏观或微观的角度表达自己的理学见解，而解经诗则大多数是直接以经典作品的整体或局部为阐释对象进行创作。这类诗歌往往因意蕴过于直露、学术气息过于浓厚而导致文学性和艺术审美价值大打折扣，但从中仍能看出作诗与学术在文人生活中的紧密联合，毕竟作诗和研读、涵泳经典是很多儒士的日课。解经诗的经典作品形式如下：

> 古史书元意义存，《春秋》揭示更分明。人心天理初无欠，正本端原万善生。①
>
> 事理纷纷未易穷。其间脉终要通融。能于博处知其约，渐次收功一贯中。②

虽然理学诗在宋代数量浩繁，但在大量创作解经诗的作家中突出的还属张九成和陈普。张九成作《论语绝句》一百首中每一首都对应《论语》中的一段话（除其中一首对应《乡党》一篇），不仅集中体现了张九成对《论语》的理解，也是其创新文学形式的大胆尝试。如此规模和形式的关于《论语》的解经类七绝作品，在宋代理学诗当中亦属罕见。

除了儒典，前人的诗作也经常被作为涵泳、阐释和钻研的对象，从表面来看，是诗人就前人诗之启发而作，但其中很多又以解经的面貌呈现出来。如宋代多部诗话中记载了一则故事，杜甫有诗："雨晴山不改，晴罢峡如新。"罗大经谓诗中"言或雨或

---

① （宋）张栻，《元日》，《全宋诗》第45册，第27931页。
② （宋）陈普，《孟子·博学反约》，《全宋诗》第69册，第43781页。

晴，山之体本无改变，然既雨初晴，则山之精神焕然乃如新焉"①。又如据传当时朱熹曾作《寄籍溪胡原仲》云："瓮牖前头列翠屏，晚来相对静仪刑。浮云一任闲舒卷，万古青山只么青。"胡宏知道了此诗，对张栻说，虽然不认识此人，但看到这首诗便知他将来应能有所成就，不过诗中可见他的观点"有体而无用"，所以要作一首诗箴警之，诗曰："幽人偏爱青山好，为是青山青不老。山中出云雨太虚，一洗尘埃山更好。"② 从诸多记录中都可以看到，宋代文人涵泳前作，或将之作为创作灵感，这些做法与次韵唱和的性质并不等同。

《韵语阳秋》中记载王安石在皇祐三年（1051）与友人游石牛洞，赏李翱题字，听泉而归，并作诗："水泠泠而北出，山靡靡而旁围。欲穷源而不得，竟怅望而空归。"元丰年间（1078—1085），黄庭坚也曾到达此处，并作诗效仿之："司命无心播物，祖师有记传衣。白云横而不度，高鸟倦而犹飞。"晁补之在其《续楚辞》中记载了王安石此作，并认为这二十四个字"具六艺群言之遗味"③。这样的现象不仅广泛存在于诗话作品之中，在宋人的诗歌创作中也形成了一种特殊的现象，即"咏诗诗"，北宋郭祥正，南宋晚期的林希逸、刘辰翁等是这类咏诗诗代表性作家，当然，他们的作品数量颇大，这类诗歌只是他们诗歌创作中颇有特色的一类。这些所谓的咏诗诗和传统的论诗诗存在明显的不同。我们可以来看一下杜甫、戴复古的论诗诗和林希逸的咏诗诗：

---

① （宋）罗大经，《鹤林玉露》卷十二，《四库全书》第865册，第360—361页。
② （宋）阮阅编，周本淳校点，《诗话总龟（后集）》卷七，第41页。
③ （宋）葛立方，《韵语阳秋》卷十三，《历代诗话》，第589页。

◎ 作者篇　南宋作者的身份特征与诗论创作

戏为六绝句（其一）
杜甫

庾信文章老更成，

凌云健笔意纵横。

今人嗤点流传赋，

不觉前贤畏后生。①

题郑宁夫玉轩诗卷
戴复古

良玉假雕琢，好诗费吟哦。

诗句果如玉，沈谢不足多。

玉声贵清越，玉色爱纯粹。

作诗亦如之，要在工夫至。

辨玉先辨石，论诗先论格。

诗家体固多，文章有正脉。

细观玉轩吟，一生良苦心。

雕琢复雕琢，片玉万黄金。②

星垂平野阔
林希逸

良夜空如洗，凭栏一望平。

星垂因野阔，野净见星明。

---

① （唐）杜甫，《戏为六绝句（其一）》，《全唐诗》卷二百二十七，第 2452 页。
② （宋）戴复古，《题郑宁夫玉轩诗卷》，《全宋诗》第 54 册，第 33459 页。

> 点点光疑坠，荧荧势半倾。
> 天低连岸远，地尽看参横。
> 水迥过时白，云收撒夜清。
> 银河今咫尺，我欲泛槎行。①

通过对比可以看到，相对于前两作以诗歌的形式发诗学相关议论，林希逸的作品是以诗歌语言对前作诗句进行涵泳，这种涵泳完全以形象和意境为载体进行抒发，更接近对前人诗思的进一步延展或形象性的感悟、吟赏，无议论或评价性语句。笔者认为这类诗歌并不应被归类到论诗诗的范畴，而更应名为咏诗诗，是宋代诗歌发展出的一种特殊类型。这种类型诗歌的流行及其蕴藏的诗学理念很可能与禅宗颂古存在关联。在关于宋代诗歌的研究中，对诗僧偈颂的关注往往较少，颂古创作对宋代主流诗坛的影响，仍有待进一步深入考察。

3. "看话禅"与言意观的多重翻转

"文字禅"是禅宗尤其是临济、云门二宗在宋代发展中产生的一种特殊现象。六祖慧能认为佛性本净，离言离相，对禅的认知和把握，对自心本性的证悟，只能靠自身实践，而非言教。这样"说似一物即不中"的言意观突出了语言文字的局限性，即强调语言对本体只有指向性，没有说明性。《五灯会元》卷一记载：

> 世尊在灵山会上，拈花示众。是时众皆默然，唯迦叶尊

---

① （宋）林希逸，《星垂平野阔》，《全宋诗》第59册，第37327页。

者破颜微笑。世尊曰："吾有正法眼藏，涅槃妙心，实相无相，微妙法门，不立文字，教外别传，付嘱摩诃迦叶。"①

禅宗后来所谓的机缘语录和绕路说禅等特殊现象都是在这样的思想基础上产生的。然而在大乘中观不着两边的思想基础上，禅宗又进一步发展了不离文字与不执文字的辩证关系，从现实出发，禅宗仍需凭借语言文字交流授受体验和知解以及自觉觉他的社会关怀。"不立文字"的宗旨被渐吹渐盛的文字禅之风改头换面，这也是佛教超二元对立思维的一种表现。达观在《石门文字禅》序中谈道：

> 禅如春也，文字则花也。春在于花，全花是春。花在于春，全春是花。而曰禅与文字有二乎哉？故德山临济，棒喝交驰，未尝非文字也；清凉天台，疏经造论，未尝非禅也。而曰禅与文字有二乎哉？逮于晚近，更相笑而更相非，严于水火矣。宋寂音尊者忧之，因名其所着曰文字禅。②

故宋代禅宗文学形式多样，数量也暴发式增长，其中善昭、克勤、惠洪等人都是重要代表人物，颂古也是这种思潮下的产物。但是文字禅发展到一定程度，尤其是随着颂古创作的数量增加，套路化、程式化的发展趋势日渐明显，这又与禅宗的真精神背道而驰，且在各方因素的影响下，禅宗思想发展活跃性的式微难以阻止，禅宗话语也出现了大量陈陈相因的表达，而且随着语录数量的不断膨胀而显得逐渐荒诞，陷入标新立异终归陈词滥调

---

① （宋）普济编，《五灯会元》卷1，《卍续藏》第80册，no.1565，第31页。
② （宋）惠洪，《石门文字禅》，《嘉兴藏》第23册，no.B135，第577页。

的循环。明代智誾曾毫不留情地将之称为"效颦禅":

> 何谓效颦?有一等未到真实悟处,或蹈袭古人陈迹、或窃取先德言句,假装虚头套数、卖弄古怪行藏,将谓古人如此我亦如此,古人在某处得个脱洒,我也在某处得个快活。或看拈颂便学替古人翻案;或见问答便喜斗转语机锋;或胡喝乱棒,鼓粥饭气;或擎拳竖指,弄鬼眼睛;或机器不逮,妄拟德山、临济之门风;或学识短暗,谬辟天台、贤首之著述。强说几桩好事,令人传为行实;捏出几件怪异,要令名播诸方。殊不知高明贤哲之流,皆道全德傋名实俱称,若着意摹仿则弄巧成拙。因此辈初无实地工夫,以虚伪心东捞西摸,拾别人残唾视为珍馔、描他家影像认作阿爷,正如西子捧心,丑女效其颦耳!①

在此背景下,克勤法嗣大慧宗杲提出"看话禅"的概念。与一些尽享尊荣的高僧不同,大慧宗杲与宋廷的关系较为复杂。在秦桧当权时期,大慧宗杲及与其来往甚密的文人曾以莫须有的罪名遭受打击迫害。绍兴十一年(1141)正月,张九成父亲去世,他返居盐官丁忧,四月,张九成请宗杲禅师升座,期间宗杲作偈曰:"神臂弓一发,透过千重甲。衲僧门下看,当甚臭皮袜。"②秦桧借题发挥,以其二人谤讪朝政、讽刺议和之事,于五月夺去宗杲牒衣,将其发配衡州;张九成被敕居家持服,服满再听发落。秦桧死后,宗杲才得以平反,应诏住安抚径山寺、鄞县(今

---

① (明)智誾,《雪关禅师语录》卷七,《嘉兴藏》第27册,no. B198,第489页。
② (宋)祖咏编,《大慧普觉禅师年谱》,《嘉兴藏》第1册,no. A042,第801页。

鄞州区）育王寺等。也正因有此刚正不屈的气魄与坎坷的经历，大慧宗杲在禅林及士人中积累了很高的威望，在秦桧死后，其地位与影响也日益凸显。

宗杲大力反对后进学人对前人颂古朝诵暮习，认为这样的做法大失佛语真谛，当众将其师《碧岩录》刻板焚毁，转而倡导谨慎看待语言标月指的作用。如宋初法眼宗天台德韶禅师曾作诗偈曰："通玄峰顶，不是人间，心外无法，满目青山。"相传其师法眼文益听闻之后说道："只消此一颂，自然续得吾宗。"而宗杲禅师却大胆直言："灭却法眼宗，只缘遮一颂。"[①] 经典偈颂的神圣地位被撼动，语言的俗谛性质也被再次强调。

即便如此，宗杲并未主张完全抛弃言句，也反对曹洞宗所倡默照禅。他本人也有一百一十首颂古诗保存在《大慧普觉禅师语录》当中。张培锋在《大慧宗杲禅师颂古创作研究》一文中谈道："他的这些'颂古'之作，是宋代禅宗由'文字禅'转向'看话禅'的体现，在一定程度上说，是在扭转北宋中期以来禅宗向文字禅发展的方向，恢复禅门'言语道断'的传统。尽管他仍然需要使用语言文字，但是在根本的理路上是截然不同的。"[②] 宗杲认为颂古在发展过程中已经让语言喧宾夺主，尤其是后人叠床架屋的诠释，不仅没有使公案越辩越明，反而会使人深陷语言的旋涡，在错误的方法中对目的失焦。而看话禅正是要拨开后世冗余的诠释迷雾，直面公案中独属于首创者的智慧开示。

"看话禅"就是以看话头作为一种参悟方式，这在禅宗传统

---

① （宋）宗杲，《正法眼藏》卷2，《卍续藏》第67册，no.1309，第608页。
② 张培锋，《大慧宗杲禅师颂古创作研究》，《哈尔滨工业大学学报（社会科学版）》，2013年第5期，第101页。

中由来已久，宗杲进一步发展及发扬了这种方法，以之作为参禅悟道的根本，其诗歌正是在这样的思想前提下进行创作的。当然，这在很大程度上也是对文字禅不彻底的革新，因为直面公案也难免有拾人牙慧之嫌。但鉴于禅宗教外别传的核心特质和受众人群，对于所参的对象和方式，如非默照，看话也可算是一种追本溯源的选择。

在此基础上，宗杲提出参话头须参活句而非死句，"夫参学者，须参活句，莫参死句。活句下荐得，永劫不忘；死句下荐得，自救不了"[①]。所谓的死句正是以理性思维试图去判断、解释和推究真谛的言句，而活句反之。五代时期德山缘密禅师首次提出"参活句"：

  上堂："但参活句，莫参死句。活句下荐得，永劫无滞。一尘一佛国，一叶一释迦，是死句。扬眉瞬目，举指竖拂，是死句。山河大地，更无渗漏，是死句。"时有僧问："如何是活句？"师曰："波斯仰面看。"曰："恁么则不谬去也。"师便打。[②]

葛兆光教授曾谈到所谓"活句"的三种典型套路，即自相矛盾、有意误读和答非所问。他们的共同特点即突破"常识"的框架，引导学人用"各种深刻细密的道理瓦解这种虚幻与束缚"[③]。

[①] （宋）蕴闻编，《大慧普觉禅师语录》，《大正藏》第47册，第869页。
[②] （宋）普济集，《五灯会元》卷一五《德山缘密禅师》，《卍续藏》第80册，no.1565，第308页。
[③] 葛兆光，《中国思想史（全三册）》，第二卷，《语言与意义：八至十世纪中国佛教的转型（下）》，第100－103页。

◎ 作者篇　南宋作者的身份特征与诗论创作

周裕锴教授在《中国古代阐释学研究》中谈道：

> "活"是唐宋时期南宗禅最重要的特征之一，其含义大旨是指无拘无束的生活态度或自由灵活的思维方式，不执著，不沾滞，通达透脱，活泼无碍。禅宗悟道，最反对执著于佛典权威教义，而主张自己任凭本心的随机悟解。……"活参"的结果是，读者与作者在审美经验层次而非语义层次上得到沟通，诗歌艺术的自由感和超越性功能得以充分发挥。当宋人以"活参"的态度对待作品时，显然使作品的意义成为一个开放性的系统，随着历史环境的变化而不断衍变，不断派生，甚至不断转移。①

宗杲在两宋之交重提"参活句"与同时期吕本中"活法"说交相辉映，在诗论中颇为流行。如两宋之交曾几言"学诗如参禅，慎勿参死句。纵横无不可，乃在欢喜处"②，许彦周"王丰父待制，岐公丞相之子……其诗精密，人鲜知者。如'白发衰天癸，丹砂养地丁。'意脉贯串，尚胜三甲六丁之语，此所谓参禅中参活句也"③，都是文人主张不落窠臼，盘活江西诗法的表述，南宋中兴诗坛陆游言"我的茶山一转语，文章切忌参死句"，也仍是"活参"说的延续。吕本中的"活法"从南北宋之际提出对江西诗派的"法度"进行修正，直到中兴诗坛才被灵活有效地运用到诗歌创作当中。如杨万里引用了当时流行的一种诗法书《金

---

① 周裕锴，《中国古代阐释学研究》，第 249—251 页。
② （宋）曾几，《读吕居仁旧诗有怀其人作诗寄之》，《全宋诗》第 29 册，第 18564 页。
③ （宋）许顗，《彦周诗话》，《历代诗话》，第 400 页。

255

针法》："八句律诗，落句要如高山转石，一去无回。"他毫不客气地提出否定意见："予以为不然。诗已尽而味方永，乃善之善也。"① 且他在下面所举的正面诗例都是唐人的例子。这是中兴诗坛风气转向的一种表现。至宋末严羽《沧浪诗话》也将"参活句"融入他"以禅喻诗"的架构当中：

> 学诗先除五俗：一曰俗体，二曰俗意，三曰俗句，四曰俗字，五曰俗韵。……诗难处在结裹，譬如番刀，须用北人结裹，若南人，便非本色。须参活句，勿参死句，词气可颉颃，不可乖崖。②

严羽在《沧浪诗话》中的阐释当然更加为人所熟知，足见"参活句"的思维方式在南宋经过前期宗杲的高倡而持续影响了文人诗论。

综上所述，南宋僧人在诗论的探讨中虽然声量不高，但是此时由颂古、看话等禅宗特有的创作方式所体现出的诗学精神，在主流诗坛乃至诗学思潮中皆有一定程度的映射。根植于"空"的言意观，独具特色的创作形式和不拘一格的语言风格，都使诗僧的创作风格和诗学精神呈现出异于文士的别样风貌，这样的差异也随着僧俗之间的密切交往启发和影响着文人的创作和诗论，反之亦然。这种双向联系同时也是宋代哲学思想复杂发展影响诗学领域的重要表现。

---

① （宋）杨万里，《诚斋诗话》，《历代诗话续编》，第 137 页。
② （宋）严羽著，张健校笺，《沧浪诗话校笺》，第 401-465 页。

创作篇
诗歌创作对诗学思潮的反映与影响

第一章

文人诗歌：时代之镜，工夫之名

北宋仁宗天圣年间，被公认为宋诗变格的关键时期。王水照提出从此宋诗进入了"变唐时期"，梅尧臣、欧阳修等人形成的洛阳文人集团使宋代文学的面貌焕然一新，诗坛也自宋初三体改头换面。顺应这样的创作潮流，从北宋中前期开始，宋代诗学领域的新变也在陆续发生。诗学批评开始出现新的形式，宋代诗歌创作生态也发生了一定变化。纵观宋代诗评不难发现，宋人对唐人将生活中各个方面创意为诗的现状颇感无奈，想要在诗意上推陈出新，一是在前人诗意的基础上进行再创造，二是寻找前人诗意表达的空白之处。对于"新"的追求，是宋代诗话最为关注的论题之一。

南宋初期诗学承续和转向的发展脉络受到政治、学术、社交生态和诗学理路演化等多方力量的推动，在压抑的文化环境中，诗坛呈现出一种较不健康的发展状态，谀诗盛行，高蹈之士只得沉于下僚、谨言慎行。到了中兴诗坛，诗人普遍经历了对江西诗派的学习—反思—创新这样的创作路径,当时国家局势与社会整体气氛也呈现出焕然一新的面貌,似乎种种因素都促成了一个文化革新的好时机,诗坛只是这股风潮中的一个分支而已。到了晚宋,诗歌创作风气一变,江西诗风影响被削弱,唐风大盛。故南宋诗歌创作呈现出阶段性的发展特征。王水照先生在《南宋文学的时代特点与历史定位》一文中谈道:

> 南宋文学史是一个特定时段(1127—1279)的文学史,更是在文学现象、文学形态、文学性质上具有鲜明时代特点和重要历史地位的一部断代文学史。南宋文学一方面是北宋文学的继承与延伸,文统与政统、道统均先后一脉相承;另一方面在天翻地覆时局变动、经济长足增长、社会思潮更迭变化的历史条件下,又产生了一系列新质的变化。北、南两宋文学既脉息相联,而又各具一定的自足性,由此深入研究和探求,当能更准确、更详尽地描述出中国文学由"雅"向"俗"的转变过程,把握中国社会所谓"唐宋转型"的具体走势。①

对南宋诗坛历时性发展的研究已有充分的学术成果。本书将以几个突出特征作为观察的重点,浅谈南宋诗歌创作在哲学和诗学的双重影响下形成的整体风貌。总而言之,南宋文人诗创作是时代风潮在诗歌领域的突出表现,同时也作为工夫论的组成部分构成了南宋士人哲学体系中的重要一环。

---

① 王水照、熊海英,《南宋文学史》,第1页。

◎ 创作篇　诗歌创作对诗学思潮的反映与影响

一、追求理感向注重兴象缓慢嬗递

宋代以后，唐诗和宋诗长期被当作两种不同的诗歌审美范式看待，"诗分唐宋"之说不绝如缕。在"诗分唐宋"的讨论中形成的部分共识是唐诗重兴象，宋诗重理趣。当然，很多学者也谈到，这两种诗歌审美范式并不完全由诗歌创作的时代决定，而是两类不同的诗歌审美。张健教授在《宋代诗学的知识转向与抒情传统的重建》一文中谈道："宋诗史被分为继承唐诗、背离唐诗及回归唐诗的三个阶段，在诗学史意义上就是从继承抒情传统到建立知识传统再到重建抒情传统的过程。"[①] 这里他所谈及的"知识"和"抒情"两种传统源自清代王士禛《蚕尾阁诗集序》："夫诗之道，有根柢焉，有兴会焉，二者率不可得兼。镜中之象，水中之月，相中之色，羚羊挂角，无迹可求，此兴会也。本之风、雅以导其源，溯之楚骚、汉魏乐府诗以达其流，博之《九经》、《三史》、诸子以穷其变，此根柢也。根柢原于学问，兴会发于性情。"[②] "知识"和"抒情"指中国古代诗歌创作的两种主流方法，同时也是中国古代诗论的两条重要理路，也可以看作对"诗分唐宋"观念的一种解读，而被看作宋诗的代表性审美范式则显然是偏向知识（学问）传统的，这种以知识性、哲理性和思辨性为代表的诗歌审美变成宋诗常为人所称道的标签——"理

[①] 张健，《宋代诗学的知识转向与抒情传统的重建》，《北京大学学报（哲学社会科学版）》，2013年第2期，第60页。
[②] （清）王士禛，《蚕尾阁诗集序》，《渔洋山人文略》卷三，清康熙精写刻本。

趣"。

但是,"理趣"在一定程度上也很难准确形容宋代诗歌这种特殊的审美追求。一方面,如前所述,"趣"的确是宋代诗歌创作中一个非常突出却未受到足够重视的方面。而宋诗的说理性在很多诗歌中确实也存在一种思辨的趣味。另一方面,宋诗对于"理"的追求却不一定诉诸思辨,这个过程和宋儒对本体"理"的全方位构建相应,同样也是一个具有综合性、整体性的意识活动。这种以理性化的思趣代替意象化的感发作为诗歌审美的重要标准,其理论基础仍在于人作为社会生活的主体成员对体认大道至理的自觉追求。传统意义上的"理学诗"是其中一个非常突出的表现方面,但这种诗歌创作范式远不能代表宋诗中对"理"感审美的多重追求。所以本书特以"理感"代替"理趣"进行论述,力求更为全面、综合地看待宋诗中的"理"作为一种审美特质的多方位表现。

首先,"理感"的概念在以往学界中已经形成。曹胜高教授提出"理感"是"以理感物",与"以情感物"相并列,都是人类将客观世界对象化的方式。这种意识活动形式随着魏晋玄学的发展不断得以在文学和理论等各种言语形式中外化显现,以其为一种构思模式的诗歌也在此时方兴未艾,经过中唐文人的进一步探索,最终于宋调中基本定型:

> 理感入诗所形成的审美愉悦,不是来自于情感的激荡……是"平淡情感"、"胸次释然"之后,去体悟宇宙、社会和人生之道,是以引人沉思为旨趣的。其所蕴涵的格调,是作者学养、见识的体现;其所传递的趣味,是洞察世事、

◎ 创作篇　诗歌创作对诗学思潮的反映与影响

以我思物的理性精神。①

其次,"理感"不仅可以更好地概括一种艺术构思论,如拓展其概念的外延,其实也可以更好地形容此时被广泛追求的一种诗歌审美。在江西诗论中,黄庭坚等人反复讨论的"法度"实际上也代表着一种对控制感、合理性及身份认同感的追求。以哲学体系为理论背景、以法度为主导的创作论也在很大程度上影响了此时文人的诗歌鉴赏论。南北宋之际的《艺苑雌黄》曾谈道:

> 吟诗喜作豪句,须不畔于理方善。如东坡《观崔白骤雨图》云:"扶桑大茧如瓮盎,天女织绢云汉上。往来不遣凤衔梭,谁能鼓臂投三丈?"此语豪而甚工。石敏若《咏雪诗》有"燕南雪花大于掌,冰柱悬檐一千丈"之语,豪则豪矣,然安得尔高屋邪?虽豪,觉畔理。……余又观李太白《北风行》云:"燕山雪花大如席。"《秋浦歌》云:"白发三千丈。"其句可谓豪矣,奈无此理何?如秦少游《秋日绝句》云:"连卷雌蜺拱西楼,逐雨追晴意未休,安得万妆相向舞,酒酣聊把作缠头。"此语豪而且工。②

可见在南北宋之交处于江西诗派影响下的诗学思潮中,浪漫主义的作品被给予较低的价值评判,甚至连李白的名作都不例外。在他们的逻辑中,诗歌中因强烈的感情或浪漫的想象而被明

---

① 曹胜高,《"理感"说与中古诗学的突破》,《文史哲》,2012年第2期,第66-73页。

② (宋)胡仔纂集,廖德明校点,《苕溪渔隐丛话(后集)》卷二十六引《艺苑雌黄》,第190页。

显夸大的形容都不能与"理"相照应，这种对于诗歌中"理性"逻辑的收窄阐释、对形容"过度"的保留态度，在南宋诗论中并不鲜见。

到了南宋前期，诗歌创作仍广泛存在这种对"理感"的追求，突出特点便是诗人的创作初衷和读者的阅读感受都明显存在诉诸理性的倾向。感性和理性在人的意识活动中并不能被截然两分，但在普遍意义上仍有显著区别。一般来说，"理感"会以一种具有逻辑性、指向性或说明性的语言形式被表达或感受。至于作者和读者会在这个过程中感受到一种难以言明的、具有超越性的审美体验，也很可能会与诉诸兴象或情感的诗歌最后所达到的境界相类似，即同归但殊途。而如何建立通过理性的逻辑思维获得诗歌活动审美体验之间的达成路径，便是北宋后期至南宋中前期诗学领域最重要的话题之一。

同时观察创作与接受两端，可以发现诗歌活动的审美体验在简化意义上也至少存在表里两层。所谓表层，即写景、状物、用典等语言直接指称的表达层次，而里层则是被表层语言"密码"转译前，诗人更为幽微深邃的情感、理念以至哲思等。朱刚教授在《"理趣"说探源》一文中谈到审美价值的两个层次，较浅显的层次，是审美对象能产生一些别于实用的特殊效果，如诗文的辞藻和声律之美；而较深的层次，是审美作为人类意识把握世界的一种特殊方式，与知识的方式取径不同而归极不二。[①]

这种对诗歌理感审美的追求在北宋中后期至南宋中期发展至

[①] 朱刚，《"理趣"说探源》，《唐宋诗歌与佛教文艺论集》，上海：复旦大学出版社，2020年，第80页。

◎ 创作篇　诗歌创作对诗学思潮的反映与影响

最盛，诗歌创作与诗学理论建设也呈现出相辅相成之势。首先，这种思潮促使此时诗学中兴起了对言意关系的进一步探讨。传统诗学理念普遍认为，诗歌的"里层"不应过于外露，而是给读者留出充足的体味发掘的空间。由此便形成了"余味"说、"味外味"等表述，这类诗论作者往往对现实主义的诗作存在偏见，如北宋中后期对江西诗派颇为不满的魏泰言：

> 诗者述事以寄情，事贵详，情贵隐，及乎感会于心，则情见于词，此所以入人深也。如将盛气直述，更无余味，则感人也浅，乌能使其不知手舞足蹈，又况厚人伦，美教化，动天地，感鬼神乎。……唐人亦多为乐府，若张籍、王建、元稹、白居易以此得名。其述情叙怨，委曲周详，言尽意尽，更无余味。①

这种论调的一大理论基础，即所谓"情"或"心"的这种更为深层的意识活动，是不以逻辑和理性为规则运作的，更像现在的潜意识或深层思维等概念，这其中当然涉及关于人脑活动极为复杂的科学知识。但从诗论的角度来看，意识活动的规则和方向是否能完全或者基本为理性所掌握，是其中的核心问题。如果可以，那审美作为一种主流的意识活动形式，当然也可以由理性来驾驭，诗歌作为文人主要的审美对象之一，它所能呈现的美感也不必包括情感体验或所谓的"言外之意"，因为"言外之意"的概念本身就指向了无法由基于逻辑思维的人类语言所完整呈现或辨析的"意"。

---

① （宋）魏泰，《临汉隐居诗话》，《历代诗话》，第 322 页。

265

同时诗学的进一步发展也助推着对"理感"的追求。诗话的出现在于很多评论者大量、细致地剖析诗歌的美感成因或意蕴空间，使原本较为整体、模糊的诗歌审美过程更加清晰且富于逻辑性。这在很大程度上当然会面临肢解文字的诟病，但也在客观上推动了对诗歌艺术进行更多、更深的理性思考的过程。如南宋胡舜陟此种诗论广泛存在，虽然这样的做法也常常被当作一种反面典型，但这也是江西诗派"无一字无来处"思想影响下的产物：

　　　　《登慈恩寺塔》诗，讥天宝时事也。山者，人君之象；"秦山忽破碎"，则人君失道矣。贤不肖混淆而清浊不分，故曰："泾、渭不可求"。天下无纲纪，文章而上都亦然，故曰："俯视但一气，焉能辨皇州。"于是思古之圣君不可得，故曰："回首叫虞舜，苍梧云正愁。"是时明皇方耽于淫乐而不已，故曰："惜哉瑶池饮，日宴昆仑丘。"贤人君子，多去朝廷，故曰："黄鹄去不息，哀鸣何所投。"惟小人贪窃禄位者在朝，故曰："君看随阳雁，各有稻粱谋。"[①]

　　杜诗中的感情主旨为忠君爱国，这一共识在此时已然树立。这种诗论旨在消解诗歌语言因艺术化处理而造成的模糊性，从逻辑层面坐实言意关系，从而将一种混融于诗歌中的宏大叙事化整为零，完全挤占了想象和感受的空间。

　　在这样的思想基础上，所谓的"理学诗"才会在宋代大行其道。理学诗在艺术感染力上的缺乏也几乎证明了这种诗学观念的

[①] （宋）胡仔纂集，廖德明校点，《苕溪渔隐丛话（前集）》卷十二引《三山老人语录》，第80—81页。

局限性。审美这种意识活动本身似乎难以认定可以完全由理性和逻辑掌握，即便可以，在很大程度上也要受人类思维及语言发展水平的制约。不仅是宋代，即便在科学如此发达的今天，人脑活动的实质与规则问题仍然存在大量认识盲区。当然，很多文人也认识到了这种思维方式的局限性，承认诗歌审美的意识活动具有相当程度的非理性特点（包括但不限于"兴""感""涵泳"等），这也为诗之"用"拓宽了途径，为诗歌中与"理"不明显有关的修辞树立了逻辑上的正当性，如五代僧保暹在《处囊诀》中曾谈道："夫诗之用，放则月满烟江，收则云空岳渎。情忘道合，父子相存。明昧已分，君臣在位。动感鬼神，天机不测，是诗人之大用也。"虽然其论诗之用最终仍回归社会功能，但仍有一个难以通过理性具体规划的过程，这种类型的诗论，也体现出与禅宗思想不谋而合之处。

在追求"理感"的道路上，符合"宋调"特征的诗歌往往在意象选取、语言风格和首尾结构等方面体现出与唐诗不同的特色。既要在理路上有迹可循，又不能完全使里层过度外露，宋调较唐诗的创举便是打破对诗歌表里层的固有的普遍认同，以新模式创造新感受。

一方面，诗歌意象经诗人裁用，都带有强烈的主观色彩。相对于自然意象，使宋诗更具特色的还是对人文意象的运用，这是此时诗人以创作构建身份认同感的重要方式。这种倾向在宋初西昆体诗人群体中就已经有十分显著的体现。此类诗人群体在编纂类书时大量唱和，并在诗歌中堆砌掌故，这样虽在大多数情况下无益于诗歌艺术本身，却能炫耀学问、增加趣味，并在很大程度上融入群体。当文人出于这样一种群体时，迎合或顺应的心理和行为都会进一步强化这种特点。当然，这样的文人群生态有一定的封闭性和局限性，在圈外人看来，其中的弊端一览无遗。王安石就曾公开批评这种用典过多的风气：

> 荆公尝云："诗家病使事太多，盖皆取其与题合者类之，如此乃是编事，虽工何益；若能自出己意，借事以相发明，情态毕出，则用事虽多，亦何所妨。"故公诗如"董生只为《公羊》惑，岂肯捐书一语真"，"桔槔俯仰何妨事，抱瓮区区老此身"之类，皆意与本题不类，此真所谓使事也。①

很显然，王安石并非反对作诗用典，而是批评这类诗人在用典时夹杂了太多诗歌审美追求之外的功利目的，扭曲了诗歌审美的实质。但这样的现象也说明，宋诗的社交属性在很大程度上影响甚至决定了很大一部分诗人的创作理念。诗歌表里两层之间的转译密码，在当时创作的具体环境中可能更具深意和必要性。

另一方面，"经"或"理"也变成了频频入诗的人文意象，这在唐诗中是较为少有的。为了让每一字有"来处"，并在立意上最大限度与"道"相和，很多文人开始活跃地讨论诗歌创作如何将"经语"更好地融入诗歌，久之也成为此时诗人创作的一种突出特色，但就诗歌整体审美风格来说，在绝大多数情况下，这种"特色"在诗歌史的维度上并不算特别成功，但这种讨论的风潮到南宋中期仍十分热烈。

> 诗句固难用经语，然善用者，不胜其韵。李师中云：

---

① （宋）胡仔纂集，廖德明校点，《苕溪渔隐丛话（后集）》卷二十五引《蔡宽夫诗话》，第 179—180 页。

◎ 创作篇　诗歌创作对诗学思潮的反映与影响

"夜如何其斗欲落，岁云暮矣天无情。"又："山如仁者寿，风似圣之清。"又："诗成白也知无敌，花落虞兮可奈何。"①

大率诗语，出入经史，自然有力。然须是看多做多，使自家机杼，风骨先立，然后使得经史中全语作一体也。如是自出语弱，却使经史中全语，则头尾不相勾副，如两村夫舁一枝画梁，自觉经史中语在人眼中不入看也。②

除了讨论怎样将经史语更好地融入诗歌，诗人还热衷于分享学习某部著作或学说，从而进入一种在自然、理性世界畅游无际、怡然自适状态的神秘体验。这种体验在他们看来是具有一定宗教性的超越，同时也是一种与作诗或读诗相关的审美体验。准确来说，这种体验不完全由审"美"而来，而是由审"理"而来。这种情况在唐诗中也存在，如唐中后期文人郑薰，目前《全唐诗》仅存其诗一首《赠巩畴》，他在诗序中补充的本事，谈到巩畴擅《易》《老》《肇论》等学说，一日他正讲《肇论》，"阶前多偃松高桂，冰冻堕落，有琴瑟金石声。理致明妙，神骨超爽"，诗人有感于如此境遇，在诗中将环境、事件、因理申明铺陈，将之作为一个整体，试图还原一种物我澄明的理感境界，从而展现出一种审"理"的境界。相对于唐诗的兴象玲珑，这样的诗境则展示出了更多的"宋调"特征：

密雪松桂寒，书窗导余清。风撼冰玉碎，阶前琴磬声。
榻净几砚洁，帙散缥缃明。高论展僧肇，精言资巩生。

----
① （宋）杨万里，《诚斋诗话》，《历代诗话续编》，第147页。
② （宋）魏庆之《诗人玉屑》卷七引《漫斋语录》，《四库全书》第1481册，第120页。

> 立意加玄虚，析理分纵横。万化悉在我，一物安能惊。
> 江海何所动，丘山常自平。迟速不相阅，后先徒起争。
> 镜照分妍丑，秤称分重轻。颜容宁入鉴，铢两岂关衡。
> 蕴微道超忽，剖镫音泠泠。纸上掣牢键，舌端摇利兵。
> 圆澈保直性，客尘排妄情。有住即非住，无行即是行。
> 疏越舍朱弦，哇淫鄙秦筝。淡薄贵无味，羊斟惭大羹。
> 洪远包乾坤，幽窅潜沉冥。罔烦跬步举，顿达万里程。
> 庐远尚莫晓，隐留曾误听。直须持妙说，共诣毗耶城。①

这种类型的诗歌在宋人诗集中数不胜数，虽然宋代有一种非常重要却因艺术水平不足而少被讨论的诗歌大类——理学诗，但其实用这种风格来表达理学、佛学、道学内容的诗歌不胜枚举，如：

> 心不过一寸，两手何拘拘。身不过数尺，两足何区区。何人不饮酒。何人不读书。奈何天地间，自在独尧夫。②

> 圣心难用浅心求，圣学须专礼法修。千五百年无孔子，尽因通变老优游。③

> 密坐研穷省细微，到头须是自忘机。应无祖佛能超越，岂有冤亲正顺违。历历孤明犹认影，巍巍独步尚披衣。翻嗟会得昭灵者，也道寻师得旨归。④

---

① （唐）郑薰，《赠巩畴》，《全唐诗》卷五百四十七，第6317—6318页。
② （宋）邵雍，《自在吟》，《全宋诗》第7册，第4566页。
③ （宋）张载，《圣心》，《全宋诗》第9册，第6280页。
④ （宋）陈易，《颂》，《全宋诗》第16册，第10705—10706页。

◎ 创作篇　诗歌创作对诗学思潮的反映与影响

　　这些诗歌在形式上都是标准的律诗，平仄、对仗、押韵都循规蹈矩，几无错漏，可以说除了内容不像诗，其他任何方面都符合最严格的诗歌标准。这种类型的诗歌在宋代数量相当可观，难以使用传统的诗学思想框架去解析。到了南宋中期，理学发展至极盛，而对理学诗弊端的日益明晰也使很多理学家的创作致力将哲理融入某种兴象或意境中，此类诗学理论也在不断探索深入。如《苕溪渔隐丛话》中曾谈道：

　　　　富贵于人，造物所靳；自古以来，多不在于少年，常在于晚景。若少年富贵者，非曰无之，盖亦鲜矣。人至晚景得富贵，未免置第宅，售妓妾，以偿其平生所不足者。如乐天诗云："多少朱门锁空宅，主人到了不曾归。"司空曙诗："黄金用尽教歌舞，留与他人乐少年。"读此二诗，使人凄然，诚不必为此也。①

　　诚然，能喻哲思于兴象的诗歌令人回味无穷，欲说还休。但这些在诗歌中直接表达道理或哲思的做法亦不应全盘否定，宋代诗评者提炼出的这些"道理"不能完全肢解文学评价，而是应该看到此时的文人学者试图将文学纳入完整的思想理论框架，以此获得更多对宇宙、社会及个人命运的理解与控制感的不懈尝试。

　　而在自然意象的处理上，宋调也较唐诗有了新的变化。朱刚教授曾谈到，从宋类编诗集的分类统计中可以看出，在诗歌题材方面，"缘情"和"体物"的界限已然消失，二者在意义指向和写作技巧上趋于融合，这种融合对两种题材来说都是一种巨大的

---

①　（宋）胡仔纂集，廖德明校点，《苕溪渔隐丛话（前集）》卷二十一，第139页。

开拓。① 两宋之际普闻作《诗论》言："天下之诗莫出于二句：一曰意句，二曰境句。境句则易琢，意句则难制。境句人皆得之，独意不得其妙者，盖不知其旨也。"② 那如何区分两者呢？他随后又给出详细的分析：

> 鲁直寄黄从善诗云："我居北海君南海，寄雁传书谢不能。桃李春风一杯酒，江湖夜雨十年灯。"云云。初二句为破题，第三第四句为颔联。大凡颔联皆宜对意句，春风桃李但一杯，而想象无聊，屡空为甚。飘蓬寒雨十年灯之下，未见青云得路之便，其羁孤未遇之叹具见矣，其意句亦就境中宣出。"桃李春风"、"江湖夜雨"皆境也。昧者不知，直谓境句谬矣。③

在普闻的论述中可以明显看出，区分所谓"境句"和"意句"的标准并非诗句文字是否由自然意象组成，而是诗意的表达是以自然意象还是以主观因素为主，即"体物赋情"或"因情造物"。以黄庭坚这首《寄黄几复》的颔联为例，自然意象实为衬托遭际与感受的虚笔，由诗人心意造出，而非诗人联想的实景，自然属于"意句"。据称黄庭坚曾言："余顷年登山临水，未尝不读王摩诘诗，顾知此老胸次，定有泉石膏肓之疾。"其中黄庭坚对王维爱好山水成癖及以此为底色写成的诗歌态度似乎有些勉

---

① 朱刚，《从类编诗集看宋诗题材》，《唐宋诗歌与佛教文艺论集》，第 59 页。
② （宋）释普闻，《诗论》，商务印书馆排印《说郛》本，《宋诗话全编》，第 1426 页。
③ （宋）释普闻，《诗论》，商务印书馆排印《说郛》本，《宋诗话全编》，第 1426 页。

◎ 创作篇　诗歌创作对诗学思潮的反映与影响

强。王维所代表的一种较为纯粹的"物感"型诗歌，在南宋末期之前，也始终没有大规模流行，因为较为确切的逻辑就是其中缺少的关键一环。

如果说纯粹的"物感"会使宋人认为一首诗在社会性或哲思性方面有所欠缺，那禅宗和儒家思维则从两种角度入手对其进行了理论的填充。以自然事物为禅理真谛的喻象性思维是禅宗语录常见的表达方式，也是禅宗问答的一种定式。以圆悟佛果禅师与僧众的问答为例：

　　僧问："三通鼓罢，四众临筵。学人上来，请师说法。"师云："天晴日出。"①
　　僧问："达磨未传心地印，释迦未解髻中珠。有人若问西来意，还有西来意也无。"师云："庭前石狮子。"②
　　僧问石头："如何是禅。"头云："碌砖。"僧云："如何是道。"头云："木头。"③
　　僧问洞山："如何是佛？"山云："麻三斤。"④

禅宗这种以自然事物作为机锋哲理的表达中，既有自然现象，也有纯粹的客观事物本身。对于后者，一般来说以事物存在

----

① （宋）绍隆等编，《圆悟佛果禅师语录》，《大正藏》第47册，no.1997，第716页。
② （宋）绍隆等编，《圆悟佛果禅师语录》，《大正藏》第47册，no.1997，第738页。
③ （宋）绍隆等编，《圆悟佛果禅师语录》，《大正藏》第47册，no.1997，第783页。
④ （宋）绍隆等编，《圆悟佛果禅师语录》，《大正藏》第47册，no.1997，第802页。

的无目的性等作为理解的关窍较为常见。只不过，如果说王维诗更多通过物象萃取和意境构建来营造氛围，那么宋人的表达则直接得多，如苏轼诗"茶笋尽禅味，松杉真法音"，黄庭坚诗"鱼游悟世网，鸟语入禅味"，对于很多宋诗来说，语言是表达，而逻辑是生命。

从儒家的角度来说，这种逻辑关系的建立也更为简单。前文谈到，诗歌作为语言表达的一种形式，被认为是本体的外现，诗人的道德人格蕴藏在所有诗句当中，对于自然意象的选择和描述也不外于此。如苏轼谈到司空图自论其诗，以为得味外味，如"绿树连村暗，黄花入麦稀""棋声花院闭，幡影石坛高"等句，苏轼认为此句写景极工，却"恨其寒俭有僧态"，不若杜甫"暗飞萤自照，水宿鸟相呼""四更山吐月，残夜水明楼"等句，更显才力富健。值得注意的是，不同的诗歌意境本身是不应包括价值判断的，苏轼给出的"寒俭"对应"富健"的评判将诗句中自然物象的人格化特征点明并落实，这种做法在北宋中后期至南宋的诗论中并不鲜见。

另外，宋代文人对理感的追求还表现在诗歌品评与鉴赏方面。纵观宋代诗论不难发现，符合自然常理是宋代文人对诗歌写景的一大要求。极致夸张的浪漫主义诗歌虽然仍有其拥趸，但写景入微、言约意丰的杜诗或"类杜诗"作品在此时最受追捧。杜诗在宋代的流行虽由多方因素促成，但入情入理的写景方式也是宋人欣赏杜诗的重要原因。如叶梦得确立缘情体物的基本原则，暗含了展现出现实主义精神的"天然工巧"胜于偏重浪漫主义的"工巧太过"之意：

◎ 创作篇　诗歌创作对诗学思潮的反映与影响

　　诗语固忌用巧太过，然缘情体物，自有天然工妙，虽巧而不见刻削之痕。老杜"细雨鱼儿出，微风燕子斜"，此十字殆无一字虚设，细雨着水面为沤，鱼常一浮而淰，若大雨则伏而不出。燕体轻弱，风猛则不能胜，惟微风乃受以为势，故又有"轻燕受风斜"之语。①

　　再如王直方《诗话》中记载，时人有《咏松》一篇云："影摇千尺龙蛇动，声撼半天风雨寒"，有一僧在坐，提出不如改成："云影乱铺地，涛声寒在空"，梅尧臣听闻评价道："言简而意不遗，当以僧语为优。"细看这则记录不难发现，僧人的改诗去除了句中"龙蛇"和"风雨"所代表的比喻成分，并将形容词提到动词以前，补全了宾语，句式虽更短，逻辑却更为完整，风格更为写实。在此基础上，正如前文朱刚教授所论，题材对于宋诗风格的影响整体上更弱于唐诗，宋调的基本特征之一，便是呈现出一种较为理性的现实主义精神。

　　总而言之，理感可以说是典型宋调诗歌的独特气质，而这种诗歌审美范式在北宋中后期到南宋中期诗坛上占据重要地位，诉诸感官的浪漫更多地让位于诉诸理性的思辨，成为使一首诗歌意味深长的特别要素。这当然与诗歌发展求新求变的规律有关，同时也反映了有宋一代儒学复兴增强文人思辨性在诗歌领域产生的影响。

　　南宋中后期又掀起"自抒胸臆，自立面目"的创作风潮，以永嘉四灵为代表的一部分诗人以创作实践申扬了他们背离江西传

---

①　（宋）叶梦得，《石林诗话》，《四库全书》第 1478 册，第 1005 页。

统的诗学主张,他们留下的诗论文字极少,如前所述,他们作为一个整体对诗学思潮转向所形成的影响力,与叶适对他们的推崇密切相关。张继定教授谈道:"从南宋三大诗歌流派在诗坛上的地位和影响看,南宋前期可说是江西诗派的天下,中期则是永嘉四灵派'今通天下话头行';到了中期末,后期之初,江湖派终于称雄于诗坛,使江湖诗风吹遍大江南北。"[1] 如果说中兴诗坛陆游、杨万里等人可以做到从江西入而不从江西出,那"四灵"的创作道路则是主动走到了江西传统的反面。"四灵"在南宋中后期掀起宗唐潮流,前文也曾谈到,他们所宗并非全唐,而是晚唐,具体来说,是以贾岛、姚合所代表的一种苦吟诗风。如徐玑《梅》"幽深真似《离骚》句,枯健犹如贾岛诗"[2],永颐《悼赵宰紫芝甫》"钱郎旧体终难并,姚、贾新裁近有声"[3],可见他们对审美典范的选择。四库馆臣评价他们的诗风"主于野逸清瘦",在当时诗坛上独树一帜,另立新宗。从几位诗人类似题材同体诗歌的对比中就可以看出一定不同。

闲弄玉如意,天河白练横。时无李供奉,谁识谢宣城。两鹤翻明月,孤松立快晴。南阳半年客,此夜满怀清。[4]

暑雨遂经月,客来困稍疏。闭门观易象,反复看何如。妙处元非画,微言不在书。故山初未远,举首是吾庐。[5]

---

[1] 张继定,《论南宋江湖派的形成和界定》,《浙江师大学报》1994年第1期,第7页。
[2] (宋)徐玑,《梅》,《全宋诗》第53册,第32883页。
[3] (宋)释永颐,《悼赵宰紫芝甫》,《全宋诗》第57册,第35995页。
[4] (宋)陈与义,《夏夜》,《全宋诗》第31册,第19514页。
[5] (宋)吕本中,《夏日》,《全宋诗》第28册,第18169页。

◎ 创作篇　诗歌创作对诗学思潮的反映与影响

一字看成两，霜须摘转多。既无书册分，奈此日长何？荔子红初皱，春醅碧欲波。醉来愁自去，不去亦从他。①

流水阶除静，孤眠得自由。月生林欲晓，雨过夜如秋。远忆荷花浦，谁吟杜若洲。良宵恐无梦，有梦即俱游。②

其中江西诗派的二位（陈与义、吕本中）在颔联中都使用了人文意象，使文意更为晓畅，但也在一定程度上破坏了意境的完整圆融，在这一点上，杨万里的这首五律也呈现出类似的写法。陈与义颈联的写景对句有明显的以炼字翻新出奇的特征，杨万里这首五律也是如此，而吕本中的诗作则是未取景对而以理趣入胜。相比之下，徐玑的作品更注重以自然意象构建较为圆融的诗境，弱化炼字的痕迹，避免直言玄理，明显可以看出向晚唐诗风靠拢的倾向，对兴象而非理趣的追求在诗学思潮转向中成为重心。

但是从宋代晚期的诗歌创作情况来看，这种思潮更重要的意义可能体现在诗学史的维度上，在此思潮推动下形成的名家名作对后世的影响力与《沧浪诗话》难以相比。此后宗唐与宗宋相反相成的思潮不断推动着古代诗学深化前进，对元明清诗坛都产生了深刻的影响，也使不同的诗歌审美类型被更深入地剖析和欣赏。刘子健教授谈道：

> 唐和北宋的诗风在12世纪盛极而衰，12世纪的诗呈现出取向各异、流派纷呈的景象。一些诗人选择唾手可得的事

---

① （宋）杨万里，《夏日书事》，《全宋诗》第42册，第26274页。
② （宋）徐玑，《夏日怀友》，《全宋诗》第53册，第32879页。

物，比如落叶上的一滴露珠或似乎是迷失在月色中的一只小昆虫这样一些瞬间景物，用一种高度浓缩和抽象的形式来形象地传递深刻的情感。另一些诗人则关注个体的深切感悟（性）和灵感冲动的时刻（灵）。还有一些诗人致力于遣词用字，不仅要做到单纯的技巧娴熟或是单纯的巧妙，而且要做到技巧娴熟的巧妙（巧）；不仅要做到犀利，而且要做到突出的犀利（尖）。也有一些诗人并不太关注复杂难懂的诗歌技巧，而更重视用极其微妙、语义隐晦的方式来表达情绪、心境和感受。①

传统观点认为唐诗重兴象而宋诗重理趣，这显然与宋代哲学演进和理性思维的长足发展之间互为促进的现象直接相关。故很多唐诗以较为抽象玄渺的方式将禅不动声色地融入诗歌当中，很多甚至没有经过诗人的刻意经营，而是沉淀在诗人的知识结构当中随感而发。宋诗创作当然也承袭了这一传统，但受到理性思潮的整体带动，在表现方式上进行了更加多样化的尝试。不关诸象、唯理是求的思维也主导了诗人的部分创作。这未必由于他们丧失了唐人以意象构建意境的高超手段，而是在一定程度上出于他们对诗歌手法及审美的创新性探索。在文学艺术领域，这样的探索未必都能形成超越前代的美好结果，但确是文学艺术前进发展的必要过程。

---

① 〔美〕刘子健著，赵冬梅译，《中国转向内在：两宋之际的文化转向》，第20页。

◎ 创作篇　诗歌创作对诗学思潮的反映与影响

二、自我审视与内向观照不断深入

工夫论是宋代理学体系建构中的一个重要方面。南宋时持理本体或心本体甚至其他观点的文人学者对于修养方式也各有看法。有的主张"寡欲""谨独",有的则主张"存敬""静观",但基本趋于内向,其中自省的精神被格外重视。这当然也与士大夫从政的生态变化紧密相关。从北宋中后期始,明君贤臣"同治天下"的理想破灭,更多士大夫试图通过深入彻底的自省与自律,推行身体力行的教育,最终达到开启民智、提升全民道德、推动社会良性发展的目的,即"内圣外王"理想的重心从"外王"向"内圣"转移,这样的改变消极和积极意义并存。其中,消极意义很大程度上在于被后世诟病的宋儒"空谈心性"等方面,积极意义则在于在南宋前期秦桧当权的二十余年乃至后来的党争、学禁过程中,这样的理念也为很多文人士大夫在儒学理念的"经世致用"上提供了一种主体意义感和价值实现的途径,故而在南宋儒学的发展中这样"向内拓展"的倾向也得以延续和深化。

在儒家工夫论方面,对于"孔颜之乐"中道德境界的追求使宋儒往往以"安贫乐道"作为在不甚发达时的生活方式与精神归宿,表现在诗歌中也是如此。在外在事业受阻,距经世治国的理想甚远的处境下,宋儒的诗歌中所着重表现的儒者工夫论往往与自省精神相关,包括"慎独""居敬"等,并赋予抒情主体道德人格以无限价值,看重诗歌对心灵世界的细致观照,以及在诗歌中继续对"内圣"品质的锤炼与塑造。《复斋漫录》中对邵雍生

活状态与诗歌创作的描述就是其中的典型代表:

> 邵尧夫(邵雍)先生居洛四十年,安贫乐道,自云未尝皱眉。……所居寝息处为安乐窝,自号为安乐先生,其西为瓮牖,读书燕居。旦则焚香独坐,晡时饮酒三四瓯,微熏便止,不使至醉也。尝有诗云:"斟有浅深存爕理,饮无多少系经纶。莫道山翁拙于用,也能康济自家身。"①

在这样的思想背景下,北宋时便产生了一定数量的自戒、教导诗,这也是将自省进一步付诸履践的一种表现。南宋这种风潮已长久流行,这类诗歌的创作往往与兴象、意境无关,而是将诗歌创作完全作为修养工夫论建设的一种延伸,阅读感受也基本与说理文无异,如以下若干例:

> 晦以昭明德,怯以成勇功。用拙巧莫尚,持静动攸宗。惟柔养真刚,自下升高崇。虚可使实积,小乃与大通。守约博有归,味淡甘无穷。万里以是观,一心须自融。戒哉骄与盈,外强中空空。②

> 疾病当治本,神医古难遭。哀哉有限身,日与利欲鏖。大嚼徒为贪,剧饮岂足豪。淡薄以养寿,亦非慕名高。③

> 密密窝中克己私,人心才动最惟危。诚身有道须明善,暗室之中莫自欺。凛凛知风知显处,兢兢不睹不闻时。圣师

---

① (宋)胡仔纂集,廖德明校点,《苕溪渔隐丛话(后集)》卷二十二引《复斋漫录》,第159页。
② (宋)杜范,《书于立斋自戒并示诸子》,《全宋诗》第56册,第35273页。
③ (宋)陆游,《家居自戒》,《全宋诗》第40册,第25285页。

欲到无言地，子贡当年也未知。[1]

而在诸多类似的修养方式中，常常可以看到三教杂糅的痕迹，理禅双修也成为很多士大夫的日常。他们对禅境的追求与世俗习惯或认知冲突，或追求共存。这一点在理学家诗作中的表达还稍显克制隐晦，到了南宋后期，江湖诗人包括相当数量的亲佛文人和禅僧，他们对理禅双修的生活方式的表达则更加自由：

> 遍阅同参入涅槃，傍观尽怪老僧顽。有诗传世天机浅，无史藏山笔钺闲。梦境瞿庄更唤醒，醉乡陶阮夹扶还。吾庐寂寂人稀至，不是先生爱掩关。[2]

> 芳草萋迷征骑归，且依张负入书帷。家园懒记闲花草，蔬豆重甘旧藿葵。崔颢能吟有陈迹，祢衡作赋想当时。才能往往为身累，好读渊明饮酒诗。[3]

从中唐到五代，从慧能到马祖道一再到延寿等人，禅宗的世俗化程度逐步加深，到了北宋时期，佛教虽逐渐变成了禅、净两家的天下，但禅宗内部也在不断进行自我的修正与内耗。对于僧人来说，这种转变会使坚守禅法或教法、践行对终极信仰的追求变成更大的挑战。但是对于士大夫群体来说，经过闽学派、心学派等对儒家修养工夫的构建与高倡，很多佛教戒律教条的实践方式被吸纳到儒者自我约束、磨砺情操的日常活动中来，形成了一种新的理禅交会的平衡。

---

[1] （宋）王柏，《和通斋密窝韵二首（其二）》，《全宋诗》第60册，第38023页。
[2] （宋）刘克庄，《初秋感事三首（其一）》，《全宋诗》第58册，第36472页。
[3] （宋）释永颐，《周令自江夏归鄱溪》，《全宋诗》第57册，第36000页。

"内观"本是佛教修行术语，指向内观察自己身心实相的一种方法。在唐宋时期内观被吸纳入文人修习的方式当中，如苏辙言"收视内观，燕坐终日"[①]，种种表述不一而足。道学家所提倡的愈加趋向道德理想主义的修养目标，与逐渐形成的格物致知、反求诸己的指导思想，结合佛教内观思想，逐渐形成了南宋中前期士大夫阶层完整的生活哲学：内在追求的不断高尚化、超越化，外在功夫的秩序化、仪式化，即便官位不高，只能在日常琐事中进行，这也是他们的自我要求，或对于有些人来说是自我标榜的主流方式。

在这样的自我要求之下，宋代文人会格外注意诗歌中所体现的道德人格与生活趣味的高下。如胡仔言苏轼《碧落洞》中诗句"小语辄响答，空山白云惊"与李白的风格非常类似，而从岭南归来时所作的《次韵江晦叔二首》中的"浮云时事改，孤月此心明"则更显"语意高妙，有如参禅悟道之人，吐露胸襟，无一毫窒碍也"[②]。两句诗前者更注重兴象的表达，诗歌美感诉诸感官与想象，而后者则意象服务于语意，语意指向心志寄托，诗歌美感诉诸理性与道德感。胡仔对苏轼两诗的评价都很高，但从行文中也可明显看出对后者的偏向。

同时他们在诗评中也不吝于批评所谓不够高尚的生活方式下创作的诗歌。受此质疑的唐代诗人包括但不限于韩愈、李白、刘禹锡等人，如北宋末期深受苏、黄诗歌审美影响的蔡绦在诗话中

[①] （宋）苏辙，《和子瞻沉香山子赋》，《栾城后集》卷五，《四库全书》第1112册，第627页。

[②] （宋）胡仔纂集，廖德明校点，《苕溪渔隐丛话（后集）》卷二十六，第191页。

◎ 创作篇　诗歌创作对诗学思潮的反映与影响

谈道：

> 韩退之作《李千墓志》，叙李虚中辈以药败，且戒人服金石，复躬蹈之。白乐天诗："闲日一思旧，旧游如目前。微之炼秋石，未老身溘然。退之服硫黄，一病竟不痊。"又张籍《哭退之》诗："中秋十五夜，圆魄天差晴。为出二侍女，合弹琵琶筝。"《唐语林》云："二侍妾名柳枝、绛桃。"其《初使王庭凑有寿阳驿绝句》："不见园花兼柳巷，马头惟有月团圆。"盖寄意二姝。逮归，而柳枝窜去。又有《镇州初归诗》："别来杨柳街头树，摆乱东风只欲飞。惟有小园桃李在，留花不发待郎归。"自是专属意绛桃矣。文公，巨儒也，乃以侍儿故败于药耶？[①]

学界对韩愈是否服食仍有争议，但其表现"不善处穷"、纵情声色的诗作也常常为宋代文人所诟病。而且在宋代诗话中，评论者还会格外注意诗歌中展现出来的气质或个性，如文莹评价元绛诗《怀荆南旧游》"文老不衰"："去年曾醉海棠丛，闻说新枝发旧红。昨夜梦回花下饮，不知身在玉堂中。"[②] 作者虽冠以追忆过往之名，却不见气骨衰败之相。

在诗中对道德人格进行树立或审判，只是宋代诗歌"内在转向"的表层体现。朱刚教授谈道，宋代长期的"党禁"无疑使一部分士大夫有必要确信：即便什么贡献都没有，作为一个人的生存本身也具有终极价值。于是，人生价值的实现不需依靠朝廷和

[①] （宋）蔡绦，《西清诗话》，《宋诗话全编（第三册）》，第 2512 页。
[②] （宋）文莹，《玉壶野史》卷七，《四库全书》第 1037 册，第 330 页。

283

明君给予的"外向"表现的机会，只依靠个人"内向"的体认。此种观念可以概括为"独立个体的内在超越"①。这样的思潮在南宋时期表现得更为显著。故北宋中期后诗论者将理学中的"自得"说移植到了诗学领域。程颢言："大抵学不言而自得者，乃自得也，有安排布置者，皆非自得也。"② 二程门人杨时对"自得"的理解更耐人寻味："孟子所言皆精粗兼备，其言甚近，而妙义在焉。如庞居士云：'神通并妙用，运水与搬柴。'此自得者之言，最为达理。"③ 可见这种"自得"也可以代表内心对至理的全然大悟。

北宋末期蔡绦将"自得"说融入自己的事论当中，在江西诗学的影响下，这种"自得"说也走向了诗歌创作成就与个人道德品格强相关的理论归宿，并认为不同人的气质秉性有别，且在诗歌中的表现不会因题材或境遇而轻易被掩盖：

> 作诗者，陶冶物情，体会光景，必贵乎自得。盖格有高下，才有分限，不可强力至也。譬之秦武阳气盖全燕，见秦王则战掉失色；淮南王安，虽为神仙，谒帝犹轻其举止。此岂由素习哉？余以谓少陵、太白，当险阻艰难，流离困踬，意欲卑而语未尝不高；至于罗隐、贯休，得意于偏霸，夸雄逞奇，语欲高而意未尝不卑。乃知天禀自然，有不能易

---

① 朱刚，《唐宋"古文运动"与士大夫文学》，上海：复旦大学出版社，2013年，第229页。
② （宋）程颢、程颐，《河南程氏遗书》卷十一，《二程集》第121页。
③ （宋）阮阅编，周本淳校点，《诗话总龟（后集）》卷七引《龟山语录》，第39页。

◎ 创作篇　诗歌创作对诗学思潮的反映与影响

者也。①

在南宋诗论中，"自得"也有上述之义，同时也具备了理学家所用意涵，代表诗人对前辈诗意、自然物态的终极领悟：

<blockquote>
《诗说》之作，非为能诗者作也，为不能诗者作，而使之能诗；能诗而后能尽我之说，是亦为能诗者作也。虽然，以我之说为尽，而不造乎自得，是足以为能诗哉？后之贤者，有如以水投水者乎？有如得兔忘筌者乎？噫！我之说已得罪于古之诗人，后之人其勿重罪余乎！②（姜夔《白石道人诗说》）

诗吟函得到自有得处，如化工生物，千花万草，不名一物一态。若摸勒前人，无自得，只如世间剪裁诸花，见一件样，只做得一件也。③（《漫斋语录》）
</blockquote>

这类表述在南宋诗歌中亦多，如赵蕃："作画与作诗，妙处元同科。苟无自得处，当复奈渠何。"④ 正觉："觉心了了，幻事斑斑。草木精神兮，风流自得，丛林气像兮，春信谁悭。"⑤ 尤其是"自得"的后一种理路，对南宋诗学的中期转向具有特别意

---

① （宋）胡仔纂集，廖德明校点，《苕溪渔隐丛话（前集）》卷五十六引《西清诗话》，第383—384页。
② （宋）姜夔，《白石道人诗说》，《历代诗话》，第683页。
③ （宋）魏庆之《诗人玉屑》卷十引《漫斋语录》，《四库全书》第1481册，第161—162页。
④ （宋）赵蕃，《观吴兴俞君新之作画于瑞竹俞君索诗漫兴四绝句（其三）》，《全宋诗》第49册，第30751页。
⑤ （宋）释正觉，宗法等编，《宏智禅师广录》，《大正藏》第48册，no.2001，第104页

义。将诗人创作从故纸堆里解放出来，迫使诗人更加关注心灵与外物怦然际会所产生的精神涟漪，当然，这种感受既可以诉诸感性，也可以诉诸理性。如张毅教授谈道：

> 对于重视心性修养的宋明新儒家而言，除了要领会性理作为万物本体的意义外，对生生之仁的内心观照和生命体验也是非常重要的。情感体验是人之生命存在的一种基本方式，仁体和道理存在于人心之中，是与生命情感相联系的本体存在，对心性本体的直觉要以内在体验做基础，所以修养工夫的"静观"与"自得"实不可分。静观万物而洞明心体，具有仁者浑然与物同体的胸怀，不仅可得性情之正，还可寻得"孔颜乐处"，使日常生活饶有鸢飞鱼跃般的活泼诗意。故新儒家的心学派于此特别加以强调，并有诗为证，就连明言作诗果无益的理学大师朱熹，也不乏这方面的吟咏性情之作；但用吟诗方式表达性命自得的内心体验，将心学与诗学融会贯通，当以主张于静中养出端倪的白沙之学为典型。①

黑格尔认为艺术美与自然美的不同在于，艺术美是由心灵产生和再生的美。② 中国诗歌所体现的本就更倾向于自然、环境、时政及人际关系反映在人心中的倒影。南宋诗歌中期后发生转向的突出表现，就是更加关注"意与物遇"的直观感受。如陈与义诗："朝来庭树有鸣禽，红绿扶春上远林。忽有好诗生眼底，安

---

① 张毅，《"万物静观皆自得"——儒家心学与诗学片论》，《中国文化研究》2002 年第 4 期，第 70 页。
② 〔德〕黑格尔，朱光潜译，《美学（第一卷）》，第 4 页。

排句法已难寻。"① "门前柿叶已堪书，弄镜烧香聊自娱。百世窗明窗暗里，题诗不用着工夫。"② 便有此意。

另外，宋代诗论认为诗歌是心灵的外发形式，有时也走到了神秘主义的境地，其代表就是诗话中一类较为特殊的本事故事，即"诗谶"。如《玉壶清话》中记载郑獬在杭州时曾作《题杭郡阁》："雨影横残红，秋容阴映日。寒江带暮流，晓角穿云出。峰藏翠如织，宿鸟去无迹。封书寄所怀，聊托金门翼。"当时有人便颇为讶异诗中所显气象"不远"。后来郑獬离开杭州，赴青社，泊船楚州时因病去世。而《诗话》言："其语已兆于先矣。"③ 在此段叙述中，诗话作者显然仍遵循一定的唯物论逻辑，诗人的境遇、身体状况等多少会造成其心理活动的变化，而这样的心理又反映在诗歌创作的"气象"当中，以此作为某种"先兆"，也不无合理之处。故惠洪在《冷斋夜话》中谈"诗忌"：

> 今人之诗，例无精彩，其气夺也。夫气之夺人，百种禁忌，诗亦如之。富贵中不得言贫贱事，少壮中不得言衰老事，康强中不得言疾病死亡事，脱或犯之，人谓之诗谶，谓之无气，是大不然。诗者，妙观逸想之所寓也，岂可限以绳墨哉！如王维作画雪中芭蕉，自法眼观之，知其神情寄寓于物，俗论则讥以为不知寒暑。荆公方大拜，贺客盈门，忽点墨书其壁曰："霜筠雪竹钟山寺，投老皈欤寄此生。"坡在儋

---

① （宋）陈与义，《春日（其一）》，《全宋诗》第 31 册，第 19492 页。
② （宋）陈与义，《秋试院将出书所寓窗》，《全宋诗》第 31 册，第 19497 页。
③ （宋）阮阅编，周本淳校点，《诗话总龟（前集）》卷三十四引《玉壶诗话》，第 339 页。

耳，作诗曰："平生万事足，所欠惟一死。"岂可与世俗论哉！予尝与客论至此，而客不然予论。予作诗自志其略曰："东坡醉墨浩琳琅，千首空余万丈光。雪里芭蕉失寒暑，眼中骐骥略玄黄。"①

这里惠洪提出"气夺人"的概念，他不认可前人所谓"诗谶"说，提出诗代表的"妙观逸想"不应完全被现实的逻辑绑架。但"诗谶"故事仍为大家所津津乐道，如《野人闲话》中记录唐时在彭州天台禅院，刺史安思谦儿子安守范与宾客游，联句以纪其来：

> 偶到天台院，因逢物外僧。——刺史安守范
> 忘机同一祖，出语离三乘。——定武军推官杨鼎夫
> 古德玄意远，外窗虚景澄。——前怀远军周述
> 片时松影下，联续百千灯。——前眉州判官李仁肇

此联句诗被书于牌上，另日有一贫子来此乞食，见到这首诗后言："人道有初无尾，此则有尾无初。后五年首领俱碎，不如尾句者乎？"他人不解。五年之后，果然安思谦被诛，守范伏法，鼎夫暴亡，印证了"首领俱碎"的预言。②

诗歌可以对命运做出印证或征兆的说法在南宋诗话中并没有消失，很多记载也完全脱离理性思维逻辑，而是表现出相当程度的灵异或奇幻色彩。如《苕溪渔隐丛话》中的两则记录：

---

① （宋）惠洪，《冷斋夜话》卷四，《四库全书》第 863 册，第 255 页。
② （宋）阮阅编，周本淳校点，《诗话总龟（前集）》卷四十九引《野人闲话》，第 476 页。

◎ 创作篇　诗歌创作对诗学思潮的反映与影响

人梦中作为诗文，觉来多不省，设有能省者，其事往往皆验，理固不可诘，岂祸福将至，精神自有感通者乎？王元之《商州》诗有"节及登高忽嗟叹，经年憔悴别京华。二车何事搔蓬发，九日樽前见菊花"之句，第四句乃梦中得也。初，元之在掖垣，忽梦赋诗御座前，既觉，独记此句，未几，至贬，以十月到郡，而菊花盛开，恍然如诗语也。元献公守亳，始至，亦尝梦赋诗云："一年为客未归去，笑杀城东桃李花。"初莫省谓何，已而因春出游，则州之园馆皆在城东，公留亳逾年，而后移睢阳，无不合者。元之自从班谪散秩，先为之兆，固宜矣。若元献但日月淹速之间，亦有预告之者，则世间万事，何尝不有定数邪？①（《蔡宽夫诗话》）

诗岂独言志，往往谶终身之事。希文小官时作《十四夜月》诗云："天意将圆夜，人心待满时，已知千里共，犹讶一分亏"，希文负人望，世期以为相，而止于参知政事。介甫为殿中丞群牧判官时，作《鄞州白雪楼》诗，略云："《折杨》《皇荂》笑者多，《阳春》《白雪》和者少。知音四海无几人，况复区区鄞中小。千载相传始欲慕，一时独唱谁能晓。古心以此分冥冥，俚耳至今徒扰扰。"及作相更新天下之务，而一时沮毁之者蜂起，皆如"白雪"之句也。②（《隐居诗话》）

---

① （宋）胡仔纂集，廖德明校点，《苕溪渔隐丛话（后集）》卷二十引《蔡宽夫诗话》，第 140 页。
② （宋）胡仔纂集，廖德明校点，《苕溪渔隐丛话（前集）》卷二十八引《隐居诗话》，第 192 页。

事实上，感觉到现实中发生的某事在早前的梦中已发生过是一种典型的心理学现象。古人受到科学理论水平的限制，又受到传统"天人感应"思想的影响，以诗歌为纽带将主体的感应范围无限扩大，结合彼时心学的不断发展，部分诗学理念也难免陷入了唯心主义的窠臼当中。

总而言之，南宋时期儒学工夫论进一步向内发展，也使诗作和诗论在一定程度上呈现出更注重主体而非客体，注重挖掘心灵世界而非着眼广阔天地的特征。尽管有些诗人和诗论作品能够突破局限，如陆游、杨万里等人的作品，但从整体的创作和理论倾向而言，重自省与内观的取向还是相当明显。

三、创作雅趣与文字游戏化作日常

在《全宋诗》中可以发现一个值得关注的现象，宋代诗人存诗千首以上的高产作者四十余人[①]，其中有相当一部分几无经典作品传世，在文学史上声名不显，如赵蕃（3725首）、陈造（2038首）、项安世（1486首）、郭祥正（1432首）等，他们存诗的巨大体量可以使他们成为宋诗研究领域的观照对象，但从诗歌的审美价值、经典程度与传播度来讲，他们的名字可以说令人十分陌生。如其中的项安世，同朱熹关系较为亲厚，从《全宋诗》的收录情况来看，朱熹和项安世的诗歌创作数均为一千五百

[①] 统计数据来源：王兆鹏、齐晓玉，《宋代诗文词作者的层级与时空分布》，《中南民族大学学报（人文社会科学版）》网络首发论文，2021年11月，第41卷。

◎ 创作篇　诗歌创作对诗学思潮的反映与影响

首左右,在宋代诗人中属非常高产的类型,但从流传情况来看,项安世显然几无名篇,同质化的平庸之作数量极大。那他们作诗的动机仅仅是出自"吟咏性灵"吗?当然,有些诗人虽然诗艺不特别出众,在后世中声名不显,但在当时的创作环境之中,可能也会有以创作改变诗歌风潮的自觉。如郭祥正言"自从梅老死,诗言失平淡。我欲回众航,力弱不可缆"①(《赠陈师道判官》)。但更多时候,宋代大量诗作的产生,都与文人群体的社交需求有关。吕肖奂在《宋代酬唱诗歌论稿》的序言中谈道:

> 酬唱诗歌正是中国这几千年以来形成且沿袭不断的"关系本位"社会状态的艺术反映。中国传统诗歌之所以长盛不衰、生生不息,主要取决于"关系本位"社会的基本需要,尤其是中古以后(自汉魏始)的诗歌——多数并非出于诗人感情抒写的需求,而往往是出于人际关系交往的必要。②

如果说这样的特征在唐代诗歌中的表现还不甚明显,那在宋诗中,诗歌中的"关系本位"现象已经非常突出了。吕肖奂也谈到一个关键性问题,即"传统的诗歌评论标准、诗歌理论,基本是以独吟诗歌为标杆而建立的"③,这也是我们将宋诗作为一个整体进行观照时,会发现很多作品与同时代诗论之间略为割裂或矛盾的一个原因。

在言意关系的问题上,北宋中前期代表性诗人如梅尧臣、欧

---

① (宋)郭祥正,《赠陈师道判官》,《全宋诗》第13册,第8869页。
② 吕肖奂,《宋代酬唱诗歌论稿》,上海:复旦大学出版社,2021年,第1页。
③ 吕肖奂,《宋代酬唱诗歌论稿》,第5页。

阳修、苏轼等几乎都秉承一种语言乐观主义[1]，欧阳修曾记录与梅尧臣的一段对话，几乎为"宋调"的形成定下了基调：

> 圣俞尝语余曰："诗家虽率意，而造语亦难。若意新语工，得前人所未道者，斯为善也。必能状难写之景，如在目前，含不尽之意，见于言外，然后为至矣。贾岛云：'竹笼拾山果，瓦瓶担石泉。'姚合云：'马随山鹿放，鸡逐野禽栖。'等是山邑荒僻，官况萧条，不如'县古槐根出，官清马骨高'为工也。"余曰："语之工者固如是。状难写之景，含不尽之意，何诗为然？"圣俞曰："作者得于心，览者会以意，殆难指陈以言也。虽然，亦可略道其仿佛：若严维'柳塘春水漫，花坞夕阳迟'，则天容时态，融和骀荡，岂不如在目前乎？又若温庭筠'鸡声茅店月，人迹板桥霜'，贾岛'怪禽啼旷野，落日恐行人'，则道路辛苦，羁愁旅思，岂不见于言外乎？"[2]

这里欧阳修与梅尧臣集中讨论如何将眼前之景与心中之意通过恰到好处的语言表现出来，所体现出的是一种"无意不可入，无事不可言"的态度，而宋调的典范也是在此基础上发展而成的。

在这种言意观的影响下，南宋诗人仍钟爱吟咏日常琐事，一方面这体现出宋代诗歌题材的扩大，另一方面，他们中的很大一部分也将作诗当作"日课"，锻炼精进自己的作诗技巧，如《苕

---

[1] 李贵，《中唐至北宋的典范选择与诗歌因革》，上海：复旦大学出版社，2012年，第163页。

[2] （宋）欧阳修，《六一诗话》，《历代诗话》，第267页。

◎ 创作篇　诗歌创作对诗学思潮的反映与影响

溪渔隐丛话》记载"旧说梅圣俞日课一诗,寒暑未尝易也。圣俞诗名满世,盖身试此说之效耳"①。很多诗人的创作也能印证他们以作诗为日课的行为:

豹文未省一斑窥,戏逐群儿日课诗。诗病无人与商略,湔肠浣胃付神医。②

去冬诗绝稀,作意待好春。春至病始瘳,强赋情少真。梅花到海棠,不过数十首。其间岂无兴,有笔慵开口。繁逢风日美,心醉人不知。林间行若狂,藉草或移时。芳花倏扫踪,转作满园叶。油然翠欲流,剪若阴初叠。老夫爱深处,穿树开生路。香不是风香,吹来复吹去。扶筇仰面看,青子枝间团。引客任摘尝,庸讵疑整冠。闲来坐根石,远望浑无隙。大似天女机,重重绿萝织。黄蜂恐我嗔,拟住退逡巡。向夏吟更懒,却防蜂笑人。从今当健走,古囊勤抖擞。莫作苍蝇鸣,常如狮子吼。③

春湖潮满入青天,浪拍东风打钓船。人在空濛飞絮里,鸟啼红白乱花前。④

这些诗歌在很大程度上难以被称为有感而发,有些篇章甚至能读出一种闲极无聊的感慨。从这种意义来看,即便是宋代很多的"独吟诗歌",其创作的真实意图也不仅在于"独吟"。曾巩在

---

① (宋)胡仔纂集,廖德明校点,《苕溪渔隐丛话(前集)》卷二十九,第202页。
② (宋)曾几,《次程伯禹尚书见寄韵》(节选),《全宋诗》第29册,第18520页。
③ (宋)张镃,《近诗殊少,闲行绿阴下,喜成杂言以自勉,继此当日课云》,《全宋诗》第50册,第31538—31539页。
④ (宋)周紫芝,《湖居无事日课小诗》其一,《全宋诗》第26册,第17275页。

其《馆阁送钱纯老知婺州诗序》提道："盖朝廷常引天下文学之士，聚之馆阁，所以长养其材而待上之用。有出使于外者，则其僚必相告语，择都城之中广宇丰堂、游观之胜，约日皆会，饮酒赋诗，以叙去处之情，而致绸缪之意。历世浸久，以为故常。"[①]这里虽言及馆阁文臣的送别诗传统，但到了宋代，很多文人都有意识地"养材待用"，这里的"待用"也不仅止于翰林文士的应制之作，而是为了应对已经渗透到生活各个方面的诗歌社交的需要。如刘克庄言："作诗难，和诗尤难。语意相犯一难也，趁韵二难也。惟意高者不蹈袭，料多者不拘窘。"[②] 积攒语料、推敲句法、发掘诗意、记录生活等，都成为宋人日常"练"诗的原因，而其中契机既可以来自阅读，也可以来自其他日常活动。

以诗歌为日课的做法使宋代诗歌数量爆炸式增加，现存宋诗的数量是唐诗的4~5倍，然而大多数文人的日常生活并不足以支撑如此大量诗歌所应承担的深沉内涵或特殊体验。这样一来宋代诗人不仅使大量日常琐事入诗，同时也使宋诗在趣味化、竞技化层面上的发展远超前代。诗歌的文字游戏属性在北宋初西昆体诗人的创作中已经初显规模，堆砌凑泊类书掌故以为诗，已经在很大程度脱离了缘情言志的初衷，而使作诗成为一种展示才学、彰显文采的半消遣、半社交的活动。他们的创作心境和过程状态，自然和宋初晚唐体那些在野人士的惨淡经营大相径庭。虽说"苦吟"很多时候也是一些诗人调剂生活的雅趣，但大多还是有诗人现实生活的根基，西昆体作品则更多类似悬浮在半空的琼楼

[①] （宋）曾巩，陈杏珍、晁继周点校，《馆阁送钱纯老知婺州诗序》，《曾巩集》，北京：中华书局，1984年，第214页。
[②] （宋）刘克庄，《魏司理定清梅百咏》，《刘克庄集笺校》卷一〇九，第4542页。

玉宇,所以宋诗包括诗话作品对趣味的追求是在正统诗学表述里较少出现,却在事实上广泛存在的一种创作潮流。下举几种带有一定游戏性质的诗歌类型为例:

一字至十字:

和待梅花从一字至十字句

韦 骧

梅,迟回。

雪已消,花未开。

傍山林馆,近水亭台。

相期白玉蕊,数费碧云才。

况有冰霜对偶,且无蜂蝶嫌猜。

含蓄清香知自负,包藏幽艳俟谁来。

岭头信兮使骑未至,楼间怨兮角声已哀。

提壶秉笔兮酬咏其侧,花神有知兮得不留心哉。①

禽言诗:

五禽言和王仲衡尚书(其三)

朱 熹

泥滑滑,泥滑滑,秦望云荒镜湖阔。

绿秧刺水水拍堤,牙旗画舸凌风发。

使君行乐三江头,泥滑水深君莫忧。②

---

① (宋)韦骧,《和待梅花从一字至十字句》,《全宋诗》第13册,第8415页。
② (宋)朱熹,《五禽言和王仲衡尚书(其三)》,《全宋诗》第44册,第27619页。

药名诗：

新秋药名两首（其一）
洪咨夔

老色苍苍耳向聋，秋声欺得白头翁。
已甘草诏元无分，只苦耽诗久欠功。
引兴从容风月足，放怀浪宕水云空。
雨余凉意生庭户，夜半天河鹊信通。[1]

禁体物诗：

次韵刘簿观雪用东坡聚星堂韵禁体物语
方　岳

江皋黯黯飞云叶，淅沥破窗鸣急雪。
乱飘密洒寒正苦，低唱浅斟痴亦绝。
冻吟可但笔锋健，醒狂不觉展齿折。
留连急景聊从容，俯仰幻尘空变灭。
舒眉一笑各云散，转眼百年如电掣。
风凝光眩眼欲花，酒带潮红脸生缬。
剧夸陶语何区区，等与谢吟争屑屑。
醉翁出令凡马空，坡老挥毫风燕瞥。
两公仙去各已久，一代风流尚谁说。
吸鲸今夕不可辞，醉中有句铮如铁。[2]

---

[1] （宋）洪咨夔，《新秋药名两首（其一）》，《全宋诗》第 55 册，第 24605 页。
[2] （宋）方岳，《次韵刘簿观雪用东坡聚星堂韵禁体物语》，《全宋诗》第 61 册，第 38452－38453 页。

◎ 创作篇　诗歌创作对诗学思潮的反映与影响

当然，这些特殊的诗体不都是至宋代才产生的，但在宋代这些诗歌的数量是远多于前代的。除此之外，宋代很多诗人也会将日常发生的趣味事件化为诗作，或在唱和独吟时人为设限、加大难度：

狸猫得鼠活未食，戏局之地或前后。猫欺鼠困纵不逐，岂防厥类息其守。花猫狡计伺狸息，帖耳偷衔背之走。家人莫究狸所得，只见花衔鼠在口。予因窃觇见本末，却笑家人反能否。主人养猫不知用，谬薄狸能服花厚。花虽利鼠乃欺主，窃狸之功亦花丑。人间颠倒常大此，利害于猫复何有。①

君不见刘越石，晋阳铁骑围城急。一声长啸震山谷，抛弓散走群儿泣。又不见庾元规，武昌僚佐相追随。坐据胡床夜笑语，不知宾主竟为谁。枕戈待旦成何事，终让著鞭先士稚。况复西风尘污人，茂宏举扇思还第。嗟嗟二子逢世乱，误长清谈空致患。争如今夕倚阑人，一生饱吃升平饭。百城桴鼓夜不鸣，万里山川秋愈明。黄鹤孤飞白鸥睡，卷帘露气下三更。初听笛声何激烈，再听书声更清越。素娥密约无人知，今秋丹桂来先折。②

这类诗歌在宋人诗集中不仅十分常见，而且作者不乏面目严肃的道学家或诗僧等。这些诗戏的创作方法，有些仍追求与诗歌

---

① （宋）强至，《予家畜狸花二猫一日狸者获鼠未食而花者私窃之以去家人不知以为鼠自花获也因感而作二猫诗》，《全宋诗》第 10 册，第 6923 页。
② （宋）陆文圭，《题刘晦卿月楼图并钱秋阁之行乃不犯月楼字》，《全宋诗》第 71 册，第 44559 页。

297

"吟咏性情"的本质相契,如"四海无远志,一溪甘遂心"①(" 远志""甘遂"为药名),有些则仅以造语之谐趣刁钻为旨归,如"无雨若还过半夏,和师晒作葫芦巴"②("半夏""葫芦巴"为药名)。做这些偏于消遣娱乐的文字游戏,似乎与他们冠冕堂皇的诗歌理念相左。故如要全面了解作者的诗歌理念,还需从诗论和创作两个方面入手。虽然南宋诗论中不乏"诗不可强作,不可徒作,不可苟作"③类型的告诫,但事实就是作为他们生活雅趣的一部分,南宋诗歌作品中强作、徒作、苟作的诗歌同样为数惊人。诗话作者往往也乐见此类:

> 李文公《谈录》:吾为翰林学士月给内酝。兵部李相涛好滑稽,尝因春社寄七言诗云:"社翁今日没心情,为乏治聋酒一瓶,恼乱玉堂将欲遍,依稀巡到第三厅。"其笔札遒丽,自一家之妙。俗传社日酒吃治耳聋,故兵部有是句。兵部小字社翁,每于班行呼其名字,其坦率如此。④

另外,宋代"谐戏诗"的出现和流行与禅偈的发展也不无干系。禅宗文学中的"机锋问答"就体现出一种智慧的斗法,而禅偈偶尔点缀其中,更具深意与趣味。如《冷斋夜话》中记录,这种以诗歌的形式展现智慧与雅趣的方式在文人和诗僧群体中都广泛存在:

---

① 出自黄庭坚《荆州即事药名诗八首(其一)》,《全宋诗》第17册,第11587页。
② 出自陈亚《句(其七)》,《全宋诗》第2册,第1305页。
③ (宋)魏庆之《诗人玉屑》卷五引《骊塘文集》,《四库全书》第1481册,第93页。
④ (宋)祝穆,《古今事文类聚前集》卷七,《四库全书》第925册,第123页。

  云峰悦禅师，丛林敬畏为明眼尊宿，与兴化诜公友善。诜城居三十余年，老矣，犹迎送不已。悦尝诫曰："公乃不袖手山林中去，尚此忍垢乎？"郡僚爱诜多，久不果。一日，送大官出郊，堕马损臂，呻吟月余，以书哀诉于悦。悦恨其不听言，作偈戏之曰："大悲菩萨有千手，大丈夫儿谁不有。兴化和尚折一枝，犹有九百九十九。"南华恭长老同嗣大愚，然少丛林，有书来叙法礼。悦作偈戏之曰："与师萍迹寄江湖，共忆当年在大愚。堪笑堪悲无限事，甜瓜生得苦葫芦。"[①]

  诗歌作为中国古代文学传统中最重要的文体之一，其在社会生活中所扮演的角色其实十分复杂多样，对于文化人群体来说，它不只可以是抒情言志的媒介，还经常被作为社交往来的工具，而文人对这种工具的应用承载了不同的性格秉性，应用场景也在很大程度上左右这些诗歌的风格和模式，如挽诗、生贺、干谒、唱和、斗趣等。而为了应对种种场景，锻炼诗歌写作技巧成了很多文人的必修课，这些"练笔"也被大量保存下来。虽然在文学研究中这些作品往往因为审美价值平平而常常被忽视，但它们也在很大程度上体现出了当时的文学思潮和文人生态，其文学史价值和研究意义也有待更深入的挖掘。

四、平淡审美与追求自然内涵迭代

  宋诗对诗歌平淡自然审美的追求，经自宋初白体、晚唐体的

[①] （宋）惠洪，《冷斋夜话》卷十，《四库全书》第863册，第268页。

流行至中前期欧阳修等人大赞梅诗等诗学风潮的发展变化逐渐确立，并成为"宋调"的重要审美特征之一。在理学兴起后，诗论又将这种诗歌"平淡自然"的审美与"性情之正"相联系，成为横跨理学本体论、心性论与诗学风格论、审美观的重要理念。黄庭坚在《书王知载朐山杂咏后》中谈道：

> 诗者，人之情性也，非强谏争于廷，怨忿诟于道，怒邻骂坐之为也。其人忠信笃敬，抱道而居，与时乖逢，遇物悲喜，同床而不察，并世而不闻，情之所不能堪，因发于呻吟调笑之声，胸次释然，而闻者亦有所劝勉，比律吕而可歌，列干羽而可舞，是诗之美也。其发为讪谤侵陵，引颈以承戈，披襟而受矢，以快一朝之忿者，人皆以为诗之祸，是失诗之旨，非诗之过也。[1]

正如前文所论，宋代诗论中所说的"性情"，大多数时候并不指人人各异的性格，而是与先验道德性相应的人的"本性"及其所衍生的"情"，这种"性情"的最高标准就是"中和"。永嘉学派学者薛季宣言："夫人者，中和之萃，性情之所钟也。遂古方来，其道一而已矣。修其性，见其情，振古如斯，何反古之云说？"[2] 故与这样中和"性情"相应的诗歌语言，就是宋人所崇尚的"淡"。这里的"淡"可以看作一个集合概念，用于对类似"平淡""闲淡""雅淡""清淡""冲淡"等表述的统称。虽然这

---

[1] （宋）黄庭坚，《书王知载朐山杂咏后》，《山谷集》卷二十六，《四库全书》第1113册，第277页。
[2] （宋）薛季宣，《书〈诗性情说〉后》，《浪语集》卷二十七，《四库全书》第1159册，第419页。

◎ 创作篇　诗歌创作对诗学思潮的反映与影响

些具体的概念本身在含义上并不完全一致，但它们所指向的诗歌审美风格仍有一个较为统一的方向。

北宋对"闲淡古远"这一审美旨趣的推崇是从梅尧臣开始的，其言"因吟适性情，稍欲到平淡。苦辞未圆熟，刺口剧菱芡"①，就决定了所谓"闲淡古远"不仅指代一种独特的语言风格，更是指向诗歌意境及其背后所体现的诗人本身的立意、诗学根基甚至人品道德。如欧阳修所言：

> 梅圣俞尝于范希文席上赋《河豚鱼》诗云："春洲生荻芽，春岸飞杨花。河豚当是时，贵不数鱼虾。"河豚常出于春暮，群游水上，食絮而肥。南人多与荻芽为羹，云最美。故知诗者谓只破题两句，已道尽河豚好处。圣俞平生苦于吟咏，以闲远古淡为意，故其构思极艰。此诗作于樽俎之间，笔力雄赡，顷刻而成，遂为绝唱。②

欧阳修认为梅尧臣诗所体现的"闲远古淡"的风格并不在言语，而更多在"意"，在于"构思"，佐以"笔力"，终成绝唱。所以梅尧臣所谓"作诗无古今，唯造平淡难"③的理念成为有宋一代长期被追捧的审美范式。但显然，梅尧臣式的"平淡"风格与北宋中后期江西诗法很难完全适配，故葛立方等人又对二者的审美理论做出调和：

---

① 出自梅尧臣《依韵和晏相公诗》，《全宋诗》第5册，第2902页。
② （宋）欧阳修，《六一诗话》，《历代诗话》，第265页。
③ 出自梅尧臣《读邵不疑学士诗卷，杜挺之忽来，因出示之，且伏高致，辄书一时之语以奉呈》，《全宋诗》第5册，第3171页。

欲造平淡，当自组丽中来，落其华芬，然后可造平淡之境。如此则陶、谢不足进矣。今之人多作拙易语，而自以为平淡，识者未尝不绝倒也。梅圣俞《和晏相》诗云："因令适性情，稍欲到平淡。苦词未圆熟，刺口剧菱芡。"言到平淡处甚难也。所以《赠杜挺之》诗有"作诗无古今，欲造平淡难"之句。李白云："清水出芙蓉，天然去雕饰。"平淡而到天然处，则善矣。①

这种"一语天然万古新，豪华落尽见真淳"的诗歌理念常被宋人吸纳，达成"平淡"风格的曲折路径，也经常被作为对陶渊明诗风的评价，可见二者的理路链接。很多禅僧的创作为了避免较为激烈的情绪或过于丰富的感受，往往也会采用较为平淡的语言或意境，如南北宋之交的许彦周评晦堂祖心禅师佛偈（不住唐朝寺，闲为宋地僧。生涯三事衲，故旧一枝藤。乞食随缘过，逢山任意登。相逢莫相笑，不是岭南能）"深静平实，道眼所了，非世间文士诗僧之所能仿佛"；《苕溪渔隐丛话》中胡仔言其爱惟政《牛山中偈》（桥上山万层，桥下水千里，惟有白鹭鹚，见我长来此），称其"造语平易，不加雕斫，而清胜之景，闲适之意，宛然在吾目中矣"②。

但陶渊明、梅尧臣等人所代表的"平淡"风格往往是诗歌巨匠才能达成的一种境界。如果诗歌在语言、意境等各方面都以"平淡"为准绳，追求一种意味隽永的阅读感受，但又不能将丰沛的感情或深邃的思考圆融无际地蕴含其中，在阅读时这种诗歌

---

① （宋）葛立方，《韵语阳秋》卷一，《历代诗话》，第483—484页。
② （宋）胡仔纂集，廖德明校点，《苕溪渔隐丛话（后集）》卷三十七，第298页。

◎ 创作篇　诗歌创作对诗学思潮的反映与影响

对读者产生的情感或审美冲击便会难以避免地降低，这也并不是众多诗人追求的目标。故在"平淡"之外，南宋评论者往往又会将"警策""兴致"等融入其中：

> 陆士衡《文赋》云："立片言以居要，乃一篇之警策"，此要论也。文章无警策，则不足以传世，盖不能竦动世人。如老杜及唐人诸诗，无不如此。但晋、宋间人专致力于此，故失于绮靡，而无高古气味。老杜诗云："语不惊人死不休。"所谓惊人语，即警策也。①

> 作诗者兴致先自高远，则去非之言可用；倘不然，便与郑都官无异。②

当然，到了南宋中后期，审美典范突破了"平和冲淡"的感情表达及语言风格，走向了自由和多元。晚宋诗僧道璨言："诗，天地间清气。非胸中清气者不足与论诗，近时诗家艳丽新美如插花舞女，一见非不使人心醉，移顷则意败无他，其所自出者有欠耳。"(《潜仲刚诗集序》)可以从侧面证明当时诗坛的不同走向。

与"平淡"高度相关的诗歌审美概念即"自然"。纵观各时期诗学话语，很多卓有成就的作者和评论家会提出引领一时甚至一世风潮的标杆理念，但是大量诗论文字使用最多的概念往往集中于一些重复的经典，如"自然""兴味""吟咏性情"等。在大多数诗论文字中，不同的评论者乐此不疲地使用并重新阐释这些经典概念，抢夺定义权。同样是使用"自然"这一经典概念，晚

---

① （宋）胡仔纂集，廖德明校点，《苕溪渔隐丛话（前集）》卷九引《童蒙诗训》，第58页。
② （宋）葛立方，《韵语阳秋》，《历代诗话》，第493页。

唐司空图，北宋前期梅尧臣，北宋中后期惠洪、朱弁，南宋中期姜夔，南宋后期严羽等人的诗论无论是概念外延还是理论内涵都存在一定的联系，却又有明显的差别，与其他字词的组合又进一步增加了诗话语言的丰富性和复杂性：

  自然：俯拾即是，不取诸邻。俱道适往，着手成春。如逢花开，如瞻岁新。真与不夺，强得易贫。幽人空山，过雨采蘋。薄言情悟，悠悠天钧。①（司空图《二十四诗品》）

  予尝熟味退之诗，真出自然，其用事深密，高出老杜之上。②（惠洪《冷斋夜话》）

  诗人胜语咸得于自然，非资博古。③（朱弁《风月堂诗话》）

  诗有四种高妙：一曰理高妙，二曰意高妙，三曰想高妙，四曰自然高妙。碍而实通，曰理高妙；出自意外，曰意高妙；写出幽微，如清潭见底，曰想高妙；非奇非怪，剥落文采，知其妙而不知其所以妙，曰自然高妙。④（姜夔《白石道人诗说》）

  汉魏古诗，气象混沌，难以句摘。晋以还方有佳句，如渊明"采菊东篱下，悠然见南山"，谢灵运"池塘生春草"之类，谢所以不及陶者，康乐之诗精工、渊明之诗质而自然耳。⑤（严羽《沧浪诗话》）

---

① （唐）司空图，《二十四诗品》，《历代诗话》，第40页。
② （宋）惠洪，《冷斋夜话》卷二，《四库全书》第863册，第246页。
③ （宋）朱弁，《风月堂诗话》，《四库全书》第1479册，第15页。
④ （宋）姜夔，《白石道人诗说》，《历代诗话》，第682页。
⑤ （宋）严羽著，张健校笺，《沧浪诗话校笺（下）》，第533页。

◎ 创作篇　诗歌创作对诗学思潮的反映与影响

这些讨论中最令人注目的是惠洪的评价。韩愈诗以怪奇宏肆见长，较少评论者以"自然"形容其诗风。惠洪以其诗句"脑脂盖眼卧壮士，大招挂壁何由弯"为"自然"可谓特别。他在诗话中借几位诗人对韩愈诗的评价，将"自然"的理论导向从一种诗歌风格转入形容诗人气质秉性与诗歌风格的一脉贯通，与"用事""法度"等均无冲突。这种思维对重诗法的江西诗人来说有其相关意义。北宋中前期，王安石的"经对经，史对史，释氏事对释氏事，道家事对道家事"便被看作"法度甚严"①。南北宋之交诗论中对各种句法、字法的讨论愈发精细：

> 东坡诗云"公是主人身是客，举觞登望得无愁"，用乐天"心是主人身是客"。"身是"字本谚语。"身"犹言"我"也，如张飞自言"身是张翼德，可共来决死"，及宋彭城王义真自关中逃归，谓段宏曰："身在此，可刎身头以南，使家公望绝。"谢瀹云："身家太傅老。"此类甚多，皆以"身"为"我"也。韩子苍诗云："身今老病投炎瘴，最忆冰盘贮蔗浆。"亦用"身"字。②

到南宋中期，诗坛已吹入新风，评论者对诗法的讨论仍热情不减，如杨万里在《诚斋诗话》中剖析如何使用"经语""文语"入诗，姜夔的《白石道人诗说》也将"诗病""诗法"作为主要内容。后期范晞文的《对床夜语》中仍有很多对字句细致的推敲琢磨：

---

① （宋）曾季狸，《艇斋诗话》，《历代诗话续编》，第310页。
② （宋）曾季狸，《艇斋诗话》，《历代诗话续编》，第317页。

虚活字极难下，虚死字尤不易，盖虽是死字，欲使之活，此所以为难。老杜"古墙犹竹色，虚阁自松声"及"江山有巴蜀，栋宇自齐梁"，人到于今诵之。予近读其《瞿塘两崖》诗云："入天犹石色，穿水忽云根。""犹""忽"二字如浮云着风，闪烁无定，谁能迹其妙处。[①]

对于他们来说，"自然"的概念原本的含义并不重要，如何能够搭建"雕琢"与"自然"之间的通路才是关键。故在唐至北宋前期的诗话中，"自然"更偏向一种意与物遇、不事穿凿的诗歌审美类型，到了江西诗法中，又要落实"自然"与"法度"之间的非对立关系，南宋后期"自然"又与"精工"相对，强调气象混融。这些诗论者对"自然"概念的应用并非没有共通之处，但可以明显看出"自然"作为诗学中的经典概念却又各不相同的时代内涵。

综上所述，南宋诗歌创作中体现出的诗学精神较北宋而言呈现出了接续中的创新特质。这些创新的表现往往不是突然之间的改头换面，而是文人在长年累月的诗歌创作中运用、反思、改造某些诗学观念的结果。

---

① （宋）范晞文，《对床夜语》，《历代诗话续编》，第418页。

第二章

禅宗诗偈：示月之指，自在方便

宋代禅宗的影响已经深入社会生活的方方面面。在生活态度上，所谓"平生寓物不留物，在家学得忘家禅"[①] 的儒释双修方式已经被士人阶层广泛接受。而除了士大夫学佛在学术思想和文学创作上主动借鉴佛禅元素，佛教文学尤其是禅宗文学对主流文坛的影响也不容小觑。孙昌武教授谈道："描述历史上禅宗与诗歌发展的关系，首要的是弄清相互间有没有关联，相互间是否有影响，如果承认有影响是否重大、值得注意。实际这仍然是个有争议的问题。……弄清这些问题，就需要让史实说话。笔者的工作就是用史实来证明诗与禅二者间确实有联系，有影响，而且这种联系十分密切，影响相当巨大。"[②]

禅宗文学的概念在历史上有较为复杂的内涵与外延，大体上主要指禅僧或居士创作的文学作品，灯录中因包含具备一定文学

---

① （宋）苏轼，《寄吴德仁兼简陈季常》，《全宋诗》第 14 册，第 9362 页。
② 孙昌武，《禅思与诗情（增订本）》，"增订说明"，第 22—23 页。

意味的公案、偈颂等，故也包括在内。本书想讨论的禅宗诗偈主要可以分为两类，一类是作者身份归属禅宗的诗歌或偈颂作品，另一类是诗歌偈颂在内容上表现禅学、禅理或禅宗体验等。所以禅宗诗偈与文人诗创作、诗学理念交互影响的发生情况其实也颇为复杂。

前文已经谈到"文字禅"是宋代禅宗内部产生的一种特殊现象，随着"文字禅"的产生、衰落、复苏等过程的演进，如何正确看待并运用语言"标月指"的功能，是这一时期禅宗文学创作者意欲解决的核心问题，包括宗杲、惠洪、居简等人的创作与理论，也对正统诗坛实践与理论的更新与演化增加了一定助力。

另外，文人与僧人频繁酬唱相和的现象也促进了僧诗与文人诗在造语风格与意境意蕴等方面的相互融摄。有些诗僧的创作与文人诗别无二致，有些文人作诗与禅偈异曲同工。在这样酬唱相和的过程中，文人与诗僧相互切磋的不仅是诗艺，甚至上升到学养及哲思层面，几近禅宗语录机锋问答之意。故了解禅宗文学对诗坛的作用与影响是理解南宋文学与诗学发展全貌的重要部分。

一、禅僧诗歌创作的基本情况

在宋代，僧人展示出的形貌特色包括诗文创作因人而异。很多僧人在生活方式或诗歌创作上已经显现出相当程度的文人化倾向。如许彦周也曾评价惠洪颇能诗："似文章巨公所作，不类衲子。又善作小词，情思婉约，似秦少游。至如仲殊、参寥虽名

◎ 创作篇　诗歌创作对诗学思潮的反映与影响

世，皆不能及。"① 惠洪代表了一种非主流的诗僧创作方式，抛弃传统佛教教义对文学创作的约束，不应有强烈的声色、欲望及感情色彩的表达，以较少约束的形式对待文学创作活动本身，因此他们的创作本身与大多数文人无异，其特殊性仅因诗僧身份而起。当然，九僧因为他们的创作题材狭隘、意象语言同质化严重而饱受诟病，惠洪此类的创作也因为与其身份不相符的文学风格而被贬斥。如南宋胡仔评其作品："忘情绝爱，此瞿昙氏之所训。惠洪身为衲子，词句有'一枕思归泪'及'十分春瘦'之语，岂所当然？又自载之诗话，矜炫其言，何无识之甚邪！"②

此外，很多诗僧的创作也展现出浓厚的儒学色彩，比如体现出深沉的家国情怀的蜀僧《伤蜀诗》（乐极悲来数有涯，歌声才歇便兴嗟。牵羊废主寻倾国，逐鹿奸臣尽丧家。丹禁夜凉空锁月，后庭春老谩开花。两朝基业都成梦，林木苍苍噪暮鸦）、怀浚《怀家诗》（家在闽山东复东，其中岁岁有花红。而今再到花红处，花在旧时红处红。/家在闽山西复西，其中岁岁有莺啼。而今再到莺啼处，莺在旧时啼处啼），前一首采用严整的七绝体例，后两首更具民歌色彩，风格上虽分列雅俗，但在情怀上，都带有浓重的世俗特色。还有一些诗僧的作品也讽刺社会乱象或违背仁义之事，并在创作中着意实践诗歌的教化意义，包括将儒家与佛教的修养方式与理想人格混为一谈的现象：

　　朱世英言："予昔从文公定林数夕，闻所未闻，尝曰：

---

①　（宋）许顗，《彦周诗话》，《历代诗话》，第 382 页。
②　（宋）阮阅编，周本淳校点，《诗话总龟（后集）》卷四十四引《冷斋夜话》，第 277 页。

'子曾读《游侠传》否？移此心学无上菩提，孰能御哉？'又曰：'成周三代之际，圣人多生儒中；两汉以下，圣人多生佛中；此不易之论也。'又曰：'吾止以雪峰一句语作宰相。'世英曰：'愿闻雪峰之语。'公曰：'这老子尝为众生，自是什么。'"①

从很多记录中可以看出，这种三教融合的背景下民间信仰之驳杂，即便以佛、道而言，其中流派、修行方式众多，解释权混乱，文人、高僧之间的唱和往来或能求同存异，但民间各家各派间的冲突也时有发生。惠洪的《禅林僧宝传》曾记：

> 端师子者，吴兴人也。始见弄师子者，发明心要，则以彩帛像其皮，时时着之，因以为号。住西余山，嗣姑苏翠峰月禅师。西余去湖州密迩，每雪朝着彩衣入城，小儿争哗逐之，从人乞钱，得即以散饥寒者。……能诵《法华经》，湖人争延之，必得钱五百乃开秩，目诵数句，即持钱地坐去，缺薄者易之而去。好歌《渔父词》，月夕必歌之达旦。
>
> 有狂僧号回头和尚，以左道鼓动流俗，士大夫亦安其妄，方对丹阳守吕公肉食。端竟至指曰："正当与么时，如何是佛？"回头不能遽对。端捶其头，推倒乃行。又有妖人号不托，掘秀州城外地，有佛像，建塔其上。倾城信敬，端见揕住曰："如何是佛。"不托拟议，端趯之而去。②

---

① （宋）惠洪，《冷斋夜话》卷八，《四库全书》第863册，第282页。
② （宋）惠洪《禅林僧宝传》卷第十九，《卍新续藏》第79册，no.1560，第530页。

◎ 创作篇　诗歌创作对诗学思潮的反映与影响

当然，此时儒、释两种修养方式不仅有融合，也存在交锋。如《雅言系述》中记载闽人陈文亮年轻时曾为僧人，有诗言："谁管你闲事，尘中自有人。"然其后他还俗并入王氏幕下，僧文彧便赠诗与他曰："闻学汤休长鬓髭，罢修禅颂不披缁。龙盂虎锡安何处？象简银鱼得几时；宗炳社抛云一榻，李膺门醉酒千卮。莫言谁管你闲事，今日尘中复是谁？"[①] 但更多时候宋代文人与僧人所处的基本立场仍是尚融合而非对立的。以较为简单的比较去自抬身价，在很多人看来仍是不入流的做法。

宋儒之所以长于以儒、释、道三家的方法来充实生活、修养心性，在很大程度上也得益于各个领域中的意见领袖展现出的冲破藩篱的格局。他们虽以本门本派为宗，却并未将其他人拒之门外，通过一些兼具不同身份的关键人士的联络走动，多方之间形成了一张密切的关系网。

在这样的社会背景下，诗僧群体也广泛参与到文化生产的活动中来。就诗歌而言，宋代诗僧占比大约为宋代诗人总数的十分之一，鉴于很多僧人的生平及作品散佚难考，实际的人数及诗作远超《全宋诗》所录。[②] 而仅就《全宋诗》而论，共收僧人作者六百八十多人，禅僧诗两万五千首左右。通过较为粗略的归类可以看到，北宋僧人作者 299 人，诗歌 6650 首；两宋之交僧人作者 144 人，诗歌 2988 首；南宋僧人作者 207 人，诗歌数量 15169 首，其余三十余人生活年代不详，暂不计入。下面将《全宋诗》中作品数量排名前二十的诗僧列举如表 2：

[①] （宋）阮阅编，周本淳校点，《诗话总龟（前集）》卷三十九引《雅言系述》，第 381 页。

[②] 详见朱刚、陈珏，《宋代禅僧诗辑考》，上海：复旦大学出版社，2012 年。

表2 《全宋诗》中作品数量排名前二十的诗僧

序号	姓名	时代	诗作数量	序号	姓名	时代	诗作数量
1	德洪（惠洪）	北宋	1816	11	宗杲	两宋之交	431
2	居简	南宋	1660	12	师范	南宋	420
3	正觉	两宋之交	1299	13	智圆	北宋	413
4	印肃	南宋	1078	14	重显	北宋	411
5	文珦	南宋	1045	15	元肇	南宋	387
6	绍昙	南宋	896	16	心月	南宋	382
7	道潜	北宋	603	17	绍嵩	南宋	377
8	怀深	北宋	602	18	法薰	南宋	344
9	智愚	南宋	548	19	清远	北宋	318
10	慧空	南宋	527	20	行海	南宋	311

纵观这些僧人诗作的整体状况可知，宋代僧人创作的情况存在数量极不平均的特点。60％以上的作者作品仅一首，而前十名的作者作品均在五百首以上。作品数量最多如惠洪、居简、正觉位列《全宋诗》最高产作者前二十名，诗作数量超千首，而作品仅十首及以下的诗僧占比78％。

从诗僧作品的内容风格差异来看，《宋代禅僧诗辑考》将《全宋诗》中收录的禅僧诗大致分为以下几类：与士大夫诗无异之作，偈颂，颂古（针对前代公案发表见解、体会），韵文（赞、铭等），有韵法语（与严格的"诗歌创作"距离最远，几乎不能视为"作品"的文本）。[①] 其中的分类又未必有严格的界限。从

[①] 朱刚、陈珏，《宋代禅僧诗辑考》，第7—9页。

◎ 创作篇　诗歌创作对诗学思潮的反映与影响

这样简单的概览中便可以看出,禅宗文学风格本身便相对驳杂,其与文人创作的互动情况又更为复杂。

南宋中后期三位诗僧的创作值得重点关注,他们分别是居简(1164—1246)、文珦(1210—?)和绍昙(?—1297)。他们三人的创作数量极多,且都有一个共同的特点,即十分喜爱在诗作中使用唐人诗句,在南宋后期表现十分突出,绝大多数文人创作在这方面都无出其右。虽然呈现出这样的总体特征,三人的具体表现又有些不同,其中文珦使用前人诗句的作品多是类文人诗,绍昙多为偈颂,而居简则介于二者之间,既有一部分偈颂、颂古,也有一部分类文人诗创作。这里分别选出三篇典型代表为例。

剑下十分亲,难藏独露身。江流石不转,独有蕴空名。[①](居简《颂古》/杜甫《八阵图》)

春色在筇履,山前山后行。野花随处发,林鸟百般声。幽径遥通寺,清流可濯缨。村翁忽相值,又得尽闲情。[②](文珦《春日野步》/刘长卿《喜晴》)

唤作如如,早是变了也。那堪世尊拈花,百鸟衔花,南泉一枝花,灵云见桃花,石上栽花,总是虚,且莫眼花。野老不知亡国恨,隔江犹唱后庭花。[③](绍昙《偈颂》/杜牧《泊秦淮》)

从他们的创作中,足见此时诗僧创作的多样化特征和文学化

---

① (宋)居简,《颂古》,《全宋诗》第63册,第33290页。
② (宋)文珦,《春日野步》,《全宋诗》第63册,第39602页。
③ (宋)绍昙,《偈颂》,《全宋诗》第65册,第40740页。

程度。另外，喜爱在诗歌创作中使用唐诗诗句本是江西诗派的惯用手法之一，但这种创作方式在与黄庭坚时代相近的惠洪的作品中表现并不突出，反而是在南宋中后期，文人群体的诗学思想从江西余风中突围而出发生了明显转向之后，这一股喜用唐诗的风气却在诗僧的创作中复兴。除上述三人外，江湖诗派诗人绍嵩所作三百余首集句诗更成为晚宋诗坛的一个特别现象。从这些方面可以看出，宋代僧人创作深刻地受到了文人诗风潮的影响，但这种影响未必是在诗学思潮中同步发生的，两者之间的关系也绝非模仿和被模仿那么简单。

二、禅偈语言艺术的诗学反思

佛教偈颂与中国诗的关系十分密切。佛教偈颂是佛典在传译过程中被大量使用的佛教诗体文学形式，其中早期著名代表就是北凉昙无谶译马鸣《佛所行赞》，佛教诗歌译制之初便与中国传统文学形式进行了极大程度的融合，即将梵语诗歌惯用的"八音节诗"译成当时中国诗惯用的五言形式。另外，在中古时期，以《诗经》为经典范式的四言句也成为译制佛教诗歌的常用之选。从风格来看，四言句式显得更加质朴庄重，五言则更加灵活丰富。

但显而易见的是，早期佛教诗歌的翻译虽在形式上与中国传统诗歌靠拢，在音律与押韵等创作技巧方面却大略粗疏，语言风格上早期也有较为古奥的作品，但大多偏口语化，内容包含说理、叙事、赞颂、抒情等多方面。所以与佛偈有一定天然的联通条件和基础的，是乐府、歌行等古体诗形式，一来对韵律的要求更加宽松，二来篇幅也更长，表达思想内容的空间更为充分。魏晋南北朝时期玄言诗的大量创作即与佛教偈颂的广泛传播相关。

禅宗兴起后偈颂的创作在数量上大大增长，内容上也呈现新的转变。孙昌武先生在《禅思与诗情（增订本）》一书中谈道："禅宗作为'明心见性'的宗教，无论是它的宗义还是宣扬、实践宗义的具体活动，又都具有丰富的文化内涵，体现出浓重的艺术色彩。禅师们优游云水、放旷自如、不受羁束的人生本身就是艺术的；他们要'绕路说禅'，充满机锋隽语的对答商量，如歌如诗的偈颂谣谚，往往是优秀的禅文学作品。"① 虽然很多禅偈可以做到意蕴深厚、语言精当，乃至在功能上意图证悟佛性、醍醐灌顶，但在文学兴味与整体成就上，禅偈仍难以与文人诗相比肩。从禅偈的发展过程，可以明显看出文人诗化的一些特征与痕迹，但是反过来，文人诗受到禅偈影响的表现也不容小觑，其中表现最为突出的就是诗歌的语言风格与诗学语言观的进一步丰富。

从佛偈传译流行起，这种独特的风格就吸引了一些亲佛文人模仿。如白居易《八渐偈》就是文人模仿四言句佛偈作品的典型代表，但早期文人模仿佛教偈颂的一个广泛存在的问题，便是追求形似。脱离了佛经的权威性赋予的庄重肃穆之感，偈颂在语言形式上的缺陷也难免会更加突显，这种形式很难真正和文人诗融合并流行。

禅宗兴起之后，其对佛门文学的改变和创新有目共睹，禅偈

---

① 孙昌武，《禅思与诗情（增订本）》，第20页。

与文人诗之间的关系也更具双向奔赴之感。禅偈可以更多以通俗诗歌的形式呈现，以达到最佳传播效果。这里讨论的禅偈，主要指上文《全宋诗》分类中的第二种类型，既区别于诗僧与文人无异的作品，也暂排除颂古这一较为专门化的作品类型。这些分类之间虽然未必存在十分明确的界限，但的确在风格上也有一种模糊的、大致的区分。

纵观《全宋诗》中收录的禅宗偈颂，即便是同一作者的作品，在风格上仍有能显示出很多不同的面貌。如以下示例中，偈颂的创作可以在有韵或无韵、规整或零散、文雅或俚俗等向度中自由出入。这些作品有时是禅师上堂时口头表达的记录，当然也有案头创作，虽有一定的写作套路，但也有相当大的写作自由度，包括他们可以更加无所顾忌地运用前人的诗作，就算是整联、整首地使用，也可被看作一种创新，即在新的语境中赋予诗句新的含义。故在禅宗偈颂中可以看出，诗歌语言的底层逻辑和文人作诗大不相同。

  海门鼓浪拍天飞，妙喜家风孰与知。
  今日风云重借便，分明向上为全提。
  文彩未彰，消息已露。
  动地惊天，不容回互。
  云汉昭回星斗垂，谁敢抬头正眼觑。[①]（安永《偈颂十二首》）

[①]（宋）师明编，《续古尊宿语要》卷第五，《卍新续藏》第68册，no.1318，第489页。

◎ 创作篇　诗歌创作对诗学思潮的反映与影响

佛高一丈，魔高一丈。

正觉山前，无风起浪。

金山个里，佛魔俱丧。

明星现时，且莫欺诳。

无牛乳糜，有德山棒。

为甚如此，真法供养。①（宝印《偈颂十五首》）

三叠秋风古调清，移商换徵许谁听。

周郎一顾扬鞭去，云外数峰江上青。②（大观《偈颂五十一首》）

寒一上，热一上。

普通年事只在于今，更无三般两样。③（道璨《偈颂十八首》）

仿作禅偈的现象在宋代也存在，如黄裳组诗《六祖传付偈颂》（一花迦叶离尘果，四卷楞伽助道书。莫谓竺干天样远，片云归去祇须臾）等。但禅偈的创作和流行也在更深刻地影响文人诗创作的底层逻辑和诗学精神。

1. "反理性"与"精诣透彻"

唐代禅偈中以王梵志诗、寒山诗为代表的特殊诗歌类型——

---

① （宋）师明编，《续古尊宿语要》卷第六，《卍新续藏》第 68 册，no. 1318，第 501 页。

② （宋）大观，德溥等编，《物初大观禅师语录》，《卍新续藏》第 69 册，no. 1366，第 685 页。

③ （宋）道璨，惟康编，《无文道璨禅师语录》，《卍新续藏》第 69 册，no. 1372，第 809 页。

白话诗占据相当大的比重，其对诗歌史产生的影响比表面看来更为复杂，当然，本书的关注点仍主要在南宋诗歌与诗学的范围当中。寒山诗与王梵志诗在宋代诗人笔下和诗话作品中都有相当程度的存在感，这些作品的真实作者和年代很多至今存疑，宋人对这类特殊风格的作品，也给予了不同程度的关注。

首先，他们的诗歌语言风格给人的第一印象往往是反雅甚至是反审美的，还经常因多用露骨的俗语或白话（如筋斗样子、打乖个里等）而遭受非议。朱刚教授在《宋代禅僧诗研究引论》中就谈道：

> 言语冒险正不妨说是禅僧诗的突出特征，不只是艳情话语，战争、武器、屠杀类话语，还有呵佛骂祖、对丑陋事物的形容、出人意料的比喻、莫名其妙的跳跃，故意的自我矛盾，逆向思维，以及鄙俚俗语的大量运用等等，禅僧们斗机锋时的表达风格，也全盘被移入诗歌创作，真可谓"语不惊人死不休"。……构成黄庭坚"诗法"的不少因素原本来自禅家言语冒险的影响。[①]

这种以俗语入诗的形式不仅代表着属雅文化圈的士大夫对世俗文化的兼容，结合禅宗"言语冒险"的思维逻辑，以俗语入诗也更便于处于唐诗"影响的焦虑"中的宋人进行诗歌创作与诗学理念的创新。这在宋代已经成为相当普遍的一种现象，也获得了诗评者的关注：

---

① 朱刚，《唐宋诗歌与佛教文艺论集》，第132页。

◎ 创作篇　诗歌创作对诗学思潮的反映与影响

熙宁初，有人自常调上书，迎合宰相意，遂丞御史。苏长公戏之曰："有甚意头求富贵，没些巴鼻使奸邪。"有甚意头、没些巴鼻，皆俗语也。①

《西清诗话》言王君玉谓人曰："诗家不妨间用俗语，尤见工夫。雪止未消者，俗谓待伴。尝有《雪》诗：'待伴不禁鸳瓦冷，羞明常怯玉钩斜。''待伴'、'羞明'皆俗语，而采拾入句，了无痕颣，此点瓦砾为黄金手也。"②

其次，不仅要借用上述引俗语入诗的写作手法，宋代有相当数量的诗人还特作拟寒山诗，着意模仿这种粗疏的语言表达和世俗格调，这在付诸实践时并不容易。南宋刘克庄曾谈道：

半山拟寒山云："我曾为牛马，见草豆欢喜。又曾为女人，欢喜见男子。我若真是我，只合长如此。若好恶不定，应知为物使。堂堂大丈夫，莫认物为己。"后有慈受和尚者拟作云："奸汉瞒淳汉，淳汉总不知。奸汉做驴子，却被淳汉骑。"半山大手笔，拟二十篇殆过之。慈受一僧尔，所拟四十八篇，亦逼真可喜也。寒山诗粗言细语皆精诣透彻，所谓一死生齐彭殇者。亦有绝工致者，如"地中婵娟女，玉佩响珊珊。鹦鹉花间弄，琵琶月下弹。长歌三日绕，短舞万人看。未必长如此，芙蓉不耐寒。"殆不减齐梁人语。此篇亦见《山谷集》，岂谷喜而笔之，后人误以入集欤！③

---

① （宋）陈师道，《后山诗话》，《历代诗话》，第306页。
② （宋）胡仔纂集，廖德明校点，《苕溪渔隐丛话（前集）》卷二十六引《缃素杂记》，第181页。
③ （宋）刘克庄，《后村诗话》卷六，《四库全书》第1481册，第369-370页。

此处刘克庄谈及一个非常重要的问题，即寒山诗的多重风格①，诗歌语言虽有粗言细语之分，但共同点是"精诣透彻"。所以在王安石的拟寒山诗中，语言风格华丽者不减齐梁。但俗语和白话的大量引入并不代表此类型诗歌都通俗易懂，虽然其中有相当数量的诗歌致力表达一些日常道理，但也有相当程度的白话禅诗因其反逻辑、重超越的创作意图，而形成相当难以理解的效果。葛兆光提出公元9至10世纪佛教界发生了"语言学转向"：

> 从表面上看，是经典中的书面语言被生活中的日常语言所替代，生活中的日常语言又被各种特意变异和扭曲的语言所替代，这种语言又逐渐转向充满机智和巧喻的艺术语言，从思想深层看，是语言从承载意义的符号变成意义，从传递真理的工具变成真理本身，大乘佛教关于真理并不是在语言中的传统思路，在这时转了一个很大的弯子，似乎真理恰恰就在语言之内，于是各种暴虐、怪异、矛盾，充满机锋以及有意误解的对话纷纷出现，在这种看似奇特的话语中凸显着更深刻与更直接的真理。②

另外，流传中的王梵志诗、寒山诗与佛教传入早期的偈颂大不相同的一点是，其中相当一部分作品体现出强烈的现实主义精

---

① 目前学界普遍认为，所谓王梵志诗、寒山诗，应并非单一作者所作。如孙昌武《禅思与诗情（增订本）》："王梵志诗在古代文献中所传只有零星断句或篇章，在敦煌卷子中始发现一批王梵志诗写本；寒山诗自宋代起即有刻本流传。但这些有具体署名的作品并非出自一两个固定作者的笔下，应看作是许多无名作者作品的结集，而且今传本与原始形态又已存在相当的距离。"（第229页）

② 葛兆光，《中国思想史（全三册）》（第二册），《语言与意义：八至十世纪中国佛教的转型（下）》，第92—93页。

◎ 创作篇　诗歌创作对诗学思潮的反映与影响

神。这类诗歌与传统中禅文学注重浑融境界、摒弃知性思维的概貌南辕北辙。例如：

  借贷不交通，有酒深藏着。有钱怕人知，眷属相轻薄。深入黄泉下，他吃他人着。破除不由你，用尽遮他莫。①

  官职亦须求，钱财亦须觅。天雨麻藠孔，三年著一滴。王相逢便宜，参差著局席。兀兀舍底坐，饿你眠赫赤。②

这些作品与狭义上的佛教偈颂面貌迥异，却与广义上的佛学理念正相契合，对人生的深刻思考，对现世苦难的直面和揭露，正符合佛教的基本精神，承接这种逻辑，宋代评论者将禅偈意涵道德化或政治化的倾向日益突显。如南宋陈岩肖举王梵志诗："幸门如鼠穴，也须留一个。若还都塞了，好处却穿破。"他认为此诗内涵"近乎曹相国所谓以狱市为寄也"。"以狱市为寄"出自《史记》，汉惠帝时期，他令时齐丞相曹参入京，曹参嘱咐其继任者："以齐狱市为寄，慎勿扰也。"继任者不解其意，他补充道："夫狱市者，所以并容也，今君扰之，奸人安所容也？吾是以先之。"③ 这种阐释逻辑与诗教美刺说几乎无异。

除此之外，禅偈对宋词语言风格也形成了一定程度的影响。在北宋时期，就有将禅偈改编为词的情况出现：

---

① （唐）王梵志著，项楚校注，《借贷不交通》，《王梵志诗校注（增订本）》，上海：上海古籍出版社，2010年，第74页。
② （唐）王梵志著，项楚校注，《官职亦须求》，《王梵志诗校注（增订本）》，第264页。
③ （宋）陈岩肖，《庚溪诗话（卷下）》，《历代诗话续编》，第186—187页。

321

华亭舡子和尚偈曰:"千尺丝纶直下垂,一波才动万波随。夜静水寒鱼不食,满船空载月明归。"丛林盛传,想见其为人。宜州倚曲音成长短句曰:"一波才动万波随。簑笠一钩丝,金鳞正在深处,千尺也须垂。吞又吐,信还疑,上钩迟。水寒江静,满目青山,载月明归。"①

此词又说为黄庭坚所作,词序为:"戎州登临胜景,未尝不歌渔父家风,以谢江山。门生请问:先生家风如何?为拟金华道人作此章。"(金华道人为唐代诗人张志和)一些文人长短句的创作也曾进行这样的尝试。

2. "递创性"与"点铁成金"

语言的重复是禅偈区别于文人诗的重要特点之一。禅师们会重复使用内典、前人偈颂或前代文人诗中的语句,这些现成的诗或非诗语言,都成为创作偈颂的丰富语料。如下文中居简上堂作颂的语录,便直接运用贾岛的《渡桑干》原文:

客舍并州已十霜,归心日夜忆咸阳。无端更渡桑干水,却望并州是故乡。②

卍庵颂:"七处精研一妄心,更随三业杀盗淫。身心不是用家具,前箭犹轻后箭深。"师(释居简)颂云:"客舍并州已十霜,归心日夜忆咸阳。无端又渡桑干水,却望并州是

---

① (宋)惠洪,《冷斋夜话》卷七,《四库全书》第863册,266页。
② (唐)贾岛,《渡桑干》,《全唐诗》,第6683页。

故乡。"①

这便是偈颂创作的一种特殊现象,整首使用前代作品,却不能算是抄袭或引用。结合语录的前后文不难发现,这些偈颂本为使用诗歌的形式解析禅理,语言的实际作用仍是"标月指",旧的诗作在新的语境中已被赋予新的含义。值得注意的是,如果诗僧的"类文人诗"创作采取这样的方式,仍会难逃被讥讽的命运,如九僧中的惠崇被时人笑道:"河分冈势司空曙,春入烧痕刘长卿。不是师兄偷古句,古人诗句似师兄。"② 而在偈颂中取用前人诗句,禅师们则不需背负任何道德压力。所以偈颂作品几乎是没有"版权意识"的,很多俗语、前代诗人的作品可以被他们重复使用,久而久之有些就成为诗偈中的固定表达,甚至有时发展到后来诗句本身就是一则公案,如表3。

表3 前代诗句被重复用于偈颂作品示例

圣果寺 处 默 路自中峰上,盘回出薜萝。 到江吴地尽,隔岸越山多。 古木丛青霭,遥天浸白波。 下方城郭近,钟磬杂笙歌。③	及 庵 居 简 过亦非中道,其如不及何。 到江吴地尽,隔岸越山多。④

---

① (宋)居简,大观编,《北涧居简禅师语录》,《卍续藏》第69册,no.1365,第676页。
② (宋)刘攽,《中山诗话》,《历代诗话》,第284页。
③ (唐)处默,《圣果寺》,《全唐诗》,第9613—9614页。
④ (宋)居简,《及庵》,《全宋诗》第53册,第33263页

续表

圣果寺 处　默 路自中峰上，盘回出薜萝。 到江吴地尽，隔岸越山多。 古木丛青霭，遥天浸白波。 下方城郭近，钟磬杂笙歌。①	**偈颂一百三十六首　其七七** 惟　一 意句俱到，不入深村入荒草。 意句不到，珊瑚树林日杲杲。 只如一言道尽，意况不及时如何。 （良久云）到江吴地尽，隔岸越山多。②
	禅人写师真请赞　其二 慧　远 独步邪见林，高据魔王殿。 说欺凡罔圣禅，现夜叉罗刹面。 掀翻巨岳，彻底放憨。 打破牢关，突出难辨。 阿呵呵见也么。到江吴地尽，隔岸越山多。③
	上堂曰："万象之中独露身。" "如何说个独露底道理？"竖起拂子曰："到江吴地尽，隔岸越山多。"④
绝句　其十四 吕　岩 独上高峰望八都， 黑云散后月还孤。 茫茫宇宙人无数， 几个男儿是丈夫。⑤	**颂古一百二十一首　其七五** 宗　杲 总道见桃华悟道，此语不知还是无。 茫茫宇宙人无数，那个男儿是丈夫。⑥

---

① （唐）处默，《圣果寺》，《全唐诗》，第 9613—9614 页。
② （宋）惟一，觉此编，《环溪惟一禅师语录》卷 1，《卍续藏》第 70 册，no. 1388，第 375 页。
③ （宋）慧远，法慧等编，《禅人写师真请赞（其二）》，《瞎堂慧远禅师广录》卷 4，《卍续藏》第 69 册，no. 1360，第 595 页。
④ （宋）正受编，《嘉泰普灯录》卷 21，《卍续藏》第 79 册，no. 1559，第 416 页。
⑤ （唐）吕岩，《绝句（十四）》，第 9696 页。
⑥ （宋）宗杲，《大慧普觉禅师语录》卷 10，《大正藏》第 47 册，no. 1998A，第 853 页。

◎ 创作篇　诗歌创作对诗学思潮的反映与影响

续表

绝句　其十四 吕　岩 独上高峰望八都， 黑云散后月还孤。 茫茫宇宙人无数， 几个男儿是丈夫。①	**颂古二十九首　其一九** 师　体 佛是西天老比丘，星移斗转水东流。 茫茫宇宙人无数，户贯依前百草头。②
	颂古三十三首　其一一 师　观 分明与么无无无，释迦弥勒是他奴。 茫茫宇宙人无数，几个男儿是丈夫。③
	偈颂七十二首　其四〇 祖　钦 暑往寒来春复秋，夕阳西去水东流。 茫茫宇宙人无数，那个亲曾到地头。④
	问："如何是夺人不夺境？"师云："野花开满路，遍地是清香。"云："如何是夺境不夺人？"师云："茫茫宇宙人无数，几个男儿是丈夫。"云："如何是人境俱不夺？"师云："处处绿杨堪系马，家家门首透长安。"云："如何是人境两俱夺？"师云："雪覆芦花，舟横断岸。"⑤

　　禅偈中不同于文人诗的正是对前人诗句的直接取用，而非化用。事实上，如何在创作中成功地化用前人诗句是宋代诗人异常热衷的话题。有大量唐诗珠玉在前，宋代诗人在开辟自身独特风

---

① （唐）吕岩，《绝句（其十四）》，第 9696 页。
② （宋）法应集，《禅宗颂古联珠通集》卷 23，《卍续藏》第 65 册，no. 1295，第 620 页。
③ （宋）法应集，《禅宗颂古联珠通集》卷 23，《卍续藏》第 65 册，no. 1295，第 525 页。
④ （宋）法应集，《禅宗颂古联珠通集》卷 23，《卍续藏》第 65 册，no. 1295，第 702 页。
⑤ （宋）悟明，《联灯会要》卷 18，《卍续藏》第 79 册，no. 1557，第 157 页。

格的同时，也难免会将古人的诗句或诗意作为己用。梅尧臣提出"以故为新"，黄庭坚提出"夺胎换骨"，都意指宋诗在这种状态下的破局之法，其中江西诗派诸人将黄庭坚的理论进一步发展演绎，对两宋之交诗坛影响尤大：

> 山谷云："诗意无穷，而人之才有限。以有限之才，追无穷之意，虽渊明、少陵不得工也。然不易其意而造其语，谓之换骨法；窥入其意而形容之，谓之夺胎法。"如郑谷《十月菊》曰："自缘今日人心别，未必秋香一夜衰。"此意甚佳，而病在气不长。西汉文章雄深雅健者，其气长故也。曾子固曰："诗当使人一览语尽而意有余，乃古人用心处。"所以荆公《菊诗》曰："千花万卉凋零后，始见闲人把一枝。"东坡则曰："万事到头终是梦，休，休，休，明日黄花蝶也愁。"……凡此之类，皆换骨法也。[1]

> 老杜作诗，退之作文，无一字无来处，盖后人读书少，故谓韩、杜自作此语耳。古之能为文章者，真能陶冶万物，虽取古人之陈言入于翰墨，如灵丹一粒，点铁成金也。[2]

黄庭坚所谓"换骨""夺胎""点铁成金"等，大意都是在继承前人诗意的同时，通过重新造语的方式进行创作，赋予其全新的面貌，或取前人诗意的大致方向，即"胎"，然后在此基础上重新进行创作。这种创作方式是由来已久的。如王维"漠漠水田飞白鹭，阴阴夏木啭黄鹂"的名句承袭自李嘉祐诗句"水田飞白

---

[1] （宋）惠洪，《冷斋夜话》卷七，《四库全书》第863册，第243页。
[2] （宋）黄庭坚，《答洪驹父书》，《山谷集》卷十九，《四库全书》第1113册，第186页。

鹭，夏木啭黄鹂"，杜甫诗句"闾阖开黄道，衣冠拜紫宸"对王维句"九天闾阖开宫殿，万国衣冠拜冕旒"进行了删削和改造。但这种做法在蹈袭前人和匠心独运之间的界限却十分模糊，也在后代面临大量质疑，"剽窃""作贼"的指摘屡屡不绝。

学界中已有大量研究指出黄庭坚"夺胎换骨""点铁成金"的诗学思想和禅宗之间的联系。现仅取禅偈创作方式的一种角度，也可以看出其中的理论脉络。周裕锴教授曾提出禅宗语言的"递创性"这一概念，禅宗虽在思想上反传统、重自性，但在一种有巨大稳固性的语言系统面前，却很难实现语言的原创性，"禅宗思想上的原创性，体现在语言上只能是对'陈言'沿袭的创造，即一种递创性"[①]。宋初诗人喜模仿唐人的创作风格，白体、晚唐体和西昆体大肆流行，但宋初诗人却很少直接运用唐人诗句，这自然受制于当时的文献传播状况，但也很可能出自一些诗人自发的回避。正如江西诗派韩驹所言："目前景物，自古及今，不知凡经几人道。今人下笔，要不蹈袭，故有终篇无一字可解者。盖欲新而反不可晓耳。"[②] 而梅尧臣的"以故为新"、黄庭坚的"点铁成金"就是要将这样的思想枷锁彻底打破，将诗歌语言的限制最大限度地放开。

所以我们能看到，在宋代文人诗的创作中，如禅偈一般整首借用前人诗作的情况相当少见，但并非没有，特殊案例就是黄庭坚的《谪居黔南十首》，其中大量取用白居易原作。两宋之交的叶梦得赞其"点化前作，正如李光弼将郭子仪之军，重经号令，

[①] 周裕锴，《禅宗语言》，杭州：浙江人民出版社，1999年，第350页。
[②] （宋）魏庆之《诗人玉屑》卷八引《陵阳先生室中语》，《四库全书》第1481册，第142页。

精彩数倍"[①]，毫无疑问是对黄庭坚"点铁成金"理论的重复肯定和扩张解释。无论是黄庭坚所述"点铁成金"还是后人所讥"点金成铁"，都指向诗歌语言创新中的一种观念，即创新不一定是语素的重新发现或组合，也可以是现有组合的发掘和使用，如果诗人在写作时完全规避前人已有诗句，那创作的过程必将愈发艰难，诗句的面貌也可能走向佶屈聱牙或险僻不通，而这并非诗歌创作的最佳通路。故在此意义上，黄庭坚提出的"点铁成金"对宋诗的突围具有重大意义。

事实上，宋代评论者对诗意的沿袭眼光颇为苛刻，即便是在语句大不似的情况下，追索其灵感来源仍使评论者乐此不疲："前辈好称僧悟清诗：'鸟归花影动，鱼没浪痕圆'，以为句意皆新。然余读后梁沈君攸《临水》诗云：'花落圆纹出，风急细流翻。'乃知'鱼没浪痕圆'之句出于此。"[②] 厌恶黄庭坚等人此种作诗方法的李格非、叶梦得等人就批判其"腐熟窃袭""死声活气""以艰深之词文之""字字剽窃"。到了南宋时期，评论者对语意之"新"的标准及至严格。杨万里曾特为作诗"学古人语"做了一些针对性的论述：

> 初学诗者，须学古人好语，或两字，或三字。如山谷《猩猩毛笔》："平生几两屐，身后五车书。""平生"二字《论语》，"身后"二字，晋张翰云："使我有身后名。""几两屐"阮孚语，"五车书"庄子言惠施。此两句乃四处合来。

[①] （宋）葛立方，《韵语阳秋》卷二，《历代诗话》，第490页。
[②] （宋）胡仔纂集，廖德明校点，《苕溪渔隐丛话（后集）》卷三十七引《复斋漫录》，第297页。

◎ 创作篇　诗歌创作对诗学思潮的反映与影响

又："春风春雨花经眼，江北江南水拍天。"春风春雨，江北江南，诗家常用。杜云："且看欲尽花经眼。"退之云："海气昏昏水拍天。"此以四字合三字，入口便成诗句，不至生硬。要诵诗之多，择字之精，始乎摘用，久而自出肺腑，纵横出没，用亦可，不用亦可。

诗家用古人语，而不用其意，最为妙法。如山谷《猩猩毛笔》是也。猩猩喜著屐，故用阮孚事。其毛作笔，用之钞书，故用惠施事。二事皆借人事以咏物，初非猩猩毛笔事也。①

从他的论述中可以看到一种被江西诗派强化了的诗学风潮，即"用典"的外延被扩大了。即便是"平生""身后"这样在读者看来未必存在显著阅读门槛的诗句，也被作为"用典"的例证。这样一来，宋诗更难摆脱"无一字无来处"的魔咒。但杨万里也大方认可了取古人语入诗的做法，另一方面又补充道，用古人语，但不重复前人的诗意，才是技高一筹的做法，并称其为"翻案法"。且先不论"翻案法"在禅宗语录中的广泛应用，他所举正面诗例是苏轼与黄庭坚的一些非典型用典。事实上二人诗作中当然还存在大量的"典型"用典，而且在数量上也要占据大多数。杨万里专谈此法，在诗学发展前后期两种诗歌思潮中呈现出一定的过渡性特点。《全宋诗》收录杨万里诗歌四千多首，差不多是黄庭坚诗作的两倍，但他诗作中重复前人诗句的数量非常有限。从他创作的诗话、集句诗等情况来看，他绝非对前人诗句不

---

① （宋）杨万里，《诚斋诗话》，《历代诗话续编》，第140—141页。

熟悉，而是有意规避了对前人诗句的重复，即便是宋代最为高产的诗人陆游，重复使用唐人诗句的比重也低于苏、黄等人。这显然是中兴诗坛的一种创作倾向。

关于上文杨万里提到的"翻案法"，方回在《碧岩录序》中谈道：

> 自《四十二章经》入中国，始知有佛；自达磨至六祖传衣，始有言句。日本来无一物为南宗，日时时勤拂拭为北宗，于是有禅宗颂古行世。其徒有翻案法，呵佛骂祖，无所不为。间有深得吾诗家活法者，然所谓第一义，焉用言句。雪窦圆悟，老婆心切，大慧已一炬丙之矣。嵋中张炜明远，燃死灰复板行，亦所谓老婆心切者欤。①

这样的说法也在明清的禅籍中零星散见。这样的诗歌作法也对应江西诗法中所谓的"夺胎换骨"。对于这种方法的分析揣摩到了南宋晚期也没有被诗家完全舍弃。如史绳祖言："坡以一联十四字而包尽刘禹锡四对三十二字之义，盖夺胎换骨之妙也。"② 陈岩肖言："僧道潜号参寥，有云：'隔林仿佛闻机杼，知有人家在翠微。'其源乃出于道猷，而更加锻炼，亦可谓善夺胎者也。"③

综上所述，黄庭坚鼓励时人正视现有诗歌语言的庞大体系，要求作诗要从心理上摆脱又模仿又回避这种虚伪的"羞耻"，也

---

① （宋）克勤，《碧岩录》卷一，《大正藏》第48册，no.2003，第139页。
② （宋）史绳祖，《坡文之妙》，《学斋占毕》卷二，《四库全书》第854册，第30页。
③ （宋）陈岩肖，《庚溪诗话（卷下）》，《历代诗话续编》，第176页。

用杜甫、韩愈作诗文尚且有来处去解除宋人所谓"自造新语"的枷锁,一面发扬"以故为新"的精神,一面提倡"随人作计终后人,自成一家始逼真"。这种拥抱语言"递创性"的诗学精神,很可能受到了禅偈创作方式的影响和启发。

结　语

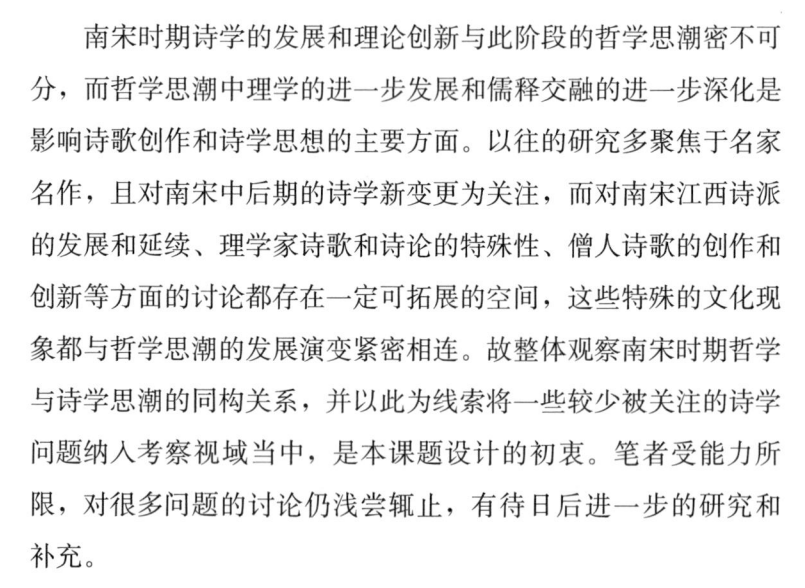

　　南宋时期诗学的发展和理论创新与此阶段的哲学思潮密不可分，而哲学思潮中理学的进一步发展和儒释交融的进一步深化是影响诗歌创作和诗学思想的主要方面。以往的研究多聚焦于名家名作，且对南宋中后期的诗学新变更为关注，而对南宋江西诗派的发展和延续、理学家诗歌和诗论的特殊性、僧人诗歌的创作和创新等方面的讨论都存在一定可拓展的空间，这些特殊的文化现象都与哲学思潮的发展演变紧密相连。故整体观察南宋时期哲学与诗学思潮的同构关系，并以此为线索将一些较少被关注的诗学问题纳入考察视域当中，是本课题设计的初衷。笔者受能力所限，对很多问题的讨论仍浅尝辄止，有待日后进一步的研究和补充。

　　中国古代诗学体系庞大丰富，内容分布零散琐碎，南宋虽然已经有一部分专论诗歌的诗话作品，但更多的诗学理论表达仍散落在文集、注疏乃至灯录等文献当中，故从表现形式来说，南宋

◎ 结　语

诗学话语所在文献的类型是十分多元的，仅靠分析诗学专著和诗文评类文章难以获得对南宋诗学思潮的全面理解。经梳理，南宋诗学话语所在文献主要包括诗话类、诗论类（序、跋、书信、诗注、评、记、论、说等）、经学类和其他类型。整体而言，南宋诗话在继承北宋诗话传统的基础上，向多元化发展方向又进一步，在内容类型、表达方式和语言风格上都呈现出多元发展的态势。南宋诗论从来源文献类型、内容和创作动机等方面体现出显著的社交属性，文人群体之间的关系和交流方式是影响诗学思潮的重要因素。南宋理学家诗论与经学往往是水乳交融的存在形态，理学家经学体系中，《诗》学大多是体现其诗学精神的主要载体。所有类型的诗学话语几乎都体现出哲学思潮的混融，尤其是儒释交融从概念、语言乃至思维层面都对南宋诗论形成了广泛而深刻的影响。

就作者身份而言，南宋诗学话语的作者不同的身份背景和理论素养是造就诗学思潮不同发展走向的直接原因。南宋诗学话语作者按不同的身份类型可以分为儒家学者（闽学派、心学派、湖湘学派、永嘉学派等）、诗派文人（江西诗派、"中兴四大家"、江湖诗派等）、其他文人与禅僧等。宋代文人虽然往往具有文人、学者、官员等多重身份，但在创作与理论成就上仍各有侧重，理学家诗论大多附属于较为完整的哲学体系，体量的大小与内涵的丰富程度因人而异。而文学家的诗论则更多受到诗学流派或文脉关系的影响，且围绕诗歌审美特性和艺术手法的讨论更为深入。南宋还有一些游走在主流文人群体边缘的诗论作者，尤其是诗僧基于宗教信仰所形成的言意观和诗学思想，带有相当程度的独特性，也反过来影响主流诗学思潮的发展走向。

另外，南宋的诗歌创作是此时诗学思想发展的外化形式。南宋文人诗的创作呈现出从重理感向重兴象缓慢嬗递、自我审视与内向观照不断深入、创作雅趣与文字游戏化作日常、平淡审美与追求自然内涵迭代等重要特征。而且南宋禅宗文学的发展、禅僧的诗歌创作及与文人的密切互动，也是诗坛上较少被人关注，但实不可小觑的影响因素。包括宋诗中体量巨大的禅偈作品，都体现出语言反理性与递创性的突出特点，与宋代诗学中"精诣透彻""点铁成金"等重要概念的产生和发展紧密相关。

南宋诗学话语的发展脉络与其中的哲学理路实际上涉及的问题横跨历史、文学、哲学等众多层面，深入考察当时文人所处的时代背景、所接受的文化教育、所实践的生活方式，进一步了解他们的真实处境和思想观念，并通过他们之间的交往师承关系得到关于一个群体、一个流派的集体画像，细致观察诗学观念在人与人之间的交流和传承、创见发生的时间和契机，是我们把诗学思潮从抽象的概念代入真实历史的必要过程。受多方因素影响，本书在这方面的完成度欠佳，对诸多问题的深入考察将是笔者日后的研究方向，道阻且长，勉力而为。

参考文献

《十三经注疏》整理委员会. 十三经注疏［M］. 北京：北京大学出版社，1999.

北京大学古文献研究所. 全宋诗［M］. 北京：北京大学出版社，1991.

毕沅. 续资治通鉴［M］. 标点续资治通鉴小组，校点. 北京：中华书局，1957.

卞东波. 宋代诗话与诗学文献研究［M］. 北京：中华书局，2013.

蔡镇楚. 中国诗话史：修订本［M］. 长沙：湖南文艺出版社，2001.

曾明. 诗学"活法"考索［M］. 北京：商务印书馆，2019.

曾维刚. 南宋中兴诗坛研究［M］. 北京：人民出版社，2018.

陈鼓应. 老子今注今译：参照简帛本最新修订版［M］. 北京：商务印书馆，2003.

陈来. 宋明理学［M］. 沈阳：辽宁教育出版社，1995.

程颢，程颐. 二程集［M］. 北京：中华书局，1981.

程毅中. 宋人诗话外编：全四册［M］. 北京：中华书局，2017.

丛书集成初编［M］. 北京：中华书局，1985.

大学·中庸［M］. 王国轩，译注. 北京：中华书局，2006.

丁福保. 历代诗话续编［M］. 北京：中华书局，1983.

高全喜. 理心之间——朱熹和陆九渊的理学［M］. 北京：生活·读书·新知三联书店，2008.

葛兆光. 中国思想史：全三册［M］. 上海：复旦大学出版社，2001.

郭绍虞. 宋诗话辑佚［M］. 北京：中华书局，1980.

郭绍虞. 宋诗话考［M］. 上海：复旦大学出版社，2015.

郭绍虞. 中国文学批评史［M］. 天津：百花文艺出版社，1999.

何文焕. 历代诗话［M］. 北京：中华书局，1981.

黑格尔. 美学：第一卷［M］. 朱光潜，译. 北京：北京大学出版社，2017.

侯体健. 士人身份与南宋诗文研究［M］. 上海：复旦大学出版社，2018.

胡宏. 五峰集［M］. 吴仁华，点校. 北京：中华书局，1987.

胡寅. 崇正辩·斐然集［M］. 容肇祖，点校. 北京：中华书局，1993.

胡仔. 苕溪渔隐丛话［M］. 廖德明，校点. 北京：人民文学出版社，1962.

黄宗羲. 宋元学案［M］.，全祖望，补修. 陈金生，梁运华，点校. 北京：中华书局，1986.

纪昀，永瑢，等. 景印文渊阁四库全书［M］. 台北：台湾商务印书馆，1986.

姜广辉. 中国经学思想史［M］. 北京：中国社会科学出版社，2003.

蒋祖怡，陈志椿，等. 中国诗话辞典［M］. 北京：北京出版社，1996.

皎然. 诗式校注［M］. 李壮鹰，校注. 北京：人民文学出版社，2003.

赖永海. 佛学与儒学［M］. 杭州：浙江人民出版社，1992.

老子道德经注校释［M］. 王弼，注. 楼宇烈，校释. 北京：中华书局，2008.

礼记正义［M］. 郑玄，注. 孔颖达，疏. 北京：北京大学出版社，1999.

李贵. 中唐至北宋的典范选择与诗歌因革［M］. 上海：复旦大学出版社，2012.

李心传. 建炎以来系年要录［M］. 北京：中华书局，1988.

刘宝楠. 论语正义［M］. 高流水，点校. 北京：中华书局，1990.

刘克庄. 刘克庄集笺校［M］. 辛更儒，校注. 北京：中华书局，2011.

刘子健. 中国转向内在：两宋之际的文化转向［M］. 赵冬梅，译. 南京：江苏人民出版社，2012.

陆九渊，陆九渊集［M］. 钟哲，点校. 北京：中华书局，1980.

吕肖奂. 宋代酬唱诗歌论稿［M］. 上海：复旦大学出版社，2021.

吕祖谦. 东莱博议［M］. 周立红，标点. 长沙：岳麓书社，1988.

吕祖谦. 吕祖谦全集：第 2 册［M］. 杭州：浙江古籍出版社，2008.

莫砺锋. 江西诗派研究［M］. 济南：齐鲁书社，1986.

莫砺锋. 朱熹的文学理论［M］. 南京：南京大学出版社，2000.

彭定求，等. 全唐诗［M］. 中华书局编辑部，点校. 北京：中华书局，1960.

钱建状. 南宋初期的文化重组与文学新变［M］. 厦门：厦门大学出版社，2006.

钱穆. 朱子新学案［M］. 成都：巴蜀书社，1986.

钱锺书. 宋诗选注［M］. 北京：生活·读书·新知三联书店，2002.

钱仲联，马亚中. 陆游全集校注［M］. 杭州：浙江教育出版社，2011.

钱仲联. 剑南诗稿校注［M］. 上海：上海古籍出版社，1985.

邱鸣皋. 陆游评传［M］. 南京：南京大学出版社，2008.

阮阅. 诗话总龟［M］. 周本淳，校点. 北京：人民文学出版社，1987.

邵雍. 伊川击壤集［M］.《四部丛刊》初编本. 上海：上海书店，1989.

史密斯. 人的宗教［M］. 梁恒豪，译. 海口：海南出版社，2014.

苏轼. 苏轼文集［M］. 北京：中华书局，2000.

孙昌武. 禅思与诗情：增订本［M］. 北京：中华书局，2006.

脱脱，等. 宋史［M］. 北京：中华书局，1977.

王大鹏，等. 中国历代诗话选［M］. 长沙：岳麓书社，1985.

王梵志. 王梵志诗校注：增订本［M］. 项楚，校注. 上海：上海古籍出版社，2010.

王士禛. 渔洋山人文略：卷三［M］. 清康熙精写刻本.

王水照，熊海英. 南宋文学史［M］. 北京：人民出版社，2009.

王先谦. 荀子集解［M］. 沈啸寰，王星贤，点校. 北京：中华书局，1988.

吴文治. 宋诗话全编［M］. 南京：江苏古籍出版社，1998.

向世陵. 理气性心之间——宋明理学的分系与四系［M］. 北京：人民出版社，2008.

严羽. 沧浪诗话校笺［M］. 张健，校笺. 上海：上海古籍出版社，2012.

杨时. 龟山集［M］. 明万历十九年林熙春刻本.

张葆全，周满江. 历代诗话选注［M］. 桂林：广西师范大学出版社，2020.

张伯伟. 全唐五代诗格汇考［M］. 南京：江苏古籍出版社，2002.

张金吾. 爱日精庐藏书志［M］. 北京：中华书局，1990.

张晶. 禅与唐宋诗学［M］. 北京：人民文学出版社，2003.

张九成. 张九成集［M］. 杨新勋，整理. 杭州：浙江古籍出版社，2013.

张立文. 理［M］. 北京：中国人民大学出版社，1991.

张毅. 宋元文艺思想史［M］. 北京：中华书局，2019.

张载. 张载集［M］. 张锡琛，点校. 北京：中华书局，1978.

赵令畤. 侯鲭录 墨客挥犀 续墨客挥犀［M］. 北京：中华书局，2002.

周敦颐. 周子全书［M］. 王云五, 主编. 北京：商务印书馆, 1937.

周裕锴. 禅宗语言［M］. 杭州：浙江人民出版社, 1999.

周裕锴. 中国古代阐释学研究［M］. 上海：复旦大学出版社, 2019.

周振甫. 文心雕龙今译［M］. 北京：中华书局, 1986.

朱刚, 陈珏. 宋代禅僧诗辑考［M］. 上海：复旦大学出版社, 2012.

朱刚. 唐宋"古文运动"与士大夫文学［M］. 上海：复旦大学出版社, 2013.

朱刚. 唐宋诗歌与佛教文艺论集［M］. 上海：复旦大学出版社, 2020.

朱熹. 四书章句集注［M］. 北京：新华书店, 1983.

朱熹. 朱子全书［M］. 朱杰人, 等编. 上海：上海古籍出版社, 2002.

朱熹. 朱子语类［M］. 黎靖德, 编. 王星贤, 点校. 北京：中华书局, 1986.

朱自清. 诗言志辨［M］. 上海：开明书店, 1947.